Cuidar de ella

Jean-Baptiste Andrea

Cuidar de ella

Traducido del francés por
María Dolores Torres París

 TUBOLSILLO

Título original: *Veiller sur elle*

Esta edición se ha publicado mediante acuerdo con L'Iconoclaste, BAM Literary Agency, Paris y The Ella Sher Literary Agency. Todos los derechos reservados.

Primera edición en TuBolsillo: enero de 2026

Diseño de colección y cubierta: Summa Branding
Ilustración: © plainpicture/Toni Anzenberger
The Rauschen Collection
Adaptación para esta edición: REGA

PAPEL DE FIBRA
CERTIFICADA

© L'Iconoclaste, París, 2023
© de la traducción: María Dolores Torres París, 2024
© de esta edición: TuBolsillo (Grupo Anaya S. A.), 2026
Calle Valentín Beato, 21
28037 Madrid

ISBN: 979-13-87739-20-1
Depósito legal: M-18981-2025
Printed in Spain

Para Berenice

Son treinta y dos. Treinta y dos almas las que ese día de otoño de 1986 todavía viven en el monasterio, al final de una carretera capaz de hacer palidecer a quienes transitan por ella. En mil años nada ha cambiado. Ni la pendiente de la vía ni el vértigo. Treinta y dos corazones fuertes —hay que serlo cuando se vive encaramado al borde del precipicio—, treinta y dos cuerpos que también lo fueron en su juventud. Dentro de unas horas serán uno menos.

Los hermanos forman un círculo alrededor del que se va. Ha habido un sinfín de círculos, un sinfín de despedidas desde que la Sacra alza sus muros por encima de ellos. Ha habido innumerables momentos de gracia, de duda, de cuerpos que se resisten a la sombra que llega. Ha habido y habrá otras partidas, por eso se limitan a esperar pacientemente.

Este moribundo no es como los demás. Es el único de la abadía que no ha profesado. Sin embargo, se le ha permitido quedarse durante cuarenta años sin que hubiese pronunciado los votos. Cada vez que se cuestionó su permanencia o se hicieron preguntas, llegaba un purpurado, siempre uno distinto, y zanjaba la cuestión. «Se queda». Forma parte del lugar, casi tanto como el claustro, las columnas, los capiteles románicos, cuyo estado de conservación debe mucho a su talento. De modo que, por ese lado, ninguna queja, el huésped paga con creces su estancia.

Del cobertor de lana marrón solo sobresalen los puños, a ambos lados de la cabeza, de un niño de ochenta y dos años presa de una pesadilla. La piel, amarillenta, parece a punto de resquebrajarse, una vitela estirada sobre ángulos demasiado afilados. La frente, perlada de sudor, encerada por una fiebre grasienta. Antes o después le fallarán las fuerzas. Lástima que no haya respondido a sus preguntas. Un hombre tiene derecho a sus secretos.

De todas formas, los monjes tienen la impresión de saber. No todo, pero sí lo esencial. A veces, las opiniones difieren. Para aliviar el aburrimiento, quién lo diría, se entregan con fruición al chismorreo. Es un criminal, un exclaustrado, un refugiado político. Algunos dicen que está retenido contra su voluntad —la teoría no se sostiene, lo han visto ir y venir—, otros afirman que está allí por su propia seguridad. Y por último, la versión más popular, y más secreta, porque aquí el romanticismo solo entra de matute: está ahí para cuidar de *ella;* a la que espera, en su noche de mármol, a unos cientos de metros de la austera celda. A la que espera pacientemente desde hace cuarenta años. Todos los monjes de la Sacra la han visto alguna vez. A todos les gustaría volver a verla. Bastaría con pedirle permiso al padre Vincenzo, el prior, pero pocos se atreven a hacerlo. Quizá por miedo a los pensamientos impíos que inquietan, según dicen, a quienes se acercan demasiado a ella. Y pensamientos impíos tienen de sobra los monjes cuando en el corazón de las tinieblas son perseguidos por sueños con rostro de ángel.

El moribundo se estremece, abre los ojos y los cierra de nuevo. Uno de los hermanos jura haber leído en ellos alegría.

¡Qué equivocado está! Le colocan un paño frío sobre la frente, en los labios, con dulzura.

El enfermo vuelve a agitarse y por una vez todos parecen de acuerdo.

Está tratando de decir algo.

Por supuesto que estoy tratando de decir algo. He visto al hombre volar, cada vez más rápido, cada vez más lejos. He sobrevivido a dos guerras, he visto desmoronarse naciones, he cogido naranjas en Sunset Boulevard, ¿no os parece que tengo algo que contar? Perdón, hermanos, soy un desagradecido. Me habéis vestido, me habéis alimentado cuando no teníais nada, o muy poco, desde el mismo momento en que decidí ocultarme entre vosotros. Pero he guardado silencio demasiado tiempo. Cerrad las contras, la luz me hiere los ojos.

Está inquieto. Cierre las contras, hermano, parece que le molesta la luz.

Las sombras que me velan a contraluz, con este sol del Piamonte, las voces que se alejan cuando el sueño se acerca. Qué rápido ha llegado todo. Hace apenas una semana todavía se me podía ver agachado en el huerto, o subido a una escalera con tantas cosas como había que reparar. Al ritmo lento que me imponía mi edad, sin duda, pero, habida cuenta de que a mi nacimiento nadie daba un céntimo por mí, mi caso era digno de admiración. Y luego, una mañana, ya no pude levantarme. Leí en vuestros ojos que era mi turno, que pronto doblaría la campana y que me llevaríais al carmen frente a la montaña, donde crecen las amapolas sobre siglos de abades, iluminadores, cantores y sacristanes.

Está muy grave.

Las contras chirrían. Llevo aquí cuarenta años y siempre han chirriado. Bendita oscuridad, por fin todo negro. Negro como en el cine —que he visto nacer—. Un horizonte vacío, primero nada. Una planicie cegadora que, a fuerza de mirarla, mi memoria puebla de sombras, de siluetas que se convierten en ciudades, bosques, hombres y animales. Avanzan, se plantan en el escenario. Son mis actores. Reconozco a algunos, no han cambiado. Sublimes y ridículos, fundidos en el mismo crisol, indisociables. La moneda de la tragedia es una rara aleación de oro y pacotilla.

Solo es cuestión de horas.

¿Cuestión de horas? No me hagáis reír. Hace mucho que estoy muerto.

Otra compresa fría. Parece calmarlo.

Pero ¿desde cuándo los muertos no pueden contar su historia?

El Franchute. Siempre he detestado ese apodo, aunque me han insultado con otros mucho peores. Todas mis alegrías, todas mis desdichas proceden de Italia. Vengo de una tierra donde la belleza siempre pende de un hilo. Dejadla dormir cinco minutos y la fealdad la degollará sin piedad. Los genios crecen aquí como la mala hierba. Se canta como se mata, se dibuja como se engaña, se ponen a mear los perros en los muros de las iglesias. No es casualidad que sea un italiano, Mercalli, quien dé nombre a una escala de destrucción, la de la intensidad de los temblores de tierra. Una mano derriba lo que la otra ha edificado y la emoción es la misma.

Italia, reino de mármol y basura. Mi país.

Pero el hecho es innegable: nací en Francia en 1904. Para mejorar su suerte, mis padres, recién casados, habían dejado la Liguria quince años antes. Lo que les cayó en suerte fue que los llamasen *ritals,* «refugiados italianos», les escupiesen, se burlasen de su forma de rodar las erres —lo que no deja de ser paradójico, porque, hasta donde yo sé, la palabra *rodar* empieza por *r*—. Mi padre había escapado por los pelos de los disturbios racistas de Aigues-Mortes en 1893; dos de sus amigos se habían quedado allí: el valiente Luciano y el viejo Salvatore. Nunca más se los mencionó sin esos adjetivos.

La mayoría de las familias prohibieron a sus hijos hablar la lengua materna para no «parecer un *rital*». Los restregaban con jabón de Marsella con la esperanza de blanquearlos un poco. Los Vitaliani no. Hablábamos como italianos, comíamos como italianos. Pensábamos como italianos, es decir, a golpe de superlativos, donde la muerte era invocada a menudo, las lágrimas abundaban y las manos rara vez quedaban en reposo. Maldecíamos y arrojábamos sal por encima del hombro para alejar la mala suerte. Nuestra familia era un circo y estábamos orgullosos de ello.

En 1914, el Estado francés, que se había mostrado tan pusilánime en proteger al valiente Luciano, al viejo Salvatore y a tantos otros, determinó que mi padre era, sin ningún género de dudas, un buen francés, digno de ser llamado a filas, en tanto en cuanto un funcionario, por error o por una mala pasada, lo había hecho diez años más joven al copiar su partida de nacimiento. Se fue cabizbajo, sin flor en su fusil. Su propio padre había dejado la vida en la Expedición de los Mil en 1860. El *nonno* Carlo había conquistado Sicilia con Garibaldi. No era una bala borbónica lo que lo había matado, sino una prostituta de dudosa higiene del puerto de Marsala, un detalle sobre el que preferimos correr un tupido velo en la familia. El hecho incontrovertible es que había muerto y el mensaje era claro: la guerra mata.

Y la guerra mató a mi padre. Un gendarme se presentó un día en el taller, encima del cual vivíamos, en el valle de Maurienne. Mi madre abría todos los días las puertas del taller por si le hacían algún encargo que su marido pudiera cumplir a su regreso; antes o después habría que volver a tallar la piedra, restaurar gárgolas o desbastar fuentes. El gendarme adoptó un gesto de circunstancias, pareció aún más compungido cuando me vio, carraspeó dos o tres veces, nos comunicó que había caído un obús y eso fue todo. Cuando mi madre, muy digna, le preguntó cuándo repatriarían el cuerpo, tartamudeó, explicó que había caballos en el campo de batalla y otros soldados, que un obús causaba estragos y que, en consecuencia, no siempre se sabía quién era quién, o incluso qué era hombre y qué era caballo. A mi madre le pareció que el gendarme estaba a punto de echarse a llorar y no se le ocurrió nada mejor que ofrecerle un vaso de *amaro* Braulio —jamás vi a un francés beberlo sin hacer una mueca—, y la pobre no lloró hasta muchas horas después.

No es que yo me acuerde de todo esto, por supuesto, porque apenas lo recuerdo. Conozco los hechos y los restauro con unas pinceladas de color, esos colores que ahora se me escapan entre los dedos en la celda que ocupo desde hace cuarenta años en la cima del monte Pirchiriano. Todavía hoy —al menos hasta hace unos días, cuando era capaz de hacerlo— hablo mal el francés. No me llaman el Franchute desde 1946.

Unos días después de la visita del gendarme, mi madre me explicó que en Francia no podría proporcionarme la educación que necesitaba. Su vientre ya se redondeaba con un hermano o una hermana —que nunca nació, al menos con vida—, y me comió a besos, explicándome que me hacía partir por mi bien, que me mandaba de regreso a nuestra tierra porque creía en mí, porque veía mi amor por la piedra pese a mi corta edad, porque sabía que estaba llamado a hacer grandes cosas y que por algo me había puesto el nombre que me había puesto.

De los dos fardos que he llevado a cuestas toda mi vida, mi nombre es sin duda el más ligero. Sin embargo, lo odiaba con todas mis fuerzas.

Mi madre bajaba a menudo al taller para echar una mano a su marido. Se enteró de que estaba embarazada cuando sintió que me sobresaltaba con el golpe de un cincel. Hasta ese momento, mi madre no había escatimado esfuerzos, ayudando a mi padre a mover bloques enormes, lo que quizás explique lo ocurrido después.

—Será escultor —anunció.

Mi padre rezongó alegando que era un trabajo sucio en el que las manos, la espalda y los ojos se desgastaban mucho más rápido que la piedra, y que, si no eras Miguel Ángel, más te valía ahorrarte todo eso...

Mi madre asintió y decidió echarme un capote.

Me llamo Michelangelo Vitaliani.

Descubrí mi país en octubre de 1916, en compañía de un devoto de Baco y una mariposa. El borrachín era un conocido de mi padre que se había librado de la leva gracias al estado de su hígado, pero el giro de los acontecimientos sugería que su cirrosis no lo protegería mucho más tiempo. Reclutaban a niños, a ancianos, a cojos. Los periódicos decían que estábamos ganando la partida, que los boches pronto serían historia. En nuestra comunidad, la noticia de que Italia se hubiese coligado con los aliados el año anterior había sido recibida como una promesa de victoria. Los que volvían del frente cantaban otra canción, eso los que aún tenían ganas de cantar. El *ingegnere* Carmone, que como el resto de los *ritals* había rastrillado sal en Aigues-Mortes y luego había abierto una abacería en Saboya —donde consumía buena parte de sus existencias de vino—, había decidido regresar. Puestos a morir, mejor en su país, con los labios escarlatas del montepulciano para conjurar el miedo.

Su país eran los Abruzos. De natural amable, accedió a dejarme en casa de Zio Alberto, que le pillaba de camino. Lo hizo porque sentía un poco de lástima por mí y también, creo yo, por los ojos de mi madre. Los ojos de las madres siempre tienen algo especial, pero los de la mía tenían el iris de un extraño azul, casi violeta. Habían provocado más de una pelea a puñetazo limpio, hasta que mi padre decidió poner orden en todo aquello. Las manos de un cantero son peligrosas, lo sé de buena tinta. La competencia había reculado rápidamente.

Mi madre derramó gruesas lágrimas violetas en el andén de la estación de La Praz. Mi tío Alberto, escultor como mi padre, se ocuparía de mí. Luego me juró que se reuniría conmigo tan pronto como vendiese el taller y ahorrase un poco. Era cuestión de semanas, unos meses a lo sumo; tardó veinte años. El tren resopló, escupió un humo negro cuyo regusto todavía puedo sentir, y se llevó al *ingegnere* borrachín y a su único hijo.

Digan lo que digan, a los doce años la tristeza no dura demasiado. No sabía hacia dónde se dirigía aquel tren, pero sabía que nunca había viajado en tren —o no lo recordaba—. La emoción dio paso rápidamente a la inquietud. Todo iba demasiado rápido. Tan pronto como me fijaba en un detalle, un abeto, una casa, desaparecía en un abrir y cerrar de ojos. Un paisaje no está hecho para moverse. Me sentí mal, hasta el punto de querer abrirme al *ingegnere*, pero el hombre dormía a pierna suelta.

Afortunadamente, apareció la mariposa. Entró en Saint-Michel-de-Maurienne y se posó en la ventanilla, entre las montañas que desfilaban y yo. Después de una breve lucha contra el cristal, se rindió y se quedó inmóvil. No era una mariposa bonita, una de esas maravillas de color y oro que vería más tarde en la primavera. Solo una mariposa mediocre, gris, un poco azulada si la miraba entrecerrando los ojos, una polilla aturdida por la luz del día. Pensé por un momento en torturarla, como todos los niños de mi edad, luego me di cuenta de que, mirándola fijamente, el único elemento en calma en un mundo impetuoso, mis náuseas desaparecían. La mariposa permaneció allí durante horas, enviada por una potencia amiga para tranquilizarme, y tal vez fue mi primera intuición de que nada es realmente lo que parece, de que una mariposa no es solo una mariposa, sino una historia, algo enorme encerrado en un espacio muy pequeño, cosa que la primera bomba atómica confirmaría unas décadas más tarde y, tal vez, aún más, lo que yo dejo, mientras agonizo, en los cimientos de la abadía más hermosa del país.

Cuando el *ingegnere* Carmone despertó, me explicó su proyecto, porque tenía uno. Era comunista. *¿Sabes lo que es?* Yo había oído el insulto varias veces en la comunidad, allá en Francia, donde siempre había alguien que preguntaba si fulano o zutano lo era. Le respondí:

—Pfff, claro, es un hombre que ama a los hombres.

El *ingegnere* se echó a reír. Aunque, en cierto modo, era así, un comunista era un hombre que amaba a los hombres.

—Dicho sea de paso, no existe una forma incorrecta de amar a los hombres, ¿lo entiendes?

Nunca lo había visto tan serio.

La familia Carmone poseía un terreno en la provincia de L'Aquila, donde la geografía había cometido dos injusticias. La primera, era la única provincia de los Abruzos sin salida al mar. La segunda, los terremotos la asolaban a intervalos regulares, como a la Liguria de mis antepasados, excepto que la puñetera Liguria tenía salida al mar.

El terreno de los Carmone ofrecía una vista placentera del lago de Scanno. El *ingegnere* pensaba construir una torre montada sobre un gigantesco rodamiento de bolas y albergar allí a todos los proletarios de la redonda, todo ello por un alquiler moderado que a él le permitiría vivir decentemente —sobre todo porque, como buen comunista, se reservaba el último piso—. Gracias a dos tiros de caballos que se turnarían cada doce horas, el edificio giraría sobre sí mismo a lo largo del día. Sus arrendatarios disfrutarían así, sin excepción, sin explotadores ni explotados, de una vista del lago una vez al día. Tal vez en el futuro la electricidad sustituiría a los caballos, aunque Carmone reconocía que ese adelanto jamás llegaría tan lejos. Pero a él le gustaba soñar.

Los rodamientos también tendrían la ventaja, si se producía un temblor de tierra, de desacoplar la estructura del suelo. En caso de un terremoto de grado XII en la escala de Mercalli —fue él quien me enseñó este nombre—, su edificio tenía un treinta por ciento más de posibilidades de resistir que un edificio normal. El treinta por ciento no parece gran cosa, pero, teniendo en cuenta que el grado XII no era precisamente una broma, me explicaba poniendo los ojos en blanco, era una barbaridad.

Me abandoné a un duermevela, con los ojos fijos en mi mariposa, y entramos en Italia mientras el *ingegnere* me hablaba dulcemente de devastación.

Italia y yo nos abrazamos como viejos amigos en nuestro primer encuentro. Con las prisas por bajarme del tren en la estación de Turín, tropecé con el estribo del vagón y aterricé en el andén con los brazos en cruz. Me quedé allí un momento, ni se me pasó por la cabeza llorar, con la beatitud de un novicio en su ordenación. Italia olía a pedernal. Italia olía a guerra.

El *ingegnere* decidió tomar un carruaje. Era más caro que caminar, pero mi madre le había entregado un sobre con dinero y, de la misma manera que el vino está para ser bebido, afirmó, el dinero está para ser gastado, así que, si te parece bien, compramos un cuartillo de tinto del Po para el camino.

Cualquier cosa me parecería bien, pasmado como estaba por lo que descubría: soldados de permiso, una leva que se incorporaba a filas, palanquines, conductores de tren y una multitud de merodeadores, gentes sospechosas cuya función o ambiciones le parecían misteriosas al niño que yo era. Nunca en mi vida había visto gentes sospechosas. Me dio la impresión de que me devolvían con amabilidad mis miradas inquisitivas, como diciéndome «tú eres de los nuestros». A lo mejor solo miraban el chichón azul que me estaba creciendo justo en medio de la frente. Avancé entre un bosque de piernas, como un pánfilo, subyugado por otros olores: creosota y cuero, metal y cañones, perfumes de penumbra y campos de batalla. Y luego estaba el ruido, un estrépito de fragua. Crujía, chirriaba, percutía, una música concreta interpretada por iletrados, muy lejos de las salas donde algún día una patulea de notables hastiados de todo acudiría en masa dándoselas de entendidos.

Sin saberlo, llegaba en pleno futurismo. El mundo era todo velocidad, la de los pasos, la de los trenes, la de las balas, la de los cambios de fortuna o alianzas. Todos aquellos hombres, sin embargo, toda aquella masa, parecían echar el freno, desacelerar. Los cuerpos, exultantes, se apretujaban en los vagones, en las trincheras, un horizonte alambrado, lleno de púas. Pero algo, entre dos movimientos, dos impulsos, decía a gritos «quiero vivir un poco más».

Más tarde, cuando mi carrera despegó, un coleccionista me mostró con orgullo su última adquisición, el cuadro futurista *La rivolta*, de Luigi Russolo. Si no recuerdo mal, fue en Roma, a principios de los años treinta. El hombre se consideraba un aficionado ilustrado, apasionado del arte abstracto. Era un imbécil de tomo y lomo. A menos de haber estado en la estación de Porta Nuova aquel día, nadie puede entender esa obra. Nadie puede entender que no hay nada abstracto en ella. Es un cuadro figurativo. Russolo pintó lo que nos explotaba en la cara.

Obviamente, ningún niño de doce años lo expresa en estos términos. En ese momento, yo solo miraba a mi alrededor con los ojos como platos, mientras el *ingegnere* empinaba el codo en una cantina al final del andén. Pero yo vi y viví todo aquello. Prueba fehaciente, como si hiciese falta alguna más, de que yo no era como todo el mundo.

Dejamos la estación bajo una nieve ligera. Apenas habíamos salido cuando nos paró un carabinero y solicitó ver mis papeles. No los de mi compañero, solo los míos. Con los dedos entumecidos por el frío y el tintorro del Po, el *ingegnere* Carmone le entregó mi salvoconducto. El tipo me miró con desconfianza, una mirada con la que debía de revestirse cada mañana para ir a trabajar y de la que debía despojarse cada noche, suponiendo que no hubiese nacido con ella.

—Así que tenemos aquí a un franchute, ¿no, pequeñín?

No me gustaba que me llamaran *franchute*. Y mucho menos que me llamaran *pequeñín*.

—¡Pequeñín y franchute lo serás tú, *cazzino!*

El carabinero nos miró al borde de la apoplejía. *Cazzino* era el insulto favorito de los patios traseros donde crecí, y los carabineros no habían elegido una profesión dotada de uniformes tan hermosos para que se insultase el tamaño de su virilidad.

Como buen ingeniero, el *ingegnere* sacó del bolsillo el sobre de mi madre, volvió a engrasar los engranajes que se habían gripado y pudimos largarnos de allí. Me negué a subir a un carruaje y señalé un tranvía. Carmone refunfuñó, consultó un mapa, hizo algunas preguntas y comprobó que el tranvía no nos dejaría demasiado lejos de la dirección adonde debíamos ir.

Con el trasero apoyado en un banco de madera, crucé la primera gran ciudad de mi vida más contento que unas pascuas. Había perdido a mi padre, no sabía cuándo volvería a ver a mi madre, pero estaba en la gloria, embriagado con todo lo que aún tenía por delante, aquella masa de futuro por escalar, por cortar a mi medida.

—¿Puedo preguntarle una cosa, *signor* Carmone?

—¿Sí?

—¿Qué es la electricidad?

Me miró desconcertado hasta que pareció recordar que había pasado la primera década de mi vida en un pueblo de Saboya del que nunca había salido.

—Es eso, muchacho.

Señaló una farola rematada en un hermoso globo dorado.

—¿Entonces es como un quinqué?

—Sí, pero que nunca se apaga. Son electrones que circulan entre dos trozos de carbón.

—¿Qué es un electrón? ¿Una especie de hada?

—No, es ciencia.

—¿Qué es la ciencia?

Los copos de nieve giraban, gráciles como un vestido de niña. El *ingegnere* respondió a mis preguntas sin impaciencia ni condescendencia. Pronto pasamos delante de un inmenso edificio en construcción: el Lingotto, donde los automóviles de la Fiat subirían unos años más tarde, por una rampa helicoidal, hasta la cubierta en la que darían sus primeros giros después del montaje —una Sacra di San Michele mecánica—. Los suburbios se fueron espaciando, las carreteras dieron paso a las pistas, el tranvía se detuvo en lo que parecía un campo. Tuvimos que recorrer a pie los últimos tres kilómetros. Mostré mi agradecimiento a aquel hombre, el *ingegnere* Carmone, por haberme acompañado tan lejos, a pesar del frío, a pesar de las circunstancias. Mientras caminábamos por el barro me imaginaba que los ojos de mi madre empezaban a palidecer en su recuerdo, a parecerle menos violetas.

Pero cumplió su palabra llevándome sin falta hasta la puerta de Zio Alberto.

Hubo que zarandear la campanilla y aporrear la puerta varias veces antes de que Alberto, vestido con una camisola mugrienta, se dignase abrirla. Los mismos ojos nublados del *ingegnere,* surcados de venillas rojas: los dos hombres compartían la misma devoción inmoderada por las uvas. Mi madre había escrito para anunciar mi llegada, así que no había mucho que explicar.

—Le presento a su nuevo aprendiz, el hijo de Antonella Vitaliani. Su sobrino Michelangelo.

—No me gusta que me llamen Michelangelo.

Zio Alberto bajó los ojos hacia mí. Pensé que me iba a preguntar cómo prefería que me llamaran, a lo que yo hubiera respondido «Mimo», el nombre familiar con el que mis padres se dirigían a mí desde siempre, el nombre con el que me llamarían durante setenta años.

—No lo quiero —dijo Alberto.

Una vez más se me había olvidado un detalle. Porque es eso, un detalle.

—No lo entiendo. Pensé que Antonell... que la señora Vitaliani le había escrito y que estaba todo arreglado.

—Pues sí, me escribió. Pero no quiero un aprendiz así.

—¿Y puede saberse por qué?

—Porque nadie me dijo que era un enano.

C'è un piccolo problema, había dicho la vieja Rosa, la vecina que ayudaba a mi madre a dar a luz una noche de tormenta. La estufa castañeteaba, atizada por un viento contrario, una corriente infernal enrojecía las paredes. Algunas matronas del barrio, que habían acudido a presenciar el acontecimiento, curiosas por entrever la carne firme que hacía fantasear a sus maridos, hacía rato que habían huido santiguándose y murmurando *il diavolo*. La vieja Rosa, impávida, seguía canturreando, limpiando, dando ánimos. El cólera, el frío, la mala suerte simplemente, un cuchillo que alguien no habría sacado si hubiera bebido menos, habían privado a la partera de hijos, de amigos, de maridos. Era vieja, fea, y no tenía nada que perder. Por lo tanto, el diablo la dejaba en paz, sabía reconocer una fuente de problemas. El maligno tenía presas mucho más fáciles.

«*C'è un piccolo problema*», eso es lo que dijo, arrancándome de las entrañas de Antonella Vitaliani. Todo estaba contenido en aquella palabra. Y aquella palabra, *piccolo,* lo decía todo: era obvio para quien me veía que yo me quedaría más o menos *piccolo* toda mi vida. Rosa me acostó sobre mi madre exhausta. Mi padre subió las escaleras de cuatro en cuatro, Rosa contaría más tarde que había fruncido el ceño al verme, mirando a su alrededor como si estuviera buscando otra cosa, a su verdadero hijo, en lugar de aquel esbozo; después bajó la cabeza, «ya veo, es eso», como cuando se topaba una grieta oculta en las entrañas de un bloque de piedra que daba al traste con el trabajo de varias semanas. No se puede culpar a la piedra.

A la piedra, precisamente, se atribuyó mi diferencia. Mi madre no había sabido descansar, cargando enormes bloques hasta el taller, capaces de hacer sonrojar a los machotes del barrio. El pobre Mimo, según los vecinos, había pagado el pato. Acondroplasia, dirían más adelante. Se referirían a mí como persona de corta estatura, lo cual, francamente, no era mejor que el «enano» de Zio Alberto. Me explicarían que mi estatura no me definía. Si eso fuera cierto, ¿por qué hablar de mi estatura? Jamás he oído referirse a alguien como «persona de estatura media».

Nunca culpé a mis padres. Si la piedra hizo lo que soy, o la magia negra tuvo algo que ver en ello, también me colmó de lo que me quitó. La piedra siempre me habló, todas las piedras, calizas, metamórficas, incluso las lápidas, aquellas sobre las que pronto me tumbaría para escuchar historias de yacentes.

—Eso no estaba previsto —murmuró el *ingegnere,* dándose golpecitos en los labios con un dedo enguantado—. Es un contratiempo.

Nevaba copiosamente en ese momento. Zio Alberto se encogió de hombros e hizo ademán de cerrarnos la puerta en las narices. El *ingegnere* la bloqueó con el pie. Sacó el sobre de mi madre del bolsillo interior de su viejo abrigo de piel y se lo entregó a mi tío. Allí estaban casi todos los ahorros de los Vitaliani. Años de exilio, de trabajo, de piel quemada por el sol y la sal, de nuevos comienzos, años de mármol bajo las uñas, con una ocasional pizca de aquella ternura que me había visto nacer. Por eso aquellos billetes sucios y arrugados eran preciosos. Por eso Zio Alberto abrió un poco la puerta.

—Este dinero era para el pequeño. Quiero decir, para Mimo —corrigió sonrojándose—. Si Mimo accede a dárselo, ya no sería un aprendiz, sino un socio.

Zio Alberto asintió lentamente.

—Mmmm, un socio.

No acababa de estar convencido. Carmone esperó todo lo que pudo, luego suspiró y sacó una bolsita de cuero de su petate. Todo en el *ingegnere* celebraba el deterioro, la decadencia, el remiendo, una estética del paso del tiempo. Pero el cuero de la bolsa, nuevecito, flexible, todavía parecía temblar por los arrebatos del animal que lo había vestido. Carmone le puso un agrietado guante encima, la abrió y, de mala gana, sacó una pipa.

—Es una pipa que adquirí a precio de oro. Tallada con el tocón de un brezo en el que se había sentado el mismísimo Garibaldi, el «héroe de los dos mundos», durante su noble e infructuoso intento de unir Roma a nuestro hermoso reino.

Yo había visto docenas de aquellas pipas, que se vendían en Aigues-Mortes a los franceses más incautos. No sabía cómo había acabado en manos de Carmone, cómo se había dejado engañar. Sentí un poco de vergüenza ajena, por él y por Italia en general. Era un hombre ingenuo y generoso. Aquel gesto le costaba muchísimo y sé que lo hacía de buena fe, para ayudarme, no porque tuviera prisa por volver a casa o miedo de cargar con un niño de doce años de proporciones inusuales. Alberto aceptó y cerraron el trato con un trago de aguardiente cuya acidez picó el aire dentro de la humilde morada. Luego, Carmone se levantó, se bebió la espuela para el camino y pronto su figura vacilante se alejó bajo la nieve.

Se giró por última vez, con la mano levantada en la fosforescencia amarilla de un mundo agonizante, y me sonrió. Los Abruzos estaban lejos, ya no era joven, los tiempos eran duros. Nunca fui al lago de Scanno por miedo a descubrir que allí no había, y jamás hubo, una torre montada sobre un rodamiento de bolas.

Les debo mucho a las mujeres que llaman «perdidas», mi tío Alberto era hijo de una de ellas. Una muchacha valiente que yacía con los hombres, en el puerto de Génova, sin rabia ni vergüenza. Era la única persona de la que mi tío hablaba con respeto, un fervor que rayaba en la veneración. Pero la santa de las callejuelas estaba lejos. Y, como Alberto no sabía leer ni escribir, su madre se volvía, cada día que pasaba, más y más mitológica. Sin falsa modestia, yo escribía bastante bien, una destreza con la que mi tío, cuando se dio cuenta, quedó encantado.

El tío Alberto no era mi tío. No teníamos ni una gota de sangre en común. Nunca logré aclarar del todo el asunto, pero al parecer su abuelo había contraído una deuda con el mío, un préstamo impagado cuya carga moral se transmitía de generación en generación. A su manera perversa, Alberto era honrado. A petición de mi madre, había aceptado acogerme. Era propietario de un pequeño taller en los suburbios de Turín. Como era soltero y poco dado a lujos, algunos encargos aquí y allá le bastaban para satisfacer sus necesidades, o le habían bastado hasta mi llegada. Porque la guerra, empresa de progreso celebrada por muchos exaltados de la época, a quienes por otra parte no les gustaba el término *exaltado* y preferían el de *poeta* o *filósofo,* la guerra, decía, había popularizado materiales más baratos que la piedra, más ligeros, más fáciles de producir y trabajar. El acero era la bestia negra de Alberto, su peor enemigo, al que insultaba hasta en sueños. Lo odiaba incluso más que a los austrohúngaros o a los alemanes. A un *tognino,* como llamaban allí a los boches, todavía se le podían aplicar circunstancias atenuantes. Su cocina, sus ridículos cascos terminados en un pincho… Motivos no les faltaban para estar enojados. Pero ¿a quién se le ocurre construir con acero? Muy bien, pues el que ríe el último ríe dos veces, ya verás cuando todo se hunda. Alberto no entendía que ya se había hundido todo. Y, desde luego, el acero no era ninguna tontería; por de pronto, había hecho hermosos cañones.

Alberto parecía viejo, pero no lo era. A los treinta y cinco años vivía solo en una habitación contigua a su taller. Su soltería era sorprendente, sobre todo porque, después de una ducha, limpio del polvo del mármol y ataviado con su único traje, no estaba tan mal. Siempre frecuentaba el mismo burdel de Turín, donde trataba a las chicas con un respeto legendario. La expresión «ocuparse como Alberto» fue popular a principios de los años veinte en los barrios del sur de la ciudad, entre Lingotto y San Salvario, antes de caer en desuso cuando Alberto se mudó, llevándose sus mármoles y a su esclavo, es decir, a mí. Su socio: una broma de mal gusto.

Me han preguntado muchas veces qué papel desempeñó en lo que siguió. Si por «lo que siguió» se entiende mi carrera, ninguno. Si por el contrario se alude a mi última obra, sin duda en ella están algunos destellos suyos. Mejor dicho, *astillas,* no destellos, no querría que nadie pensase que alguna vez brilló. Zio Alberto era un zote. No un monstruo, solo un pobre tipo, que viene a ser lo mismo. Pienso en él sin rencor, pero sin tristeza.

Durante casi un año viví a la sombra de aquel hombre. Yo cocinaba, limpiaba, transportaba, entregaba. Mil veces estuve a punto de ser atropellado por un tranvía, coceado por un caballo, o vapuleado por algún tipo que se había burlado de mi estatura y al que le había respondido que al menos mi estatura no era un problema en el *piano di sotto*, en la planta baja, preferiblemente delante de su novia. El *ingegnere* Carmone habría estado encantado de encontrar un ambiente tan eléctrico en nuestro barrio. Cada interacción era una descarga potencial, un desplazamiento de electrones del que nunca se sabía lo que podría provocar. Estábamos en guerra contra los alemanes, contra los austrohúngaros, contra nuestros Gobiernos, contra nuestros vecinos, una forma de decir que estábamos en guerra contra nosotros mismos. Uno quería la guerra; el otro, la paz; el tono subía, y el que quería la paz acababa dando el primer puñetazo.

Zio Alberto me prohibió tocar sus herramientas. Una vez me sorprendió corrigiendo una pila de agua bendita que le había encargado la parroquia vecina de Beata Vergine delle Grazie. Alberto se agarraba una tajada como un piano una o dos veces por semana, y la última había causado estragos. La pila de agua bendita era basta, insultante, un niño de doce años podría haberla tallado mejor, y de hecho lo hizo mientras él empinaba el codo. Alberto se despertó y me pilló in fraganti, cincel en mano. Examinó desconcertado mi trabajo y luego me molió a palos insultándome en una lengua que no entendí, un dialecto genovés. Acto seguido, se durmió. Cuando abrió los ojos y me vio baldado y cubierto de moretones, fingió no saber lo que había pasado. Fue derechito a la pila de agua bendita, comprobó que no estaba descontento con su trabajo y se ofreció con magnificencia a entregarla él mismo.

Alberto me dictaba regularmente una carta a su madre y, asimismo, me autorizaba a escribirle una a la mía —pagaba magnánimo el sello—. Antonella no siempre respondía, constantemente en los caminos, a la caza del trabajo que le permitiría mantenerse una semana más, y luego otra y otra. Echaba de menos sus ojos violeta. Mi padre, el hombre que había guiado mis primeros y torpes golpes con el cincel, el hombre que me había enseñado la diferencia entre gradina, escafilador y bujarda, se difuminaba.

El trabajo se hizo más escaso durante el año 1917; el humor de Alberto, más sombrío, y sus borracheras, más violentas. Columnas de soldados marchaban a veces con el telón de fondo del crepúsculo, los periódicos no hablaban de otra cosa que no fuese la guerra, pero nosotros solo percibíamos un vago malestar, la impresión de una disociación con nuestro entorno, la de no estar nunca en el lugar adecuado. Allá abajo, una bestia inmunda maltrataba el horizonte. Pero nosotros llevábamos una existencia casi normal, una vida de emboscados que daba un resabio de culpabilidad a todo lo que comíamos. En todo caso, hasta el 22 de agosto, cuando se acabó el pan y no hubo nada que comer. Turín explotó. El nombre de Lenin apareció en los muros de la ciudad, se levantaron barricadas, un revolucionario incluso me paró en la calle la mañana del 24 para decirme que tuviera cuidado, que sus barricadas estaban electrificadas, lo que me indicó con mayor seguridad que cualquier otra cosa que el mundo estaba cambiando. El tipo me llamó «camarada» y me dio una palmadita en la espalda. Vi mujeres enfrentándose a soldados avergonzados en las barricadas, escalando vehículos blindados, exponiendo pechos conquistadores y furiosos sobre los que no osaban disparar. Al menos no de inmediato.

La revuelta duró tres días. Nadie conseguía ponerse de acuerdo, excepto en el hecho de que estaban hartos de la guerra.

El Gobierno acabó poniendo a todo el mundo de acuerdo a tiros de ametralladora; cincuenta muertos enfriaron los ánimos. Me refugié en el taller. Una tarde, cuando acababa de volver la calma y un poco de pan, Zio Alberto volvió a casa de mejor humor que de costumbre. Amagó con darme una bofetada, se rio entre dientes cuando me vio esconderme debajo de la mesa, me ordenó que tomase la pluma y me dictó una carta para su madre. Olía al vinazo que servían en la esquina de la calle.

Mammina:

Recibí el giro postal que me enviaste. Gracias a eso podré comprarme el modesto taller del que te hablé en Navidad. Está en la Liguria, así que más cerca de ti. Ya no hay trabajo en Turín. Pero allí tienen un castillo que siempre necesita reparaciones y una iglesia que las autoridades aprecian mucho, así que es trabajo. Vendí aquí, no muy bien, pero bendito sea; acabo de firmar con ese roñoso de Lorenzo y me voy pronto con el retaco tocapelotas de Mimo. Te escribiré desde Pietra d'Alba, tu hijo que te quiere.

—Y hazme una firma bonita, *pezzo di merda* —concluyó Zio Alberto—. Una en la que se vea que he triunfado.

Cuando pienso en aquella época, lo hago con extrañeza: no era desdichado. Yo estaba solo, no tenía nada ni a nadie, la gente regresaba de los bosques del norte de Europa, donde se sembraba carne mechada de metal, amén de unos cuantos obuses que explotarían años después en la cara de paseantes inocentes y se inventaba una desolación que haría palidecer a Mercalli, quien solo había dado doce grados a su pobre escala. Estaba solo, pero no era infeliz; lo constataba todas las noches cuando rezaba a un panteón personal de ídolos que fueron cambiando a lo largo de mi vida, al que más tarde se incorporaron cantantes de ópera y jugadores de fútbol. Tal vez porque era joven, mis días eran hermosos. Solo hoy comprendo lo que la belleza del día debe a la presciencia de la noche.

El abad deja su escritorio y emprende el descenso por la escalera de los Muertos, de elocuente nombre. En unos instantes se acercará a la cabecera del hombre que agoniza en el anexo. Los hermanos le han comunicado que la hora se acerca. Pondrá el pan de vida en su boca.

El padre Vincenzo atraviesa la iglesia sin prestar atención a sus frescos, cruza el portal del Zodíaco, desemboca en las terrazas de la cima del monte Pirchiriano, desde donde la abadía domina el Piamonte. Frente a él, las ruinas de una torre. Cuenta la leyenda que una joven campesina, la bella Alda, ayudada por san Miguel, voló para escapar de los soldados enemigos. *Vanitas vanitatis*, la muchacha quiso repetir la hazaña ante los lugareños, solo para impresionarlos, y se estrelló abajo. Como también lo haría en el siglo XIV una parte de la torre que lleva su nombre, abatida por uno de los numerosos terremotos que sacuden periódicamente la región.

Más lejos, algunos escalones se hunden en el suelo, bloqueados por una cadena y un cartel de «Prohibido el paso». El abad la salta con una flexibilidad pasmosa para su edad. Ese no es el camino hacia el anexo donde lo espera el moribundo. Antes de visitarlo, el sacerdote quiere verla a *ella*. Quiere ver a la que a veces le impide conciliar el sueño, porque teme una intrusión o algo peor. Nunca se sabe lo que puede pasar, como en aquella ocasión, hace quince años, en que fray Bartolomeo sorprendió a un individuo justo delante de la última reja que la protegía. El hombre, un americano, había intentado hacerse pasar por un visitante perdido. El abad se olió inmediatamente la mentira, sabía de memoria su olor, era el de los confesionarios. Ningún turista podía descender a lo más profundo de la Sacra di San Michele accidentalmente. No, el hombre estaba allí porque había oído el rumor.

El abad tenía razón. Cinco años después, el mismo individuo había regresado con una autorización con todas las de la ley, firmada y bendecida por el Vaticano. Así pues, se le había franqueado la puerta y la lista de quienes la habían contemplado se hizo un poco más larga. Leonard B. Williams era el nombre de ese profesor de la Universidad de Stanford, en California. Williams había dedicado su vida a la cautiva de Sacra, intentando desentrañar su misterio. Había publicado una monografía sobre ella, algunos artículos y luego silencio. Sus trabajos, por brillantes que fueran, dormían el sueño de los justos en olvidados estantes. El Vaticano había jugado bien sus cartas, abriendo aquella puerta como si no tuvieran nada que ocultar. Una jugada maestra. Durante años, reinó la calma. Pero desde hacía varios meses los monjes denunciaban a turistas que no eran turistas, sino fisgones. Se los veía a la legua. Eran reconocibles entre miles. La presión volvía a aumentar.

Durante largos minutos, el abad desciende, orientándose sin problemas en aquel laberinto de pasillos. Son tantas las veces que lo ha recorrido que encontraría el camino a ciegas. Lo acompaña un tintineo de campanillas, el sonido del manojo de llaves en la mano. ¡Dichosas llaves! Hay una para cada puerta de la abadía, a veces dos, como si detrás de la puerta más inocente palpitara un misterio. Como si el misterio que allí los congregaba, la eucaristía, no fuese suficiente.

El camino toca a su fin. Huele a tierra, a humedad, al perfume de miles de millones de átomos de granito aplastados por su propio peso, e incluso un poco al verdor de las laderas circundantes. Al final, la reja. La antigua fue sustituida y la actual está dotada de una cerradura de cinco puntos. El mando a distancia no funciona a la primera, el padre Vincenzo se pega con los botones de caucho, «siempre la misma historia, mucho hablar de progreso, pero estamos en 1986 ¡y son incapaces de fabricar un mando a distancia que funcione!». Se arrepiente en el acto de sus pensamientos: «Señor, perdona mi impaciencia».

El piloto rojo finalmente se apaga y la alarma se desactiva. El último pasillo está vigilado por dos cámaras que son el último grito, no más grandes que una caja de zapatos. Es imposible entrar sin alertar a alguien. Y, en el caso improbable de que un intruso lo lograse, ¿de qué le serviría? No podría llevársela. Hizo falta la fuerza de diez hombres para bajarla.

El padre Vincenzo se estremece. No es el robo lo que hay que temer. No olvida al chiflado de Laszlo Toth. Vuelve a sermonearse, «*chiflado* no es muy caritativo que digamos, mejor *desequilibrado*». Se había rozado la tragedia. Pero ahora mismo no quiere pensar en Laszlo, en el rostro siniestro y la mirada iluminada del húngaro. La tragedia se había evitado.

«Encerrarla para protegerla. —La ironía no se le escapa al abad—. Sigue ahí, no se preocupen, se porta de maravilla, solo que nadie tiene derecho a verla». Nadie excepto él, como prior, los monjes que lo soliciten, los pocos cardenales que siguen vivos de los que la encerraron allí hace cuarenta años y probablemente también algunos burócratas. Una treintena de personas en el mundo, como máximo. Y por supuesto su creador, que tenía su propia llave. Él venía a su antojo para ocuparse de ella y lavarla regularmente. Porque sí, hay que lavarla.

El abad abre las dos últimas cerraduras. Siempre empieza por la de arriba, un tic que tal vez delata una forma de nerviosismo. Le gustaría desembarazarse de él y se promete —como se prometió durante la visita anterior— comenzar la próxima vez por la última. La puerta se abre en silencio: el cerrajero que ponderó la calidad de las bisagras no mintió.

No acciona el interruptor. Las luces de neón originales fueron reemplazadas, al mismo tiempo que la reja, por una iluminación más tenue, y ahora es mucho mejor, porque las luces de neón la maltrataban. Pero él prefiere verla en la oscuridad. El abad se acerca, la acaricia con las yemas de los dedos, ya es un hábito. Es un poco más alta que él. Se halla algo inclinada sobre su base, en el centro de una pieza circular, un santuario primitivo con bóvedas románicas, sumida en un sueño de piedra. La única luz, procedente del pasillo, recorta dos rostros, la fractura de una muñeca. El abad conoce cada detalle de la escultura que duerme en las sombras, se ha dejado la vista escrutando la figura.

«Encerrarla para protegerla».

El abad sospecha que quienes la pusieron allí lo que pretendían era protegerse a sí mismos.

La ciudad de Savona había proporcionado dos papas a Italia, Sixto IV y Julio II. Pietra d'Alba, apenas treinta kilómetros al norte, estuvo a punto de darle el tercero. Me temo que en parte soy responsable de ese fracaso.

Me habría reído a carcajadas si alguien me hubiera dicho, aquella mañana del 10 de diciembre de 1917, que la historia del papado se vería influida por el niño que arrastraba los pies detrás de Zio Alberto. Llevábamos tres días viajando, casi sin descanso. Todo el país estaba pendiente de las noticias del frente después de la paliza que los austrohúngaros nos habían propinado en Caporetto. Se decía que las posiciones estaban estabilizadas no muy lejos de Venecia. También se decía lo contrario, que el enemigo iba a entrar a saco y a degollarnos mientras dormíamos o, peor aún, a obligarnos a comer repollo.

Pietra d'Alba apareció, tallada a la luz del levante, sobre su cresta rocosa. Una hora después me di cuenta de que su posición era una ilusión. Pietra no estaba encaramada en un espolón, sino posada en el borde de una meseta. Exactamente en el borde, es decir, que entre la muralla del pueblo y el borde del acantilado había un pasaje apenas lo suficientemente ancho para dos hombres de frente. A continuación, cincuenta metros de vacío, o más exactamente de aire puro, cargado de esencias de resina y de tomillo.

Había que atravesar todo el pueblo para descubrir lo que le había dado fama: una inmensa meseta que ondulaba hacia el Piamonte, un trozo de la Toscana desplazado allí por caprichos de la geología. Tanto al oeste como al este, Liguria vigilaba y le recordaba que no se confiase. Era la montaña, laderas cubiertas de un bosque de un verde casi tan oscuro como los animales que acechaban allí. Pietra d'Alba era hermosa, con su piedra ligeramente rosada: miles de albas se habían incrustado en ella.

El visitante, incluso exhausto, incluso de mal humor, observaba de inmediato dos edificios singulares. El primero, una soberbia iglesia barroca, que debía sus proporciones y su fachada de mármol rojo y verde, inesperadas en tierras tan al interior, a su santo patrón. San Pietro delle Lacrime había sido construida en el mismo lugar donde san Pedro —partido a evangelizar aquel país de rústicos que se convertiría en Francia— se había detenido. Esa noche, según la leyenda, soñó con las tres veces que había negado a Cristo y lloró desconsolado. Sus lágrimas se infiltraron en la roca y formaron un manantial subterráneo que ahora alimentaba un lago un poco más lejos. La iglesia había sido construida hacia 1750 directamente encima de dicho manantial, que afloraba en la cripta. Se le atribuyeron propiedades milagrosas y las donaciones llegaron a raudales. Sin embargo, nunca se había obrado ningún milagro, excepto quizá la transformación de aquella meseta, gracias al agua, en un pedacito de la Toscana.

El chófer nos dejó al pie de la iglesia, ante la insistencia de Alberto. Se había empeñado en venir desde Savona en coche, como un triunfador, no como cualquier paleto en una carreta. Era una operación publicitaria adelantada a su tiempo, pero se llevó un palmo de narices. El pueblo parecía haber hecho una fiesta por todo lo alto el día anterior, a juzgar por las banderolas y el cartel que todavía colgaba en una fuente, y servía de bufanda a un león, y por el confeti que un viento juguetón levantaba con cada ráfaga. Alberto pidió al chófer que tocara la bocina, lo que solo alertó a unas tórtolas despistadas. Furioso, decidió completar el trayecto a pie. El taller que había comprado estaba ubicado fuera del pueblo.

Fue al salir de Pietra cuando vimos el segundo edificio. O el edificio nos vio a nosotros, porque tuve la impresión de que nos miraba desde su altura a pesar de la distancia, tachando a los visitantes de indignos a menos que fuesen príncipes, dogos, sultanes, reyes y, quizá, marqueses. Cada vez que volví a Pietra d'Alba después de una larga ausencia, la villa Orsini surtió en mí el mismo efecto. Detuvo mis pasos en el mismo lugar, entre la última fuente del pueblo y el punto donde el camino descendía hacia la meseta.

La villa se alzaba en el lindero del bosque, a unos dos kilómetros de las últimas casas. Detrás de ella, contrafuertes salvajes y escarpados se estrellaban en espuma verde contra sus muros. Un territorio elevado lleno de manantiales cuyos senderos —era *vox populi*— cambiaban de lugar a medida que se pisaban. Allí solo se internaban madereros, carboneros y cazadores. A ellos se les debía la historia de los senderos semovientes, destinada a preservar su orgullo cuando emergían del bosque cual Pulgarcitos pálidos e hirsutos, una semana después de haberse perdido.

Frente a la villa, naranjos, limoneros y bigaradios se extendían hasta donde alcanzaba la vista. El oro de los Orsini, moldeado y pulido por un viento marino que, desde la costa, soplaba sobre aquellas alturas su impensable delicadeza. Imposible no pararse, impresionado por el paisaje colorido y puntillista, unos fuegos artificiales de mandarina, melón, albaricoque, mimosa y flor de azufre, que nunca se extinguían.

El contraste con el bosque detrás de la casa ilustraba la misión civilizadora de la familia, inscrita en su escudo de armas. *Ab tenebris, ad lumina.* Lejos de las tinieblas, hacia la luz. El orden, la certeza de que cada cosa tenía su lugar, y que dicho lugar estaba invariablemente por debajo del de los Orsini. Estos últimos solo reconocían la supremacía de Dios, pero no se privaban de gestionar sus asuntos terrenales en su ausencia. Tanto es así que los dos edificios singulares de Pietra d'Alba estaban irremediablemente unidos y así permanecerían hasta el final, hermanados, dos hermanos que hablaban poco pero se querían.

Vuelvo a verme aquella mañana caminando entre las hileras de naranjos y las miradas curiosas que nos seguían. Vuelvo a verme descubriendo el taller, una antigua granja flanqueada por un granero, un gran espacio de hierba entre ambos y un nogal en el medio. Recuerdo haber pensado que mi madre sería feliz allí, cuando yo hubiera ganado suficiente dinero para traerla. Alberto miró a su alrededor, con los brazos en jarras y las pestañas pintadas de escarcha. Asintió con satisfacción.

—Ahora hay que encontrar buena piedra.

En 1983, Franco Maria Ricci insistió en dedicarme algunas páginas de su revista *FMR*. Acepté la invitación porque Ricci estaba algo loco. Fue mi única entrevista. Ricci no me preguntó por *ella,* al contrario de lo que supuse. Pero ella estaba allí, oculta entre líneas en el artículo, tan discreta como un elefante.

El artículo nunca apareció. El asunto había llegado a oídos de personas influyentes, la tirada era baja y el *stock* de revistas se compró en la imprenta antes de su aparición. El número 14 de *FMR* de junio de 1983 salió con una semana de retraso y algunas páginas de menos. Probablemente fue mejor así. Franco me envió un ejemplar que había sobrevivido a la trituradora. Lo encontrarán en mi modesto baúl, bajo la ventana de mi celda, cuando ya me haya ido. El mismo escueto baúl con el que llegué a Pietra d'Alba hace setenta años.

En la entrevista dije esto:

«Mi tío Alberto nunca fue un gran escultor. Esa es la razón de que yo fuese mediocre durante mucho tiempo. Porque creí, por su culpa, y sordo a la única voz que me decía lo contrario, que la piedra buena existía. No hay piedra buena. Lo sé porque pasé años buscándola. Hasta que me di cuenta de que solo tenía que agacharme y recoger la que se encontraba a mis pies».

El viejo Emiliano, el antiguo cantero, le había vendido el taller a Alberto por una miseria. Cada vez que lo recordaba, y no eran pocas, se frotaba las manos con fruición. Se había frotado las manos en Turín, siguió frotándose las manos durante el viaje y se frotó las manos al descubrir Pietra d'Alba, el taller y el granero. Solo paró de frotarse las manos durante nuestra primera noche allí, cuando sintió que alguien se metía en su cama y le pegaba dos pies helados a los suyos.

Alberto me había permitido instalarme en el granero, una forma de decir que el taller y la habitación contigua eran su feudo. El arreglo me convenía: ¿quién, a los trece años, no soñó con dormir en un pajar? Corrí cuando escuché gritos poco después de medianoche. Alberto estaba a punto de llegar a las manos con lo que inicialmente tomé por otro hombre.

—¿Quién eres y qué coño haces aquí?

—¡Soy Vittorio!

—¿Que eres quién?

—¡Vittorio! ¡Cláusula tres del contrato!

Todavía oigo su voz temerosa, bailando entre dos registros, agudo-grave-agudo. Se presentó exactamente en esos términos, «Vittorio, cláusula 3 del contrato». Habría sido un pecado mortal no aceptar el regalo de un alias como aquel.

Cláusula era tres años mayor que yo. En este país de hombres achaparrados, que estaban lo más cerca posible de aquella tierra que siempre había que cuidar, él desentonaba por su estatura. Era el único legado de su padre, un agricultor sueco que había estado de paso en el pueblo y del que nadie sabía qué había ido a hacer a la región. Había preñado a una chica del pueblo y puso pies en polvorosa tan pronto como ella le anunció la buena nueva.

Nos llevó un buen rato comprender que Cláusula 3 era el empleado del viejo Emiliano y que siempre había dormido acurrucado con su antiguo amo. Había un dicho que afirmaba que, en invierno, en este país, un hombre, ante la disyuntiva de elegir entre una bolsa de oro y un buen fuego, no siempre prefería el oro. El calor era un bien escaso, en las casas y en los corazones. A Alberto, eso de dos hombres durmiendo juntos no le cabía en la cabeza; en su vida había oído hablar de semejante cosa. Cláusula 3 se encogió de hombros y prometió dormir en el granero, lo que molestó más si cabe a mi tío, que empezaba a arrepentirse de no haber leído bien la escritura enviada por su notario. Le recordé con socarronería que no sabía leer ni bien ni mal, pero no se dio por aludido. El notario debería habérselo advertido, insistió. Además, ahora que lo pensaba, quizá maese Dordini lo había redactado la noche en que habían bebido hasta las tantas con una cuadrilla del gremio de carpinteros. Un intercambio epistolar confirmó posteriormente que Cláusula formaba parte de las paredes, vendidas por una miseria con la condición expresa de que el joven trabajara durante diez años contados a partir de la firma (cláusula 3).

En toda mi vida, rara vez me topé con un tipo con tan poco talento como Cláusula para trabajar la piedra. Pero fue una ayuda inestimable para nosotros. Trabajaba duro por una miseria, contentándose prácticamente con el alojamiento y la comida. Alberto casi desarrolló un sentimiento parecido a la ternura hacia él cuando notó, al cabo de un tiempo, que ahora disponía de un segundo esclavo: una versión mía mejor construida, menos insolente y, sobre todo, carente de talento.

Al día siguiente apareció una larga comitiva, un estrépito de carretas y caballos humeando en el crepúsculo escarlata. Eran todos los enseres y el material de trabajo de Alberto, procedentes de Turín. Los conductores bebieron un trago con mi tío y se fueron enseguida.

Estábamos listos para nuestros primeros clientes. En aquel pueblo se reducían a dos: la Iglesia y los Orsini. Alberto decidió ir a presentar sus respetos a ambos y debatió el orden protocolario, a quién visitar primero; cada uno tenía argumentos válidos. Ganaron los Orsini. La Iglesia hablaba demasiado de pobreza para el gusto de Alberto, quien no se cansaba de repetir, aunque fuera falso, que él tenía letras que pagar. Su madre le había comprado el taller al contado, y desde luego a nosotros no nos pagaba. Poco después del Ángelus, Alberto, Cláusula y yo nos presentamos en la puerta de servicio de la villa. La criada que abrió la puerta estudió el variopinto triunvirato que formábamos antes de preguntarnos qué se nos había perdido por allí.

—Soy maese Alberto Susso, de Turín —declamó mi tío con muchas reverencias—. Probablemente haya oído hablar de mí. Me he hecho cargo del taller del viejo Emiliano y quisiera presentar mis respetos a los excelentísimos señores marqueses de Orsini.

—Esperen ahí.

A la criada la sucedió el administrador, quien determinó que lo nuestro no era asunto de intendencia, sino del secretario del marqués, quien no tardó en presentarse en la poterna. Detrás del muro del recinto, se distinguía un jardín de un verde resplandeciente, el destello oscuro de un estanque que humeaba en el aire de la mañana.

—Los señores marqueses no reciben a los artesanos —explicó el secretario—. Hablen con el mayordomo.

Derramaba sobre nosotros su condescendencia, que caía como una precipitación de lluvia a nuestro alrededor, la misma lluvia que irrigaba en todo el mundo la semilla revolucionaria. El reino de los cielos estaba peor guardado que la villa Orsini. A mí me importaba un bledo el secretario, fascinado como estaba por el jardín, donde distinguía varias estatuas. Algunos criados descolgaban un cartel tendido entre dos de ellas, similar al que había visto en la fuente del pueblo cuando llegamos.

—¿Han celebrado un cumpleaños?

El secretario me miró con una ceja divinamente enarcada.

—No, hemos celebrado la marcha al frente del joven marqués. Se ha unido a un regimiento en Francia, para mayor gloria de su familia y del reino de Italia.

Sin saber cómo ni por qué, me eché a llorar. El secretario y Alberto se descompusieron, rivalizando entre la vergüenza y el desconcierto; ambos se habrían sentido más cómodos bajo la metralla austrohúngara en Caporetto. El propio Cláusula, que empezaba a incursionar en el latifundio de los hombres y a abandonar el terruño de la infancia, se apartó unos pasos para examinar con repentino interés las jambas de la puerta. La criada que nos había recibido se olvidó un instante del protocolo, empujó al envarado secretario y se arrodilló frente a mí.

—A ver, a ver, ¿qué le pasa a mi hombrecito?

No me ofendí, porque noté que con «hombrecito» se refería a mi edad, no a mi tamaño. Yo ignoraba por qué me había dado aquella llorera por alguien a quien no conocía. ¡Qué podía saber a los trece años sobre las tristezas que vamos ahogando!, de modo que solo fui capaz de balbucir:

—Me gustaría que volviera.

—Ea, ea, ya está —murmuró la criada.

Apoyó mi cabeza entre sus senos generosos y me avergüenza decir que me sentí mejor.

Una semana después, todo el pueblo entró con gran pompa en la iglesia de San Pietro delle Lacrime. Alberto había insistido en estar allí —«hay que dejarse ver, es bueno para el negocio»—, aunque fuese en la última fila. La nave estaba abarrotada de gente, que había acudido desde Savona y Génova a presentar sus respetos. En el primer banco, los Orsini. Inmediatamente detrás, los Magníficos, las grandes familias de la región: los Giustiniani, los Spinola, los Grimaldi.

El joven marqués, el héroe de Pietra d'Alba, también estaba allí, en el cruce del transepto, aureolado de una gloria que le traía al pairo. Se celebraba su funeral. En el momento en que yo lloraba en el regazo de una criada de su casa, el heredero había muerto hacía dos días, el 12 de diciembre de 1917. No en el frente, después de haber conquistado victoriosamente una posición enemiga al mando de su compañía y a costa de su propia vida. No, había muerto como la mayoría de los hombres, estúpidamente, en lo que se convirtió (cuando el ejército aceptó reconocerlo, después de varios decenios) en el mayor desastre ferroviario que jamás haya ocurrido en Francia.

El caso es que, el 12 de diciembre, impaciente por presentarse ante el Estado Mayor y obtener un destino, el joven marqués se había embarcado, con una tropa de soldados de permiso, en el tren de Bassano a Modane y luego en el ML3874 con destino a Chambéry. En el descenso desde Saint-Michel-de-Maurienne, la locomotora no pudo soportar el peso del convoy de trescientos cincuenta metros de largo, amén de quinientas toneladas de acero y cientos de chicos felices de volver a casa por Navidad. La alegría de la tropa pesaba mucho, el sistema de frenado automático se había desactivado, «se frenará con el manual», pero no, a gran velocidad y en una pronunciada pendiente, no había forma de frenar. El tren descarriló, chocando contra el muro de contención de una trinchera y contra el muelle de un puente. Vagones, amontonados, incrustados unos en otros, vigas de metal del grosor de un brazo retorcidas como alambres: todo se quemó. El joven marqués, despedido por el impacto, fue una de las pocas víctimas que hallaron intactas. La mayoría, más de cuatrocientas, eran un amasijo de carne y acero.

Los *si* llovían desde entonces, impotentes para desenmarañar la apretada trama del destino. ¿Y si el joven marqués no hubiera ido a la guerra? Entre los Magníficos, el servicio militar obligatorio se evitaba fácilmente. ¿Y si no hubiera cogido ese tren para llegar antes al frente? Pero Virgilio Orsini había cogido el tren. Se había presentado voluntario. El único consuelo era llorar. Para los lugareños, al menos. Los Orsini permanecían dignos, la comisura de los labios caída, como es lógico, pero la barbilla alta y la mirada perdida, vuelta hacia el futuro de la dinastía.

El órgano retumbó para acompañar el féretro, llevado por hombres de uniforme hacia la luz, y la parroquia se dispersó. Mi baja estatura, la multitud y mi posición al fondo de la iglesia no me permitieron ver ese día a ningún Orsini más que en forma de siluetas negras y lejanas. Terminada la ceremonia, creyéndome solo, me detuve para examinar una escultura. Algo me atraía hacia ella.

—¿Te gusta?

Me sobresalté. Don Anselmo, recién nombrado párroco de San Pietro, me miraba con ojos vivos. Cuarentón, ya calvo, inquietaba con esa mezcla de fervor y dulzura que luego vería en muchos sacerdotes.

—Es una piedad. ¿Sabes lo que es?

—No...

—Una representación de la *mater dolorosa*. Una madre que llora a su hijo al pie de la cruz. Es de un maestro anónimo del diecisiete. Entonces qué, ¿te gusta?

Estudié el rostro de la madre más de cerca. Había visto madres tristes, y no solo la mía.

—Bueno, adelante. Habla, hijo mío.

—No creo que esté triste. Es una paparrucha.

—¿Una paparrucha?

—Sí. Y el brazo de Jesús es demasiado largo. Y el manto no puede caer tan abajo, porque la Virgen tropezaría con los pies al caminar. No es verdad.

—Ah, eres el francesito que trabaja con el cantero.

—No, padre.

—¿No eres aprendiz en el taller?

—Sí, pero soy italiano, no francés.

—¿Cómo te llamas, muchacho?

—Mimo, padre.

—Mimo no es un nombre.

—Michelangelo, pero prefiero Mimo.

—Bueno, Michelangelo, creo que eres un chico inteligente. Sin embargo, yo diría que tenemos aquí el típico caso de pecado de orgullo. Es incluso blasfemo sugerir que la Virgen podría tropezar con su manto. Dios nuestro señor no la sometió a ese tipo de contingencias. Ella es gracia, no desgracia. ¿No crees que deberías confesarte?

Me apresuré a aceptar; el cura pareció sorprendido. Se lo había pedido un montón de veces a mi madre, que se confesaba día sí, día no; pero, según ella, yo era demasiado puro. Para no decepcionar, me atribuí algunos pecados de Alberto, que horrorizaron a más no poder a don Anselmo, pero le proporcionaron el deleite de interceder en mi favor ante el Altísimo. Mientras me daba la absolución, pensé distraídamente en los Orsini, preguntándome a qué se parecerían. Si sus rostros eran nobles o, por el contrario, feos. Me fascinaban los Orsini, como si ya percibiera el caos detrás del orden aparente, el nuevo mundo que retumbaba, justo debajo de la superficie, para derrocar al viejo.

Terminada la confesión, Anselmo me sacó por una puerta de la girola que conducía a la sacristía, a su vez comunicada con un claustro barroco. En el centro, un jardín rodeado por un cierre de piedra que a duras penas contenía palmeras, cipreses, plataneros y buganvillas. El campanario que vigilaba aquel pequeño edén lo protegía del viento en invierno y del sol en verano.

—¿Puedo preguntarle una cosa, padre?

—Tú dirás, hijo.

—¿Qué quiere decir contingencias?

—Circunstancias fortuitas e imprevisibles que pueden surgir en el día a día.

Fingí haber entendido. Detrás del jardín, adosada al muro exterior del claustro, una fuente con forma de venera dejaba oír su agua cantarina. Tres querubines, posados en sus correspondientes delfines, con sendas ánforas bajo el brazo, llenaban la pila desde hacía trescientos años. Un cuarto delfín había perdido a su angelote. Anselmo mojó los dedos en el agua y trazó la señal de la cruz en su frente.

—Este es el lugar donde lloró san Pedro —me explicó.

—¿De verdad son sus lágrimas?

El sacerdote sonrió.

—No lo sé. Lo que sí sé, en cambio, es que es la única fuente de la meseta. Sin ella, Pietra d'Alba no existiría, ni los árboles frutales. Así que podemos considerarlo una forma de milagro.

—¿Y hace otros milagros?

—Que yo sepa, no. Pero puedes intentarlo.

Metí la mano en el agua; tuve que ponerme de puntillas. Mi deseo era banal, muy normalito, yo no creía demasiado en esas cosas, pero nunca se sabe: «Me gustaría crecer». No pasó nada. Lo cual era injusto porque, por aquellos años, un austriaco (un enemigo, por tanto) llamado Adam Rainer logró la transformación que yo invocaba. El único hombre conocido en la historia que fue de baja estatura y luego gigante. No sé en qué fuente mojaría los dedos.

Anselmo señaló el delfín solitario, el que había perdido a su jinete. En realidad, me explicó, la fuente nunca se había acabado, el escultor había muerto a los treinta años.

—A lo mejor, tu maestro podría hacernos el cuarto querubín. Acabamos de recibir una generosa donación que nos permite emprender varios trabajos.

Prometí preguntar y me despedí. Caía la noche. Me detuve antes de la bajada de la meseta, a la salida del pueblo, para examinar la villa Orsini. Me pareció percibir movimiento en una ventana, pero estaba demasiado lejos para ver de qué se trataba. Estarían poniendo la mesa bajo los altos techos, seguramente en vajillas de oro y plata, pero ¿tendrían hambre después de enterrar a un hijo? Quizá simplemente lloraban, sin tocar sus platos, lágrimas de oro y plata.

Cuando llegué, Zio Alberto ya cabeceaba con una botella vacía ante él. «Las emociones del día —se justificó—, mira que palmar a los veintidós años, menuda faena». Le transmití orgulloso la oferta de don Anselmo, un error que nunca volví a cometer. Se puso como loco, me abofeteó y, de no ser por el ceño fruncido de Cláusula, que estaba comiendo en un rincón del taller, me hubiera molido a palos como en Turín. Zio Alberto, fuera de sí, me acusó de hacer negocios a sus espaldas, «¿Te crees que no soy capaz de conseguir que entre el dinero? ¡Pues ya que eres tan listo, esculpe tú el puñetero querubín!».

Luego se quedó dormido. Tragándome las lágrimas, cogí un martillo, coloqué el cincel contra un bloque de mármol que parecía tener el tamaño adecuado y di el primer golpe de una larga serie.

Alberto partió para un viaje de varios días a los pueblos vecinos, de donde volvió con algunos contratos. Entró directamente en el taller y estudió el angelote que yo estaba terminando. Parecía cansado pero sobrio, lo que solo significaba que no había encontrado nada que beber.

—¿Lo has hecho tú?

—Sí, Zio.

Me gustaría volver a ver aquel angelote. Probablemente me reiría de mis errores de juventud. De todas formas, creo que era una obra aceptable. Alberto meneó la cabeza y tendió la mano.

—Pásame tu gradina.

Caminó alrededor del querubín con mi gradina en la mano, dispuesto a corregir un detalle, desistió, otro detalle, desistió, me miró de nuevo y repitió:

—¿Lo has hecho tú?

—Sí, Zio.

Sin quitarme los ojos de encima, fue a buscar una botella, la descorchó con los dientes y bebió un largo trago.

—¿Quién te enseñó a esculpir así?

—Mi padre.

Yo era precoz con trece años, pero entonces el término no existía. El mundo era mucho más simple. Se era rico o pobre; se estaba vivo o muerto. Los tiempos no estaban para matices. Mi padre había ladeado la cabeza igual que

Zio Alberto el día en que, a los siete años, le dije «no, ahí no», mientras él colocaba el cincel sobre un parteluz que estaba esculpiendo.

—No lo haces mal, eso está claro, pero como tú los tenía a patadas en Turín. Así que no te hagas ilusiones. ¡Y que no se te suba a la cabeza! ¡Este taller es una pocilga! ¡Ni se te ocurra irte a la cama hasta que no lo limpies!

Luego le dio la vuelta a mi trabajo y le estampó su monograma. La primera obra de Mimo Vitaliani, *Ángel sosteniendo un ánfora,* está firmada por Alberto Susso.

Me acosté de mal humor en mi lecho de paja. Cláusula se reunió conmigo un poco más tarde, tropezando con la escalera que subía al granero. Soltó un par de tacos, se rio y se acercó a mi rincón a cuatro patas. Zio Alberto lo había invitado a unos cuantos tragos del vino peleón que bebía.

—Oye, el jefe no parecía muy contento con esa historia del ángel. No para de decir que se te han subido los humos y que miras a todo el mundo por encima del hombro.

—Eso sí que sería un milagro, pero el agua bendita no funcionó.

—¿Eh?

—Nada. Cosas mías. Buenas noches, Claus.

—Oye, Mimo.

—¿Mmmm?

—¿Vamos al cementerio?

Pocas palabras prometen tanta aventura como *cementerio,* al menos cuando se tienen trece años. Me apoyé en un codo.

—¿Al cementerio?

—Sí. Cada uno tiene que dar una vuelta completa, solo. El que se raje tiene que besar a la hija de Giordano.

Giordano era el dueño de la fonda. Su hija, una belleza voluptuosa de catorce años, curiosa por todo. Besarla no era en sí mismo un castigo, sino todo lo contrario, pero Giordano nunca estaba lejos de ella, y una escopeta cargada, nunca lejos de Giordano.

Había que volver hacia Pietra d'Alba para llegar al cementerio y, justo antes de subir al pueblo, girar a la derecha, donde un camino se cruzaba con la carretera general. Después de un breve recorrido por el bosque, se llegaba a la terraza sombreada donde estaba ubicado el cementerio, cuyo tamaño sorprendía para un pueblo de quinientas almas. Pero la región era rica en grandes familias a las que aquel enclave les parecía encantador, lejos de las inmundicias de la costa, y lo habían elegido como lugar de descanso eterno. Espléndidos mausoleos se codeaban con sepulturas más humildes y celebraban el poderío de sus ocupantes, quienes, sin embargo, habían perdido lo más valioso que tenían. La contradicción no le importaba a nadie. Los muertos son olvidadizos.

Atravesar el bosque puso a prueba mis nervios. Había llovido todo el día, el suelo humeaba un poco. El camino parecía una trinchera, entre dos terraplenes apenas contenidos por muros barrigones. Cláusula me preguntaba constantemente si tenía miedo, una fanfarronería destinada a ocultar que él no las tenía todas consigo. Yo tampoco. Había acompañado a mi padre a muchos cementerios, incluso lo había llevado al cementerio —un ataúd vacío en el que habíamos introducido algunos objetos que le gustaban—. Pero ahora mi padre ya no estaba allí para cogerme de la mano.

Una silueta se separó de un arbusto cuando llegamos cerca de la entrada. Estuve a punto de desmayarme.

—Tranquilo, es Emanuele.

Lo primero que me llamó la atención fue el parecido, antes incluso que el uniforme de Emanuele. No me extraña que el agricultor sueco hubiese puesto tierra por medio, porque había dejado atrás no uno, sino dos hijos. Emanuele había aparecido a continuación de su gemelo, mientras su madre empezaba a recuperar el color, después de haber maldecido a Dios, a los hombres y a Suecia. El segundogénito salió del claustro materno totalmente azul, estrangulado por el cordón umbilical; le debía la vida al hálito de la partera, el aliento de una anciana a aquellas alturas sin resuello, que sin embargo había reiniciado la diminuta máquina. La madre los había bautizado con los nombres de Vittorio y Emanuele en honor al rey de Italia, e incluso había escrito a Roma para notificarlo. La respuesta de un oscuro secretario le aseguraba la gratitud del monarca, misiva que enmarcó y expuso durante casi cuarenta años en su modesta mercería.

De su accidentado nacimiento, Emanuele guardó graves secuelas. Sus movimientos eran espasmódicos, a veces incontrolables. Hablaba con dificultad —solo su hermano y su madre lo entendían—. Para sorpresa de todos, había aprendido a leer solo, aunque le costaba Dios y ayuda atarse los cordones de los zapatos. Sus dos pasiones: las novelas de aventuras y los uniformes. Jamás vi a Emanuele vestido de otra forma que no fuese de uniforme. No era nada sectario, sino que mezclaba alegremente elementos civiles, militares (incluidas facciones rivales) y religiosos (incluidas facciones rivales), por no hablar de las épocas. El asunto del agricultor sueco y luego la carta del rey habían transformado un triste amorío en una epopeya, y casi todo el mundo conocía a Emanuele, desde Savona, en el sur, hasta la frontera del Piamonte, en el norte. Recibía regularmente uniformes, rara vez completos, pero en gran número, dependiendo de los viejos que muriesen y de los desvanes que se vaciasen. La guerra había sido una bendición y al bueno de Emanuele le aprovechaba tanto como a los grandes industriales.

Esa noche llevaba dos charreteras del Segundo Imperio, un sombrero de Bersaglieri de cuero y fieltro decorado con una escarapela dorada y un penacho de plumas de urogallo, una levita de cartero sujeta con un ancho fajín de Askari, pantalones y botas de fusilero. Me estrechó la mano vigorosamente y se lanzó a una perorata incomprensible, a lo que su hermano respondió: «¡Qué va, hombre, no digas bobadas!».

La verja del cementerio siempre permanecía abierta. Nadie entraba de noche, nadie salía tampoco. Cláusula fue el primero en dar la vuelta estipulada al cementerio. Desapareció entre las tumbas. Los altos cipreses que vigilaban a los muertos bloqueaban parcialmente la luz de la luna. Las certezas y las líneas claras del día dieron paso a fronteras turbias, un mundo de bistre y de sombras donde todo se movía. Cinco minutos más tarde, Cláusula apareció silbando con las manos en los bolsillos. Pero sus mejillas encarnadas indicaban que había corrido como alma que lleva el diablo. A continuación, fue Emanuele, y regresó con la misma calma, solo que él no había corrido. Luego fue mi turno. Dudé.

—Venga —dijo Cláusula—. Nada que temer.

Oí un crujido, como si se abriera una tumba, pero luego nada.

—Entonces, ¿te achicas?

Mi estatura me impedía achicarme. Al contrario, siempre tenía que hacer el doble que los demás. Entré en el cementerio. Allí hacía más fresco, o me dio esa impresión. Me pareció oír un ruido y me detuve petrificado. El olor de los cipreses me recordó el que emanaba del taller de un lutier vecino nuestro en Saboya. Eso me tranquilizó un poco. Eché a andar de nuevo, con los ojos pegados al suelo. Los sonidos, cada vez más claros, rebotaban en el aire helado: crujidos, suspiros, carraspeos. La deliciosa fragancia verde de los cipreses desapareció, corrompida por el olor negro, leproso, de cosas muertas.

Tuve que pararme de nuevo, esta vez a respirar. Frente a mí, el claro de luna perfilaba el rostro de un ángel que blandía una trompeta, sentado en el frontispicio de un mausoleo. La puerta estaba abierta, lo que debería haberme hecho salir corriendo. Una fuerza invisible me impidió moverme. La luna chirrió detrás de los cipreses sobre sus viejos engranajes, se movió, iluminó el interior y el negro pulido de una lápida de granito. Entonces la vi.

La sombra se levantó lentamente, separándose de la lápida, y dio unos pasos vacilantes hacia mí, con la cabeza baja y el rostro oculto por un velo negro. Lo alzó en el umbral y me miró con los ojos espectrales hundidos en inmensas cuencas. No era más alta que yo. La piel era muy pálida, pero los labios eran carnosos, dos rosas de vida, de la sangre de los vivos de la que debía de alimentarse cada noche cuando dejaba el frío abrazo de la tumba.

Hombres mucho más valientes que yo se habrían desmayado. Y es lo que hice.

Cuando desperté, estaba solo, y la puerta del mausoleo, cerrada.

Un viento endemoniado doblaba los cipreses. Cuchicheaban en la oscuridad, un lenguaje de madera maléfico y secreto que no me detuve a escuchar. Grité al sentir una mano húmeda posarse en mi frente, pero era solo una hoja de castaño empapada. Cuando pude levantarme, salí disparado. Emanuele y Cláusula habían desaparecido.

Corrí hasta mi camastro y me metí completamente vestido bajo las mantas, temblando de pies a cabeza. Mi colega de granero no tardó mucho en aparecer, con briznas de paja en el pelo y ojos somnolientos.

—¿Dónde estabas? Nos cansamos de esperarte.

—¿La habéis visto?

— ¿A quién?

—¡A ella! ¡A la muerta!

—¿Has visto una muerta?

—Salió de una tumba, toda vestida de negro. ¡Te lo juro!

Cláusula me miró con el ceño fruncido antes de soltar una carcajada.

—No me tomes el pelo, tú lo que quieres es besar a la Giordano.

El viento sopló toda la noche. No logré conciliar el sueño hasta el amanecer, cuando el regreso de la luz del día calmó mis temores. Una patada me despertó al cabo de dos o tres horas.

—¿Qué coño haces en la cama? ¡No te pago para roncar! Muévete, que hay mucho que hacer.

Zio Alberto bajó corriendo la escalera. Yo bajé tras él y hundí la cara en el abrevadero alimentado por un afloramiento del manantial milagroso. En el interior de Liguria, el viento, como el agua, como el fuego, podía ser fuente de vida o de destrucción. Aquella noche, había abatido una estatua de una cornisa de la villa Orsini, que había caído sobre el tejado. Los daños en el interior se reducían a unas cuantas goteras en el desván, porque había llovido toda la noche. Ya se encargaría más tarde un carpintero de los arreglos. Para los Orsini, genio y figura, lo más urgente era restaurar la simetría de la fachada y devolver la escultura a su emplazamiento. Un empleado de la villa había ido a informar a mi tío muy temprano.

Mi tío… Nunca me decidí a dirigirme de otra manera a aquel zopenco.

Los jornaleros ya estaban trabajando en los campos de cítricos. A miles de kilómetros de distancia, al otro lado del Atlántico, en un país que nunca imaginé visitar un día, los hombres se enriquecían con un aceite negro escupido por la tierra, una nafta viscosa que ganaría guerras después de haberlas provocado. En Pietra d'Alba, la fortuna procedía de los colores que cambiaban con el sol, de un delicioso amargor o de una sensación azucarada en un frío amanecer. Añoro el mundo de las naranjas. Nadie se peleó nunca por una naranja.

Nos franquearon el gran portal de entrada a la finca y finalmente descubrí la villa Orsini. Hasta entonces nunca había visto un jardín con césped, y mucho menos un jardín de arte topiario. Dos terrazas sucesivas anunciaban la mansión y suavizaban la pendiente, atravesadas en medio por una escalera de piedra. La primera, cubierta por una alfombra de hierba, estaba decorada con laureles redondos como cantos rodados y tejos cortos y cónicos, piezas de un juego cuyas reglas ignoraba, abandonadas por gigantes. La segunda terraza, la más cercana a la villa, albergaba un laberinto de boj a la derecha y un largo estanque de color azul oscuro a la izquierda. El administrador nos esperaba en las escaleras delante de la puerta principal. En un medallón sobre el dintel, el escudo de los Orsini, en piedra berroqueña con restos de policromía. *D'oro, all'orso di verde sormontato da due arance dallo stesso.*

«De oro, en el oso de sinople coronado por dos naranjas del mismo». Allí comenzaba la leyenda de la familia a la que le debo mis mayores penas y mis mayores alegrías, a la que debo, en suma, mi vida que se apaga.

Nadie sabía de dónde venían los Orsini. No había rastro de ellos en la historia de las grandes familias de Génova. Sin embargo, es incuestionable que estaban allí. La villa Orsini había aparecido en Pietra d'Alba a finales del siglo XVIII y su esplendor hizo olvidar rápidamente su ausencia precedente. A quien preguntase, los habitantes del pueblo le respondían que siempre había estado allí.

Por aburrimiento, por celos o por el gusto de fabular, circulaban mil y una leyendas sobre los Orsini. Eran originarios de Sicilia, miembros de la *onorata società* en busca de legitimidad. Pero la honorable sociedad en cuestión, que más tarde se llamaría mafia y cuyos iniciados, como se sabría mucho más tarde, la llamaban Cosa Nostra, no existía cuando se construyó la villa Orsini. Entonces es que descendían de los

Beati Paoli, una legendaria secta medieval siciliana que robaba a los ricos para dárselo a los pobres. A fuerza de frecuentar a los ricos, aunque fuera para robarles, se habían dejado seducir por las sirenas del confort. Ridículo, objetaban otros, a ver si por cultivar naranjas tenían que ser sicilianos. Además, en su escudo de armas había un oso y el propio nombre Orsini contenía la palabra *orso,* es decir, oso. Y la auténtica verdad —esta era la versión más popular en el valle— era la siguiente: los Orsini descendían de una familia de *orsanti,* los criadores de osos y saltimbanquis originarios de los Abruzos, que vendían sus animales amaestrados al mundo entero, tanto a los exhibidores de osos de Ariège como a los *showmen* americanos. Arreciaban las protestas cuando alguien mencionaba la historia en el bar del pueblo: jamás se había visto a nadie enriquecerse con los osos. Es cierto, admitía el narrador de turno, pero no fue así como se hicieron ricos. Iban a vender sus osos cuando, una noche, mientras acampaban cerca de Pietra d'Alba, encontraron un tesoro enterrado, el de los templarios. O de los albigenses. O de un dignatario que iba de camino a las cruzadas y al que le había parecido más prudente enterrar su fortuna antes de partir a descalabrar infieles. En fin, a lo que vamos, un tesoro que les permitió convertirse en poco más de un siglo en sinónimo de fortuna y elegancia.

Fue, con tantas historias y tantas leyendas en la cabeza, como caminé, una hora después, con pasos cautelosos. El mayordomo nos había guiado a través de un largo corredor algo húmedo destinado al servicio hasta una claraboya que daba al tejado. El secretario del marqués había insistido en subir con nosotros. La villa estaba constituida por dos envolturas: la que el ojo podía ver, con sus paredes revestidas de color verde anís, en las que se abrían ventanas de frontón, una mezcla de clasicismo y palladianismo, y otra estructura en el interior, algo más pequeña. El espacio entre ambas, de unos sesenta centímetros de ancho, era un verdadero laberinto que daba servicio a las estancias de recepción y a las alcobas, la zona donde vivía la familia. Se recomendaba a los criados utilizarlo con la mayor frecuencia posible para no ofender la vista de un Orsini.

El tejado brillaba, barnizado por los chaparrones de la noche. Un tercio de la estatua abatida por el vendaval desaparecía dentro del agujero que había perforado en las tejas. A pesar de que éramos tres, Alberto, Cláusula y yo, nos las vimos y nos las deseamos para izarla. En la caída se había roto un brazo. Se trataba de una mujer cubierta con una toga, con la mano derecha posada con donaire sobre el hombro izquierdo. Cláusula y yo tuvimos una breve porfía: ¿se acababa de atar la prenda o se disponía a quitársela? En cualquier caso, era muy pesada, algo que a una mujer no le gusta oír, y bajé cortésmente la voz para señalar que pesaba como un cachalote.

—Habrá que reforzarla para que aguante mejor —determinó Zio Alberto—. El brazo se puede restaurar. Haremos un apaño; con la distancia no se notará.

Pasamos la mañana subiendo y bajando nuestros *ferri*, las herramientas del oficio, e izando los sacos de mortero y cal. Para ser exactos, Cláusula y yo cargábamos con todo. El tío daba órdenes sentado en un canalón, agarrado a la botella, porque estar al aire libre le daba sed. El trabajo tuvo la virtud de hacerme olvidar el encuentro espectral de la noche. Después de dos horas bajo el sol, estaba casi convencido de que lo había soñado. Al mediodía, habíamos devuelto la estatua a su pedestal e instalado el amarre entre los dos. Yo iba y venía de un extremo a otro del tejado en función de las necesidades. Solo tenía trece años, pero el tío me hacía trabajar como a cualquier hombre. Veía cómo me agotaba, observándome con mirada torva, el belfo temblequeante, como si siempre estuviera a punto de decir algo y se contuviese. Lo hizo toda su vida; nunca supe lo que quería decirme.

Nuestro trabajo era peligroso. Si la guerra no hubiera matado a mi padre, el mejunje de polvos de estaño que usábamos antes del ácido oxálico para pulir el mármol lo habría hecho. El estaño, en mi opinión, era plomo en polvo. No me sorprendería que, si examinaran mis pulmones después de mi muerte, vieran en ellos una de esas manchas que han oscurecido el destino de muchos canteros. En los años en que me codeé con la alta sociedad, mantuve una discusión con un montañero genial, Riccardo Cassin. Sea porque ambos luchábamos codo con codo con la roca, sea porque él también era huérfano de padre, trabamos una sólida amistad. De natural modesto, se empeñó en convencerme de que mi oficio era más peligroso que el suyo. Ambos corremos los mismos riesgos, decía. Y tú también te puedes caer.

Era bien entrada la tarde cuando se produjo el accidente. Acababa de preparar diez kilos de un engrudo destinado a sellar la estatua. Una vaga náusea me amalgamaba el estómago. Había caminado kilómetros sobre aquel tejado, a pleno sol, sin comer nada ni beber más que un sorbo de vino que el tío Alberto nos había concedido graciosamente. Hice una pausa para observar a lo lejos la silueta del cartero en su bicicleta. Alguien trotaba detrás de él, a una distancia prudencial, y se quedaba quieto cada vez que el cartero frenaba para girarse y blandir el puño. La extraña maniobra captó mi atención durante un largo minuto. Por los destellos dorados que el sol arrancaba al corredor, deduje que se trataba de Emanuele.

—¡Eh, Claus!

—¿Sí?

—Mira allá. Ese no será tu...

Sin más ni más las piernas dejaron de sostenerme. Incliné la cabeza hacia delante, me agarré al cubo por reflejo, «sobre todo no soltarlo, como eche a perder el mortero, el tío me mata». El balde me arrastró, haciéndome coger velocidad. Escuché gritos confusos, cada vez más lejanos, que me importaban cada vez menos. Rodé por todo el tejado, cogí vuelo en una teja gatera y aterricé a medias sobre un canalón de zinc. Mis dedos se aferraron a él durante una fracción de segundo, pero para qué, tenía sueño. Solté los dedos y caí, con los brazos abiertos, en diez metros de vacío.

La inconsciencia solo duró un segundo. Me estampé contra la fachada, completamente despierto, después de describir un arco perfecto. La cuerda había aguantado. Al contrario que Cláusula y Zio Alberto, que no consideraban muy viril tanta precaución, yo siempre me amarraba cuando trabajaba en altura. Una prudencia que le debía a mi padre y que se resumía en un dicho: «Cuando se construye una catedral, llueven escultores».

La cara de Cláusula, presa del pánico, apareció sobre el canalón, justo por encima de mí. Zio Alberto se unió a él al poco rato, con más curiosidad que preocupación. Cláusula se echó a reír al verme colgando del extremo de mi hilo.

—¡Casi me cago de miedo por tu culpa!

—¡Subidme, coño!

—Imposible. Entra por la ventana de tu derecha. Te iré balanceando.

Cláusula imprimió un movimiento de balanceo a la cuerda. Conseguí agarrarme al alféizar de la ventana: estaba abierta. Mi colega me hizo un signo con el pulgar antes de desaparecer. La cuerda se aflojó y me desplomé dentro de una habitación de tonos verdes acidulados donde flotaba un vago olor a sueño y azahar. Para incorporarme, agarré por reflejo una mesa en la que había posado un cuenco de naranjas, que basculó hacia mí. Atrapé el cuenco por los pelos y luego busqué las frutas esparcidas, que habían rodado bajo los muebles. Temblando, finalmente me senté en el borde de la cama. Cada movimiento era una profanación; mi sola presencia, un sacrilegio. En toda mi vida jamás había tocado un colchón tan mullido ni visto una cama con dosel. Las sábanas no estaban deshechas, solo arrugadas, como si alguien se hubiera acostado encima. No podía quedarme allí.

En la mesita de noche había una tarjeta entreabierta. Comenzaba con las palabras *Feliz cumpleaños...*, con caligrafía spenceriana. El administrador había sido claro: bajo ningún concepto debíamos entrar en la casa. No había dicho nada sobre el castigo reservado a quien leyera la correspondencia de sus habitantes, pero lo imaginé ejemplar. A pesar de todo, cogí la tarjeta, fascinado por la belleza del trazo, para leer y releer las escasas líneas de felicitación, «esperamos que te guste tu regalo». La olí —el papel estaba ligeramente perfumado, una fragancia exótica, femenina, que se mezclaba con la de las naranjas—. Así que la nobleza era eso. Gentes que se enviaban tarjetas escritas con tinta y letra inclinada solo para desearse feliz cumpleaños.

Me tendí soñadoramente, con la tarjeta apretada contra el pecho. Era a mí a quien escribían. «Querido Mimo, esperamos que te guste tu traje nuevo, así como el cuchillo de cuerno que tanto querías». Era yo quien dormiría esa noche en aquella nube de plumas, lana y crin. Formar parte de ese mundo, un momentito, aunque fuese fingido.

Solo un minuto. Por favor. Un minutito que no hará daño a nadie, robado en un siglo donde todo va demasiado rápido.

El padre Vincenzo remonta lentamente la escalera desde las profundidades de la Sacra. Los peldaños parecen más empinados que nunca. Respiración entrecortada, flojera de piernas, tendrá que pensar en su sucesión. Se ha entregado en cuerpo y alma a su congregación y ha protegido lo mejor posible el secreto que se le ha confiado. Le hubiera gustado poder decir sin mentir: «En este lugar no hay otro tesoro sino la fe de los hombres que lo habitan». Se merece con creces su jubilación. Al fin podrá hacer lo que siempre soñó. Por ejemplo... Ahora mismo no se le ocurre nada. La fatiga, sin duda.

Entra en la celda donde el hombrecillo ha pasado cuarenta años de su vida. Piensa «hombrecillo» sin condescendencia, sobre todo porque cada vez que está en su presencia, el abad se siente aplastado por una sensación de gigantismo, como si Michelangelo Vitaliani proyectara una sombra inmensa.

Incluso tendido, incluso atado a lo que le queda de vida por el hilo de una telaraña, el hombrecillo impresiona. Era gruñón, rudo y descortés, pero los dos se llevaban bien. El círculo de monjes se aparta, el espectáculo no deja de ser consolador. Él también, algún día, tendrá derecho a su círculo. No lo dejarán partir solo.

¡Vaya!, ¡ahora se acuerda! Cuando lo haya dejado y entregado las mil llaves a su sucesor, le gustaría ir a Pompeya. Recorrer la costa amalfitana. Colores fantásticos, al parecer. Pero ¿y si le pasara algo? ¿Y si muriese allí estúpidamente, como los que se jubilan y se quedan tiesos inmediatamente después? No tendría su círculo. No habría nadie para velarlo, para cogerle la mano y ayudarlo a pasar. Tal vez se quede allí después de todo. Tampoco se está tan mal.

Se arrodilla al pie del lecho. No hace tanto que Vitaliani llevaba con dignidad sus ochenta y dos años. En menos de una noche de agonía se le han hundido las mejillas, los engranajes se trasparentan, desgastados, la máquina no tardará en detenerse.

—Hermano, ¿quieres decir algo?

Muchos hombres, en el umbral de la muerte, confiesan un secreto. Desde hace décadas, el del escultor agita los pasillos del Vaticano, perturbando las noches cardenalicias. Los labios del hombrecillo se mueven, resecos a pesar del hielo con el que un novicio los refresca a intervalos regulares. El abad acerca la oreja a los labios del agonizante, la voz es lejana, casi fantasmal, un simple eco. El padre Vincenzo se incorpora y estudia la celda, con el ceño fruncido.

—¿El señor Vitaliani tocaba algún instrumento?

—No, padre, ¿por qué?

—Creo que acaba de decir: «Violín, violín, violín».

Viola. Viola. Viola.

Dormía a pierna suelta cuando sentí una presencia. El perfume de azahar, quizá un poquito más intenso. Gruñí, pero la presencia permaneció, insistente, y me incorporé apoyándome en un codo. La tarjeta de felicitación estaba en el suelo, adonde había ido a parar mientras dormía.

De repente me di cuenta del alcance de lo que acababa de hacer. Me había quedado dormido en una cama. Una cama perteneciente a los Orsini. Eso, sin embargo, era lo de menos, una menudencia al lado de lo que me esperaba cuando giré la cabeza. Era *ella*.

La joven muerta del día anterior, de pie al lado de la cama, ataviada con un vestido de seda verde. La muerta me perseguía, no me dejaría jamás. Abrí la boca para gritar y luego fruncí el ceño. Era un poco raro que una muerta se cambiase de vestido o que oliese a azahar.

—De modo que eras tú a quien vi ayer en el cementerio —dijo entrecerrando los ojos.

Los muertos tampoco hablan, o no lo hacen para intercambiar trivialidades. La conclusión era obvia: no era un espectro. La chica tenía mi edad. No sabía si pedir clemencia por quedarme dormido en su cama o desmayarme de alivio.

—No irás a desmayarte otra vez, ¿no? Ayer me diste un susto de muerte.

—¿Yo? ¿Que yo la asusté a usted? ¡Creí que estaba muerta!

Ella me miró como si me hubiera vuelto loco.

—¿Te parezco muerta?

—Bueno, ahora no.

—Es absurdo, de todos modos. ¿Por qué temer a los muertos?

—Pues... ¿porque están muertos?

—¿Acaso son los muertos quienes hacen las guerras? ¿Quienes acechan al borde de los caminos? ¿Quienes te violan y te atracan? Los muertos son amigos nuestros. Te convendría más tener miedo de los vivos.

La miré boquiabierto. Nunca había oído a nadie hablar así. Por otra parte, yo nunca había intercambiado demasiadas palabras con una chica, aparte de mi madre, que en realidad no era una chica, sino mi madre.

—Tengo que volver al tejado.

—Antes de nada, ¿qué estás haciendo en mi dormitorio? ¿Cómo has entrado?

—Bueno, yo... Por la ventana.

—¿Por qué?

—Intentaba volar. No ha funcionado.

Su reacción me pilló desprevenido. Me sonrió, una sonrisa que duró treinta años, una sonrisa de cuya comisura me colgué para cruzar muchos abismos. La chica cogió una naranja del cuenco y me la tendió.

—Para ti.

Yo no había comido muchas naranjas en mi vida. Solo tuvo que mirarme para adivinarlo. En ese momento, se abrió la puerta.

—Tesoro, te estamos esperando para...

Mi primer encuentro con la marquesa. Una mujer alta y delgada, con el pelo muy negro, recogido en un estricto moño. La aparente austeridad era desmentida por el bucle que se escapaba de los cabellos y le caía sobre el hombro, demasiado ondulado, demasiado brillante para ser accidental. La marquesa me miró fijamente, aturdida por mi presencia, por aquel ser cubierto de cemento, sudor y cal que mancillaba su casa.

Una gota de sangre se escapó rodando de mi frente, la misma frente con la que minutos antes había golpeado la fachada, hasta caer con deliberada lentitud en el suelo de madera oscura.

—¿Qué está haciendo *él* aquí?

—Viene del cielo, mamá. En fin, del tejado.

La marquesa tiró de un cordón que colgaba cerca de una cortina.

—No se permiten obreros en la casa a menos que estén trabajando dentro. Tiene suerte de dar conmigo y no con tu padre.

Se abrió un panel de madera —una puerta secreta— y apareció un sirviente vestido con librea negra. La marquesa hizo un gesto hacia mí.

—Este... jovencito se ha perdido. Trabaja en el tejado. Que Silvio se encargue de enseñarle el camino.

Al pasar frente a ella, la marquesa me arrebató la naranja de las manos.

—Y dame eso, ladronzuelo.

Mientras la puerta secreta se cerraba detrás de nosotros y nos sumergíamos de nuevo en el laberinto que rodeaba la villa, oí la voz ya lejana de la marquesa.

—Dios mío, ¿qué era esa horrible criaturita?

El comentario me dolió, obviamente. Mi madre siempre me había asegurado que yo era atractivo, que mi estatura no importaba. Pero, como diría más tarde una querida amiga, nadie escucha a su madre.

Cuando alcancé el tejado, Zio Alberto dormía apoyado contra una chimenea, con un hilo de baba en la comisura de la boca. Cláusula 3 había empezado a reparar el brazo de la estatua. Me apresuré a ayudarlo para que no pareciera que me escaqueaba del trabajo. Había preparado un engrudo pésimo, grumoso, con poco polvo de mármol y demasiada agua. Tuvimos que hacer la mezcla de nuevo.

—Me pareció ver a tu hermano —le dije, mezclando otro cubo de engrudo— antes de resbalar por el tejado. Parecía como si estuviera corriendo detrás del cartero.

—Ah, sí. Emanuele lo sigue a todas partes porque le encanta su uniforme. El viejo Angelo finge enojarse, pero le tiene cariño. Hasta hay veces, cuando le duelen las piernas al final del reparto, que le da algunas cartas a mi hermano para que las entregue.

El sol se ponía cuando Alberto despertó. Con la boca seca, escupió en las tejas mascullando que tenía sed. Desapareció dejándonos solos para bajar las herramientas. Nos hizo falta otra media hora para cargar la carreta, luego volví para inspeccionar el tejado y descolgar la cuerda con la que habíamos bajado el equipo. Di una última vuelta por detrás de la villa, desanduve el camino y me sobresalté cuando me di de bruces con la chica del vestido verde. Tenía ese extraño don de aparecer. Con las mejillas rojas y ramitas en los cabellos negros, parecía recién salida del bosque, que empezaba a pocos metros del muro trasero de la villa.

—Cuánto lo siento, mi madre no quiere que vuelva a hablar contigo. Una joven bien educada no se relaciona con los obreros. Dice que he tenido suerte por no haber sido violada.

—Pero yo...

—No somos del mismo origen social, ¿entiendes? No podemos ser amigos, punto.

—Entiendo.

—¿Esta noche a las diez en el cementerio?

—¿Eh?

—¡Que si nos vemos esta noche a las diez en el cementerio! —repitió con exagerada paciencia.

—Pero no dice que su madre le ha dicho…

—Nadie escucha a su madre.

Salió corriendo y se paró de repente.

—¿Cómo te llamas?

—Eh, Mimo.

—Yo, Viola.

Caminé como un sonámbulo de regreso a nuestra carreta, me subí atrás y no abrí la boca en todo el trayecto. Incluso Alberto notó mi desconcierto.

—¿Y a ti qué te pasa? —preguntó con voz pastosa.

—Nada.

Pero algo me había pasado y su nombre daba vueltas en mi cabeza como esas melodías que cantaban nuestros mayores cuando habían bebido demasiado, esas tonadas de su tierra que les devolvían los ojos de los veinte años.

Viola. Viola. Viola.

Esa noche, en mi lecho de paja, a la luz de un quinqué, escribí a mi madre. Le escribía todos los días para contarle mi vida. Luego quemaba la carta. Solo le enviaba una al mes. No quería intranquilizar a la mujer que me llamaba «mi hombretón» en el encabezado de sus cartas. Ya estaba bastante preocupada por mí, por el dinero, por lo que comía o por lo que no comía. Todas sus cartas estaban escritas con una letra diferente, porque, igual que mi padre, mi madre era analfabeta y tenía que buscar quien se las escribiese. Las últimas noticias que había tenido de ella es que había dejado Saboya rumbo al norte de Francia, donde había encontrado trabajo en una granja. «Los patronos son amables. Pronto podré tomarme unas vacaciones». Yo le contesté: «El tío me trata bien, estoy ahorrando para traerte aquí». Nos mentíamos con cariño.

Sonaron las nueve y media en el campanario del pueblo. No sabía qué hacer con la invitación de Viola, nunca me habían invitado a ninguna parte, y mucho menos a un cementerio. En esos momentos, me habrían sido muy útiles los conocimientos de Cláusula, pero se esfumó en cuanto regresamos. Supuse que iba a tirarle los tejos a la hija de Giordano, aun a riesgo de salir malparado. Él también tenía aire soñador en la carreta y no había demasiados motivos para soñar en Pietra d'Alba. Me puse en camino por cortesía, mientras debatía conmigo mismo si seguir adelante o regresar y, cuando decidí que no era nada razonable molestar a los muertos por segunda vez, la verja abierta del cementerio apareció en la noche. La campana mayor de la torre de la iglesia volvió a sonar. En ese momento, Viola surgió del bosque, de un punto en el que no se veía ningún camino. Pasó junto a mí sin mirarme, se detuvo a los pocos pasos al notar que no me había movido y me dirigió una mirada impaciente.

—¿Vienes o no?

Se dirigió hacia el mausoleo del que la había visto salir la noche anterior. Viola nunca estaba quieta. Observarla, describirla, era una tarea peliaguda. Era guapa a su manera, es decir, diametralmente opuesta a la hija de Giordano. Su feminidad no residía en sus curvas, sino en la sensual austeridad de su ausencia, en la forma angulosa de moverse como si constantemente evitara obstáculos invisibles, abriéndose paso con codos y rodillas. Los ojos casi demasiado grandes bajo una melena negra enmarañada, los rasgos esculpidos en el hueso, de color dorado oscuro, avalaban la teoría del origen mediterráneo de los Orsini.

—Este es el panteón de mi familia. Ahora Virgilio está aquí.

—¿Es su hermano?

—Deja de tratarme de usted, no lo soporto. Sí, es mi hermano. Virgilio era muy inteligente. Nunca he conocido a nadie tan inteligente como él.

—Mi padre también murió en la guerra.

—¡Maldita guerra! —renegó Viola—. ¿Tú qué opinas?

—¿De qué?, ¿de la guerra?

—Sí. Yo creo que la entrada de Estados Unidos inclinará la balanza y que Caporetto solo fue un revés pasajero debido sobre todo a la falta de preparación de Cardona y a las circunstancias climáticas. Pero desconfío de las promesas que nos han hecho de unirnos a la Triple Entente. Quiero decir, es muy considerado que los franceses nos prometan las tierras irredentas, pero ¿no te parece que Wilson tendrá algo que decir al respecto? Esto podría terminar mal, ¿no?

—Bue…, sí.

—¿«Bue…, sí»?

—O sea, no lo sé, no sé nada al respecto.

—¿Y a qué esperas, a que baje el Espíritu Santo a iluminarte?

—¿Cómo sabes todo eso? —pregunté, un poco ofendido.

—Como todo el mundo. Leo los periódicos. No me dejan, claro, mi madre dice que estropean el cutis de una chica. Pero, cuando mi padre tira su *Corriere della Sera,* el jardinero me lo da antes de quemarlo, a cambio de unas liras.

—¿Tienes dinero?

—Se lo robo a mis padres. Es por su bien, para que no tengan una hija ignorante. ¿Quieres que te preste algunos libros?

—¿Libros de qué?

—¿Tú de qué sabes?

—De escultura.

—Entonces, te prestaré libros de todo, excepto de escultura. Aunque… ¿Cuáles son las fechas de nacimiento y muerte de Michelangelo Buonarroti?

—Bueno…

—1465-1564. No tienes ni idea de escultura. En realidad, no sabes nada de nada. Te ayudaré. Para mí es fácil, todo lo que veo o escucho lo retengo.

Me froté los ojos —todo iba demasiado rápido—. Viola, en el fondo, era futurista. Hablar con ella era como lanzarse a tumba abierta por una carretera de montaña. Siempre acabé exhausto, aterrado, entusiasmado o las tres cosas a la vez.

Nuestras respiraciones se condensaban en bolas blancas en el aire frío de la noche. Viola se alisó el vestido.

—Tu madre —prosiguió con su interrogatorio—, ¿dónde está?

—Lejos.

—¿A qué huele?

—¿Cómo?

—Una madre siempre huele a algo. ¿A qué huele la tuya?

—A nada. Bueno, sí, a pan. Y a vainilla cuando hace los *canestrelli*. Y también al agua de rosas que mi padre le había regalado por su cumpleaños. Y algo a sudor. ¿Y a qué huele la tuya?

—A pena. En fin, tengo que irme a casa.

—¿Ya?

—Si no llego a tiempo a la misa del gallo, se arma la de San Quintín.

—¿Qué misa del gallo?

—La misa de Navidad, so idiota.

Mi segunda Navidad lejos de mi familia. Se ve que esta vez había pensado que lo mejor sería olvidarlo por completo.

—¿Qué has pedido de regalo? —quiso saber Viola.

Tuve que improvisar.

—Un cuchillo. Con mango de cuerno. Y un automóvil en miniatura. ¿Y tú?

—Un libro sobre Fra Angelico. Pero puedo esperar sentada. Me regalarán ropa. ¡Como si no tuviera suficiente! ¿Te gusta Fra Angelico?

—Me encanta.

—No tienes ni idea de quién es, ¿verdad?

—No.

—¿Me acompañas hasta el camino?

Me tendió la mano y la cogí. Así, cruzando de un solo paso insondables abismos de convenciones, de impedimentos de clase. Viola me tendió la mano y yo la cogí, una gesta de la que nadie hablará jamás, una revolución silenciosa. Viola me tendió la mano y yo la cogí, y en ese instante preciso me convertí en escultor. Por supuesto que no fui consciente del cambio. Pero fue en ese momento, el de nuestras palmas aliadas en aquel conciliábulo de maleza y lechuzas, cuando me vino la intuición de que tenía algo que esculpir.

Acordamos una señal. En el cruce de la carretera del pueblo con el camino que lleva al cementerio, pero un poco apartado, había un tocón hueco. Lo utilizaríamos como buzón. Para indicarme que había dejado un mensaje en el tocón, Viola pondría un farol cubierto con un velo rojo en su ventana, que yo podría ver desde el taller, a un kilómetro de distancia. Prometió concertar una cita pronto. Nos encontraríamos en el cementerio, donde a nadie se le ocurriría ir en plena noche. Allí no nos molestarían. Cuando llegamos a la intersección con la carretera principal, hizo un gesto con la mano que acompañó de un *«ciao, caro»*. Luego se fue a la derecha y yo a la izquierda.

Cada día, antes de acostarme, espiaba la masa negra de la villa Orsini. Noche tras noche, la ventana de Viola, situada en la esquina oeste del edificio, permanecía vacía. No me retiraba a mi granero hasta que el sueño me vencía. 1917 encalló lentamente en las orillas de 1918 y hubo una fiesta en la plaza del pueblo para celebrar el paso de un mundo en guerra donde los hombres se destripaban a un mundo en guerra donde los hombres se destripaban. Se hablaba de soldados fusilados por confraternizar con el enemigo, de motines, de negativas a ir al frente, de automutilaciones. La guerra parecía lejana en Pietra d'Alba, aunque las huellas del coche que había llevado a Virgilio Orsini, aún visibles a la entrada del cementerio, atestiguaban lo contrario.

Don Anselmo, encantado con el querubín firmado por el tío Alberto, nos había confiado un sinfín de pequeños trabajos en el claustro de la iglesia. La piedra allí era caliza y el viento y la sal que ascendía del mar no dudaban en alimentarse de ella a su paso. Entre la Navidad de 1917 y finales de enero de 1918 realizamos varias sustituciones, limpiezas y restauraciones. Alberto parecía haber empezado el año de buen humor —había conocido a una viuda en Nochevieja— y redujo su consumo de vino. Dos semanas más tarde, la viuda le exigió un pago «por su amabilidad», mientras los lugareños se reían a sus espaldas. Se había topado con la única profesional en muchas leguas a la redonda. No demasiado joven, es cierto, pero lo disimulaba muy bien y sabía qué teclas tocar, hasta el punto de que se rumoreaba que a veces un conde o un barón venía desde Savona para beneficiarse de la susodicha amabilidad. Al día siguiente, Alberto se dejó caer por la iglesia con tez cetrina y aliento ácido. Yo estaba trabajando tranquilamente en la estatua de un santo. Me arrancó el martillo y el cincel, pero le temblaban las manos. Por más que lo intentó, juró, sudó, fue incapaz de atinar con ellos en la piedra. Las manos parecían tener el baile de san Vito. Dejó caer las herramientas y se fue echando sapos y culebras por la boca. A partir de ese día casi no le vimos el pelo en la obra. Pude esculpir a mi antojo, mientras él hacía como que me daba consejos. Durante mis descansos, me dedicaba a estudiar la piedad del transepto, rehaciéndola en mi cabeza una y otra vez para corregir sus defectos, tratando de comprender dónde se había equivocado el «maestro anónimo» acreditado en la placa.

La ventana de Viola permanecía desesperadamente muda. Hasta aquel día de febrero en que, mientras regresaba al granero, vi un resplandor rojo titilando en la noche. ¡Nuestra señal! Eché a correr en la oscuridad y no me detuve hasta llegar al cruce. El tocón contenía un paquete envuelto en tela. Con el corazón desbocado, hice el trayecto en sentido inverso, subí directamente al granero y abrí el envoltorio. Contenía una carta y un libro. La primera decía: «Jueves a las 11. Tendrás que devolvérmelo leído». La portada del libro, de cartulina verde, representaba a un apóstol y dos monjes bajo el título *Les peintres illustres n° 17, Fra Angelico, Pierre Lafitte & Cie Éditeurs.* Cuando lo abrí, me invadió un malestar, no sé si provocado por mi carrera desenfrenada en plena noche o por el contenido del libro. Nunca había visto tantos colores, tanta dulzura. Yo era joven, arrogante, sabía que era bueno en lo mío. Con un martillo y un cincel les daba sopas con honda a aprendices que me triplicaban la edad. Pero aquel tipo, el tal Fra Angelico, sabía algo que yo ignoraba. Lo odié con todas mis fuerzas.

El jueves por la mañana, el cielo se tornó tormentoso. Trabajamos en el interior de la iglesia, deslumbrados de granate, oro y púrpura con cada relámpago detrás de una vidriera. Si seguía lloviendo de aquella forma, no estaba seguro de poder reunirme con Viola. No habíamos previsto esa contingencia. ¿Aparecería con aquel tiempo? No sabía nada sobre la etiqueta de las amistades en ciernes.

Por suerte, un viento del oeste barrió las nubes. A las once en punto de la noche, me planté ante la verja del cementerio. Viola llegó cinco minutos después, emergiendo del bosque en el mismo lugar que la vez anterior. Me dirigió un simple gesto con la cabeza, como si nos hubiéramos visto una hora antes, y pasó delante. La seguí entre las tumbas, hasta un banco en el que se sentó.

—¿Cuándo murió Fra Angelico? —preguntó.

—18 de febrero de 1455.

—¿Dónde?

—En Roma.

—¿Nombre real?

—Guido di Pietro.

Finalmente, me sonrió. Con ella, el cementerio parecía un poco menos amenazador, aunque yo me sobresaltaba con el crujido de cualquier ramita.

—Te has leído el libro. Muy bien. Ya eres algo menos estúpido.

—Creí que no volveríamos a vernos. Llevo semanas mirando tu ventana, y ni rastro de luz roja.

—Ah, sí. Estaba enfadada contigo.

—Pe... pero yo, o sea, ¿qué es lo que he hecho?

Se giró hacia mí con expresión de sorpresa.

—¿De verdad no lo sabes?

—Bueno, no.

—Empiezas casi todas tus frases con «o sea» o «bueno». Es inelegante.

—¿Y estás enfadada conmigo por eso?

—No. ¿Te acuerdas de la última vez, cuando nos separamos en el cruce? Te fuiste sin mirar atrás. Por eso estoy enfadada contigo.

—Pe... pero ¿cómo...?

Viola suspiró.

—Cuando te despides de alguien al que quieres, das unos pasos y luego te giras para verlo por última vez, quizá incluso le haces un ademán de saludo. Yo me di la vuelta. Tú seguiste caminando como si ya me hubieras olvidado. Entonces decidí que no nos veríamos nunca más. Luego reflexioné y me dije que probablemente fue porque eras un patán y un ignorante.

Asentí enérgicamente.

—¡Sí, sí! Es por eso. Gracias por haber venido. Y gracias por el libro. De ahora en adelante me daré la vuelta, te lo juro.

—En cuanto al libro, solo tienes que volver a dejarlo en el tocón y te prestaré otro. Lo cogí de la biblioteca, pero no puedo llevarme más de uno cada vez, porque no me dejan entrar allí... Mi madre dice que pierdo el tiempo leyendo tonterías sobre gente que está muerta. Hablando de muertos, ¿vamos?

—¿Adónde?

—A escuchar a los muertos, so idiota. ¿Qué crees que hacemos aquí?

Viola era una funámbula que caminaba sobre la cuerda floja en una turbia frontera trazada entre dos mundos. Hay quienes dijeron entre la razón y la locura. Me peleé en más de una ocasión, a veces físicamente, con quienes la acusaron de estar loca de remate.

Escuchar a los muertos era su pasatiempo favorito. Se dedicaba a hacerlo, me dijo, desde que un día, a los cinco años de edad, se quedó dormida en una tumba durante el entierro de una abuela. Se había despertado con la cabeza llena de historias que no eran suyas y que, por tanto, solo podían haberle susurrado desde abajo. «Posesión demoníaca», había dictaminado don Ascanio, el predecesor de don Anselmo en San Pietro delle Lacrime. «Histeria infantil», diagnosticó el médico de Milán al que fue llevada unas semanas después, que le recomendó baños de hielo. Si los baños de hielo no funcionan, habrá que considerar un tratamiento más fuerte. Después de su primer baño helado, Viola, que no estaba loca, afirmó estar curada. Y había empezado a salir por la noche, resbalando por la bajante de gres para la lluvia que pasaba junto a su dormitorio en la parte trasera de la casa. Se tendía sobre las tumbas, unas veces al azar y otras porque conocía al ocupante. Según su propia confesión, ningún muerto había vuelto a hablarle. Pero quería estar allí, por si acaso alguno de ellos sentía la necesidad de confiarle algo. De lo contrario, ¿quién los escucharía? Era su forma de prestar servicio. La noche en que la tomé por un fantasma, había ido a tumbarse sobre la lápida de su hermano. Los dos permanecieron allí, en un silencio cómplice, como antes. No necesitaban hablarse.

Viola no se ofendió cuando me negué categóricamente a acostarme en una tumba. Se limitó a preguntar:

—¿De qué tienes miedo?

—De los fantasmas, como todo el mundo. De que vengan y me persigan.

—¿Que te persigan? ¿Tan interesante te crees?

Se encogió de hombros y se dirigió hacia su tumba favorita, una pequeña losa de piedra caliza, parcialmente cubierta de musgo, el nombre de cuyo propietario descifró para mí: «Tommaso Baldi, 1787-1797». El joven Tommaso ya era parte de la leyenda del pueblo. En 1797, un vecino de Pietra d'Alba aseguró haber oído la melodía de una flauta elevándose desde las profundidades de su sótano. Lo tomaron por loco, pero al día siguiente, y en días sucesivos, otros vecinos juraron haber oído una melodía sublime de flauta bajo las calles, bajo el suelo del salón o bajo la iglesia durante la misa. Luego apareció una compañía de titiriteros, que venían exhaustos. Desde hacía varios días buscaban a uno de los suyos, el pequeño Tommaso, que se había perdido en el bosque. Se había ido a trabajar con su caramillo, como de costumbre. Hacía casi una semana que no tenían noticias suyas.

Los hombres del pueblo organizaron una batida. Lo buscaron a la entrada de una gruta, de una sima donde el chico pudiera haberse perdido. Entonces se oyó la flauta, muy lejana, una vez bajo la fuente, otra un poco antes de la entrada del pueblo. Y luego nada. El sábado siguiente, un perro de caza atrajo a su amo a un claro, ladrando furiosamente. Un chico yacía tendido en la hierba, con los labios retraídos sobre las encías blancas, aterradoramente finos. Sostenía una flauta de madera, que no lograron que soltase. Lo llevaron rápidamente de regreso al pueblo, con los ojos muy abiertos, quemados por la luz del día. Volvió en sí poco después de medianoche, murmuró que lo sentía mucho, que se había perdido en la gran ciudad subterránea, y rindió su alma al Altísimo.

Viola estaba convencida de que no había sido un delirio del chico. Un continente secreto y misterioso yacía bajo nuestros pies. Caminábamos sin saberlo por templos y palacios de oro puro donde un pueblo pálido, de ojos blancos, vivía bajo un cielo de tierra y nubes de raíces. ¿Y quién no desea descubrir un nuevo continente? Pasó largo rato acostada sobre la tumba de Tommaso —los pies le sobresalían de la losa— con la esperanza de que el flautista le indicase el camino.

Esperé en un banco cercano mientras ella me hacía su demostración. Permaneció inmóvil durante casi media hora, insensible al frío. Mi imaginación, que ya no estaba saturada por la presencia de Viola, el *staccato* de su discurso y sus ideas que bullían a borbotones, pobló la noche de ruidos nuevos: culebreos entre las tumbas, danzas macabras en los confines de mi campo de visión. En el pueblo, la campana tañó las doce. Ojos sin párpados me observaban detrás de las ramas. Casi lloré de alivio cuando Viola se levantó.

—¿Te ha hablado?

—Esta vez no.

Volvimos a cruzar la verja. Curioso, me detuve en el umbral.

—Siempre te veo salir del bosque. ¿Hay caminos?

—Para ti no.

Y eso fue todo. Hizo caso omiso de mis miradas intrigadas hasta que llegamos al cruce.

—Te traeré otros libros, no creo que me pillen. Aunque no los entiendas, léelos. Por cierto, ¿cuántos años tienes?

—Trece.

—Yo también. ¿De qué mes eres?

—Noviembre de 1904.

—¡Anda, como yo! ¿Te imaginas que hubiésemos nacido el mismo día? ¡Seríamos gemelos cósmicos!

—¿Qué quiere decir eso?

—Que estaríamos unidos, más allá del tiempo y del espacio, por una fuerza superior a nosotros, que nada podrá romper jamás. Prepárate y, a la de tres, decimos juntos nuestra fecha de nacimiento. Uno, dos, tres…

Y dijimos juntos:

—22 de noviembre.

Viola saltó de alegría, me abrazó y me hizo bailar un poco.

—¡Somos gemelos cósmicos!

—¡Increíble! ¡El mismo año, el mismo mes y el mismo día!

—¡Lo sabía! Hasta pronto, Mimo.

—No me harás esperar dos meses…

—No puedes hacer esperar a tu gemelo cósmico —dijo con absoluta seriedad.

Ella se fue hacia la derecha y yo hacia la izquierda. Su alegría aligeraba mi paso, iluminaba la noche y no me sentí tan culpable por haberle mentido. Yo había nacido el 7 de noviembre. Pero de repente me acordé de la fecha de su tarjeta de cumpleaños, que había leído y releído antes de quedarme dormido en su habitación. En mi opinión, una mentirijilla piadosa no era pecado. Tendría que contárselo a don Anselmo. Una excelente oportunidad para confesarme.

Mientras me alejaba, tuve la precaución de girarme tres veces. Una por la vez anterior, otra por esta y la tercera porque no pude evitarlo.

Una vez finalizados los trabajos de la iglesia, el taller atravesó de nuevo un periodo difícil. El trabajo escaseaba, lo que obligó a Alberto a volver a los caminos para recorrer los pueblos y valles vecinos. Incluso llamó a la puerta de los Orsini, quienes le dijeron por medio del mayordomo que no dudarían en llamarlo en caso de necesidad.

Sin nada que hacer, Cláusula y yo nos entreteníamos como podíamos. Las reservas de piedra del tío estaban agotadas, salvo un magnífico bloque de mármol macizo, reservado para un encargo de envergadura. Así pues, me entretenía esculpiendo en plena naturaleza, en bajorrelieve, donde la roca lo permitía. Es posible que algunos de aquellos ensayos sean todavía visibles hoy y sorprendan al caminante en la curva de un camino. Cláusula mataba el tiempo restaurando muebles viejos que le llevaba la gente del pueblo y descubrió una vocación frustrada: todas las dotes de las que carecía como escultor las tenía para la carpintería. En la primavera de 1918, volví a ver a Viola en tres ocasiones. Siempre en el cementerio. Pese a sus esfuerzos, no logró convencerme de participar en sus experimentos nigrománticos —me negaba en redondo a tumbarme en una lápida—. De todas formas, los muertos seguían sin hablarle. Si lo hubieran hecho, yo habría salido pitando.

Viola era la benjamina de una familia de cuatro. Virgilio, el primogénito, el único miembro de la familia al que parecía querer sin reservas, había muerto en el famoso accidente de tren a los veintidós años. Lamento no haberlo conocido. «Él era un poco como tú —me explicó un día—. Cuando le decía algo, me creía».

A continuación, venía Stefano, de veinte años, del que Viola siempre hablaba entrecerrando los ojos de forma muy graciosa, como si temiera que saliese de un arbusto. Stefano era el ojito derecho de su madre, alto, bocazas, forofo de las carreras mecánicas y de la caza. Francesco, el último de los hijos varones, tenía dieciocho años. Era un joven serio, de tez pálida, con quien me había cruzado varias veces sin saber que era su hermano cuando trabajamos en la iglesia después de Navidad. Hablaba a menudo con don Anselmo o pasaba largas horas en oración ante la escultura que yo había criticado sin piedad. Viola parecía profesarle cierta ternura, que casi siempre matizaba con un cínico «llegará lejos». Francesco estaba destinado al sacerdocio, para alegría y satisfacción de sus padres. Y llegó lejos, pese a tropezar conmigo.

El marqués y la marquesa, por su parte, eran sombras en la vida de Viola. Dos adultos ajenos de sus preocupaciones que vivían en la misma casa que ella, se la cruzaban a veces por los pasillos y le hablaban en un idioma que no entendía. No eran malos, me aclaró. Jamás le levantaron la mano, ni siquiera cuando hacía tonterías. A los diez años estuvo a punto de quemar la villa tras un experimento fallido para elaborar su propio perfume a base de destilado de mimosa. La mezcla había explotado por alguna razón que aún no entendía. Viola había corrido a esconderse en un cobertizo mientras ardían las cortinas. Cuando se extinguió el incendio, los criados la hicieron salir, llevándola ante su solemne padre, quien simplemente le prohibió, desde ese día, acceder a la biblioteca, pues era allí donde había cogido el libro de experimentos químicos que la habían llevado al desastre. Viola había jurado obedecer, pero con la restricción mental de no hacerlo. Sobre todo porque su experimento había tenido un éxito parcial, ya que debido a la explosión (que le había quemado las cejas) había olido a mimosa durante una semana. Era solo una cuestión de dosis, ¿por qué renunciar si iba tan bien encaminada?

—¿Puedes prepararme un perfume solo para mí? —le pregunté una tarde en que yacía sobre la tumba de un notable genovés.

—Oh, ya no me interesan los perfumes. Desde entonces me dedico a otras cosas: los motores de explosión, la electricidad, los movimientos de reloj y algunos rudimentos de medicina. Y el arte, por supuesto. Quiero ser como esas gentes del Renacimiento, que sabían todo sobre todo.

—¿Y cuando lo sepas todo?

—Abordaré lo que aún no se sabe.

Viola era víctima de una maldición que al principio había divertido a sus padres: retenía a la primera todo lo que leía, escuchaba o veía. A los cinco años, la sacaban inopinadamente de la cama en mitad de la noche, cuando estaban todos un poco achispados, para hacer una demostración a los invitados. ¡Qué divertido ver aquel prodigio, una flacucha de ojos enormes declamando de memoria los versos de Ovidio que acababa de leer! El problema surgió cuando Viola le cogió gusto a aquello y exigió entenderlo. Para eso tuvo que leer más. Un libro llevaba siempre a otro, «una espiral diabólica», según su madre, que había culminado con la explosión de su perfume de mimosa. La marquesa, que ya no podía oler ese aroma sin recordar sus cortinas devoradas por altas llamas purpúreas, dentro de las cuales aseguraba haber distinguido rostros demoníacos, ordenó arrancar de raíz todas las acacias del parque.

Poco a poco, el flujo de libros fue aumentando. A veces me encontraba tres en el tocón, que yo reemplazaba con las obras leídas la semana anterior. Los devoraba nada más acostarme, memorizaba nombres, fechas, capitales, teorías, conceptos, una esponja empapada en el agua después de haber sido olvidada al sol. Había ocultado mis idas y venidas, pero Cláusula no era tonto. Una tarde me sorprendió enfrascado en una obra de ingeniería incomprensible. Fiel a mi promesa, leía todo de cabo a rabo. Para mi sorpresa, incluso en el tratado más hermético siempre aprendía algo. Viola tenía la habilidad de alternar obras fáciles y difíciles tanto con ilustraciones como sin ellas. A veces incluso me dejaba una novela, ya que me había diagnosticado un «déficit agudo de imaginación».

—¿Qué estás leyendo? —preguntó Cláusula.

—Un tratado sobre la ampliación del puerto de Génova, del ingeniero Luigi Luiggi, nacido en 1856.

—¿Así es como pasas las tardes? Emanuele se preguntaba por qué ya no querías ir al cementerio. No sabía que querías construir puertos.

—No quiero construir puertos. Me lo prestó Viola.

—¿Viola? ¿Qué Viola?

Acto seguido palideció.

—¿Viola Orsini?

—Bueno, sí.

—¿Viola Orsini?

—Sí. Es amiga mía.

—¿La niña que se convierte en osa?

Cláusula ya me había entretenido con múltiples leyendas sobre los Orsini. Los Orsini eran tan ricos, decía, que cuando uno de ellos estornudaba, los criados le robaban el pañuelo para extraerle el polvo de oro. Pero era la primera vez que le oía contar aquella historia. Y, a diferencia de las otras anécdotas, que parecían fascinarle o divertirle, esta lo aterrorizaba.

—No debes ver a esa chica.

—¿Y a santo de qué?

—A santo de nada, porque es una bruja. Puedes preguntarle a cualquiera. Pregunta en el pueblo y te lo dirán.

Más tarde me daría cuenta de que los lugareños, efectivamente, evitaban a Viola, al menos tanto como lo permitía el respeto debido a la familia. El asunto se remontaba a unos años antes. Un grupo de cazadores extranjeros había ido a pasar unos días al pueblo. Por «extranjero» se entendía generalmente a «quien no procedía de la Liguria, el Piamonte o la Lombardía». Dependiendo del racismo y de las fantasías de quien contase la historia, los cazadores eran croatas, negros, franceses, sicilianos, judíos o, peor aún, protestantes. En cualquier caso, todas las versiones coincidían en que había cazadores y en que se portaban mal, que se emborrachaban todas las noches y que tenían la mano muy larga y muy ligera para manosear a las hijas de Pietra d'Alba. La víspera de su partida, solo dos de ellos habían salido a cazar. Se habían cruzado con Viola, que caminaba sola por el bosque, incluso habían estado a punto de dispararle, confundiéndola con un ciervo. Curiosos, la habían observado de lejos. Viola recogía guijarros y medía su redondez sopesándolos al sol. La habían seguido sin más, sin pensar ninguna maldad, porque era guapa. Uno de los cazadores había dicho: «Es guapa, ¿no?». El otro lo había abroncado: «Venga, hombre, ¡que no tendrá más de doce o trece años!». A lo que el primero había replicado que era más que suficiente y que debía de estar deseándolo si caminaba sola por el bosque. A continuación, se había echado sobre la niña, que había gritado de miedo. «Cállate, estate quieta, que no quiero hacerte daño», le había dicho de la forma más tranquilizadora que pudo, mientras se desabrochaba los pantalones. Viola se escabulló milagrosamente y desapareció entre los matorrales. El segundo cazador se burló: «Se parece a tu mujer». El otro se internó en la maleza siguiendo a Viola, «ya verá la puta esta lo que es correr», agarrándose los pantalones con una mano. Desembocó en un claro y lanzó un aullido que debió de oírse hasta en Savona.

Se había topado de bruces con una osa. El animal se había alzado sobre sus patas —le sacaba una cabeza al cazador— y había emitido un rugido ensordecedor, rociándolo de saliva con sabor a carne.

—Bueno, de acuerdo, el tipo se topó con una osa —dije, poniendo los ojos en blanco—. Pero eso no significa que Viola se transforme en osa.

—Espera, que la historia no acaba ahí.

Lo que faltaba de la historia de Cláusula, y que había aterrorizado a los cazadores más que la osa si cabe, es que el animal llevaba el vestido de Viola hecho jirones. El sombrero de la chiquilla yacía allí, tirado sobre una alfombra de agujas de pino. La osa había vuelto a rugir. El cazador, sosteniendo aún los calzones con una mano, había llevado la otra hacia su puñal. Pero Viola, puesto que lo adecuado era llamarla así, como quien no quiere la cosa, lo había degollado de un zarpazo. El hombre había soltado los pantalones con incredulidad y la sangre se había vertido a chorros. Había muerto con las vergüenzas al aire, sentenció Cláusula. Su colega había puesto pies en polvorosa y había regresado al pueblo, medio loco, para contarlo todo. Al principio, nadie creyó nada de lo que decía, sobre todo porque no se encontró ni rastro del desaparecido, aparte de un zapato vacío. El terror del superviviente, sin embargo, desató rumores y revolvió caldos. Nadie podría fingir semejante miedo, ni siquiera un actor, ni aunque fuese un actor del calibre de Bartolomeo Pagano, el gran genovés que encandilaba a Italia en el papel de Maciste. El superviviente no podría haber inventado semejante historia. Y, pensándolo bien, la fortuna de los Orsini era muy misteriosa; y, además, ¿no tenían un oso en su escudo? Todo olía a brujería. Así pues, Viola inducía en aquellos con los que se cruzaba una rigidez imperceptible, un temblor de labios que la gente se apresuraba a ocultar para no molestar al señor y la señora Orsini, que, por otra parte, ignoraban que su hija se transformaba en osa. Siendo la familia que más empleo daba en toda la región, se consideró que lo mejor era correr un tupido velo sobre ese detalle.

Me burlé de Cláusula, que parecía creerlo a pies juntillas. Emanuele se había reunido con nosotros, vestido con una casaca de húsar abierta sobre el torso desnudo, un casco colonial y pantalones de lona cortados a la altura de las rodillas. Su hermano lo llamó en calidad de testigo y le pidió que confirmara su historia. Emanuele pronunció un largo e inflamado discurso del que no entendí ni media palabra, al final del cual Cláusula me miró con gesto victorioso:

—¿Lo ves, listillo? ¿Qué te había dicho?

No he vuelto a experimentar una primavera tan dulce como la de Pietra d'Alba, cuando el alba duraba todo el día. Las piedras del pueblo atrapaban el rosa y se lo pasaban a todo lo que podía reflejarlo, azulejos, metales, vetas de mica en los afloramientos rocosos, al manantial de agua milagrosa y hasta a los ojos de los lugareños. El rosa solo se apagaba cuando el último hombre se dormía, porque, incluso después del anochecer, sobrevivía en la mirada que a veces un chico dirigía a una chica a la luz de las farolas. Al día siguiente, todo empezaba de nuevo. Pietra d'Alba, piedra del alba.

Zio Alberto regresó al cabo de dos semanas de ausencia, patrón que se repitió en los años sucesivos. Había llegado hasta Acqui Terme, en el corazón del Piamonte, y había recorrido en vano todos los pueblos del camino. Nadie necesitaba un cantero. En cambio, le habían sugerido varias veces que se alistara para defender a la patria. Solo en Sassello, ya en el camino de regreso, le sonrió la suerte. Una suerte magra, desplumada, pero en tiempos de escasez podía darse con un canto en los dientes. La parroquia de la Immacolata Concezione le había encomendado cuatro ángeles y dos urnas ornamentales para rehacer, así como un exvoto. En consecuencia, el tío llegó con su cargamento de ángeles caídos en la parte trasera de la carreta y rechazó nuestra ayuda para descargar. Se puso manos a la obra, rehízo el esbozo del primer ángel esa tarde y, para celebrar su trabajo, empinó el codo toda la noche. Al día siguiente, Cláusula y yo tuvimos que hacernos cargo de todo el trabajo porque el tío estaba enfermo. Se pasó una semana mirando a las musarañas, tumbado en la cama la mayor parte del día, sumido en oscuros pensamientos, que ahuyentaba en un dialecto que la mayoría de la gente no hablaba, excepto quizá en las callejuelas que bajaban al puerto de Génova. Durante esos periodos, sorprendentemente, permanecía sobrio. Puedo decir, sin riesgo a equivocarme, que Zio Alberto bebía primero cuando estaba feliz. Y luego, en algún punto de la embriaguez, la felicidad se resquebrajaba, dando paso a largas serpientes de sombra. Entonces me pegaba una paliza. Había aprendido a esquivar sus golpes y, como él lo hacía sin convicción, por rutina, no sufrí demasiado por ello. A veces uno o dos cardenales, pero ¿quién no tenía uno?

Me llevó dos meses terminar los ángeles. Cláusula se encargó del exvoto, algo que era casi imposible pifiar. Se las arregló para partirlo en dos y tuvo que empezar de nuevo.

Zio Alberto estudió mis ángeles cuando se los presenté, particularmente orgulloso de ellos.

—Tu nombre es una maldición —me dijo—. Te crees Buonarroti, pero solo eres un *pezzo di merda,* nada más, un *pezzo di merda* que esculpe como *un pezzo di merda.*

Mientras me lanzaba algunos golpes, me sorprendí pensando, acurrucado en un rincón: «Miguel Ángel Buonarroti, 1475-1564».

Yo había crecido en un mundo donde el gruñido era una forma natural de comunicación. Hablar era, en el mejor de los casos, un lujo, con frecuencia una frivolidad. Se gruñía para dar las gracias, se gruñía para expresar satisfacción, se gruñía para gruñir. Y cuando no gruñíamos hacíamos una señal con los ojos, o con la mano, «pásame la sal», no había necesidad de hablar para eso. Mi padre era así; mi tío, lo mismo. Cosa de hombres. Viola decía a menudo «en cuyo caso» o «no obstante». Ella me abrió un mundo de infinitos matices. Si yo decía «¡Vaya con el viento!», ella me corregía: «No es el viento, es el ábrego». Viola conocía los nombres de todos los vientos.

El 24 de junio de 1918, con ocasión de la noche del solsticio, me citó en el cementerio. La noche idónea para ver los fuegos fatuos. Salió del bosque como de costumbre, de un punto que yo había ido a estudiar en pleno día y donde puedo jurar y perjurar que no había camino. Expresé de inmediato mis reticencias a perseguir fuegos fatuos, sobre todo si se trataba de almas en pena. Viola me tapó la boca con la mano mientras yo todavía hablaba.

—Olvídate de los fuegos fatuos. He hecho un descubrimiento extraordinario.

—¿De verdad?

Viola me había enseñado a no decir ni «bueno» ni «o sea» a no ser que quisieras que te tomasen por un ordinario.

—¡He descubierto que puedo viajar en el tiempo! —exclamó alborozada—. Justo ahora acabo de volver del pasado.

—¿Y cómo es eso?

—Veamos, acabo de llegar hace un segundo. Si T es el instante presente, hace un segundo, en T-1, todavía no estaba allí. Y ahora estoy aquí. Ergo, he viajado de T-1 a T. Del pasado al presente.

—No puedes viajar realmente en el tiempo.

—Sí. Fíjate, acabo de hacerlo de nuevo. Acabo de llegar de hace un segundo.

—Pero no puedes volver allí.

—No, porque el pasado no sirve para nada. Por eso viajamos del pasado al futuro.

—No puedes irte a diez años.

—Por supuesto que sí. Encontrémonos aquí dentro de diez años, el 24 de junio de 1928, a la misma hora. Ya verás como estaré.

—Solo que tardarás diez años en llegar.

—¿Y qué me dices de cuando viniste de Francia? Qué más da si el tren tardaba un minuto o un día. Viajaste de Francia a Italia, ¿verdad?

Con el ceño fruncido, busqué el punto débil de su razonamiento. Pero Viola no tenía ningún punto débil.

—Sea como fuere, estaré aquí el 24 de junio de 1928 y habré viajado al futuro. *Quod erat demonstrandum.* Hala, vamos, los muertos nos esperan.

—¿Es cierto que puedes transformarte en osa?

Viola había dado unos pasos en dirección al cementerio. Se volvió hacia mí, con expresión seria.

—¿Quién te ha dicho eso?

—Cláus… Vittorio.

—¿El hermano de Emanuele?

—Sí.

—Me cae muy bien. De pequeños jugábamos todos juntos. Hasta los cinco años, un miembro de la nobleza puede jugar con cualquiera sin faltar a la etiqueta. ¿Y qué más te dijo?

—Que un cazador había tratado de…, de…

—Sí, sé lo que trataba de hacer —me interrumpió, con una dura expresión en el rostro.

—Entonces, ¿es verdad? Me refiero a la historia de la osa. Quiero decir, sé que es imposible, pero…

—Te diré la verdad, porque yo a ti nunca te mentiría. Prométeme que tú nunca me mentirás.

—Te lo prometo.

—Y que será nuestro secreto.

—Te prometo que será nuestro secreto.

—No me gusta que la gente cuente historias sobre mí. Pero, en este caso, Vittorio tiene razón.

—Puedes convertirte en osa.

—Sí.

—Me tomas el pelo.

—¿Por qué me lo preguntas si no estás dispuesto a creerme?

—De acuerdo, te creo. Te conviertes en osa. Demuéstramelo.

Con una dulce sonrisa, apoyó un dedo en medio de mi frente.

—Usa tu imaginación. Gracias a ella, no necesitarás que te lo demuestre. Y, cuando ya no necesites que te lo demuestre, entonces, tal vez lo haga.

Tardé ochenta y dos años, ocho décadas de malevolencia y una larga agonía en reconocer lo que ya sabía. No hay Mimo Vitaliani sin Viola Orsini. Pero hay Viola Orsini sin necesidad de nadie.

Vincenzo vacila. Duda frente al armario de madera, en un rincón de su despacho, al que solo él tiene acceso. Se da la vuelta, se para al pie de la ventana desde donde le gusta contemplar las montañas —¿cuántas veces lo habrá hecho en tantos años de sacerdocio?—. Ha empezado a caer una lluvia fina. Allá abajo, en la escarpa, bajo un tejado de pizarra que se domina desde su despacho, está la celda que acaba de dejar. Espera el anuncio en cualquier momento, «ya está, padre, se acabó», pero Vitaliani es pugnaz. ¡Quién sabe qué visiones arden bajo esa frente algo desproporcionada, qué remordimientos o qué alegría sacuden esos miembros algo cortos! El prior tiene la extraña intuición de que su huésped intenta decirle algo. Que quiere hablar, ahora que ya no puede, tal vez precisamente porque ya no puede.

El abad vuelve a dirigir sus pasos hacia el armario, casi sin querer. La madera es engañosa, cálida, un ropero de abuela acorde con aquellos venerables muros. El armario es una caja fuerte cuya llave siempre lleva encima. Sin embargo, ha revisado su contenido cientos de veces y nunca ha encontrado nada que justificase tal medida. Ciertamente, la lectura de los documentos allí encerrados plantea algunas preguntas. Este es sin duda el problema. A la Iglesia no le gustan las preguntas, pues ya ha respondido a todas.

Cuando asumió sus funciones, Vincenzo se sorprendió al enterarse de que los expedientes no se guardaban en el Vaticano, sino en la Sacra. Era más seguro, le explicaron. El conocimiento es un arma poderosa y demasiados intrigantes en la ciudad divina podrían utilizarlos con fines políticos. Ya los habían utilizado con fines políticos. ¿Es que acaso esos expedientes no habían frenado la meteórica carrera del cardenal Orsini, a quien se creía predestinado a ocupar la silla papal? Poco después habían sido transferidos a la Sacra, lo cual tenía su lógica, puesto que *ella* también estaba allí.

El abad se decide a abrir el armario, como ha hecho tantas veces en los últimos años. La llave, a prueba de falsificaciones, desbloquea un mecanismo complejo y silencioso. El interior está casi vacío, lo que siempre se le antoja un poco ridículo. Sobre un estante, cuatro clasificadores de cartón blanco, solo cuatro clasificadores de una banalidad lastimosa. Clasificadores de funcionario, clasificadores de contable, para un asunto que merecía un envoltorio mucho mejor, encuadernación, repujados, herrajes, dorados, todos esos ornatos por los que se pirra el Vaticano. En fin, un cartucho de dinamita no viene en mejor embalaje.

Todos los clasificadores están rotulados con las mismas palabras. «*Pietà Vitaliani*». Contienen casi todo lo que se ha escrito sobre ella, que al final no es gran cosa. Están los primeros testimonios, los informes oficiales, redactados primero por los clérigos, luego por los obispos y finalmente por los cardenales. Por supuesto, está el estudio completo del profesor Williams, de la Universidad de Stanford. Vincenzo recuerda haber pensado, en un pasado lejano, «mucho ruido y pocas nueces». Sabe lo que se ha dicho sobre la estatua, ha leído y releído las historias, ha oído a sus propios monjes, en confesión, hablarle de las extrañas pesadillas que poblaban sus sueños después de haberla visto. Pero, como a él la estatua no le decía nada —tal vez le faltase imaginación—, no se lo había tomado en serio. Simplemente la encontraba hermosa, muy hermosa de hecho, y él era un experto. ¿El resto? Cuentos de viejas.

Hasta aquel día de Pentecostés de 1972, cuando escuchó por primera vez el nombre maldito: «Lászlo Toth». El nombre que en adelante perturbaría sus noches y le haría palpar, diez veces al día, el lugar de su pecho donde reposaba, atada a un cordón de cuero, la llave a prueba de falsificaciones.

El verano de 1918 fue un infierno. El siroco consumía la meseta, los árboles sufrían, los hombres también. Días de un cielo que nunca azuleaba y permanecía siempre blanco, alucinado. El aliento de los cañones, se decía. Habían disparado tanto, habían calentado tanto, que era la guerra lo que se olía al levantarse por la mañana, con la cabeza a punto de estallar, la espalda bañada en sudor al menor movimiento. En aquella atmósfera de fin del mundo, los hombres iban con el torso desnudo y las jóvenes tardaban un ratito de más en agarrarse el vestido cuando una ráfaga de viento se lo levantaba y el calor se intensificaba. Hubo muchos nacimientos en 1919.

Dinero no había ni para un remedio, y la comida no llegaba a un diente. Cláusula aceptaba cada vez más trabajos de carpintería y, como la cosa más natural del mundo, compartía sus ganancias conmigo dándome una hogaza de pan una vez, queso otra, a espaldas de Alberto. Este último mascullaba que éramos unas sanguijuelas, mientras se bebía el dinero que me había dado mi madre, o lo que quedaba de él. Una mañana decidió, a través de mi mano, escribir a la suya.

Mammina:

Las cosas por aquí no están para echar cohetes, pero me voy arreglando con lo que hay. Los que me chupan la sangre son estos dos, que no pegan sello, que Dios me perdone, pero no sé qué habré hecho para merecer esto. En fin, no voy a quejarme ni a pedirte dinero, de verdad que me las apaño, solo hay que apretarse un poquito más el cinturón. Es la guerra, ¡qué se le va a hacer! Tu hijo que te quiere.

A finales de julio, una nube de polvo emborronó el horizonte, pero no se dispersó, como solía ocurrir, en el punto donde la carretera se bifurcaba hacia la propiedad de los Orsini. Continuó hacia nosotros y un extraño nerviosismo se apoderó de Alberto. Mi tío hundió la cabeza en el abrevadero, se alisó el pelo y se cambió de camisa. Nos plantamos en medio del camino, entrecerrando los ojos para protegernos del sol. Entre los huertos onduló un vehículo hasta hacerse más nítido. Un auténtico automóvil, un Züst 25/35 con un largo morro dorado y bruñidos guardabarros como brazales de conquistador, que salió de aquel horno para detenerse frente a nosotros. El chófer bajó y le abrió la portezuela a la pasajera, una mujer de abundantes carnes, embutida en un abrigo de pieles. Estábamos a treinta y cinco grados. Mientras la mujer se acercaba a nosotros, el chófer se armó de un trapo para reparar la ofensa que el polvo había causado al rutilante capó.

—¿Quién es el niño más guapo del mundo? —preguntó la mujer pellizcando la mejilla de Alberto.

Solo podía ser su madre, porque, sin ser feo, Alberto, desde luego, no era el tipo más guapo del mundo y dudo mucho que nunca lo hubiese sido. *Mammina*, como insistió en que la llamásemos, ya no era una chica cualquiera del puerto. Dirigía un reputado establecimiento —al menos en ciertos círculos—. La guerra la había convertido en la reina de la vida alegre de una ciudad cuyas oscuras callejuelas había pateado durante mucho tiempo.

Su chófer no tardó en desplegar un pícnic, guardado en una nevera portátil. Gracias a su clientela internacional, que a veces pagaba en especie, nos dimos un verdadero festín, un viaje culinario de Samarcanda a Turín. Yo, un desharrapado que aún no había cumplido los catorce años, comí caviar por primera vez. El tío mantenía la compostura, escupiendo regularmente en la mano para alisar un mechón rebelde que se le alborotaba en la frente. Naturalmente, su madre nos había invitado a Cláusula y a mí, y él no había protestado.

—¿Necesitas dinero, rey mío? —le preguntó, ahogando un eructo después de engullir un cuenco de fresas.

—No, *mammina,* va todo bien.

—Bueno, bueno, ¿y si eso hace feliz a *mammina*?

—Bueno, si te hace feliz, es distinto. Si insistes, no puedo negarme.

Su madre chasqueó los dedos. El chófer se dirigió al automóvil y regresó con una bolsa de viaje. Apareció un grueso sobre rebosante de liras; vi a tío Alberto a punto de babear. Antes de entregárselo, *mammina* sacó unos cuantos billetes para Cláusula y para mí.

—Para los pequeños. Míralos, pobrecillos, están en los huesos. Y tú no estás muy alto que digamos, si comes como un pajarito, no crecerás.

—Es un enano, mamá —precisó su hijo.

—Sobre todo es un chico guapo —me dijo guiñándome un ojo—. Dime, ¿te gustan los higos?

—Sí, señora, pero aquí no hay muchos, excepto en el jardín de la iglesia.

Se echaron a reír, incluido Zio Alberto. Cláusula se retorcía de risa y me di cuenta de que la fruta de la que hablaban no crecía en los árboles. *Mammina* se puso de pie, tambaleándose ligeramente bajo el efecto de las dos botellas de valpolcevera que se había bebido.

—Bueno, se acabó lo que se daba, la casa no va a funcionar sola. *Ciao a tutti!*

Regresó al coche, agitando una mano ensortijada. Me apresuré a abrirle la puerta, mientras el chófer arrancaba el Züst con la manivela. *Mammina* sonrió, se inclinó hacia mí y susurró:

—¡Qué galante! Si algún día vas a Génova, ven a verme. Nos ocuparemos de ti. Palabra de *mammina.*

Tan pronto como desapareció el automóvil, con un último destello de bronce, el tío se volvió hacia nosotros y tendió la mano. Le devolvimos el dinero que nos había dado su madre.

Mientras tanto, Viola soñaba. No me contó el motivo de sus preocupaciones, pero la encontraba cada vez más distante. Ya no me interrumpía ni respondía a sus propias preguntas, incluso había silencios entre nosotros. Supuse que había hecho algo mal, pese a que me acordaba de darme la vuelta siempre que nos separábamos. Nos veíamos cada vez más a menudo, a veces dos o tres veces por semana. Nos habíamos vuelto inseparables. Me sorprendió la facilidad con la que salía, pero nadie le prestaba atención en la villa. Su padre estaba obsesionado con la gestión de la propiedad, complicada por la persistente sequía. Consultaba oscuros archivos meteorológicos, enviaba correos a Génova a diario, incluso empezó a canturrear entre dientes ciertos rituales antiguos para atraer la lluvia, un hombre como él, que siempre se había burlado de las creencias locales. Su madre, por su parte, se pasaba la vida cartografiando, vigilando, evaluando los progresos de los Orsini en el tablero de las grandes familias de

Italia. Su hijo Stefano, ahora el primogénito, era uno de sus peones. Viajaba regularmente por todo el país, alojándose en casa de las «familias amigas», conociendo a «personas importantes», porque la guerra no duraría para siempre y había que pensar en el mañana. Francesco, el más joven, estudiaba en el seminario, en Roma. Entre estas ausencias, Viola andaba como Pedro por su casa. Su único temor era que la sorprendiesen en la biblioteca, el coto vedado de su padre.

Sin embargo, los libros siguieron llegando. Y con ellos, el universo se expandía. Por primera vez en mi vida, mientras esculpía, me encontré pensando vagamente en que el mío no era un gesto huérfano. Que había sido afinado por mil personas antes que yo y que lo sería por mil personas después. Cada repique del martillo venía de muy lejos y se oiría durante mucho tiempo. Intenté explicárselo a Cláusula. Me miró con los ojos muy abiertos y luego me aconsejó que dejara de chupar bayas de belladona.

El cambio de humor de Viola primero me desconcertó y luego me preocupó. Para hacerme perdonar mis pecados imaginarios, acepté, a finales de verano, tenderme sobre una tumba. Ella pareció sorprendida y se rio con la misma despreocupación que de costumbre. Encontró dos tumbas vecinas, lo suficientemente cercanas como para que pudiéramos cogernos de la mano. Tuve que hacer de tripas corazón para tumbarme allí, atormentado por siglos de supersticiones, de temores irracionales —¿estaba cortejando a mi propia muerte?—. Luego el cielo me rodeó, y los cipreses, pinceles abandonados en un velo de estrellas. La mano de Viola estaba acurrucada en la mía. La soltaba regularmente por el placer de volver a cogerla.

—¿Tienes miedo? —preguntó mi amiga al cabo de un rato.

—No. Contigo no tengo miedo.

—¿Estás seguro?

—Lo estoy.

—Mejor. Porque no es mi mano la que estás sosteniendo.

Lancé un grito y me levanté de un brinco de la tumba. Viola lloraba de risa.

—¡Muy graciosa! ¿Por qué no podemos pasar un buen rato como todo el mundo? ¿Por qué tienes que ser tan rara?

Las lágrimas continuaron. Pero Viola ya no se reía.

—¿Qué te pasa? Perdóname, no quería decir eso, de verdad. Fue muy gracioso, ¡te lo juro! ¡Hay que ver cómo salté! ¡Qué idiota! ¡Me la has pegado!

Inspiró varias veces y levantó la mano.

—No eres tú. Soy yo.

—¿Por qué?

Se secó los ojos con el revés de la manga y se sentó en la tumba con los brazos alrededor de las rodillas.

—¿No tienes sueños, Mimo?

—Mi padre decía que no sirven de nada. Los sueños no se hacen realidad, por eso se llaman sueños.

—Pero ¿tienes alguno?

—Sí. Me gustaría que mi padre volviera de la guerra. Es un hermoso sueño.

—¿Y aparte de ese?

—Convertirme en un gran escultor.

—¿Y eso no es factible?

—Mírame. Trabajo para un tipo que bebe como un cosaco. Duermo en un lecho de paja. Nunca he tenido dinero y la mayoría de la gente se ríe cuando me ve.

—Pero tienes talento.

—¿Y tú cómo lo sabes?

—Don Anselmo se lo dijo a mi hermano Francesco. Tú haces todo el trabajo en el taller, y él lo sabe.

—¿Y cómo lo sabe?

—Vittorio se lo cuenta a todo el mundo.

—Vittorio habla demasiado.

—Don Anselmo dice que estás muy dotado para la escultura. Anormalmente dotado.

El primer elogio que recibía y mira tú por dónde tenía que incluir el calificativo *anormal*.

—Tengo grandes sueños para ti, Mimo. Me gustaría que hicieras algo tan bello como Fra Angelico. O como Miguel Ángel, ya que te llamas como él. Me gustaría que todo el mundo conociese tu nombre.

—Y tú, ¿tienes sueños?

—Mi sueño es ir a la universidad para estudiar.

—¿Estudiar? ¿Y qué clase de estudios?

Viola sacó un papel del bolsillo y me lo entregó, porque llevaba toda la tarde esperando la pregunta.

El artículo todavía está en mi baúl, debajo de la ventana, en medio de las páginas del número de la *FMR* que nunca se difundió. El papel se ha vuelto amarillento, hace mucho que no lo abro, tal vez caiga hecho polvo al tocarlo. Es un artículo de *La Stampa* fechado el 10 de agosto de 1918. Gabriele D'Annunzio acababa de llevar el escuadrón 87.º, llamado la Serenísima, a Viena. Un vuelo imposible, de más de mil kilómetros, de siete horas y diez minutos, que había cogido por sorpresa a los austriacos. En lugar de bombardear la ciudad, D'Annunzio había lanzado panfletos instando a sus habitantes a la capitulación. «Nosotros, los italianos, no hacemos la guerra a los niños, a los ancianos, a las mujeres. Hacemos la guerra a vuestro Gobierno, enemigo de las libertades nacionales, a vuestro Gobierno ciego, testarudo y cruel, que no sabe daros ni paz ni pan, y os nutre de odio e ilusiones».

D'Annunzio era poeta y aventurero, no piloto. Era a Natale Palli a quien le debía haber llegado sano y salvo y haber vuelto con vida. El mismo Natale Palli que se quedaría dormido en la nieve, unos meses más tarde, en las laderas del monte Pourri, después de haber hecho un aterrizaje forzoso y de haber tratado de ganar el valle a pie. Nunca se despertaría. Formaría parte para siempre de la leyenda de los pioneros que habían vencido a la gravedad. Y Viola, simple y llanamente, quería hacer lo mismo.

Desde su más tierna infancia, Viola quería volar.

—¿Quieres volar?

—Sí.

—¿Con alas?

—Sí.

—Nunca he visto un avión en mi vida. Nunca he visto a nadie volar. ¿Cómo piensas hacerlo?

—Estudiando.

—¿Has hablado con tus padres de eso?

—Sí.

—¿Y están de acuerdo?

—No.

Viola me agotaba. Extrañas nubes aborregaban el cielo, paseando sus dedos de sombra por el cementerio.

—¿Cómo piensas volar si tienes que estudiar y tus padres no te dejan?

—Mis padres son viejos. No me refiero a su edad. Son de otro tiempo y su mundo es otro. No entienden que mañana volaremos igual que hoy montamos a caballo. Que las mujeres llevarán bigote, y los hombres, joyas. El mundo de mis padres ha muerto. Tú que tienes miedo de los muertos vivientes, es a ese mundo al que debes temer. Está muerto, pero sigue moviéndose porque nadie le dijo que estaba muerto. Por eso es un mundo peligroso. Se derrumba sobre sí mismo.

—¿Quieres que vayamos a otro lado? Hay unas nubes muy raras.

—No son «nubes raras», habla con propiedad, son altocúmulos. Por mucho que les suplique, no convenceré a mis padres de que me dejen ir a la universidad. «Yo no he estudiado —me dijo mi madre—, y mira dónde he llegado». Nació baronesa y llegó a marquesa. Ya me dirás, ¡menuda ambición! No, tengo que demostrárselo. Demostrarles que lo digo en serio. Quiero volar ahora. En fin, lo antes posible.

—¿Cómo?

—Hace dos años que me preparo. He leído todo lo que he podido encontrar, he visto los primeros bocetos de Leonardo, y creo que deberíamos poder fabricar algún tipo de ala voladora. No hace falta que vuele muy lejos. El caso es que vuele cien o doscientos metros. Eso les cerrará la boca. La gente oirá hablar de mí. Me dejarán entrar en una escuela de hombres.

—¿No puedes elegir otra cosa? ¿Algo más sencillo? Quiero decir, ya viajas en el tiempo, puedes transformarte en osa, ¿no es suficiente?

—¡Pero si es lo mismo! Todo está conectado.

—No lo entiendo.

—Solo necesito que me ayudes. Lo entenderás más tarde.

—Yo soy escultor, Viola. Me gustaría ayudarte, pero...

—Me dijiste que Vittorio trabajaba la madera, ¿no? Mi ala es de madera y tela. Solo hay que encontrar el equilibrio adecuado entre rigidez y ligereza, y diseñar un sistema de asistencia y compensación. Poleas y cuerdas —precisó Viola ante mi expresión de asombro—. El fallo de los proyectos de Leonardo es que su diseño presupone una fuerza física sobrehumana. Es curioso, para alguien tan versado en anatomía.

Así, además, nuestra ala será más fácil de construir, porque yo soy ligera. Crees que soy ligera, ¿no?

—Muy ligera. Pero tu idea… es completamente loca.

—La prensa califica el vuelo de D'Annunzio como «el vuelo loco». A ver, ¿me vas a ayudar o no? ¿Me ayudarás a volar?

—Sí —suspiré.

—Júralo.

—Lo juro.

—Otra vez.

—Te lo juro otra vez. ¿Quieres que escupamos?, ¿que mezclemos nuestra saliva para que sea válido?

—Los adultos mezclan su saliva todo el tiempo. Eso no les impide traicionarse y apuñalarse todo el tiempo. Lo haremos de otra manera.

Viola me cogió la mano y la puso en su corazón. Experimenté una de las emociones más grandes de mi vida. Los senos aún no le despuntaban en el pecho, en realidad, nunca harían, pero su ausencia me llenó la palma de la mano con la misma rotundidad que los de algunas de las mujeres que conocería más tarde. Al mismo tiempo, ella acercó su mano a mi corazón.

—Mimo Vitaliani, ¿juras ante Dios, si existe, ayudar a Viola Orsini a volar y no dejarla caer ni decepcionarla nunca?

—Lo juro.

—Y yo, Viola Orsini, juro ayudar a Mimo Vitaliani a convertirse en el escultor más grande del mundo, igual a Miguel Ángel, cuyo nombre lleva, y no dejarlo caer ni decepcionarlo nunca.

Durante un instante, Viola y yo somos de la misma estatura. Tenemos casi catorce años. La misma altura, exactamente. No durará, ella lo sabe, yo lo sé, los dos lo sabemos, porque me gusta decir «los dos». Dentro de un segundo, Viola seguirá creciendo y disparándose hacia el cielo. Yo me quedaré aquí, a ras de suelo. Así que nos miramos a los ojos, profundamente, durante mucho tiempo. Casi sorprendidos por ese cruce, una igualdad inesperada, en una noche de cementerio y colores quemados por el calor del día. Me sorprendo al creer, solo un instante, que nada cambiará. Pero ya están actuando las fuerzas que la hacen crecer, las células que se amontonan, los huesos que se estiran, y, molécula a molécula, Viola se aleja de mí.

Un santo llora. En rigor, todavía no es santo —pero no seamos quisquillosos, porque es un detalle menor—. Se ha detenido en una meseta muy distinta a los valles que ha atravesado, quizá debido al cansancio, tal vez aliviado. No ha llorado desde la noche en que se llevaron a su mejor amigo, por quien estaba dispuesto a morir. Dispuesto a morir, sí, pero no aquella noche, ya que lo negó tres veces antes de que cantara el gallo.

Sus lágrimas se filtran por una grieta. Y, como no es un hombre cualquiera, porque el amigo al que traicionó tampoco es un hombre cualquiera, las lágrimas atraviesan la piedra —la misma piedra que le ha dado su nombre— y se transforman en fuente milagrosa. En esta meseta donde lo único que se da son los guijarros, pronto crecerán hombres y cítricos. Un enfoque más científico enfatizaría la naturaleza kárstica del subsuelo, en constante cambio y propicio al surgimiento de fuentes donde no las había, pero la ciencia no quita nada al milagro, solo habla de él con su propia poesía. La conclusión es la misma: la hidrografía de la meseta es fundamental para quien quiera comprender Pietra d'Alba. El agua, paciente, marcó el destino de la meseta y de sus habitantes, quienes, sin embargo, a la pregunta de para qué servía, habrían respondido: «Para beber y regar», cuando la respuesta correcta era: «Para envidiar y devastar».

En Pietra d'Alba, como en otros lugares, quien entiende el agua entiende al hombre.

Al día siguiente de nuestro juramento en el cementerio, fui en busca de Cláusula para decirle que necesitaríamos su ayuda. No estaba en el taller. Apareció dos horas después, vestido de domingo —que en su caso se limitaba a una camisa limpia—, en compañía de Anna, la hija de Giordano. Había pedido permiso a su padre para acompañarla ese día. Quise saber adónde y se rieron de mí; por supuesto, cómo va a saber adónde «el Franchute», me pinchó Cláusula. Le salté al cuello, gritando «repítelo y verás. Franchute lo serás tú». Rodamos por el heno bajo la mirada impaciente de Anna y, en menos que canta un gallo, Cláusula me hizo morder el polvo. Pero, como no eran rencorosos, me invitaron a ir con ellos.

—Pero ¿adónde?

—Al lago, idiota.

El manantial milagroso, después de unos cinco kilómetros de recorrido subterráneo salpicado de algunos surtidores, incluido el abrevadero que había delante de nuestro granero, se transformaba en un lago natural al pie de la ladera este del valle. El lago pertenecía a los Orsini. El 15 de septiembre, la familia invitaba a todo el pueblo a bañarse allí. Una hermosa y sencilla velada. Solo que en Italia, y más aún en Pietra d'Alba, nada era sencillo.

No tuve ocasión de ver a Caruso en el escenario —moriría tres años después en Nápoles, su ciudad natal—, pero gracias a la magia de la incipiente tecnología de la grabación, lo oiría cantar más tarde en el papel de Pagliaccio, quien, traicionado por su mujer, intenta ocultar su desdicha tras su traje de payaso. *Vesti la giubba*. Ponte el traje, sonríe para ocultar el dolor y todo irá bien. No pude evitar preguntarme si Leoncavallo había conocido a los Orsini. Si se había bañado en su maldito lago antes de escribir aquella aria. *Ridi, Pagliaccio e ognun applaudirà*. Ríete, Payaso, y todos aplaudirán.

El baño del 15 de septiembre era la risa del payaso triste. La harina en la cara para divertir al público. Porque, si bien la masa de agua pertenecía a los Orsini, con su hermosa superficie verdosa y sus diez metros de orilla, estaba rodeada por todas partes por campos pertenecientes a los Gambale, una familia del valle vecino, sus enemigos jurados.

Fieles a su reputación, los habitantes de Pietra d'Alba rivalizaban en inventiva para explicar la disputa entre las dos familias. Los Gambale, antiguos aparceros de los Orsini, les habrían robado descaradamente. Los Orsini habrían cultivado sus naranjos con sangre, sudor y lágrimas de los Gambale. Se hablaba de violación, de asesinato, de traición. Lo de menos era el motivo, lo que importaba era la rivalidad, siempre presente, atávica, capaz de desgastar la dura roca de aquellos valles. Los Orsini tenían un lago, pero no podían sacar agua de él para regar sus plantaciones porque los Gambale les vedaban cualquier derecho de paso sobre sus tierras. Apenas podían acceder a su masa de agua por un camino de su propiedad que descendía del bosque. La única solución habría sido bombear el agua a través de un sistema de canalizaciones siguiendo dicho camino de acceso, un desvío disparatado. Viola me explicó un día que era «técnicamente factible, económicamente estúpido». El mantenimiento de la bomba, su alimentación eléctrica y el grado de pendiente hacían la operación demasiado compleja. Así pues, a los Orsini no les quedaba más remedio que regar sus huertos con el afloramiento del manantial milagroso situado en su propiedad y a base de estanques de retención que recogían el agua de lluvia. Lo más absurdo era que los Gambale, horticultores en el valle vecino, cual perro del hortelano, tampoco sacaban provecho del lago, hasta el punto de dejar abandonados sus propios campos circundantes con el único propósito de provocar con su insolencia a los Orsini. Estos últimos respondían —nobleza obliga— con su baño anual, al que acudía todo el pueblo en procesión a través del bosque. Ese día, varios miembros del bando Gambale, armados con rifles, patrullaban por los alrededores para asegurarse de que nadie invadiera sus campos y de que los lugareños permaneciesen dentro de una franja de diez metros alrededor del lago. Un número aún mayor de empleados de los Orsini, asimismo armados, vigilaban a los empleados de los Gambale. La tradición se remontaba a una veintena de años apenas y no había degenerado de milagro.

La aridez del verano de 1918 agravó la herida. El surtidor de los Orsini se había agotado y, pese a las interminables negociaciones, las dos partes no habían alcanzado un acuerdo. El mundo estaba en guerra y aquellas dos familias no iban a ser menos. Los Gambale juraron que, mientras les quedase un soplo de vida, ni una sola gota de agua Orsini cruzaría sus tierras. Y, como al viento se le ocurriese llevarla, plantarían setos de cipreses. En represalia, los Orsini, secundados por las grandes familias de la región, habían pregonado a los cuatro vientos que cualquiera que comprase flores a los Gambale en los grandes mercados de Génova y Savona perdería la clientela de la nobleza. Las flores se pudrían en los cobertizos, los naranjos se secaban en los huertos, pero el honor de las dos familias estaba a salvo. Y el 15 de septiembre todo el mundo disfrutaba, se bañaba, chapuzaba, se zambullía y se acariciaba suavemente bajo el agua.

Cuando llegamos, la familia Orsini casi al completo ya estaba allí. Huelga decir que los Orsini no se bañaban. Miraban la escena con benevolencia, dirigiendo aquí o allá una señal que significaba el favor o la caída en desgracia. Viola estaba de morros, algo apartada, envarada en un vestido turquesa. Empezaba a conocerla y supuse que no me había hablado de la romería del lago porque le daba vergüenza. A la altura de mis trece años —y digo «altura» con la ironía de la que he hecho gala toda mi vida—, aún no captaba lo que se cocía entre bambalinas.

Eché a correr, dejando la ropa atrás, y me zambullí sin preocuparme de aquel cuerpo desusado con el que cargaba desde mi nacimiento. En efecto, aquella agua debía de ser milagrosa, porque, una vez dentro, yo parecía como todo el mundo. Era alto, poderoso, atlético, bajo aquella cabeza que sobresalía. Hacía calor, pero el agua estaba fría.

Los Orsini nos observaban al abrigo de grandes sombrillas, bebiendo sorbitos de vino y mordisqueando fruta. Viola merodeaba en la linde del bosque, en la linde de aquella infancia que abandonaba segundo a segundo. Su padre, el marqués, era un hombre alto, con el rostro alargado por un extraño peinado, una gran mata gris en la parte superior y muy corto en los lados. Stefano, el hijo mayor, un chico grueso en el traje que le quedaba estrecho, abría y cerraba los puños espasmódicamente, como para exorcizar una fuerza que no encontraba salida. Lucía un bigote que su madre le obligaría a afeitar unos meses después, so pretexto de que parecía «italiano del sur». Los cabellos, negros como el carbón, se le ensortijaban, para su desdicha, como tirabuzones de niña, una ridiculez que trataba de ocultar con una paciente y generosa aplicación de gomina. Solo faltaba Francesco, el más joven de los hijos varones, absorto en sus éxtasis vaticanos, a seiscientos kilómetros de allí.

Yo aún no conocía a Pagliaccio, a Leporello, a Don Giovanni, lo ignoraba todo de las lecciones de ópera. Ignoraba que las risas eran los prolegómenos del drama. Algo que, dicho sea de paso, Zio Alberto había tratado de inculcarme a su manera, «que no se te suban los humos a la cabeza». Fue precisamente a Alberto a quien vi salir del bosque, mientras nadaba cerca de una joven que me sonreía. Cláusula y yo lo habíamos invitado a venir, pero él nos había echado haciendo un gesto con la mano, hundido en un sillón y en sus negros pensamientos en medio del taller. Aunque lo veía de lejos, me pareció contento. Se acercó al marqués, deshaciéndose en reverencias que debieron de molestar a Stefano, quien lo agarró por el cuello y lo llevó a rastras hasta su padre. El tío sostenía algo que le entregó al marqués, gesticulando. Luego los dos se llevaron las manos a la frente a modo de visera escrutando el lago. Y yo, tonto de mí, agité la mano.

Acto seguido, Stefano bajó corriendo la pequeña pendiente que conducía a la orilla y me apuntó con el dedo.

—¡Tú! ¡Fuera del agua!

Salí del agua. Con todas las miradas clavadas en mí, mi cuerpo imaginario se redujo a las dimensiones del que habitaba. Stefano me agarró de la oreja sin miramientos para llevarme hasta su padre, que estaba sentado en un sillón de mimbre en lo alto de un montículo. Reconocí de inmediato el objeto que descansaba en las rodillas del marqués. El último libro que me había prestado Viola: una edición tardía pero lujosa de *De historia stirpium commentarii insignes,* una historia de las plantas escrita por Leonhart Fuchs, un botánico bávaro del siglo XVI. La belleza de las ilustraciones me había dejado sin palabras hasta el punto de que no había devuelto la obra inmediatamente, aunque no entendiese ni jota de latín.

—Encontré esto entre sus cosas —explicó Alberto—. Y me olí que se lo debió de trincar a su señoría cuando se hicieron los trabajos en su tejado, porque en mi casa no hay libros ni conozco a nadie que los tenga.

—¿Es eso cierto, muchacho? ¿Cogiste este libro en nuestra casa?

Viola, en el lindero del bosque, miraba la escena, lívida.

—Sí, señor.

—Su señoría —me corrigió Stefano Orsini, propinándome de paso una patada.

—Sí, su señoría. No creía que hiciera nada malo. No quería robarlo, solo leerlo.

Todo el pueblo se había congregado en la orilla del lago para presenciar el espectáculo. Curiosidad húmeda con olor a lodo. Incluso los Gambale, como quien no quiere la cosa, se habían acercado para no perderse nada. El marqués se frotó la barbilla. Su esposa le susurraba febrilmente al oído, pero él la interrumpió con un gesto de impaciencia.

—No es reprensible querer liberarse de la propia condición mediante el conocimiento —observó—. Sin embargo, es reprobable apropiarse de bienes ajenos, aunque sea temporalmente. Por tanto, el acto debe ser castigado.

Había pronunciado las últimas palabras en voz más alta, para que los Gambale las escuchasen perfectamente. Los Orsini discutieron a media voz sobre la dureza de la sentencia, cuarenta azotes en opinión de la marquesa y Stefano, diez en opinión del marqués. Creo que se sentía halagado por el interés que había despertado en mí su biblioteca, pacientemente reunida y regularmente incrementada por comerciantes repartidos por todo el país. Según Viola, rara vez entraba en ella. Pero los Magníficos, las ricas familias genovesas, no bromeaban con el tamaño de su biblioteca.

Como había que dar ejemplo ante los Gambale, se determinaron veinte zurriagazos. Solo llevaba unos pantalones de lona que se me pegaban a las piernas y Stefano me los bajó de repente. Viola, con lágrimas en los ojos, me sonrió antes de volverse de espaldas. Stefano cortó una rama flexible, la peló, escupió en las palmas y se puso manos a la obra, aplicándose en la parte baja del torso y en las nalgas. Por suerte, allí solo había pinos, de los que se obtienen muy malas fustas. Encajé los golpes sin rechistar, luchando contra una dentellada mucho más solapada: la de saber mi cuerpo expuesto a la voracidad de aquel coliseo rural, como si este cuerpo no hubiera pagado ya mil veces por los demás. Stefano me dio veinticinco azotes, pretextando haber perdido la cuenta. No le quité los ojos de encima a Zio Alberto. Sonreía triunfal; al menos al principio. Luego, su mandíbula se vio sacudida por un acceso de tics nerviosos. En los últimos golpes cualquiera diría que era él quien estaba siendo azotado.

Volvió a reinar el silencio, una lasitud poscoital. «Tanta historia para esto», pensaba la gente al mismo tiempo que «a ver si podemos seguir con lo nuestro». Nadie se movía. Me correspondía a mí dar el primer paso, un mutis antes de la bajada del telón que liberaría a mi público, le permitiría toser, rascarse y recostarse en su asiento antes del acto siguiente.

Me subí los pantalones y apreté la mandíbula. No negaré que tuve ganas de llorar, pero solo un segundo. «Ríe, Payaso, y todos aplaudirán». Luego, me encontré con la mirada socarrona de Stefano y decidí vengarme. Podría haberme unido a los Gambale, clavarle un cuchillo a un Orsini, talar sus preciosos naranjos por la noche, envenenarles el agua. Pero Viola tenía razón: aquel mundo estaba muerto. Mi venganza sería del siglo xx, mi venganza sería moderna. Me sentaría a la mesa de quienes me habían rechazado. Me convertiría en su igual. A poco que pudiese, los superaría. Mi venganza no sería matarlos, sería sonreírles, con la misma sonrisa condescendiente que ellos me dirigían hoy.

No sería descabellado pensar que tal vez deba mi carrera al hecho de haberle mostrado el culo a Pietra d'Alba.

Una de las esculturas más bellas de todos los tiempos —la más bella, según algunos— sonríe a todos sus visitantes sin excepción. Así pues, el 21 de mayo de 1972, sonrió a Laszlo Toth, un geólogo húngaro que acababa de detenerse frente a ella en el Vaticano. Hay en ese momento, en la mirada que intercambian, algo extraño. Como si ella lo supiera. Y su sonrisa, ese día de Pentecostés, se vuelve más perturbadora.

Es difícil imaginar que un día fue una simple montaña. La montaña se convirtió en cantera en Polvaccio. De allí extrajeron un bloque de mármol que se le entregó a un hombre de rostro rudo, marcado por una reyerta con un colega celoso. El hombre, fiel a su filosofía, atacó la piedra para liberar la forma que ya estaba allí. Y apareció la mujer, de una belleza irracional, inclinada sobre su hijo abandonado en un sueño de muerte sobre su regazo. Un hombre, un cincel, un martillo, piedra pómez. Tan pocas cosas para dar origen a la mayor obra maestra del Renacimiento italiano. La escultura más hermosa de todos los tiempos, y simplemente estaba oculta en el fondo de una piedra. Por más que lo buscó, por más que imprecó, Miguel Ángel Buonarroti no volvió a encontrar nada parecido en ningún bloque de mármol. Sus piedades posteriores parecen bocetos de la primera.

Laszlo sigue mirando la *Pietà* en la penumbra de la basílica. Se ha vestido con cierta elegancia, la ocasión lo merece. Se ha peinado la media melena y se ha atusado la perilla. Hay que reconocer que, cuando lleva pajarita, tiene pinta de iluminado. No es un iluminado, al contrario. Solo lleva unos días en Roma. Ha intentado varias veces obtener una audiencia con el papa, pero Pablo VI se atrinchera en un mutismo incomprensible. Laszlo solo quiere ser recibido por el papa para compartir con él una información vital: él es Jesucristo resucitado. ¿Qué papa digno de serlo no querría escuchar la noticia?

Con un gesto que, dependiendo de los testigos, será calificado de brusco o, por el contrario, de reposado, saca del bolsillo una piqueta de geólogo. Luego grita «Io sono il Cristo!», se abalanza sobre la escultura que sonríe a sus visitantes desde hace cuatrocientos setenta y tres años, una obra de una belleza sobrenatural, y le asesta quince martillazos. Quince martillazos son muchísimos, antes de que los atónitos testigos consigan neutralizarlo, e hicieron falta al menos siete hombres. La *Pietà* de Miguel Ángel pierde un brazo, la nariz, un párpado y está acribillada de impactos. Muchos, entre la multitud, no han tenido arrestos para reaccionar, pero sí para recoger los fragmentos de mármol de la víctima y llevárselos a casa. Algunos, presa de los remordimientos, los devolverán, la mayoría no.

Laszlo Toth, juzgado irresponsable, no será condenado, pero sí extraditado tras pasar dos años en un psiquiátrico italiano. Caso cerrado, al menos para el público en general. Porque los expertos se preguntan: ¿qué tendrá que ver creerse Cristo con atacar la *Pietà*? El papa no recibió a Laszlo, una razón para que el húngaro concentrase su odio en el pontífice. Pero la señora de mármol y su hijo muerto no le habían hecho nada. A menos que consideremos, por supuesto, que estamos en presencia del genio absoluto, más cerca de Dios de lo que jamás estará Laszlo Toth. A menos que haya sentido esa competencia desleal, la prueba de su impostura —porque ¿quién podría estar más cerca de Dios que su propio hijo?—, y haya querido destruirla.

Ahí comienza la parte del caso desconocida para el gran público. La atención decae, la víctima, al fin y al cabo, es de piedra, uno no se va a pasar la vida leyendo un informe del caso, sobre todo cuando algunos hombres influyentes del Vaticano han llamado a algunos hombres influyentes de la Policía para decirles que algunas páginas del informe en cuestión no tenían ningún interés. Páginas que revelan que Laszlo Toth no acababa de llegar a Italia, sino que hacía diez meses que se hallaba en el país. Y que había pasado mucho tiempo en el norte, visitando muchas iglesias en los alrededores de Turín. Un análisis de sus movimientos sugiere que merodeó en torno a la Sacra di San Michele, como si buscara algo cuya ubicación precisa desconocía. Como si él también hubiera oído hablar de *ella*, de la obra que tanto inquieta a quienes la ven.

La *Pietà* del Vaticano fue restaurada y limpiada —hoy habría que pegar la nariz a la escultura para ver las junturas—. El que no podamos admirarla sino a través de un cristal blindado se lo debemos al geólogo húngaro. El drama pertenece a la historia. Pero los más enterados sospechan que esa no era la presa original. Que en su intento de eliminar todo lo que competía con sus pretensiones de divinidad, Toth había querido atacar a la *Pietà Vitaliani*. Y, al no encontrarla, había arremetido contra la de Miguel Ángel. Su plan B.

Si este es efectivamente el caso, si existe en la tierra una obra aún más divina que la de Miguel Ángel, entonces esa obra es un arma. Y los hombres del Vaticano sin duda piensan: «Hemos hecho bien ocultándola».

Viola y yo tenemos quince años. Cláusula y Emanuele, frente a nosotros, dieciocho. Y, por supuesto, está Héctor. Es nuestra hora. La hora de la juventud y de sus sueños de ligereza. La hora de volar.

Para ser octubre, todavía hace calor. Creo descubrir el sabor a sal en el aire. El lebeche sopla del mar, remonta el vertiginoso acantilado hasta las murallas de Pietra d'Alba, hasta el camino de ronda donde nos encontramos, a pocos centímetros del vacío. Una noche de piratas y conspiraciones. Meses de trabajo nocturno, de estudios, de paciencia infinita. El primer vuelo inaugural de nuestra ala. Me negué a que Viola lo intentara, era demasiado peligroso, nos enzarzamos en una discusión delante de Cláusula. El larguirucho parecía preocupado, temiendo sin duda que se convirtiese en osa. Viola no se convirtió en osa y aceptó ceder su puesto. Porque tenemos a Héctor. Un colega valiente, siempre de buen humor, siempre dispuesto a ayudar. Héctor no tenía miedo a nada, ni siquiera a saltar al vacío desde cincuenta metros. Tenía el temple de esos pilotos que, menos de cincuenta años después, en el mismo siglo, llevarían un aparato, medio avión, medio cohete, capaz de superar seis veces la velocidad del sonido. Apenas cincuenta años entre el biplano de Gabriele D'Annunzio y el

North American X-15. El siglo de la velocidad: los futuristas tenían razón.

Intercambiamos una última mirada, deseándole buena suerte a Héctor.

Y Héctor emprendió el vuelo.

Después de mi sometimiento al escarnio público, el tocón permaneció vacío durante unos días y luego volvió a llenarse de libros. Según Viola, su padre nunca notaría la ausencia de algunos libros en una biblioteca que contaba con tres mil volúmenes. Como no era cuestión de guardarlos en casa de Zio Alberto, me llevó por la noche hasta un cobertizo abandonado en medio del bosque, en la ladera occidental de la meseta. Viola se movía por el bosque de manera extraña, fluyendo como una ola entre centinelas verdes que a ella la dejaban pasar sin decir ni mu y a mí me picaban y me arponeaban a intervalos regulares para inspeccionarme, olfatearme, «¿quién es este tipo?». Viola volvía pacientemente sobre sus pasos para desengancharme de las zarzas, de los escaramujos o de la esparraguera de monte que me aprisionaban. «Dejadlo en paz, que viene conmigo». Y poco a poco pude moverme libremente en el tupido bosque. Casi echaba de menos la siniestra tranquilidad del cementerio.

El cobertizo consistía en tres muros de piedra de mampostería apoyados contra un afloramiento rocoso. El tejado se encontraba en buen estado, salvo por un boquete provocado por el desprendimiento de una roca. Viola lo había taponado con ramas y hule. El cobertizo sería nuestro cuartel general cuando no estuviéramos en el cementerio, el lugar donde debería dejar los libros. El lugar, sobre todo, donde nos reuniríamos para discutir y desarrollar nuestro proyecto común: volar.

Nada era posible sin Cláusula. Mi amigo había abierto su propio taller de carpintería en el granero de Zio Alberto y el negocio prosperaba. Alberto no decía ni pío, una magnanimidad achacable al porcentaje de los ingresos que recibía de Cláusula. Ahora yo llevaba a cabo la mayor parte de los pocos trabajos de escultura que nos encargaban. Mi tío me odiaba, yo lo detestaba, pero nos apoyábamos el uno en el otro para no caer. Sin mí, el taller se iría al traste. Sin él, yo habría tenido que dejar Pietra d'Alba, y Pietra d'Alba era Viola. Así que no importaban los golpes, las humillaciones, los *pezzo di merda* y los «anda que tu madre se lució llamándote Michelangelo», tampoco importaban las retenciones sobre un salario nunca pagado. Y es posible que, a nuestra manera, como más de la mitad de las parejas del pueblo y de más allá, fuésemos felices.

Cuando le hablé a Cláusula del proyecto de Viola, mi amigo se rio de mí en toda la cara, exactamente como yo esperaba.

—¿Estás loco? No pienso trabajar para una bruja.

—Me ha dicho que te estaría muy agradecida si aceptaras. Para ti no será tanto trabajo, y eres muy bueno con la madera.

—Dile que se busque otro. Y, además, que volar... Si Dios nuestro señor quisiese que volásemos, nos habría dado alas, ¿no crees?

—Me encargaré de llevarle tu respuesta a Viola. Pero la conozco, Claus, tiene muy malas pulgas y va a coger un cabreo de mil demonios. Y la última vez que se cabreó con alguien, fuiste tú quien me lo dijo, solo encontraron un zapato...

Cláusula se rio nerviosamente, pero la risa se le cortó en seco cuando vio mi expresión sombría.

—¿De verdad crees que sería capaz de hacerme daño?

—No, hombre —me apresuré a tranquilizarlo—. Claro que no. Pero...

—Pero ¿qué?

—Bueno, si yo fuera tú, de ahora en adelante evitaría el bosque. Solo por prudencia. Sé que te gusta ir allí con Anna... También evitaría salir de noche. O solo. Si, de verdad, de verdad, tienes que salir solo, dile a alguien adónde vas. Por si acaso. Nunca está de más. Simple precaución. Bueno, pues me voy a ver a Viola. No te preocupes, intentaré explicarle que en realidad no es culpa tuya, que simplemente no quieres trabajar con una bruja.

—¡Espera! Venga, hombre, no hay por qué ponerse así. Os ayudaré. Si me pagáis la madera. Y Emanuele también estará, os guste o no.

Decidimos reunirnos una vez por semana en el cobertizo. Cláusula, al principio desconfiado, no tardó en cogerle afecto a Viola hasta el punto de confiarme, un mes después, que empezaba a dudar de la veracidad del asunto de la osa. «Es tan pequeña, tan frágil, ¿cómo iba a contener una osa?». Yo conocía de sobra a Viola, sabía que era capaz de contener varios osos, una casa de fieras entera y verdadera, un circo con su carpa, un polvorín, aviones, océanos y montañas. Viola era el demiurgo de nuestras vidas, las organizaba como le daba la gana, con un chasquido de dedos o con una sonrisa.

Viola se encargó de la teoría; yo, de los dibujos; Cláusula y Emanuele, de la ejecución. Nuestra primera ala pasó por varias fases y modelos a escala. Los conocimientos de Viola, que aún no había cumplido los quince, nos maravillaban. Además de italiano, hablaba alemán e inglés. Nos contó que había agotado a varios tutores y asustado a sus padres pidiendo profesores más cualificados. Precisamente porque en Pietra d'Alba no había profesores cualificados y Viola debería haber sido enviada a la universidad, nuestra conspiración existía. Viola devoraba todos los libros científicos que caían en sus manos, a veces hablaba sola caminando en círculos cuando uno de nuestros prototipos no lograba volar. Había leído y releído *Der Vogelflug als Grundlage der Fliegekunst,* un libro de Otto Lilienthal sobre la influencia del vuelo de las aves en la construcción de una máquina voladora. Lilienthal había logrado planear varios cientos de metros en numerosas ocasiones en la década de 1890. La idea nos entusiasmó hasta que Viola nos dijo que en uno de sus intentos se había matado. Nos aseguró que eso no le pasaría a ella, porque había identificado el punto débil del ala de Lilienthal: su capacidad de sustentación estaba comprometida por el agujero practicado en medio, el destinado al piloto. Nuestra ala sería, por tanto, una mezcla de la de Leonardo da Vinci y la de Lilienthal: sustentación máxima sin interrupción de la integridad estructural, pero maniobras controladas por los movimientos del cuerpo del piloto, sin requerir fuerza física. El ala tenía que ser ligera y rígida. De Cláusula dependía imaginar las soluciones. Después de cada reunión en el cobertizo, Viola volvía a su mundo y nosotros al nuestro.

Nos haría falta casi un año de trabajo para contemplar, una noche de luna llena, el resultado de nuestros esfuerzos.

«¡Se acabó la guerra!».

Una tarde de otoño, Emanuele llegó gesticulando al taller.

Había pasado por todas las casas del pueblo y por la villa Orsini; éramos los últimos de su ruta. Cláusula, por primera vez, no necesitó traducir su galimatías.

«¡Se acabó la guerra!».

La noticia no pareció interesar a Zio Alberto. Cuando le hice ver que el negocio podría recuperarse, replicó:

—Cuando todos estos tipos regresen del frente y haya que buscarles trabajo, a los que todavía puedan trabajar, ya verás como nadie se va a molestar en dárnoslo a nosotros. ¿Quién va a necesitar tallar piedra cuando apenas hay para comer?

Ese día, Zio Alberto demostró una lucidez poco común. Pero a nosotros nos dio igual y corrimos al pueblo con el frío de noviembre a bailar, a gritar en la plaza y a cantar «se acabó la guerra», porque todos creían en ello.

Pocos meses antes de nuestro vuelo inaugural, en pleno verano de 1919, unos gritos despertaron a la población. Un gran incendio ardía cerca de la villa Orsini. Cláusula y yo nos vestimos rápidamente y corrimos hasta allí. Los naranjos se consumían en los campos, una multitud se había reunido frente a la entrada de la finca. Habían arrojado estiércol contra el muro y el portal. Tardamos unos instantes en comprender que varios *braccianti,* es decir, braceros, habían arengado a los campesinos del lugar calentándoles la cabeza hasta ponerlos en contra de su patrón. Nos habían llegado rumores de algunos disturbios aquí y allá, pero la rabia sorda de los mutilados de guerra infectaba ahora nuestro campo. Los jornaleros reclamaban una parte de las tierras y mejores salarios. En el umbral de la villa, el marqués y su hijo Stefano, con mirada torva y una escopeta en cada mano, no reculaban ante el fervor socialista. Juntos lograron contener a una multitud que se los habría llevado por delante sin pestañear y sin esfuerzo alguno si no se hubiera visto paralizada por un yugo atávico, el de la sumisión a los poderosos. Detrás de ellos estaba la marquesa, muy digna pero lívida. A su lado, Viola estudiaba la escena con curiosidad, con las manos a la espalda y el rostro enrojecido por los naranjos en llamas. Los hombres parecían embriagados de olor a quemado y exóticas ralladuras de cítricos.

Se habló de llamar al alcalde —había puesto tierra por medio para no tener que tomar partido—. A las dos de la mañana, un jinete salió de la parte trasera de la casa y se dirigió a galope tendido a Génova. Mientras tanto, los agitadores discutían sus demandas con el marqués y Stefano. El primero estaba dispuesto a conceder un ligero aumento de salario, el segundo gritaba a todo el que quisiera oírlo que la familia no renunciaría a una lira y que estaba dispuesto a llevarse por delante a cualquiera que se le opusiera. Se tildaban de cerdos capitalistas por un lado y peste de bolcheviques por el otro. Los ardores amainaron un poco antes del amanecer, la revolución cansa, había que dormir bien. Por la mañana temprano se reanudaron las negociaciones. Se habían quemado medio centenar de árboles y los lugareños descubrían atónitos aquel matiz del que solo habían oído hablar en los periódicos, el gris ceniza. Aparecieron los Gambale, Arturo, el padre, y sus dos hijos, ofreciéndose como negociadores. Stefano Orsini les mandó el recado de que preferiría morir antes que hablar con un Gambale. El mayor, Orazio, se adelantó afirmando que estaría encantado de ayudarlo a hacerlo. Un torbellino de polvo en el horizonte interrumpió el intercambio de mensajes.

Yo estaba presente en ese momento, había vuelto a la villa después de un breve descanso. Desde mi llegada, había considerado Pietra d'Alba como un paraíso cojo, donde la gente era azotada en público, es cierto, pero estaba más o menos protegido de las conmociones que desgarraban el planeta. Aquella mañana me di cuenta de mi error. En el fondo, mi madre y yo no estábamos tan lejos el uno del otro como había pensado. Nuestras ventanas se abrían a los mismos incendios.

La nube de polvo se estiró, dejando paso a una columna de diez vehículos motorizados. Al verlos, los Gambale salieron pitando. La columna se bifurcó en la carretera que conducía a la villa Orsini y se lanzó contra la multitud. El primer coche atropelló a un levantisco que había intentado interponerse en su camino. Rodó de costado y no volvió a levantarse.

De los vehículos saltaron algunos hombres vestidos con camisas negras: una de las primeras *squadre d'azione,* escuadrones formados por fascistas, lunáticos, veteranos de guerra, que creían que les habían robado la victoria y que pronto llevarían el terror a Italia. Stefano no había perdido el tiempo los dos últimos años. Había que reconocerle un talento: sabía rodearse de buenas amistades.

Los *squadristi* se abrieron paso entre la multitud de manifestantes con las bayonetas caladas. Se reanudaron los gritos y se oyeron disparos. No me quedé a ver qué ocurrió después. Al día siguiente, se rumoreaba en el pueblo que había habido ocho muertes, todas entre los jornaleros. Los cuerpos nunca se encontraron. Llevados al bosque, sugirieron algunas voces, y dados de comer a cierto oso. Cláusula volvía a tener la mosca tras la oreja; miraba a Viola de forma extraña, pero se le pasó al cabo de unos días. El alcalde pronunció un discurso en la plaza del pueblo, deplorando aquellos hechos intolerables después de la barbarie de la que el mundo apenas se estaba recuperando. La guerra, tronó el edil, al menos nos había hecho hombres más dignos y amantes de la justicia. Habría una investigación y se haría justicia.

«¡Se acabó la guerra! ¡Se acabó la guerra!».

Y de la investigación nunca más se supo.

Viola y yo teníamos quince años. Cláusula y Emanuele, frente a nosotros, dieciocho. Y, por supuesto, estaba Héctor. Héctor, que acababa de lanzarse al vacío, ¡bravo!, el valiente Héctor que no tenía miedo de nada, con su amplia sonrisa, un poco beocia. Héctor voló y fue ganando velocidad, animado por nuestros gritos de alegría. Luego el ala tembló, descendió en picado bruscamente y dio la vuelta sobre sí misma. Héctor cayó en el velaje, enredado en sus correas. Nosotros nos desgañitamos gritándole: «¡Endereza! ¡Endereza!», a sabiendas de que era inútil. Héctor era sordo, y Viola, como buena ingeniera, sabía que su ala no volaba.

No encontramos el cuerpo hasta el día siguiente. Por suerte, era domingo, el único momento de la semana en que Viola podía acompañarnos de día, porque nadie le prestaba atención. Su padre recorría sus dominios y su madre escribía su correspondencia. Stefano intrigaba, ora en una ciudad, ora en otra, con hombres que montaban en cólera como él. Nadie supo nunca contra qué o contra quién estaba encolerizado. Stefano había nacido furioso.

El ala reposaba en el bosque, cerca del pueblo, rota en tres pedazos, con el cuero hecho jirones. Héctor yacía con los brazos en cruz en medio de un olor a humus y setas. El espectáculo no era agradable. El cráneo había reventado contra una piedra. Oímos una fanfarria lejana. En algún lugar, un grupo ensayaba para conmemorar el primer aniversario del armisticio —un réquiem imprevisto por el difunto Héctor, el quinto miembro de nuestro grupo—. Era triste verlo así, por más que una de sus particularidades, aparte de su inquebrantable valor, fuese la de ser inmortal. Habíamos construido a Héctor para simular el peso y el equilibrio de un cuerpo humano. Su simpática cabeza de calabaza, sustraída por Viola de la despensa familiar, había observado nuestros trabajos durante semanas desde un rincón del cobertizo. Su cuerpo estaba hecho de ropa vieja y tablas toscamente articuladas.

Un año de trabajo para nada, sentenció Cláusula. Viola, con un entusiasmo que me sorprendió, alegó que los mayores experimentos comenzaban siempre con fracasos. Así que haríamos bien en inspirarnos en Héctor, nos exhortó. Cambiar de calabaza y volver a empezar.

Zio Alberto tenía razón, trabajamos poco durante los primeros meses de 1920. Las naciones victoriosas se disputaban los despojos de los vencidos. Las tensiones del año anterior se contagiaban como la peste por todo el país, siguiendo el patrón exacto que yo había presenciado: demandas de justicia seguidas de una represión despiadada por parte de grupos a sueldo de los incipientes Fasces Italianos de Combate, creados por un exsocialista en Milán. Viola y yo nos veíamos casi todas las noches en las narices de su familia. Cuando su madre la sorprendió una noche en el jardín, camino del cementerio, le aseguró que era sonámbula.

Al principio, los Orsini me parecieron un poco ingenuos, vestigios de otra época, pero Viola me corrigió. Eran peligrosos. Nunca supe si detestaba a su familia o si se sentía como una extraña entre ellos. Lo cómico involuntario de los Orsini, como ocurre con los grandes de este mundo, ocultaba corrientes turbias y poderosas. Viola me contó, impasible, una anécdota popular entre los sirvientes de la villa. Un día, su padre entró fortuitamente en una estancia poco frecuentada de la casa y se encontró al jardinero beneficiándose a la marquesa. Me describió la escena con todo lujo de detalles: su madre inclinada sobre una mesita de ajedrez, con la falda remangada hasta la cintura, el jardinero de pie detrás de ella, con el mono de trabajo lleno de tierra alrededor de los tobillos. Ambos se quedaron petrificados al ver al marqués. Este, con una sonrisa afable, se limitó a decir:

—Ah, Damiano, está usted aquí. Cuando haya terminado, reúnase conmigo en los naranjales. Me temo que algunas plantas presentan signos de negrilla.

En un abrir y cerrar de ojos, la indolencia del marqués estuvo en boca de todos. Por la noche, en la fonda, se representó la escena en forma de charlotada. El jardinero, después de unas copas, no se había hecho de rogar y recreó su papel frente a una mesa que representaba a su patrona, y a todo el mundo le pareció hilarante.

Una semana después, Damiano fue encontrado cubierto de escarcha, colgado de un naranjo en la entrada de la finca, claramente visible desde la carretera. En su bolsillo, una carta justificando el suicidio por problemas de dinero. Daba igual que no supiese escribir. Ese era precisamente el mensaje.

—Nunca confíes en un Orsini —me advirtió Viola.

—¿Ni siquiera en ti?

—No, en mí puedes confiar a ciegas. ¿Me crees?

—Por supuesto.

—Entonces es que no has entendido lo que acabo de contarte.

El año transcurrió entre trabajos ocasionales en el taller, noches sepulcrales en las que los muertos se negaban obstinadamente a hablarnos y esfuerzos por reconstruir el ala. En el cementerio, Viola solo se tendía sobre la lápida del joven Tommaso Baldi, convencida de que algún día le susurraría la entrada al reino subterráneo donde el flautista se había perdido con su caramillo. A veces lograba convencerme de que me uniera a ella. Era allí donde estábamos más cerca, acurrucados el uno contra el otro, a la deriva en nuestra balsa salvavidas de piedra caliza. Viola se quedó dormida en la losa más de una vez. Al sentirla dormida contra mí, casi me olvidaba de temer el furor de los muertos.

Seguimos utilizando el cobertizo del bosque como taller. Viola inventó un ala alternativa; Cláusula, una nueva forma de curvar una sola pieza de madera. Héctor realizó dos nuevos vuelos experimentales, murió en el intento y resucitó tan pimpante. A veces, Emanuele se quedaba dormido en un rincón del cobertizo, con una sonrisa de felicidad en los labios, exhausto tras haber corrido todo el día detrás del cartero, sobre todo porque el viejo Angelo le confiaba cada vez más correspondencia.

Viola pegó el estirón ese año y no tardó en llevarme dos cabezas. Cláusula, que se había olvidado por completo de sus terrores osunos, observó que, pese al estirón, no tenía «gran cosa en el balcón», sobre todo en comparación con Anna Giordano. Viola respondió —estas son sus palabras exactas, todavía las recuerdo— que ese tipo de balcón, con el tiempo, solo acarreaba problemas, el menor de los cuales era su inevitable desplome. Cláusula le preguntó por qué no podía hablar como todo el mundo.

Viola no tenía senos, es cierto, pero estaba dejando atrás la adolescencia y sus aristas. Era la fase del pulimiento, casi la más importante en la escultura. Sus codos y rodillas ya no sobresalían cuando se sentaba a cavilar en el cobertizo. Sus gestos adquirían una poesía de curva. Sus humores, por el contrario, tenían la dureza de las montañas. Era exigente, impaciente, engatusadora, furiosa, suplicante. Era agotadora.

En el verano de 1920, Viola se sumió en una profunda tristeza. Ahora formábamos un grupo inseparable con los gemelos. Viola incluso consiguió, con gran irritación por mi parte, entender a Emanuele. En vano tratamos de distraerla, de divertirla. Una tarde, por fin, se dignó explicarnos:

—Tengo casi dieciséis años. Y aún no he conseguido volar. Nunca seré Marie Curie.

—¿Y eso qué importa? Tú eres tú, Viola, y eso es mucho mejor.

Viola puso los ojos en blanco y salió sin molestarse en cerrar la puerta del cobertizo, dejándonos especular sobre las enigmáticas virtudes del misterioso Maricurí.

La situación financiera del taller se agravaba. Gracias a unas cuantas cartas quejumbrosas, el tío logró sacarle dinero a su madre tres veces, pero luego la querida *mammina* cerró el grifo. En esos momentos, cuando no nos quedaba otro remedio que contar de nuevo con la generosidad de los lugareños, merced a lo que robábamos aquí y allá en las huertas o gracias a la entrada inesperada de un encargo urgente, Alberto tomaba sus herramientas con gesto decidido y anunciaba que volvía al trabajo. Lo decía en serio y se plantaba delante del bloque de mármol de Carrara que guardaba en reserva y que se había negado a revender pese a haber recibido varias ofertas de escultores genoveses, porque en sus venas, juraba, yacía su *opera maxima*. Daba vueltas y vueltas en torno al bloque con determinación en la mirada, vueltas y más vueltas, todo el día. Los hombros le caían un poco más con cada giro, abría una botella y seguía girando en torno a su potencial obra maestra mientras bebía del gollete. Hablaba para su coleto, lanzaba imprecaciones ahogadas, incluso me pareció oírle decir «esa vieja puta», un día en que entré en el taller para limpiar los cadáveres de botellas.

—¿Qué coño estás mirando? —gritó cuando me vio—. Te crees superior a todo el mundo, ¿verdad? Solo porque te llamas Michelangelo y sabes esculpir algunas cosas más o menos reconocibles.

Esquivé por los pelos la botella que me arrojó. Todavía tenía vino dentro, señal de que estaba realmente furioso. La botella se estrelló contra un delfín empezado y abandonado al cabo de un mes por el tío, un encargo de don Anselmo que Zio Alberto había decidido no cumplir. En el fondo, era ferozmente anticlerical porque, de joven, un sacerdote de la parroquia de San Luca, en Génova, no paraba de repetirle que su madre era un súcubo, una mujer condenada, un alma perdida. Tal vez todas las dificultades de Zio Alberto se debiesen a ese pormenor. Su mente intentaba conciliar las dos visiones de su madre, la que él adoraba y la que otros niños y autoridades seculares y religiosas alguna vez le habían escupido a la cara. *Mammina* o «puta asquerosa», «puta asquerosa» o *mammina*. Y, en los intervalos, en los momentos de hartazgo o de sabiduría que le hacían pensar, «al fin y al cabo, ¿a quién coño le importa que mamá sea un súcubo?», esculpía o iba al burdel más cercano y trataba a las chicas como reinas.

Se calmó de golpe, se dirigió al armarito donde guardaba sus papeles y me tendió el tintero.

—Venga, escribe. «*Mammina:* se acerca el invierno, pasamos algo de hambre en el taller, sobre todo con estas dos sanguijuelas, no tienes ni idea de lo que traga el enano, me pregunto dónde lo mete. Así que ya ves, te pido un poquito más de ayuda, es la última vez, te lo juro, porque el año 1921 va a ser bueno, lo presiento, las cosas van a mejorar. Tengo una hermosa pieza de Carrara y una visión que me dice que podrían ser Rómulo y Remo, tengo que reflexionar. Pero para reflexionar hay que comer mucho, así que, por favor, no seas estúpida y afloja la guita, vieja bruja, tienes pasta suficiente hasta el fin de tus días, y yo sé mucho mejor que nadie cómo la has ganado. Por si lo has olvidado, era yo el que estaba en la habitación de al lado, y era yo quien limpiaba entre dos servicios. Tu hijo que te quiere».

Dos semanas después, llegó una carta de una dirección que no conocíamos.

> *Estimado Sr. Susso:*
>
> *Lamento tener que informarle del deceso de su madre, la señora Annunziata Susso, sobrevenido repentinamente el 21 de septiembre de 1920, fecha en la que cumplía sesenta y tres años. Lo invito a ponerse en contacto con nuestro despacho a la mayor brevedad posible a fin de organizar cuanto antes el patrimonio sucesorio de la fallecida, expropietaria del establecimiento Il Bel Mondo, que lo ha nombrado único heredero.*

Mammina había sido atropellada por un tranvía cuando regresaba de su establecimiento al amanecer. Casi cortada en dos, había regado con su sangre las calles a las que ya había dado tanto. Mi tío abrió los ojos como platos y me habló con voz temblorosa.

—Espero que no haya leído mi carta antes de morir. No quería ser tan duro. *Mammina* era un encanto…

La duda lo ocuparía hasta el resto de sus días y no le dejaría mucho tiempo para esculpir.

Zio Alberto partió hacia Génova al día siguiente. Esa misma noche, Viola irrumpió febril en el cobertizo del bosque. «¡Qué equivocados estábamos!», exclamó. El peso era y será siempre nuestro enemigo para una máquina que dependía únicamente de las corrientes de aire y la fuerza humana. Su nuevo ídolo se llamaba Fausto Veranzio, un hombre que le había robado el corazón porque lo sabía todo. En 1616 había concebido el Homo Volans, un primitivo paracaídas del que nos mostró ilustraciones. Orgulloso de mis nuevos conocimientos, le recordé que Leonardo ya había diseñado una máquina similar. Viola se rio y repuso que la máquina del bueno de Da Vinci también tenía un problema de peso, puesto que, suponiendo que funcionase, aplastaría a su piloto cuando sus ochenta kilos le cayesen encima al aterrizar. Viola era, dicho sea de paso, la única persona, que yo sepa, capaz de criticar al mayor genio del Renacimiento sin parecer arrogante. También fue la única, que yo sepa, que criticó al mayor genio del Renacimiento.

Viola quería mezclar el concepto del Homo Volans con el del ala de Lilienthal, y hacerlo de inmediato. Los sótanos de la villa Orsini estaban llenos de bobinas de tela adquiridas para retapizar sofás, confeccionar trajes y luego olvidadas a medida que cambiaban las modas. La madre de los gemelos, que veía con buenos ojos cualquier cosa que alejara a sus hijos de la fonda, nos prestó una vieja máquina de coser. La vela ideada por Viola fluctuaba entre el círculo y el rectángulo y se controlaba con un sistema de cuerdas y poleas. Plegable, no pesaría más de diez kilos. Mi amiga Viola inventó, cuarenta años antes que los demás, una versión primaria del parapente.

Nos pasamos las noches de toda una semana trasladando al cobertizo las bobinas de tela. Y, como no había trabajo en el taller, podíamos dedicar el día a cortar y ensamblar. Viola se impacientaba, como si su tiempo fuese contado. Luego, Cláusula dejó de acudir, de repente, hacia mediados de octubre. Pretextó varios impedimentos, que acepté sin reservas, pero una noche en que se dignó aparecer por allí Viola lo agarró del cuello y lo inmovilizó contra la pared, a pesar de que él le sacaba una cabeza.

—¡Por tu culpa hemos perdido una semana de trabajo! Será mejor que tengas una buena excusa.

Cláusula desembuchó todo: Anna Giordano estaba celosa. Viola asintió, le ordenó que volviera con ella al día siguiente y el larguirucho obedeció a pies juntillas. Anna miró a Viola, Viola miró a Anna. Viola se dio cuenta de que Anna no era mala chica, con sus bonitas mejillas de manzana y esa alegría de vivir que no podía negar aunque quisiese. Anna, a cuyo escote se nos iban los ojos a Emanuele, a Cláusula y a mí, comprendió que Viola no representaba una amenaza porque, salvo por el pelo largo y sus enormes ojos, más bien parecía un chico. Por lo tanto, y en vista de que las costuras eran de pésima calidad, ofreció sus servicios para la fabricación de la vela y se convirtió en una de los nuestros.

A principios de noviembre, Zio Alberto aún no había regresado al taller. Recibí una carta de mi madre, comunicándome que se había vuelto a casar. «Es un poco mayor que yo, pero es educado y me trata bien». Vivía desde hacía poco tiempo en la Bretaña. Sus cartas siempre producían el mismo efecto en mí, una mezcla de alegría y tristeza a las que se sumaba, cada vez más, un rencor sordo: contra sus faltas de ortografía en francés, contra sus mediocres sueños, contra ese entorno social que mi cuerpo aún habitaba pero del que el verdadero Mimo se alejaba, porque Viola me atraía irremediablemente hacia su mundo, su vida ardiente donde las estrellas estaban un poco menos lejos de nuestras manos tendidas.

Una noche, al regresar del cementerio, donde Viola se había tumbado sobre una tumba familiar con la esperanza de aumentar sus posibilidades de comunicación con los muertos, vi una luz roja brillando en la ventana de su dormitorio. Sin embargo, acabábamos de estar juntos. Salí disparado y encontré en nuestro tocón un sobre rodeado por una cinta verde. El papel, de excelente calidad, dejaba entrever una trama exquisita. Mi nombre estaba escrito con tinta verde. En el interior, un simple mensaje: «Mañana a las doce, en el roble de los Ahorcados».

A Viola solo la veía durante el día los domingos, y al día siguiente era jueves. No pegué ojo en toda la noche y salí temprano del granero. E hice bien, porque en el camino me encontré con don Anselmo, que volvía de bendecir una nueva plantación de naranjos de los Orsini.

—Ah, Michelangelo, precisamente quería hablar contigo. Tengo entendido que tu tío aún no ha vuelto de Génova.

—No, padre.

—Tienes mucho talento, lo sabes, ¿verdad?

«Un talento anormal». Me mordí la lengua, no quería arriesgarme a llegar tarde.

—Gracias.

—¿Qué piensas hacer con él? Estás perdiendo el tiempo con Alberto.

—No sé. Estoy bien aquí.

Don Anselmo sonrió y luego miró a su alrededor.

—Sí, supongo que se está bien aquí. Cada uno tiene el lugar que le ha asignado el Altísimo, ¿no? Si el tuyo está aquí, ¿quién soy yo para decir lo contrario?

Afortunadamente, don Anselmo y sus humores metafísicos tomaron la dirección del pueblo, mientras yo giraba hacia el bosque. No del lado oeste del cementerio, sino del lado este. Orillé los últimos campos de los Orsini, las tierras menos fértiles y las más cercanas al pueblo, y luego seguí el camino que se adentraba en el bosque. El roble de los Ahorcados marcaba el cruce de dos grandes senderos y generalmente servía como punto de partida de las cacerías. Sus ramas largas y rectas, a la altura justa, eran ideales para un proyecto de ahorcamiento, aunque, desde tiempo inmemorial, según los lugareños, nadie lo hubiera intentado. Llegué con una hora de antelación, me senté apoyado en el tronco y abrí los ojos una hora después cuando Viola me dio un golpecito en el hombro. Me miró burlonamente y señaló el hilillo de baba que me resbalaba de la boca abierta.

—De lo más repugnante —observó.

—No te las des de marquesa. Estoy seguro de que tú roncas por la noche. Nunca encontrarás marido ni nadie para dormir contigo.

—Estupendo, porque no busco ni lo uno ni lo otro. ¿Contento? Tengo un regalo para ti.

—¿Un regalo? ¿Para mí?

Sin más preámbulos se internó en el bosque, como de costumbre, haciendo caso omiso de los senderos. Los árboles debían de haber corrido la voz, porque me dejaron seguirla. El verano se demoraba en aquellos parajes, colgado de las ramas, pegado a la resina que brotaba de los troncos en gruesas gotas de color ámbar. Al cabo de diez minutos, el cielo reapareció. Acabábamos de alcanzar un claro.

—Espérame ahí —dijo Viola—. Este regalo es porque somos gemelos cósmicos y se acerca nuestro cumpleaños. Dieciséis años, es una fecha importante.

Hablaba mientras iba retrocediendo hacia el borde del claro.

—Recuérdalo bien: sobre todo no te muevas.

Viola desapareció tragada por los árboles. Pasó un minuto, luego cinco. Estaba empezando a pensar que me había dejado plantado, uno de sus trucos para ver si encontraba el camino de vuelta, cuando oí un crujido. Inmediatamente después, salió del bosque.

Solo me he desmayado dos veces en mi vida, ambas por culpa de Viola.

La primera, cuando la vi salir de la bóveda del panteón de su familia y la tomé por una muerta.

La segunda, cuando se transformó en osa por mi cumpleaños.

La osa era enorme incluso para alguien que me doblase en altura. Sobre las cuatro patas, era aterradora. Se detuvo al verme, olisqueó el aire y se puso de pie sobre los cuartos traseros. Casi tres metros de pelo castaño y músculos, con el vestido de Viola sobre los hombros, desgarrado por la transformación. Nos miramos fijamente durante interminables segundos, Viola no parecía hostil. Bostezó entreabriendo los enormes dientes amarillos, y fue entonces cuando me desmayé.

Cuando recobré el conocimiento, Viola, en su forma normal, estaba inclinada sobre mí.

—Nunca he visto a nadie desmayarse tanto como tú. Es más, nunca había visto a nadie desmayarse antes de conocerte.

Me ayudó a levantarme. Yo temblaba de pies a cabeza.

—No te imaginaba tan crédulo —continuó. La miré con ojos extraviados. Viola me propinó un par de bofetadas.

—¡Eh! ¡Hola! ¿Vas a poner los ojos en blanco otra vez? No creerás de verdad que puedo transformarme en osa, ¿no?

Su vestido estaba intacto. Yo había recuperado la razón y, de momento, estaba empezando a comprender la naturaleza del paseo. El resto ya llegaría.

—Ven. Camina despacio.

Esta vez me cogió de la mano y me llevó al bosque. Mi ojo, más avezado, distinguió arbustos hollados y ramas quebradas. El terreno se hundió y se elevó de golpe hasta el borde de una gruta rodeada de densos pinos. Algunos, caídos, casi formaban un muro de troncos. Lo que me abofeteó ahora fue un olor almizclado y violento. A la entrada de la gruta, se rascaba la osa del vestido desgarrado. Se levantó cuando nos acercamos y volvió a alzarse sobre las patas traseras. Viola me soltó la mano para correr hacia el monstruo y enterrar la cara en el estómago peludo. La osa levantó la garganta hacia el cielo y gruñó. La tierra tembló bajo mis pies.

Ochenta y dos años. Estaremos de acuerdo en que mi vida ha sido larga. Rodeada de arte, de obras maestras, de música, de belleza deslumbrante. Nada comparable al espectáculo de aquella niña incandescente entre las garras de una osa. Todo lo que era Viola se contenía en ese instante.

—Te presento a Bianca. Bianca, dale los buenos días a Mimo.

La osa cayó de nuevo sobre sus cuatro patas. Con una palmadita en el trasero, Viola la animó a acercarse a mí, luego pasó delante de la osa hasta apostarse a mi espalda. La osa acercó la nariz a mi cara, me olisqueó y me lamió la mejilla. Luego regresó a la entrada de su gruta, donde, rodando patas arriba, ofreció su vientre a un rayo de sol.

—Siéntate, estás más blanco que la cal.

Finalmente, Viola me lo contó. A los ocho años, mientras paseaba por el bosque, escuchó unos gritos angustiosos. En esa misma gruta había encontrado una osezna sola. Una semana antes, un cazador había matado una osa, sin duda alguna su madre. Junto a Bianca, su hermano gemelo, que había muerto de hambre.

—Los osos suelen tener gemelos —me explicó Viola—. A Emanuele y a Vittorio les haría gracia si se lo contáramos. Cosa que no haremos —puntualizó—. Nadie debe saberlo jamás.

Viola había leído todo lo que encontró en la biblioteca de su padre sobre los plantígrados. Había criado a Bianca, llegando incluso a escapar dos veces en la misma noche para asegurarse de que la osezna estaba bien. Había llorado con ella, se había reído de su torpeza, había vencido una extraña fiebre dándole pastillas robadas a su madre, que en realidad no sabía para qué servían. Milagrosamente, Bianca había sobrevivido.

—Cuando era un cachorrito, me divertía vistiéndola con mis vestidos viejos. Era mi única amiga.

Al cabo de unos años, Viola decidió distanciarse un poco. Pasar demasiado tiempo con Bianca ponía al animal en peligro. La osa no aprendería a desconfiar de los hombres. No aprendería a cazar. Bianca tenía ahora ocho años y Viola procuraba no visitarla más de dos o tres veces al año. Fue en una de esas ocasiones, tres inviernos antes, cuando nació la leyenda. Viola había pasado la tarde jugando con Bianca. Había encontrado uno de sus viejos vestidos rotos en el fondo de la guarida y se lo puso a la osa para ver cuánto había crecido. El espectáculo la hizo reír, Viola fue a buscar unos cuantos guijarros para hacerle un collar. Se había encontrado con los cazadores y uno de ellos había intentado atraparla. Había corrido a toda velocidad, dirigiéndose instintivamente hacia Bianca.

—Entonces, tu osa lo…, lo…

—No es mi osa. Sí, Bianca lo mató. ¿Y sabes una cosa? No me importa lo más mínimo. Es la ley de la naturaleza. Un depredador había entrado en su territorio. No debería haberlo hecho.

La osa ni siquiera llevaba un vestido idéntico al de Viola, pero los cazadores no se habían dado cuenta. Yo había sido víctima de la misma ilusión. Como en los grandes trucos de magia, no miramos al lugar adecuado.

A continuación, Viola se llevó el dedo a los labios y miramos a la osa en silencio. Bianca roncaba con los ojos entrecerrados. Cuando el horizonte enrojeció, Bianca se desperezó, apuntando el hocico negro hacia el viento. Viola se acercó a ella, le rodeó el cuello con los brazos —es un decir, porque no alcanzaba a darle la vuelta— y le susurró algo al oído. Bianca gruñó y se alejó balanceándose entre los árboles.

—Debe de tener un pretendiente —suspiró Viola—. Es que cada vez escucha menos mis consejos. Pero supongo que eso significa que he sido una buena madre.

—Viola…

—Sí.

—Nunca he conocido a nadie como tú.

—Gracias, Mimo. Yo tampoco he conocido nunca a nadie como tú.

Carraspeé antes de decidirme.

—Te quiero mucho.

—Yo también te quiero mucho.

—No, lo que estoy intentando decirte…

—Sé lo que intentas decirme.

Me cogió la mano y la posó en su corazón. Tan desprotegido, tan conmovedor como las colinas de la Toscana.

—Somos gemelos cósmicos. Lo que tenemos es único, ¿para qué complicarlo? No tengo el más mínimo interés por las cosas a las que normalmente conduce esta conversación. ¿Has visto la mirada estúpida de Vittorio cuando Anna entra donde estamos? ¿Has visto los ojos que pone cuando ella tira de los cordones del corpiño? La cosa debe de ser muy agradable, no lo dudo, para idiotizarse hasta ese punto. Y te aseguro que yo no pienso volverme estúpida. Tengo cosas que hacer. Y tú también. Nos esperan grandes cosas. ¿Sabes por qué te he presentado a Bianca?

—Por mi cumpleaños.

Viola se echó a reír, de esa forma única y rara que tenía de hacerlo, con la cabeza hacia atrás y los brazos ligeramente separados del cuerpo, como si se dispusiera a lanzar un do de pecho.

—No, Mimo. Quería demostrarte que no hay límites. Ni altos ni bajos. Ni grandes ni pequeños. Toda frontera es una invención. Quien entiende eso por fuerza molesta a quienes las inventan, y más aún a quienes creen en ellas, es decir, a casi todo el mundo. Sé lo que dicen de mí en el pueblo. Sé que mi propia familia cree que soy un bicho raro. Me da igual. Sabrás que estás en el camino correcto, Mimo, cuando todo el mundo te diga lo contrario.

—Preferiría agradar a todo el mundo.

—Por supuesto. Por eso mismo, de momento no eres nadie. Feliz cumpleaños.

Cláusula me encontró esa tarde en el taller, parado frente al precioso bloque de Zio Alberto, me brillaban los ojos.

—¿Qué estás mirando?

—El regalo de cumpleaños de Viola.

Frunció el ceño. Su mirada pasó alternativamente del mármol a mí, de mí al mármol, y luego sus ojos se abrieron como platos.

—Ay, no, no, no, Mimo. Tu tío te va a matar. Hay una obra maestra en este bloque.

—Lo sé. La veo.

Mi expresión debió de asustar a Cláusula, porque abrió una boca de tres cuartos. Luego se encogió de hombros y retrocedió, sin apartar la vista del mármol. La pieza era un paralelepípedo de un metro de base por dos de alto. Perfecto para lo que tenía en mente. Pero solo me quedaban diez días antes del 22 de noviembre, el cumpleaños de Viola. Cogí las herramientas del tío, las mejores, las que nunca me había permitido tocar, condenándome a las hojas gastadas y los mangos partidos que dejaban astillas en la palma de la mano. Luego di el primer golpe, exactamente donde había que hacerlo, sin dudar. Cláusula exhaló un profundo suspiro.

Durante los diez días siguientes, apenas dormí dos o tres horas por noche. Le mandé recado a Viola de que no me encontraba bien y pude faltar a una reunión en el cobertizo, donde la construcción de la nueva ala tocaba a su fin. Para no despertar sospechas, acepté encontrarme con Viola una noche en el cementerio e inmediatamente me quedé dormido sobre la tumba de Tommaso Baldi, el pequeño flautista. Mi amiga me despertó muerta de risa, asegurándome que mis ronquidos despertaban a los muertos. De vuelta en el taller, en mitad de la noche, me puse a esculpir de nuevo.

La víspera del cumpleaños de Viola, por la mañana temprano, Emanuele entró en el taller, con una carta en la mano, vestido con su casaca de húsar favorita. Le entregó la carta a Cláusula y se acercó a la estatua que yo frotaba como un poseso con un pedazo de piedra pómez. Llevaba dos días puliendo. El mármol estaba cubierto de la sangre que manaba de mis ampollas y del sudor que me caía de la frente. Emanuele me agarró la muñeca y susurró algo, mirándome directamente a los ojos. Era la frase más corta que jamás había pronunciado.

—Dice que has acabado —tradujo Cláusula.

Di un paso atrás, tropecé con una cuña de madera y caí de espaldas. No me levanté inmediatamente, admirando el oso que se alzaba ante mí. Emergía del bloque de mármol a media altura, con una pata apoyada en la piedra como para salir de ella, y la otra extendida hacia el cielo. El hocico también era puntiagudo, abierto en un gruñido que la cabeza, ligeramente ladeada, volvía menos amenazador. Solo había esculpido la mitad superior del bloque, a partir de la cintura, cada vez con más detalle. De modo que el ojo del espectador, partiendo de la parte inferior de la base hasta la parte superior del hocico, emprendía un viaje, de la brutalidad a la delicadeza, de la inmovilidad al movimiento. Se dirá lo que se quiera de mi trabajo, pero creo que allí ya había algo de lo divino, en aquella génesis de mármol que al principio no era nada, un compendio de ángulos y de nada, que luego se rompía, dando paso en un estallido de blancura a un mundo violento, tierno y atormentado, una osezna abandonada que saludaba a otra, Bianca llamando a Viola con un gruñido afectuoso. Se podría incluso adivinar, después de haber mirado la parte esculpida, la forma aún enterrada en las profundidades diáfanas de la mitad dejada en bruto.

Zio Alberto tenía razón, aquel bloque de mármol era extraordinario. Pero me mataría cuando descubriera lo que había hecho. Y me parecía bien, porque yo quería dormir, dormir sin volver a despertarme.

Un balde de agua fría en la cara y un par de bofetadas pusieron fin a mi proyecto. Cláusula y Emanuele me habían arrastrado hasta el abrevadero.

—¿Te parece bonito echarte a dormir en este momento? ¡Está a punto de llegar!

Cláusula blandía la carta en mis narices. Quise volver a cerrar los ojos, pero otro balde de agua me obligó a sentarme entre hipos.

—¡Alberto! ¡Que viene, coño!

—¿Qué? ¿Cuándo?

—No sé. En la carta dice que dentro de unos días. El correo debió de salir de Génova a principios de semana, así que tanto puede ser esta noche como mañana, o pasado mañana.

El cumpleaños de Viola era al día siguiente, el 22 de noviembre de 1920, el día en que cumplía los dieciséis. Todo mi trabajo, la cantidad de piedra que tuve que quitar del bloque, el tiempo empleado en pulir, respondía a esa fecha. Había previsto llevar la escultura, mi primera obra de verdad, ese día, con la ayuda de algunos hombres del pueblo. No podía correr el riesgo de esperar. Pero, aun con todo lo que le había quitado, la estatua pesaba como mínimo dos toneladas. Agarré a Cláusula por una manga.

—Vas corriendo a la villa Orsini y, de parte de Zio Alberto, pides hablar con el marqués en persona. Luego le dices que en el taller le espera un regalo para su hija Viola.

Cláusula asintió con la cabeza y salió disparado. Después de un segundo de vacilación, Emanuele asintió con los mismos cabezazos y echó a correr tras él. Me arrastré hasta el taller, puse las herramientas en su sitio y lo limpié lo mejor que pude. Luego me aposté en el camino, escrutando el horizonte. Los gemelos reaparecieron al cabo de una hora.

—El marqués vendrá mañana por la mañana.

—¿Mañana por la mañana? ¡Es muy tarde! ¡Alberto puede llegar antes!

—Mimo, solo para hablar con él tuvimos que suplicarle a la mitad del servicio. Cuando oyeron llamar a la puerta, pensaron que íbamos a hacer otra revolución; hasta salió el hijo con la escopeta. Le dijimos que en el taller había un regalo muy valioso, pero el marqués tiene invitados. Vendrá mañana por la mañana.

No pegué ojo en toda la noche pese a estar agotado. De pie, al amanecer, escudriñé el horizonte. El aire estaba claro, casi quebradizo. El sol salió levantando una tenue neblina del suelo que una ráfaga de mistral disipó de inmediato. Era un día ventoso.

Una pequeña silueta se recortó en el horizonte, desapareció en las ondulaciones del camino y se acercó con un destello dorado. Emanuele. Diez minutos después, se detuvo frente a mí, sin aliento. Apuntó febrilmente con el dedo hacia el pueblo, hizo una mueca, fingió agarrar un volante con los puños, dio varios pasos moviendo los hombros agarrado al volante, hizo otra mueca, giró el volante. Corrí a despertar a Cláusula, que habló con su hermano.

—Emanuele dice que Alberto tiene un automóvil. Se ha parado en la plaza del pueblo para enseñárselo a todo el mundo.

Los tres escrutamos el polvo, el rústico telégrafo de Pietra d'Alba. La larga carretera que cruzaba la meseta de norte a sur, cortada en ángulo recto y que llevaba a la villa Orsini por un lado y al cementerio por el otro, proporcionaba mucha información a quien sabía leerla. El polvo de la mañana era el de los jornaleros que iban a los campos. Su penacho indicaba la velocidad y, por tanto, el estatus social de quien lo desplazaba. Hacia las diez apareció el temido mensaje. Una larga polvareda marrón procedente del pueblo se alargaba más rápido de lo que se depositaba. Un automóvil.

El automóvil se detuvo con chirriar de frenos delante de la granja. Zio Alberto salió del vehículo, un modelo rojo brillante, que no era el de la difunta *mammina*. Cerró la portezuela y dio unas palmaditas en el capó.

—Ansaldo 4 Torpedo, cuatro cilindros en línea, árbol de levas en cabeza. Recién salido de una factoría donde hasta hace dos años fabricaban motores de avión. ¡Solo le faltan las alas!

Volvió a palmear el capó y luego puso cara de pocos amigos.

—Ni se os ocurra poner vuestros sucios dedos en la carrocería, ¿entendido? Pero, si me lo suplicáis, os llevo a dar una vuelta.

Vestía un traje que, a pesar de los esfuerzos del sastre, no conseguía aburguesarlo. Con un pulgar en el chaleco, entró silbando en la cocina, sacó la vieja cafetera y la puso a hervir. Cláusula había desaparecido. Intenté charlar con el tío, retenerlo, pero me di cuenta de que no tenía nada que decirle, ni siquiera para salvar el pellejo.

—¿Y esta pocilga? —gritó, mirando a su alrededor—. Voy a tener que tomar medidas por aquí. Mi piso de Génova es otra cosa. Lo he arrendado, los inquilinos están contentos, me llaman señor Susso, está recién repintado. Aquí haremos lo mismo. Me extraña que en mi ausencia no le hayáis prendido fuego.

Se dirigió al taller con la taza en la mano. Yo había cubierto el oso con una vieja lona, colocada al desgaire, como por accidente, sobre el bloque de Carrara. El tío se quedó paralizado.

—Levanta la lona.

—Está llena de polvo y...

—Levanta la lona.

Tiré de ella, vencido. Zio Alberto inspiró con dificultad. Caminó alrededor del oso, lo estudió desde todos los ángulos y sacudió la cabeza.

—*Pezzo di merda...* Después de todo lo que he hecho por ti. Te recojo, te doy de comer y, tan pronto como me doy la vuelta...

Luego empezó a gritar.

—¿Quién te crees que eres, eh? Te crees mejor que yo, ¿verdad? Te voy a enseñar quién manda aquí.

Agarró un martillo y se abalanzó sobre la escultura. Me avergüenza decir que no me interpuse, no la protegí. Cegado por la rabia, el tío erró el golpe, que fue a parar al zócalo de la estatua, del que saltó una esquirla. Levantó la maza de nuevo.

—¿Maese Susso?

El aludido quedó petrificado al ver al marqués en la puerta. Viola lo acompañaba, así como un joven con ropa talar que reconocí al momento: Francesco, el más joven de los varones. Los seguía un personaje de más edad, vestido asimismo con una sotana negra, ceñida con una faja morada alrededor de la cintura. Zio Alberto recobró la cordura, dejó caer el martillo y se arrodilló.

—Su señoría, padre...

—Excelentísimo —corrigió el marqués con voz dulce, volviéndose hacia el hombre de la faja eclesiástica—. Monseñor Pacelli nos honra este fin de semana con su visita. Es un honor para los Orsini y motivo de alegría tener en nuestra casa a uno de los profesores de nuestro hijo Francesco.

—Es un honor para mí educar a un estudiante tan prometedor —respondió el obispo, dándole una amistosa palmadita en el hombro a Francesco.

Di un paso hacia nuestros visitantes, adelantándome a lo que Zio Alberto pudiera decir.

—Aquí mi maestro me pidió que esculpiera esta obra en homenaje a la familia Orsini, con ocasión del cumpleaños de su hija. Me confió con generosidad un bloque de mármol de Carrara que le era precioso. Elegí el tema del oso, como en vuestros blasones.

El tío me miró boquiabierto mientras el pequeño grupo se acercaba. El marqués se volvió hacia mí, intrigado.

—¿Lo has esculpido tú, muchacho?

—Sí, su señoría.

—¿Cuántos años tienes?

—Dieciséis, su señoría.

—Como Viola. Mira, querida, lo que ha hecho este joven para ti.

Viola ladeó la cabeza. Enseguida vi que era uno de sus días malos.

—Es muy hermoso, gracias.

El obispo se calzó las gafas y se acercó a la obra.

—Prodigioso. Sobre todo, para un escultor tan joven, aunque los grandes del Renacimiento también empezaban jóvenes. La perfección de las formas, del movimiento, es simplemente asombroso. Y esta modernidad... Cualquiera habría estado tentado de esculpir la segunda parte del bloque, el animal entero. El efecto es aún más sorprendente. Enhorabuena, joven. Llegará lejos. Y tal vez lo ayudemos, quién sabe.

Viola asintió lentamente con la cabeza, con la mirada triste y los ojos llenos de «qué te había dicho». Francesco nos miraba con las manos a la espalda y una expresión amistosa.

—Enviaremos algunos hombres para ayudarlos a transportar la estatua a primera hora de la tarde. Los festejos empiezan a la hora del almuerzo y proseguirán hasta la noche. Viola podrá admirar su regalo y elegir su ubicación. Huelga decir, maese Susso, que su generoso gesto será recompensado.

—¿Y el joven escultor podría venir a mi fiesta? —sugirió Viola—. Es verdaderamente talentoso.

El marqués enarcó una ceja, me estudió un momento y luego consultó a su hijo con una breve mirada. Francesco asintió imperceptiblemente.

—Pues claro, por qué no. Al fin y al cabo, es tu día. Tus invitados son los nuestros.

El 22 de noviembre de 1920 entré triunfalmente en la villa Orsini; por la puerta de servicio, eso sí, pero la entrada al paraíso no me habría parecido más hermosa. Habíamos entregado la estatua por la tarde y la habíamos instalado cerca del estanque que se extendía a lo largo de la mansión, justo frente al salón. Entre tantísimos invitados, no había ninguno de la edad de Viola. Yo no sabía aún que cumplir dieciséis años, para una mujer del medio al que pertenecía Viola, no era la ocasión para una fiesta con amigos. Era un acto político.

Intimidado, me escondí en la cocina, donde me pilló el marqués y me hizo salir de allí.

—Pero, muchacho, no te quedes ahí parado. Eres el invitado de Viola, se te permite deambular por donde quieras.

«Deambular». Yo normalmente solo andaba para ir de un punto a otro, para dejar o recoger algo. Mi paso era utilitario. Deambular era un privilegio social, un arte del que no sabía nada. No tenía la desenvoltura de los hombres que paseaban por el césped, con un cigarro en los labios, charlando entre ellos, mientras las mujeres reían bajo sus sombrillas blancas, un poco apartadas. Entre los invitados, varios prelados y algunos sacerdotes. Avanzaban con la cabeza baja, recogiendo las confidencias que un conde o una baronesa les susurraba al oído. Por primera vez en mi vida, bajo los altos techos de la villa Orsini, me sentí pequeño. Los invitados me dirigían miradas curiosas, a veces divertidas, pensando tal vez que yo era un bufón contratado para la ocasión, como se ve en los banquetes de los cuadros del Veronés.

El Veronés. 1528-1588.

Con las manos en los bolsillos, fui de una estancia a otra, esforzándome por parecer más alto. Predominaba el verde, que infundía el papel pintado, las cortinas, los alzapaños, los manguitos de las lámparas de araña, los sillones con flecos, en variaciones de tilo, venturina y verdeceledón. Nuestra ala voladora, que habíamos terminado dos días antes y nos moríamos de ganas por probar, ofrecía naturalmente la misma mezcla cromática. Vi a Viola que iba de un corrillo a otro, saludando a los invitados con gracia fingida, una afabilidad desmentida por la mirada errática, anormalmente móvil, incapaz de captar el menor punto de interés. Se aburría soberanamente porque todas aquellas gentes estaban vivas y por lo tanto no tenían nada que contar.

Los sirvientes circulaban sin cesar, ofreciendo champán en una bandeja —a mí no me ofrecieron nada—. En la esquina de un salón me encontré con Stefano. Lo acompañaba un hombre con la cabeza rapada, vestido con un traje un poco anticuado que recordaba vagamente el de un montañero.

—¡Ah, Gulliver! —exclamó—. Primero robas nuestros libros, luego le haces una estatua a mi hermana y consigues que te inviten aquí. Tienes recursos, hay que reconocerlo. Me gustan los hombres con recursos.

Lo miré sin responder, dividido entre el miedo y el odio. Stefano se inclinó hacia mí y me agarró la barbilla con una mano regordeta.

—Que no se te olvide que todo el mundo te ha visto el culo, ¿entendido?

Viola apareció de repente a mi lado y empujó a su hermano sin contemplaciones.

—¡Déjalo en paz!

Me guio entre la multitud, con la mano crispada en la manga de mi camisa. Cruzamos varias piezas a cuál más vacía, hasta un gabinete con las contras cerradas que olía a humedad. Luego entramos en la biblioteca, donde me detuve en seco, fascinado por los anaqueles. El saber olía a cuero y a madera de roble. En el centro de la pieza, un globo terráqueo antiguo, cubierto de nombres latinos, encajado en una mesa octogonal. Cuando quise examinarlo, Viola volvió a cogerme de la mano y me empujó hacia la pared. El panel de madera giró. Nos internamos en los corredores reservados al servicio, un mundo lejos del mundo por el que solo caminaban con la espalda encorvada quienes habían nacido para servir, o así lo creían. También se reproducían allí, a lo largo de un rellano, en arrebatos sudorosos y febriles, mientras sus amos dormían. Viola me inmovilizó contra la pared y me miró fijamente antes de acurrucarse contra mí. No había ventanas, ni una triste abertura. Una luz grisácea, procedente de no se sabía dónde, salvaba su rostro de la voracidad de la sombra.

—Gracias por el oso, Mimo. Es el regalo más hermoso que me han hecho jamás.

En algún lugar de la villa sonó una campana. Viola se estremeció.

—No tenemos mucho tiempo, así que escucha. Las cosas van más rápido de lo que pensaba. Es culpa mía, debería haber visto las señales. Las alusiones, el número de invitados… No te defraudaré, ¿me oyes? Hicimos un juramento. Solo quiero decirte que…, oigas lo que oigas…, eso no va a pasar, ¿de acuerdo? Siempre seremos tú y yo, Mimo y Viola. Mimo que esculpe y Viola que vuela.

Nunca la había visto en tal estado. Abrió la puerta de nuevo y salió corriendo. Quise seguirla, pero la perdí de vista y me perdí de nuevo en aquel perverso laberinto bajo la mirada cuarteada de una galería de antepasados. Logré abrir un panel y salir a la parte trasera de la casa. Rodeando el edificio, regresé fácilmente al salón principal, cuyos altos ventanales daban al jardín. Los invitados pasaban en ese momento del segundo salón al primero, en un ambiente de visible nerviosismo. Caía la noche, pero grandes antorchas encendidas una a una por los criados vigilaban que no hubiese oscuridad. *Ab tenebris, ad lumina.* Los Orsini se mantenían fieles a su divisa. Lejos de las tinieblas, hacia la luz.

Todos se apretaban expectantes en el salón de baile. Sobre un estrado, el marqués y la marquesa se habían reunido con el hombrecillo de cabeza rapada que había visto en compañía de Stefano. Su esposa, una mujer delgada que le sacaba un par de cuartas, se había colocado a su lado. Entre ellos, un chico de mi edad, de rostro anguloso y mejillas torturadas por los ultrajes de la adolescencia. Llevaba un traje igual al de su padre, de *tweed* grueso. Un lacayo tocó una campanilla y se hizo el silencio.

—Queridos amigos —proclamó el marqués—, qué alegría veros reunidos en la villa Orsini para celebrar el cumpleaños de nuestra hija Viola.

Salva de aplausos mientras Viola subía al estrado, lívida. Se había cambiado y llevaba un vestido de baile color crema.

—Precioso vestido, ¿no? —murmuró Francesco.

Apareció a mi lado, en su posición favorita, con las manos a la espalda. Era un joven de veinte años, con facciones sin encanto ni defecto, cuya banalidad era desmentida cada segundo por los ojos llameantes, de un azul nada corriente. La mirada era dulce, una dulzura que nunca supe si cultivaba, si era sincera o si era una simple consecuencia de las larguísimas pestañas que compartía con su hermana.

—No —repliqué—. El vestido es horrible.

Todavía no sé por qué me expresé con tanta franqueza. Mi incipiente sentido estético, tal vez. Viola era azafrán silvestre, narciso de otoño, una joven salvaje, no el pastelito vienés de ponche que acababa de subir al escenario. No me cabe la menor duda de que ella estaría de acuerdo conmigo, no en vano me había atiborrado de tratados de costura y moda, explicándome que nada era menor, que todo podía elevarse al rango de arte… En lugar de ofenderse, Francesco se echó a reír, luego miró al estrado, frunció el ceño y me estudió de nuevo.

—Supongo que tienes razón. Ese vestido no le pega nada.

Así nació la extraña relación que nos uniría durante años.

—Mi pequeña ya no es una niña —prosiguió el marqués—. Y estamos felices, esta tarde, de anunciar la próxima alianza de dos grandes familias. ¡Dentro de seis meses celebraremos el compromiso de Viola y Ernst von Erzenberg!

—No… —murmuré.

Entre vítores, el joven vestido de *tweed* dio un torpe paso hacia adelante y le tendió una mano a Viola. Viola lo miró fijamente, respirando con dificultad, y luego miró a la multitud, presa del pánico. Me gusta creer que en ese momento me buscó. Con una sonrisa afectuosa, su padre la empujó hacia el joven Ernst, que todavía le tendía la mano y no parecía muy contento de estar allí. Viola la cogió sin mirarlo.

—Esta alianza es tanto más valiosa cuanto hará de la generación futura, los hijos de nuestros hijos, una de las familias más poderosas de un país cuyo destino con demasiada frecuencia se deja en manos de incompetentes.

Me volví hacia Francesco.

—¡No irán a obligarla a casarse con ese tipo!

—¿Por qué no?

—¡Solo tiene dieciséis años! ¡Le esperan otras muchas cosas!

—Corrígeme si me equivoco, pero ¿tú no la has conocido esta mañana?

—Sí, claro. Es solo…, solo una impresión.

—Ya. Viola siempre causa una fuerte impresión.

—En virtud de esta alianza —continuó el marqués con voz enérgica—, y como símbolo de nuestras ambiciones comunes, tengo la inmensa alegría de anunciaros que, dentro de dos años como máximo, ¡la electricidad llegará a Pietra d'Alba!

En otras circunstancias, tal vez me hubiera divertido el contraste entre los criados boquiabiertos y los invitados, quienes, procedentes en su mayoría de las grandes ciudades del país, aplaudían cortésmente. Para ellos, la llave de la luz ya no era un milagro. No medían el desafío técnico que suponía alimentar una aldea remota, probablemente porque en el fondo no entendían nada de electricidad.

—Dios ha preservado y bendecido a nuestras familias para que correspondamos con la misma generosidad —concluyó el marqués—. Para que iluminemos, y no solo metafóricamente, las almas que tenemos a nuestro cargo...

—Un poco más y mi padre creerá que es Dios —me susurró Francesco guiñándome un ojo.

—Dentro de dos años encenderemos nuestra primera farola en estos mismos jardines. Mientras tanto, en honor de nuestra hija Viola y del joven Ernst, ¡bebamos, bailemos y regocijémonos! Esta noche, la ilustre familia Ruggieri nos ofrecerá un espectáculo de fuegos artificiales.

Salí y me senté en el jardín. Del salón llegaba el sonido lejano de una orquesta, los chundachunda a ritmo de vals. Una música ramplona, empalagosa, de verbena a orillas del Danubio, en honor a la familia de *tweed*. No entendía nada de las implicaciones de aquella alianza. Pero lo que sabía muy bien es que, casándose, Viola no iría a la universidad. No volaría. No volvería a escuchar a los muertos. No me mantendría sin cesar la cabeza fuera del agua, no me animaría a nadar, siempre un poco más lejos, a la espera de las costas cercanas donde seríamos agasajados como príncipes. Yo ya me estaba hundiendo.

La noche había caído sobre la meseta y escalaba el muro de la finca. Nunca había estado tan cerca del dormitorio de Viola, excepto aquella vez en que me había estrellado allí. Su ventana se elevaba sobre mí, negra y desierta, tres pisos más arriba.

—Perdone, padre —dije cuando Francesco volvió a pasar a mi lado—. ¿Ha visto a Viola?

—Todavía no soy sacerdote, muchacho, solo soy seminarista. Y no, no he visto a mi hermana desde hace un buen rato.

Con un leve movimiento, le hizo una seña al mayordomo.

—Silvio, ¿ha visto a la señorita Orsini?

—No, señor. Supongo que está con sus padres.

Exploré los salones, decidido a hablar con ella, cuando una detonación sacudió las ventanas. Se hizo un silencio sepulcral, seguido de un alegre clamor cuando una corola de fuego se desplegó en el cielo. El espectáculo de fuegos artificiales había comenzado. Todos se dirigieron hacia el jardín, arrastrándome a mi pesar. Los Ruggieri, los artificieros más célebres del mundo, tapizaban la noche de sueños incandescentes, de flores de luz con polen púrpura, de estambres azules, rojos y verdes que hacían palidecer las estrellas, con la misma pólvora negra que, apenas un año antes, habían empleado en los cañones. Y, de repente, gracias a un espectacular chorro de luz, una voz exclamó:

—¡Hay alguien en el tejado!

El siguiente abanico de luz iluminó una silueta. Mi silueta favorita. Viola se hallaba un poco más abajo de la cumbrera, ataviada con el traje de noche más extravagante jamás visto, un camafeo de verdes cuya inmensa cola, tornasolada en algunos sitios, centelleaba con las explosiones en el cielo: el ala voladora, que había ido a buscar sabe Dios cuándo al cobertizo, tal vez el día anterior. Era su única oportunidad, la última, de demostrarle a toda aquella gente, de explicarles que ella, Viola, tenía un destino extraordinario.

Los invitados se miraron atónitos. Un tufillo de preocupación y pólvora envolvía la escena. La voz del marqués resonó interrumpida por una explosión dorada.

—Viola, baja de ahí inmedia…

Viola gritó algo inaudible y bajó corriendo por el tejado. Las cuerdas se tensaron y la vela se deslizó sobre las tejas detrás de ella. No había sido concebida para una caída tan breve, unos quince metros como máximo, veinte, si me apuran, teniendo en cuenta la pendiente natural del terreno frente al edificio, pero el mistral que soplaba en sordina desde la mañana regresó de golpe en homenaje a la intrépida pionera. La tela se hinchó. Viola puso un pie en el canalón de zinc y se propulsó hacia el vacío.

La vela se desplegó con un golpe seco sobre su cabeza, entre los «¡oh!» y los «¡ah!» de los invitados, convencidos de que formaba parte del espectáculo. Viola planeó bajo su paracaídas verde entre molinetes de fuego, cometas y bengalas, porque los pirotécnicos no debían de haberla visto. Se deslizó en la noche, incluso ganó altura y flotó sobre una multitud silenciosa. La cara de su futuro prometido, granujienta y atónita, era un poema. El abanderado del *tweed* seguía boquiabierto a aquella extraña mariposa, remendada de lino, terciopelo y satén. Por las mejillas de la mía rodaron dos lágrimas de alegría, secadas casi inmediatamente por una ráfaga de mistral más violenta que las otras. La misma ráfaga sacudió a Viola, desplazándola de un lado a otro de la casa hasta hacerla girar bruscamente sobre sí misma. A pesar de su altura, la oímos gritar. No de miedo, sino de cólera. Se oyó el sonido de una sábana flameando al viento del amanecer para ahuyentar la noche. Las cuerdas del ala se enmarañaron y la tela se frunció al segundo siguiente.

Viola cayó de pronto, Ícaro furioso remolineando, se hundió treinta metros en una masa verde, verde Orsini, verde bosque, y desapareció entre los árboles.

Los archivadores rotulados como «Pietà Vitaliani», en el armario blindado del padre Vincenzo, se subdividen de la siguiente forma:

- «El caso Laszlo Toth», un archivador.
- «Testimonios», dos archivadores.
- «*La Pietà Vitaliani,* una monografía, Leonard B. Williams, Ed. de la Universidad Stanford», un archivador.

En este último también se ha deslizado un pequeño dosier titulado «Rapport C. A.». El prior siempre se ha preguntado a qué clase de bromista se le ocurrió colocar en amor y compañía, en el mismo archivador, a un investigador universitario tan poco inclinado al misticismo como el profesor Williams y al temible C. A., es decir, Candido Amantini, el exorcista oficial del Vaticano.

Los elementos biográficos descubiertos por Williams son sucintos. Michelangelo Vitaliani nació en Francia el 7 de noviembre de 1904, de padre escultor. Vitaliani, probablemente a raíz de la muerte de este último, llegó a Turín en 1916. Fue acogido por un amigo, o tío, o primo de sus padres, que lo llevó con él a Pietra d'Alba. Vitaliani desarrolló allí la mayor parte de su carrera, con dos excepciones, una estancia en Florencia, de la que apenas se sabe que frecuentó el taller de Filippo Metti, y una estancia en Roma, de la que, por el contrario, se saben muchas cosas. Los rumores se hacen eco también de una estancia en los Estados Unidos, sin la mínima evidencia que lo respalde. Vitaliani está afectado de acondroplasia. Varias fuentes apócrifas hablan de un hombre magnético y seductor. Algunas describen una dulzura extrema, rayana en la ingenuidad, otras un temperamento a veces violento. Por tanto, es imposible fiarse de ninguna de estas descripciones. Vitaliani, en comparación con sus inmediatos predecesores o con sus contemporáneos, produjo muy poco. Menos de ochenta obras originales identificadas, frente a las miles realizadas por Rodin, Moore o Giacometti. La mayoría de las obras de Vitaliani han desaparecido, probablemente debido al clima político en el que fueron creadas. Tampoco es descabellado imaginar una destrucción voluntaria, ya sea por parte del propio artista, o por instancias deseosas de borrar su nombre de los anales de la historia o, al menos, de relegarlo al olvido. Esta rareza se suma al aura de misterio, por no decir fantasmal, que rodea al escultor. Vitaliani nunca formó parte de ningún movimiento ni perteneció a ninguna escuela. Fue, en su campo, lo que Marlon Brando sería a los actores, Pavarotti al bel canto o Sabicas a la guitarra. Un artista instintivo, dotado de un talento inaudito e innato —inexplicable incluso para él mismo—. El arte de Vitaliani nunca se teoriza, a diferencia de Giacometti, con quien tuvo una célebre disputa.

A partir de 1948, Mimo Vitaliani desapareció por completo —eliminando así cualquier posibilidad de una respuesta definitiva sobre la onda expansiva provocada por su última obra, su *Pietà*—. En la fecha de la monografía (publicada en 1972 y revisada en 1981, poco antes de la muerte del profesor Williams), nadie sabe si Vitaliani todavía está vivo. Ni, si es así, dónde se esconde.

El padre Vincenzo conoce la respuesta a ambos interrogantes. «Vitaliani está vivo, aunque no por mucho tiempo, en la celda a la derecha de las escaleras, en el primer piso del anexo». Piensa, durante una milésima de segundo, en la primicia que tiene y en el dinero que podría sacar, pero ahuyenta rápidamente la tentación —el diablo nunca descansa—. No hablará. Dejará a Vitaliani titilar en la brisa del atardecer, antes de apagarse lentamente llevándose su secreto con él. No hay nada más hermoso que un misterio, y nadie lo sabe mejor que el padre Vincenzo, que ha dedicado su vida al mayor de todos.

Viola fue introducida en la casa por una puerta trasera, mientras los invitados eran acompañados cortésmente a sus vehículos o a sus habitaciones. Los Erzenberg se marcharon después del accidente sin despedirse. El mensaje era claro: su hijo Ernst, el niño acneico de sus ojos, no se casaría con una chiflada, suponiendo que la chiflada en cuestión siguiese con vida.

Viola respiraba todavía cuando la encontraron, o eso se decía, pero varias damas se habían desmayado a su regreso a la villa. Las malas lenguas decían que el espectáculo no era muy edificante. Los vehículos motorizados no faltaban entre aquellas gentes y, a falta de algo mejor, habían ido a buscar al médico alcohólico del pueblo vecino. No me quedó más remedio que regresar, enfermo de angustia, al taller. Cláusula, haciendo gala de sus diecinueve años, se tragó las lágrimas. Al día siguiente, Anna, que trabajaba como ayudante de doncella de los Orsini cuando recibían visitas, nos contó que Viola no había recobrado el conocimiento. Acababan de trasladarla al hospital de Génova.

Zio Alberto, desde los fuegos artificiales, me miraba con suspicacia. Tres días después, seguíamos sin saber nada. No habíamos vuelto a ver a un Orsini, todas las órdenes pasaban por Silvio, el mayordomo. Los criados tampoco soltaban prenda —aunque hubiesen querido hacerlo, no tenían la más mínima información—. Solo sabíamos que el marqués y la marquesa se hallaban inmersos en largas negociaciones diplomáticas destinadas a restablecer su prestigio, una empresa exclusivamente epistolar, ya que el teléfono aún no había llegado a Pietra d'Alba. Los correos llegaban y partían de nuevo al cabo de una hora, un ajetreo nunca visto en los alrededores.

Una mañana, señalando su automóvil, Zio Alberto me ordenó hacer la maleta y acompañarlo.

—¿Adónde vamos?

—Te lo explico por el camino. Vas a hacer un recado para mí.

Intrigado, metí algunas de mis pertenencias en el baulito que había traído de Francia y me acomodé en el asiento trasero del Ansaldo. Arrancó a toda velocidad, dirigiéndose hacia Pietra d'Alba, cruzó el pueblo tocando la bocina y enfiló la carretera de Savona.

—¡Te vas a Florencia! —gritó para tapar el ruido del motor.

—¡No quiero ir a Florencia! ¡Quiero estar cerca de Viola!

—¿Cómo? ¿Que quieres qué?

—¡No quiero ir a Florencia!

—¡Vas a elegir para mí dos hermosos bloques de Carrara en el taller de Filippo Metti! El marqués me pagó el triple de lo que vale el bloque que utilizaste, más la mano de obra. Después de todo, no es un mal negocio, hasta para alguien tan desprendido como yo. ¡Tómate todo el tiempo que haga falta para evitar que te estafen!

Me dejó en la estación Savona Letimbro y se fue después de entregarme un sobre para el tal Metti.

—La orden de pago. Solo si los bloques valen la pena. Dentro está tu billete de vuelta, válido para cualquier tren.

No lo dudes, si necesitas un día más, tómatelo. Asegúrate de que el mármol no tenga vetas ni fisuras, no vayan a darte gato por liebre.

Vivíamos una época en la que las estaciones de tren eran hermosas. Aquella lo era más aún porque a pocas calles comenzaba el mar. Cuatro años antes, el Mediterráneo era para mí una extensión de agua azul. Gracias a Viola, ahora se llenaba de caminos punteados, daba vida, se cobraba vidas y cobijaba tornados y terremotos, cuyos doce grados, los de la famosa escala de Mercalli, le había oído recitar a Viola. También por ella me enteré de la diferencia entre un *Arbacia lixula* y un *Tripneustes ventricosus*. «Un erizo de mar negro y un erizo de mar blanco, so idiota». El mundo sin ella era más simple, evidentemente. También irritaba un poco los ojos cuando se pensaba en ello.

No es difícil adivinar lo que se murmuraba bajo los baldaquinos, en las alcobas, con muecas escandalizadas al amparo de abanicos de crepé. «La chica de los Orsini prefirió suicidarse antes que casarse con el austrohúngaro de las espinillas». En primer lugar, el de las espinillas no era austrohúngaro, sino italiano desde la incorporación del Trentino y el Tirol meridional a Italia un año antes. En segundo lugar, yo conocía a la chica de los Orsini mejor que nadie. Éramos gemelos cósmicos. Sé que, en el momento de saltar, Viola estaba convencida de que volaría.

Al cabo de ocho horas de viaje me apeé en Florencia. Nadie me había ido a buscar. Me armé de paciencia y esperé delante de la estación, dando saltitos para entrar en calor. Una escarcha punteada de hollín cubría los tejados. La ciudad bullía, en un contraste embriagador con Pietra d'Alba, donde la gente ya estaría cerrando las contraventanas para acurrucarse junto a un mísero fuego. Frente a mí, una sucesión de automóviles y coches de caballos desfilaban delante del Gran Hotel Baglioni.

Un movimiento atrajo mi atención. En la terraza de un café que no tenía el esplendor del Baglioni, justo al otro lado de las vías del tranvía, un niño envuelto en un abrigo agitaba la mano en mi dirección. Miré a mi alrededor y luego me señalé a mí mismo con una mirada interrogante. El interesado asintió con mucho aspaviento. Crucé la calle, cauteloso. El que me hacía señas no era un niño, sino un hombre de unos cincuenta años cuya barba grisácea y rala apenas disimulaba las cicatrices del acné. Pero sobre todo era como yo. En su nacimiento, un dios guasón le había puesto un dedo encima para impedirle crecer.

—¿Maese Metti?

—¿Eh?

—¿Es usted Filippo Metti?

—En mi vida he oído hablar de él. Siéntate, muchacho.

—No puedo, tengo que esperar a alguien delante de la estación.

—Estamos delante de la estación. Mucho mejor esperar sentado. ¿Qué quieres beber? ¿Un vino caliente?

—Nada, señor.

—¿Te importa si yo tomo algo? —preguntó, apartando a un lado tres vasos vacíos y haciendo una señal al camarero—. Siéntate de todos modos.

Me senté en el borde de la silla, sin perder de vista la entrada de la estación. El camarero trajo un vaso humeante, con un olor ligeramente acre, que colocó sobre la mesa sin mirarnos.

—¿Buscas trabajo, muchacho?

—No, señor. Me marcho mañana.

—Mmmm, qué lástima. Soy Alfonso Bizzaro. Sí, es mi verdadero nombre. Alfonso Bizzaro, bastardo de padre español y madre italiana, propietario, director artístico y artista principal del circo Bizzaro, cuya carpa se veía en la explanada que hay detrás de la estación si no se hubiera derrumbado con las borrascas de ayer. ¿Y tú?

—Mimo. Vitaliani.

—¿Qué haces en Florencia, Mimo Vitaliani?

—Estoy aquí por trabajo. Y, si me da tiempo, me gustaría ver los frescos de Fra Angelico. Para contárselos a una amiga que nunca los ha visto.

—¿Quién es ese Fra Angelico?

—Un monje y un gran pintor del Renacimiento italiano. Fecha de nacimiento desconocida, muerto en 1455.

—Lástima que te vayas mañana. Necesito gente como tú.

—¿Para qué?

—Para mi espectáculo, ¡para qué va a ser! Es una recreación del combate entre los hombres y los dinosaurios. Los dinosaurios son actores disfrazados, y tipos como tú y como yo interpretamos a la humanidad en peligro. Con la diferencia de tamaño, es muy impresionante. Acabo *sold-out* todas las noches.

En cuatro años, Viola me había transformado profundamente. Nunca fui tan consciente de ello como cuando respondí, yo, el Franchute, el hijo de un analfabeto:

—Los dinosaurios y los hombres no eran contemporáneos.

Bizzaro me miró con socarronería y luego dejó escapar un silbido.

—Caramba, eres un enano estudiado.

Me levanté, furioso.

—No soy un enano.

—¿Ah, no? ¿Entonces qué eres?

—Un escultor. Un gran escultor. Lo seré algún día.

—Tomo nota. Pues, hasta que seas grande, si cambias de opinión, ya sabes dónde encontrarme. Gracias por la invitación.

Terminó la bebida de un trago y se alejó, con las manos en los bolsillos, ante mis ojos estupefactos. El camarero apareció inmediatamente y tendió la mano.

—Una lira.

Yo no tenía dinero, nunca lo había tenido, tampoco lo había necesitado nunca. El camarero lo supo al momento y me agarró por el cuello.

—¿Mimo Vitaliani?

Un hombre se acercaba, después de atravesar las vías del tranvía. Aún era joven, no llegaría a los cuarenta, pero en los ojos se le acumulaban unas cuantas décadas más. La manga derecha de la chaqueta le colgaba hacia abajo, vacía de la carne fuerte y saludable que una vez la había habitado. Se lo debía al frente de batalla, que llevaba inscrito en el cuerpo, en las arrugas inesperadas en un hombre de esa edad, en las pesadillas que lo atormentaban incluso durante las horas de vigilia y le hacían hundir, imperceptiblemente, la cabeza entre los hombros.

—Soy Filippo Metti. Tenías que esperarme delante de la estación.

—Lo siento, maestro. Es que…

—Una lira —repitió el camarero.

Metti estudió los cuatro vasos que había sobre la mesa y enarcó una ceja intrigado.

—Ya veo que no pierdes el tiempo.

—No, yo…

—Da igual. Que sea porque he llegado tarde. Pero te aviso, en el taller no se bebe —dijo mientras pagaba.

¡Y a mí qué me importaba su taller! Para empezar, yo solo quería irme de aquella ciudad. Volver, tener noticias de Viola, aunque el viaje, en el fondo, me permitía no pensar continuamente en ella ni en el hecho de que nadie podía recuperarse de semejante caída. Quería acabar de una vez con Florencia.

Como si eso fuera posible. Florencia era Viola y no tardaría en comprenderlo: maltrecha y exaltada y dulce. Era *ella* quien decidía cuándo se había acabado.

Atravesamos la ciudad a pie, a pesar del frío, zigzagueando entre tranvías y carruajes tirados por caballos de ojos tristes. Cada edificio me interpelaba, cada calle, cada crujía, cada nueva perspectiva me atraía, dándole a mi andadura un ritmo titubeante que me valió una mirada de reproche de Metti. A cada paso había que elegir entre diez formas de belleza, diez historias diferentes. Cada cruce era una renuncia. La ciudad se me metía dentro y no me dejaba. Ni la grandeza de Roma ni la magia de Venecia o la locura de Nápoles me hicieron olvidar jamás Florencia. No era la ciudad más bella de Italia, pero era la más bella. Viola, de nuevo.

—¿Seguro que te encuentras bien? —preguntó Metti.

—Sí, maestro.

—Tienes una cara muy rara. Como si fueras a… llorar.

—Iba pensando en una amiga. Está en el hospital.

Se estremeció, murmuró «el hospital» y luego empezó a temblar.

—Lo siento mucho. Vamos, hay que darse prisa o se nos echará la noche encima.

—¿Dónde están los bloques de mármol?

—¿Los bloques de mármol? —repitió, sorprendido—. Pues… en el taller.

Me dirigió una mirada intrigada y reanudó la marcha. Cruzamos el Arno por el ponte di Rubaconte —los alemanes lo destruirían en 1944 para deleite del ponte Vecchio, que se convertiría así en el puente más antiguo de la ciudad—. Del otro lado, seguimos la orilla hacia el este, durante unos dos kilómetros, dejando la atmósfera de la ciudad por campos descoloridos y escarchados. Al final de un camino de tierra, un edificio de paredes desnudas dominaba la árida campiña.

Un arco majestuoso daba acceso a un patio transformado en almacén, al que se abrían múltiples ventanas. Una sensación de orden y simetría reinaba en el lugar, mezclado con el olor agridulce del abandono. Una melodía de buriles y cinceles se escapaba de varias ventanas del primer piso, acompañada de un contrapunto de llamadas, de preguntas y de órdenes amplificadas por pasillos invisibles.

Metti entró en el ala norte, subió con pesados pasos al segundo piso y finalmente empujó la puerta de un cuartucho amueblado con una cama y una palangana de cobre llena de agua.

—Te alojas aquí.

—¿Cuándo podré ver los bloques? Me gustaría marchar lo antes posible.

—Pero ¿de qué va esa historia de los bloques?

—Los que le compra mi tío.

Metti me miró como si estuviera loco, y yo hice lo mismo.

—No entiendo de qué bloques hablas, muchacho. Solo sé lo que he apalabrado con tu tío. Yo alquilo tus servicios a su taller porque necesito brazos para la obra del Duomo. Él seguirá pagándote tu salario como antes.

Entonces lo entendí. No todo, faltaban los detalles, pero sí el fondo del asunto: Zio Alberto se había deshecho de mí.

—No puedo quedarme.

—Como quieras. Puedes pasar la noche aquí. Si te quedas, empiezas mañana a las siete de la mañana en el aserradero, justo detrás del edificio principal.

Se alejó un poco inclinado, con un extraño desequilibrio en el pecho, proyectando el hombro derecho a cada paso, como para compensar la ausencia del brazo. Me dejé caer sobre el colchón de paja, aturdido. Entonces recordé el mensaje de Alberto para Metti. Abrí el sobre febrilmente. Contenía otro, en el que se podía leer WIWO. Alberto había intentado escribir mi nombre. Dentro, una sola hoja, en la que había dibujado —y dibujaba bien, el cabrón, con una gracia digna del Renacimiento— un *digitus impudicus*. Un dedo bien estirado, en carboncillo, lanzado en un movimiento que le daba vida, y me arrancó un grito de rabia, al mismo tiempo que en mi cabeza se cruzaban mil pensamientos. Que Zio Alberto habría sido un pintor extraordinario, sin ningún género de dudas, y que por qué había elegido la escultura. Que me la había pegado bien pegada, y lo peor era que semejante jugada no podía haberla organizado en la semana siguiente a su regreso. No se había deshecho de mí por venganza, a raíz del asunto del oso. Su plan era anterior, porque, simple y llanamente, no me quería. Lo cual reducía a muy pocas las personas que me querían en el mundo, y una estaba en el hospital, y tal vez, a estas alturas, había dejado de quererme.

No podía quedarme. Viola me necesitaba. Una jugada maestra la del tío. Imposible quedarme, imposible marcharme. No tenía dinero. Y, para Zio Alberto, era un negocio redondo. Filippo Metti le pagaría a él por mis servicios y él nunca me pagaría a mí. Estaba prisionero. En el fondo, siempre lo había estado, pero Viola rompía mis cadenas casi todas las noches. Me hice una promesa, un conjuro siniestro sobre una cama de hierro.

«Alberto Susso, hijo de puta. Un día te mataré».

No la cumplí, como tantas otras promesas.

Florencia, años oscuros. Qué buen gancho para mi biógrafo, aunque estaba muy lejos de suponer que algún día la gente se interesaría por mi vida. Y mucho más lejos de imaginar que, cuando alguien se interesase por ella, haría todo lo posible para dificultarle la tarea.

Hermanos, cuando haya exhalado el último suspiro, que aún se resiste, llevadme al jardín. Enterradme bajo una hermosa piedra blanca de mi amada Carrara. Sobre todo, no grabéis allí ningún nombre. Dejadla lisa y tersa para poder tenderse en ella. Quiero ser olvidado. Michelangelo Vitaliani, 1904-1986, dijo todo lo que tenía que decir.

El aserradero, un cobertizo de chapa ondulada donde se cortaban los bloques, estaba adosado a la parte trasera del edificio principal. Cuando llegué allí a las siete de la mañana, las sierras ya estaban girando. Nadie me prestó atención. Ayudé aquí y allá y pronto me transformé, como los otros seis empleados, en un fantasma cubierto de polvo de mármol. Imposible hablar en medio de semejante estruendo, excepto cuando los obreros hacían un alto para fumar, sentados en un bloque, con los codos apoyados en las rodillas y la mirada perdida. Un tipo demacrado, que parecía ser el capataz y respondía al nombre de Maurizio, me tendió un Toscano. Lo encendí con gesto de entendido —nunca había fumado— y me tragué un acceso de tos con lágrimas en los ojos. Maurizio me dirigió una mirada burlona, pero carente de maldad. Él no se conformaba solo con fumar, sino que respiraba el humo expulsado, inhalándolo apenas salía de la boca, lo que le permitía fumar el mismo cigarro dos o tres veces. El tabaco y el polvo de mármol le tapizaban la lengua, los dientes, la barba y, sin duda, el interior del cuerpo con una costra amarilla. Era mi primer Toscano y me tomé como cuestión de honor terminar aquella tagarnina, que inmediatamente vomité fuera del edificio.

A Metti no se le vio el pelo en todo el día ni en toda la semana. Comíamos juntos en el antiguo refectorio —el edificio principal había sido un palacio, luego un convento, que, una vez abandonado, había sido utilizado como granero y ahora le servía de taller a Filippo Metti—. El primer piso del ala norte estaba ocupado por el taller de escultura propiamente dicho, donde trabajaba la élite de los escultores florentinos. Metti había sido uno de los artistas más destacados de la ciudad, hasta que olvidó su brazo en una explosión en Caporetto. Literalmente. Un obús había frenado el ataque que comandaba el escultor, obligando a su sección a batirse en retirada bajo una tormenta de barro. Al llegar al refugio, Metti había exclamado: «¡De buena nos hemos librado. La cosa podría haber acabado mal!», hasta que un soldado le preguntó dónde había ido a parar su brazo.

El aserradero era el infierno, la sentina del navío, el trabajo más ingrato. Cortábamos y ajustábamos los paramentos de mármol destinados a las fachadas. A veces desbastábamos los bloques destinados a las esculturas, si no habían realizado ese trabajo en la cantera. A Metti acababan de adjudicarle uno de los contratos más codiciados de la región: la renovación de una parte del Duomo. Había tanto trabajo que incluso reclutaba gente en el extranjero. En el refectorio, la diferencia era flagrante entre la élite de los escultores, siempre lanzándose bromas y trocitos de pan, y «los del corte», envueltos en polvo de pies a cabeza e inclinados en silencio sobre su plato. Por muy arrogantes que fueran los escultores, y lo eran, no nos buscaban las cosquillas. El aserradero era un reducto de tipos duros de roer, expresidiarios, desertores, bandoleros, todas las villanías habidas y por haber. Sobrellevarlas requería no poco coraje.

Durante la primera semana me las arreglé para conseguir un sello. Le escribí a Cláusula (a casa de su madre, porque podía imaginarme fácilmente a mi tío interceptando mi correo) y en la misma misiva deslicé una carta para Viola. Cada mañana abría los ojos, con la angustia en el vientre, a un mundo que no sabía si aún contenía a mi mejor amiga. Me entregué en cuerpo y alma a la superstición y a la magia, buscando mil presagios en el transcurso de un día, inventándolos si era preciso. «Tres cuervos en la chimenea, Viola está muy grave. Si logro subir las escaleras sin respirar hasta el rellano, se salvará». Por la noche, después de cenar, deambulaba por la orilla fangosa del Arno, embriagándome de lodo y aire frío, fascinado por los reflejos de la luna sobre el *campanile* de Giotto, en la otra ribera. No crucé el puente ni una sola vez, porque me sentía indigno de tanta elegancia y porque tampoco quería arriesgarme a encontrarme con una obra de Fra Angelico sin que Viola la viera conmigo. Aparte de que se decía que algunas calles no eran seguras y que te rebanaban la garganta por cualquier cosa sin importancia.

Una semana después de mi llegada, Metti reapareció. Reconocí su forma de andar desde el otro lado del patio.

—Así que te quedaste —observó cuando corrí hacia él.

—Sí, maestro. Quería preguntarle... ¿Por qué estoy en el aserradero?

—Porque necesito brazos en el cortabloques y tu tío me dijo que eras un buen aprendiz para este tipo de trabajo.

—Pero yo sé esculpir.

Puso la mano buena en la cadera izquierda.

—No lo dudo. Pero, mira por dónde, aquí trabajamos en proyectos importantes, no en la decoración de una casa de campo. Si trabajas duro, te prometo que podrás tomar lecciones con mis aprendices y, si se te da bien, ascender de rango. Hala, a trabajar.

Siguió dando vueltas en torno al grupo escultórico que había en medio del patio, un san Francisco de mirada tierna.

Volví al aserradero y a mi vida de espectro con el rabo entre las piernas. No tardé en ganarme el respeto de mis compañeros. Creo que apreciaban que no hiciese ascos a la tarea, a pesar de mi estatura. Al contrario, mi pundonor me llevaba a participar en los trabajos más penosos. A cambio, me invitaban a vasos de cerveza, me regalaban cigarros, toda clase de delicias prohibidas que nunca había probado. Y sellos, mi divisa más preciada durante aquellas semanas.

Doce días después de mi llegada, recibí una carta de Cláusula. Me quemó en el bolsillo interior hasta el primer descanso, el de las diez, cuando por fin pude abrirla al calor de un precioso rayo de sol en el umbral del taller.

> *Querido Mimo:*
> *Sin nobedades por aquí. Alberto sige igual de estupido y Anna sige igual de ermosa. Te hechamos de menos. Ninguna noticia de Viola, ni tampoco los sirvientes no saven mucha cosa. Uno dice que esta muerta, otro que no. Ya te abisare cuando tenga nobedades. Tu amigo Vittorio.*
>
> *PD: De parte de Emanuele que buelbas pronto porque no es igual sin ti.*

Decidí escribir a la familia Orsini y me pasé la noche redactando una petición educada con mi mejor caligrafía, explicándoles que estudiaba en un prestigioso taller de Florencia y que, «por favor, por caridad», me diesen noticias de Viola. Rompí la carta, empecé de nuevo y sustituí Viola por «la señorita Orsini».

Al día siguiente, la sierra eléctrica, uno de los orgullos del cortabloques, se averió. Mientras esperábamos a que la reparasen, trajeron una vieja sierra de bastidor y tuvimos que cortar los bloques a mano. Mi estatura se convirtió en un problema, porque algunos bloques eran más altos que yo. Intenté echar una mano con el transporte y la limpieza, pero en varias ocasiones me encontré deambulando por el patio, donde las esculturas que salían se cruzaban con las obras que llegaban para su restauración. Volví a encontrarme con Metti delante de la estatua de san Francisco, a cuyos pies un joven con un pañuelo rojo al cuello y un mandil azul acababa de colocar dos pájaros de piedra. Metti me hizo una seña.

—Mira los pájaros que esculpió Neri. Dentro de poco será tu compañero, dirige a los aprendices en el taller. ¿Qué te parecen?

—Son muy hermosos, maestro.

El tal Neri frunció el ceño, preguntándose si no debería tomar la opinión de un simple cortador, fuese cual fuere, como un insulto. Encogiéndose de hombros, decidió aceptar el cumplido, aunque no le concediese ningún valor. Metti le dio unas palmaditas en el brazo y Neri se alejó.

—Es un encargo de la basílica de Asís —murmuró Metti—. Tenía que haberlo hecho yo...

—Y lo habría hecho mejor.

—¿Cómo?

—He mentido. Esos pájaros...

Negué con la cabeza. La boca de Metti se torció en una mueca casi cómica, que, sin embargo, delataba una ira creciente.

—¿No te gustan?

—No.

—¿Y puedo saber tu experta opinión de obrero de corte?

Miré a Metti a los ojos, con la dificultad añadida de tener que alzar los míos. Dieciséis años de rabia salieron a relucir en ese momento, de la angustia reprimida que me reconcomía, mezclada con el pánico que había sentido al ver a mi mejor amiga caer del cielo. Yo también tenía derecho a mi ración de ira.

—Lo que puede saber es la experta opinión de alguien que ha visto muchos pájaros. Y esos dos, dije señalando las esculturas, nunca volarán.

—¿Y eso por qué?

—La anatomía es incorrecta. Esos son pavos del tamaño de gorriones. Pero pavos, al fin y al cabo, que no volarán muy lejos. Y, ya que estamos, los pavos atraen la mirada del santo hacia abajo, cuando la idea era expresar lo contrario, ¿no?

—Y tú puedes hacerlo mejor.

—Desde luego.

Se giró hacia un aprendiz que pasaba por el patio y le pegó un par de gritos.

—¡Eh! ¡Tú! Tráeme una caja de herramientas.

Y, luego, dirigiéndose a mí:

—¿Ves estos pequeños bloques? Acabo de llegar de Polvaccio, son dos muestras. Elige una y hazme un pájaro. Vamos a ver si vuela.

Se lo debo todo a mi padre, a nuestra convivencia demasiado corta sobre esta bola de magma. Más de una vez se me acusó de indiferencia porque hablaba poco de él. Se me reprochó que lo hubiese olvidado. ¿Olvidarlo? Mi padre vivió en cada uno de mis gestos. Hasta mi última obra, hasta mi último martillazo. A él le debo mi audacia con el cincel. Me enseñó a tener en cuenta la posición final de una obra, ya que sus proporciones dependían de cómo la mirásemos, de frente o hacia arriba, y a qué altura. Y la luz. Miguel Ángel Buonarroti había pulido su *Pietà* hasta la extenuación para atraer cualquier mínimo destello, sabiendo que sería expuesta en la penumbra de una capilla. Y, por último, a mi padre le debo uno de los mejores consejos que he recibido:

—Imagina que tu obra terminada ha cobrado vida. ¿Qué va a hacer? Tienes que imaginar lo que ocurrirá en el segundo siguiente al momento que has fijado y sugerirlo. Una escultura es una anunciación.

Instalado en un rincón de la serrería, abordé el bloque que me había ofrecido Metti. Mis compañeros me miraban con ojos intrigados, seducidos por aquel patito feo que parecía un cisne, un poco tambaleante tal vez, pero tenían pocas ocasiones de distraerse y no iban a protestar. El mármol tenía una textura perfecta, típica de Carrara. Dúctil, con la flexibilidad precisa, no un despunte de piedra de pacotilla. Liberé el pájaro que se escondía dentro. Tenía un ala ligeramente desprendida del cuerpo, ya que al segundo siguiente volaría para posarse en el brazo o en el hombro del santo. El mármol capturaba la potencia del músculo, su transparencia, la fragilidad del gorrión. Y, como un gorrión no era suficiente para un santo, esculpí otro, justo al lado del primero, medio enterrado en sus plumas, como si ambos acabaran de balancearse hinchando el buche, por travesura, por aburrimiento o para disputarse el favor franciscano. Pasé el último día puliéndolo y, cuando finalmente di un paso hacia atrás para contemplar mi trabajo, mi espalda chocó contra el círculo de obreros reunidos a mi alrededor. Metti apareció seguido por Maurizio, que había ido a buscarlo.

—Fíjese, jefe, mire lo que somos capaces de hacer los del corte. No nos vendría mal un aumento.

Las risas fueron sofocadas rápidamente por la mirada severa que Filippo Metti dirigió a la concurrencia. Caminó hacia mis pájaros y pude ver esa curiosa reacción que suscitarían mis obras toda mi vida: un momento de suspicacia, una mirada de ida y vuelta de la obra a mí, y la pregunta, que tal vez no estuviese formulada en estos términos, pero que equivalía a: «¿cómo es posible que ese enano haya hecho esto?».

Estudió mi obra, acercó la mano para tocarla y la repasó con los dedos desde todos los ángulos. A medida que la examinaba, iba enrojeciendo. Luego explotó:

—¿Qué te crees? ¿Que tengo sitio para otro escultor en el taller? Hay una jerarquía, tradiciones, y aquí las respetamos. Tienes talento, eso seguro, mucho talento, tal vez incluso el mayor talento que he visto en mi vida, pero eso no cambia nada. No entiendo por qué tu tío me dijo que eras un obrero no cualificado, y me importan un bledo vuestros asuntos de familia. Te quedas en el aserradero.

Se fue en medio de un silencio sepulcral. Unos momentos después, regresó y me plantó un dedo en el pecho.

—Empiezas en el taller esta tarde. Te lo advierto, no puedo pagarte, no tengo presupuesto. Bueno, tal vez cincuenta liras, aparte de lo que le pago a tu tío cada mes. Te las daré a ti directamente.

Sin salir de mi asombro, lo vi irse. Cincuenta liras, la sexta parte de lo que ganaba un obrero. Para mí, una fortuna. Lo suficiente para comprar un montón de sellos con que enviar mis cartas a Pietra d'Alba, a Vittorio, a los Orsini, a cualquiera que quisiera darme noticias de Viola. Lo suficiente para irme algún día, para dejar esta ciudad demasiado hermosa y demasiado dura y continuar donde lo dejamos Viola y yo. Mientras tanto, habría que sufrir un poco.

Llegué al taller, un gnomo cubierto de yeso, bajo las miradas recelosas de una docena de escultores. A la cabeza de ellos, Neri, que aún no había cumplido los veinte. Vio mis pájaros y al instante me odió. Para no ser menos, y porque había superado la época de los cuentos de hadas en los que el odio se transforma en sólida amistad, le pagué con la misma moneda. En las semanas siguientes fui objeto de alguna que otra novatada, más o menos grave, perpetrada por Neri y sus secuaces. Seguí almorzando y cenando con los del corte, lo que no sentó muy bien en el taller de escultura, cuyos habitantes se jactaban de respirar un aire único y escaso, el del talento, que ninguno tenía. Ninguno, excepto Neri. Tal vez había sido un poco duro con sus pájaros, bastante logrados. Pero los míos eran mejores.

Mis herramientas desaparecían un día sí y otro también. Mi taburete se vino abajo y yo con él: le habían serrado una pata. Sin embargo, mi trabajo no amenazaba el de nadie, porque me había visto relegado a las tareas menos nobles. Para mí, las conchas, las plantas, los animales, los adornos de fuentes. Nunca los santos, los apóstoles, todo lo que se aproximaba de cerca o de lejos a la divinidad. En cuanto a la Sagrada Familia, o el propio Dios Padre, excusaba pensar en ello. Eran prerrogativa de Neri y de dos idiotas que bauticé como Uno y Dos (no recuerdo sus nombres reales), quienes decían amén a todo lo que decía su jefe.

Neri no importaba. Mi ira no iba dirigida contra él, sino contra los Orsini. Tal vez incluso contra Viola, porque seguro que estaba viva. Una chica como ella era inmortal. ¿Por qué no tenía noticias suyas? Vittorio me escribía regularmente y sus cartas se parecían a la primera, «qué gilipollas el Alberto, estoy enamorado, nadie sabe qué fue de Viola».

A principios de febrero de 1921, tres meses después del accidente, una tibieza inesperada arrojó a los florentinos a las calles después de un invierno especialmente riguroso. Una suave brisa bajaba por el Arno, un olor a pastos de montaña procedente de los Apeninos, y el edificio se vació. Neri me prohibió salir, so pretexto de que alguien tenía que encargarse de vigilar el taller. Debería haberle dado las gracias, ya que una hora más tarde recibí una carta con membrete de los Orsini. La remitía Francesco, el hermano seminarista. Con ocasión de una estancia en casa de sus padres, había encontrado mi carta abandonada en un secreter. Por fin, tras unos preámbulos que se me hicieron largos, me hablaba de su hermana. Desdoblé la misiva, sin aliento.

Viola se había fracturado el cráneo, una vértebra, tres costillas, la clavícula, las dos piernas y se le había perforado un pulmón. Había pasado tres semanas en coma. A su cabecera, especialistas llegados de toda Europa habían dictado pronósticos y augurios diversos, la mayoría siniestros, que Viola se encargó de frustrar. Se había despertado una mañana y las únicas secuelas neurológicas eran una amnesia total del accidente y un ligero ceceo que, según Francesco, iba remitiendo. Sería trasladada a Pietra d'Alba en las próximas semanas para proseguir su convalecencia. «Está de muy buen humor, pero no quiere ver a nadie». Francesco había subrayado *nadie*. Lo que seguía era un pasaje sobre mi oso, que seguía en su lugar cerca del estanque. «Monseñor Pacelli todavía me habla de aquel "joven escultor de pequeña estatura pero de enorme talento"». A continuación, Francesco añadía, como quien no quiere la cosa: «Es demasiado pronto para decir si Viola, debido a la magnitud de las fracturas, volverá a caminar».

Viola estaba viva, eso era lo que importaba, y por fin pude llorar. Tres cuervos, posados sobre la chimenea de enfrente, me observaron con desdén, luego se suspendieron en el aire y volaron hacia el Arno.

Durante la primavera, le escribí a Viola todas las semanas. Mi pobre Viola, rota, perforada, a la que echaba de menos a todas horas, minuto a minuto. La obra del Duomo ocupaba todo el taller, la ciudad escuchaba nuestros martilleos cuando el viento soplaba en su dirección. Rara vez salía del antiguo convento y prefería mis conversaciones imaginarias con mi amiga a las borracheras en los tugurios que había a lo largo del río. Cediendo a mis reiteradas peticiones, Metti acabó confiándome elementos arquitectónicos de más envergadura, a veces algún personaje menor del panteón. Empresarios bien vestidos y prelados visitaron en varias ocasiones nuestro lugar de trabajo. Metti y Neri los acompañaban, detallaban, explicaban, con infinita paciencia, el camino desde el bloque de piedra hasta la obra de arte.

Las bromas pesadas continuaron, mezquinas, más humillantes si cabe por su falta de ambición. Me empujaban, me menospreciaban y me enviaban a hacer recados imaginarios. Una noche, encontré un gato muerto en mi cama. Se lo comenté a Metti, quien censuró aquellas «chiquilladas» y ordenó a Neri que pusiese orden. El odio de Neri se duplicó.

Fue el año en que cumplí diecisiete años, y creo que fue entonces cuando se me empezó a considerar peligroso o imprevisible. Llevaré encima ese sambenito toda mi vida, sin duda porque yo lo cultivaba un poco. En el mes de junio, después de enviar una docena de cartas a Viola, tuve que rendirme a la evidencia: Viola no las recibía. Era preferible a la alternativa: las recibía y no contestaba. Se me pasó por la cabeza la idea de emplear mis escasos ahorros en un viaje a Pietra d'Alba, pero ¿quién era yo para exigir la entrada en casa de los Orsini? Francesco había sido claro. «No quiere ver a nadie».

Una mañana, al llegar al taller, encontré decapitada la estatua en la que había estado trabajando toda la semana.

—¿Quién ha hecho esto?

Todos los aprendices trabajaban como si la cosa no fuera con ellos. Uno y Dos silbaban, Neri me ignoraba. Me acerqué a él.

—¿Quién ha hecho esto?

—¿A qué te refieres?

—Lo sabes de sobra.

—No tengo ni idea. ¿Vosotros sabéis algo?

—No —dijo Uno.

—Nada en absoluto —añadió Dos.

Golpeé a Uno (o a Dos) en la entrepierna. Se desplomó, arrastrando con él una mesa de trabajo. Los demás nos separaron, nos lanzamos una retahíla de insultos y se hizo el silencio cuando Metti entró en el taller. Media hora más tarde, Neri y yo fuimos convocados a su despacho, o el espacio que hacía las veces de despacho: una tabla colocada sobre caballetes frente a una chimenea monumental, en la antigua cocina del convento. Nos sermoneó distraídamente sobre las rivalidades habituales en los talleres de artistas, nos exhortó a que las olvidásemos rápidamente y nos invitó a estrecharnos la mano, cosa que hicimos con una sonrisa hipócrita.

—Puedes esperar sentado —me susurró Neri cuando salimos.

—Una broma más, solo una, y te mato.

Un destello de miedo brilló en sus ojos. Yo no era ya el niño de doce años que había llegado a aquel extraño y maravilloso país. Era un italiano, un italiano de verdad, un hijo de la sequía, de las privaciones y de apechugar con lo que viniera. Pero lo que de verdad lo asustó, como a otros después de él, fue el saber, sin ningún género de dudas, que un tipo como yo no tenía nada que perder.

Unos días más tarde, Metti me pidió que lo acompañara a la ciudad. Yo no había puesto un pie allí desde mi llegada, salvo para hacer un par de recados. Me hizo visitar el Duomo, subir por las escaleras ocultas en la cúpula. En la cima soplaba un viento terrible. Florencia brillaba a nuestros pies, limpia de polvo, bajo un cielo azul esmaltado.

—¿En qué piensas?

—En que debería darme el mismo trabajo que a Neri.

Metti suspiró, entre divertido e irritado. Bajamos los cuatrocientos sesenta y tres peldaños y tomamos el camino hacia el Arno, ateridos de frío. Al final de la vía delle Terme, justo antes de la piazza di Santa Trinità, había varias mesas instaladas en lo que parecía un garaje. El maestro debía de ser un habitual, porque nos trajeron inmediatamente dos cafés y una botellita de aguardiente.

—¿Cómo está tu amiga, Mimo?

—¿Qué amiga?

—Esa de la que me hablaste a tu llegada. La que estaba en el hospital.

—Ah, creo que está mejor.

Se bebió el café en tres tragos y luego miró fijamente el fondo vacío de la taza.

—Neri es el jefe del taller. Las cosas son así.

—No quiero ocupar su lugar. Solo trabajar en proyectos a la altura de lo que puedo hacer.

La palabra altura le arrancó una sonrisa. Casi sin querer, miró mis piernas, que no tocaban el suelo.

—A Neri no le gustas —subrayó.

—Neri es un *cazzino*.

—También es un Lanfredini. Su familia es una de las más poderosas de la región, y su padre, uno de los principales contribuyentes en la renovación del Duomo. No soy ningún ingenuo. Si conseguí este contrato, es gracias a él. Porque su hijo dirige el taller. Y se lo merece —añadió Metti sin dejarme meter baza—. Neri es un buen escultor. No me hagas elegir entre tú y él.

—¡Yo tengo talento!

Metti me miró compungido. Se sirvió un poco de aguardiente en la copa vacía, la acercó a los labios, pero la dejó sin haberla tocado.

—Hubo un tiempo en que yo también creí que tenía talento. Después comprendí que no se puede tener talento. El talento no se posee. Es una nube de vapor que tratas de retener toda tu vida. Y para retener algo se necesitan dos brazos.

Con la vista clavada en el suelo, parecía haberse olvidado de mí.

—Lo perdí un día de niebla en Caporetto.

De repente se sobresaltó y me miró febrilmente.

—¿Sabes por qué Neri es un buen jefe de taller? Porque es estable. Tiene los pies en la tierra y sabe lo que hace.

—Pero nunca irá más lejos.

—No. Ha tocado techo. Pero la ventaja del techo es que sirve de muro de contención. Tú, en cambio, corres hasta perder el aliento como un tipo empujado por su carrera cuesta abajo, solo que tu carrera es cuesta arriba. Tienes talento, sí. Reconozco ese talento porque, sin falsa modestia, creo haberlo compartido. Bueno. Eso era… antes.

Arrojó unas monedas sobre la mesa y luego se alejó sin decir palabra, con su peculiar forma de andar. Tuve que darme prisa para alcanzarlo, con mi peculiar forma de andar, y nos balanceamos en silencio hasta el ponte Vecchio. El río, ese día, tenía un olor fresco y azul, un anticipo del Mediterráneo, donde terminaba definitivamente sus días.

—Nunca progresaré en el taller si solo esculpo obras menores —dije cuando llegamos a la otra orilla.

—Lo importante no es lo que esculpes, sino por qué lo haces. ¿Te has hecho esa pregunta? ¿Qué es esculpir? Y no me respondas «romper piedra para darle forma». Sabes muy bien a qué me refiero.

No podía saber la respuesta a una pregunta que nunca me había hecho y no fingí. Metti asintió.

—Estaba seguro. El día que entiendas qué es esculpir, harás llorar a los hombres con una simple fuente. Mientras tanto, Mimo, un consejo: sé paciente. Sé como este río, inmutable, tranquilo. ¿Crees que el Arno se enoja?

El 4 de noviembre de 1966, el Arno rompería sus diques, se desbordaría y devastaría la ciudad.

Volvió el verano, casi tan sofocante como el de 1919 en Pietra d'Alba, apenas atenuado por la presencia del río. Una frágil tregua regía la vida del taller. Yo seguía relegado a restauraciones y creaciones menores mientras que Neri tenía la prerrogativa de las piedras más bellas y los encargos más nobles. Empecé a salir casi todas las noches y a frecuentar los círculos clandestinos de los aserradores. Me sentía bien entre aquella gente que se pasaba las reglas por el forro y a la que no le importaba que no fuese de los suyos. Fui testigo de trifulcas, ajustes de cuentas, traiciones, entre dos vasos de alcohol a veces dudoso, pero ni uno solo de aquellos réprobos me llamó jamás «enano». No era raro que, cuando habíamos bebido mucho, alguno se pusiera de pie, con solemnidad. Se hacía el silencio y escuchábamos un aria de ópera que nos arrancaba las lágrimas. Aquellos tipos cantaban porque tenían algo que decir y no sabían si podrían hacerlo al día siguiente. Esas noches, aquellas salas de suelo pegajoso, ebrias del canto del émulo de Caruso, se convertían en los escenarios más bellos del mundo. En ellos, los Pagliaccio estaban verdaderamente locos y los Don Giovanni, no digamos, porque todos los que los interpretaban en aquellas tabernas violaban y mataban de verdad. Por un Caruso, que moriría ese verano, por un Di Stefano, que acababa de nacer en Sicilia y emitía sus primeros gorgoritos, ¿cuántas vidas truncadas, cuántos destinos encallados en aquellos tugurios? Un mal paso, una mirada retorcida y acababan cantando *Nessun dorma* frente a una banda de borrachos, de mutilados, de tipos embrutecidos de cansancio y días sin pan, antes que en la Scala. Pero no creo que, de los dos, nuestro público fuera el menos entendido. Estoy en condiciones de afirmar que los *loggionisti* de la Scala, sedicentes depositarios del buen gusto, dispuestos a abuchear al primer gallo, nunca han entendido de ópera. Gesualdo era un asesino. Caravaggio también. A veces, el arte se hace con las manos manchadas de sangre.

Mi vida nocturna obedecía a un propósito: no pensar en Viola, de la que seguía sin noticias. Un auspicio, tal vez, de que tendría que aprender a vivir sin ella. Cláusula me había confirmado su regreso a Pietra d'Alba. Habían oído el paso de la ambulancia atravesando el pueblo de noche a toda velocidad. Pero nadie la había visto desde entonces. Ni siquiera Anna Giordano, que ahora trabajaba a jornada completa en la villa donde los Orsini recibían de nuevo a lo más granado de la alta sociedad. Viola no salía ni aparecía en público. Solo dos doncellas, al servicio de la familia desde hacía décadas, se ocupaban de ella.

Al no recibir respuesta de Viola, supuse que sus padres filtraban su correo. Por lo tanto, le encargué a Anna, a través de Cláusula, que le entregara una carta directamente. O al menos lo más directamente posible. Una vez a la semana, Anna participaba en la limpieza general de la habitación de Viola, quien durante ese tiempo desaparecía en las profundidades de la casa. Anna deslizaba mi mensaje bajo la almohada después de hacer la cama. La novia de Cláusula cumplió fielmente con su misión y yo esperé. Una semana. Dos. Tres. El otoño volvió con su cortejo de brumas y lloviznas que hacían hundir la cabeza en los hombros y ensordecían la ciudad a lo largo del río turbio. Viola no respondió. No podía o no quería, lo que para mí venía a significar lo mismo.

Rumiaba mis malos humores, ahogando mi rencor en largos tragos de cerveza. Ahora me saludaban tan pronto como cruzaba el umbral de uno de nuestros bares favoritos, acompañado por Maurizio u otros chicos del corte. Me tendían una copa sin necesidad de pedirla. Después de la tercera, se despertaba mi esplendidez natural e invitaba a una ronda tras otra. Hacía dos meses que había aparecido un nuevo parroquiano, un tipo alto y delgado, de mejillas morenas picadas de viruela, al que, ignoro el motivo, llamaban Cornuto —cornudo—. Entendía de dónde le venía el apodo, solo que me costaba imaginar que alguien pudiera querer ponerle los cuernos a un tipo así. He conocido a muchos malhechores, pero aquel tipo era verdaderamente inquietante. Cornuto, sin embargo, tenía una de las voces más hermosas que jamás haya escuchado. Su especialidad eran las canciones de inmigrantes, su mayor éxito, *Riturnella,* una canción calabresa que la gente le pedía golpeando el mostrador con las jarras vacías, dándole el ritmo. Hablaba de partidas, de rupturas —todos nos reconocíamos en sus melodías—. Era fácil creer, escuchándolo, que había trabajado en aquellas minas que se habían derrumbado, que se había embarcado en aquellos barcos que habían naufragado, que había muerto varias veces de hambre, de sed, de pobreza —daba el tipo—. Aquellas noches de cabeza dando vueltas, de palabras sibilantes y pasos aún más tambaleantes que de costumbre, pensaba en mi madre, en Viola, mis rupturas. Nos separábamos al amanecer, jurándonos amistad eterna. A las siete estaba al pie del cañón, aferrado a mi cincel como a una balsa.

Dos acontecimientos casi concomitantes, arrojados al azar en el crisol del otoño de 1921, hicieron que mi vida volviera a ponerse patas arriba. El 7 de noviembre, el día en que cumplí diecisiete años, Mussolini fundó el Partido Nacional Fascista, destinado a federar a los *ras,* los jefecillos locales que sembraban el terror por todo el país. Neri debió de ver en ello un mensaje, porque mis herramientas empezaron a desaparecer de nuevo, me daban codazos cuando pasaban detrás de mí en el comedor y alguien incluso orinó en mi cama. Un día, Maurizio sorprendió a Uno caminando detrás de mí imitando mi balanceo, mientras todos contenían la risa. Lo agarró de los pelos, lo arrastró hasta el cortabloques, lo dejó medio inconsciente y lo colocó delante de la sierra circular, diciéndole que la próxima vez la usaría. Metti nos gritó a todos, furioso, salpicándonos de saliva. A la próxima trifulca, tomaría medidas drásticas. Yo no tenía dinero —lo gastaba casi todo en nuestras salidas nocturnas— y ningún lugar adónde ir. Tuve que envainármela y Neri siguió haciendo de las suyas, sabiéndose intocable. Uno, en cambio, le vio las orejas al lobo y no volvió a hablar con nadie. Yo estaba agradecido a Maurizio, pero también un poco resentido con él. Su intervención dio la impresión de que yo no era capaz de defenderme.

Entonces, cuando menos lo esperaba, llegó la carta. Una mañana, en un soplo de invierno con olor a carbón. Mi nombre y dirección con tinta verde, un tono de menta piperita que solo una persona en el mundo utilizaba —Viola hacía su propia tinta, una afición que le había quedado de su etapa «alquimista»—. La guardé bajo la chaqueta toda la mañana y subí corriendo a la hora de comer para leerla en mi cuarto, después de cerrar la puerta con llave.

Mi querido Mimo:

He recibido tus diversas misivas. Perdón por no responderte antes. Espero que no me tomes a mal esta carta, pero preferiría que no volvieras a escribirme, al me-

nos de momento. En el hospital, he tenido mucho tiempo para reflexionar y me he dado cuenta de lo egoísta que había sido arrastrándote a mis juegos infantiles. Le he hecho mucho daño a mucha gente, empezando por mí. Es hora de madurar y dejar todo aquello atrás. Estaré encantada de volver a verte algún día, para tomar un café en la villa, quizá, cuando me encuentre mejor. Sin duda nos reiremos de nuestros sueños de antaño. Mientras tanto, no es apropiado que me escribas sin que yo te invite a hacerlo, creo que lo entenderás. Hay que saber crecer.

Siempre tuya,
Viola Orsini

Volví al taller por la tarde. Había pasado una hora acostado en un estupor agravado por la resaca. Alguien había imitado la escritura de Viola. La habían obligado a escribir aquella carta. Ninguna de las hipótesis se sostenía. Conocía a Viola lo suficiente como para saber que ella no solo era capaz de escribir eso, sino de creer en lo que decía. Lo que más me dolió, curiosamente, fue el apellido que había añadido a su nombre, tan frío, tan distante, tan lejos de nuestras tumbas compartidas y nuestros sueños de altitud.

Neri se me echó encima tan pronto como me senté en mi taburete.

—¿Dónde estabas? No te pagan por gandulear.

—Estaba enfermo.

—Sí, se ve a la legua que eres un enfermo —apostilló con una sonrisa sarcástica.

Debería haber hecho lo de siempre, morderme la lengua, pero aquello era la gota que colmaba el vaso.

—Vamos, Neri, si en el fondo te gusto.

—Desde luego que no.

—¿Estás seguro?

Me levanté y me acerqué a un apóstol que Neri estaba terminando, una copia destinada a sustituir el original dañado, que ahora se guardaba en el Museo dell'Opera del Duomo.

—Esta es una estatua para las hornacinas de la fachada del Duomo, ¿no?

—Sí, ¿por qué?

—Por nada. Pero se ve que nunca has oído hablar de la perspectiva.

—¿Perdón?

—Esta escultura se colocará a veinte metros de altura. Una distancia como esa te obliga a alargar artificialmente sus dimensiones, es decir, a estirarla, si quieres que vista desde el suelo parezca proporcionada. Este apóstol —dije, dándole unos golpecitos a la obra de Neri— tiene las proporciones adecuadas cuando se mira de frente. Pero, a veinte metros de altura, parecerá un poco comprimido. Como yo. Y, puesto que no es el primero que haces, puede decirse que has esparcido enanos por todo el Duomo. Entonces creo que en el fondo te gusto. *Quod erat demonstrandum.*

Escuché risas ahogadas. Neri fulminó con la mirada a los insolentes y se hizo el silencio. Dio un paso adelante hasta quedar pegado a mí.

—¡Lárgate a tu sitio! O lárgate a escribirle cartas a tu novia.

Siempre escondía mis cartas cuando las escribía. De hecho, había encontrado algunas con dobleces, cosa que había atribuido a un despiste por mi parte. Su comentario solo podía significar una cosa.

—¿Has leído mis cartas?

—Y si lo hubiese hecho, ¿qué?

No podía tocarlo. Inmediatamente me pondrían de patitas en la calle. No podía hacer nada en absoluto, él lo sabía, yo lo sabía, y me dedicó una sonrisa de satisfacción.

Le di un cabezazo en la cara.

Filippo Metti no se inmutó cuando me vio entrar en su despacho con el baúl. Me estaba agradecido por no complicarle la tarea. Ni me pidió explicaciones ni yo se las di, ese asunto estaba hablado entre los dos hacía tiempo.

—¿Qué piensas hacer?

Fue lo único que preguntó. Lo había pensado mientras preparaba mis cosas y no vi otra solución que regresar a Pietra d'Alba. Nadie me esperaba allí, pero me quedaría en el cobertizo del bosque, guarida de nuestras conspiraciones, el tiempo necesario para organizar un futuro del que, por el momento, lo ignoraba todo. Solo volvería para irme. Ni siquiera intentaría ver a Viola: la princesa había crecido y yo no.

—Lo siento —continuó al ver que no respondía—, estamos a mediados de noviembre y no puedo pagarte el mes completo.

—Claro.

Caminé hacia la puerta, arrastrando el baúl detrás de mí. Las dos ruedas rechinaban; me había prometido engrasarlas, pero nunca lo hice. Apenas eran las cuatro de la tarde, pero la noche se recortaba ya en los marcos de las ventanas de la vieja cocina. Con la mano bajo el mentón, solo en el islote de luz de una bombilla industrial que flotaba sobre él, Filippo Metti parecía triste. Se levantó justo cuando llegué a la puerta.

—Espera.

Sacó unos cuantos billetes de un cajón del escritorio, vaciló, contó unos cuantos más y los introdujo en un sobre. Se acercó a mí y me lo metió en el bolsillo.

—Para ir tirando.

Se lo agradecí asintiendo. Ni a él ni a mí nos gustaban las efusiones. Los dos éramos hijos de las privaciones, de apretarse el cinturón, de donde hasta las emociones eran contadas. En el umbral, me giré por última vez, pensando en la expresión de asombro de Neri, en las burbujas rojas que le salían de la nariz. Sonreí.

—De todas formas, valió la pena.

—No lo creo, Mimo.

Addio Firenze bella, o dolce terra pia, scacciati senza colpa, gli anarchici van via e partono cantando, con la speranza in cuor.

Cornuto nunca había cantado tan bien, que ya es decir. Todos repetimos la estrofa a coro, llevados por su poderoso tenor. Cuando había pasado a despedirme de los compañeros de la serrería, mis amigos insistieron en celebrar dignamente mi partida. La última *sbronza,* solo mojar los labios, un par de copitas de despedida. Mi tren salía por la mañana, así que ¿por qué no? Un bar, luego otro, Cornuto apareció en el tercero. Cantó, especialmente para mí y cambiando el nombre de la ciudad, *Addio a Lugano,* una canción de anarquistas en el exilio, de gallardos asesinos arrancados de su tierra.

«Adiós, bella Florencia, oh, dulce tierra mía, expulsados sin culpa, se van los anarquistas, y se marchan cantando, dejando el corazón».

Nos despedimos por enésima vez, intercambiamos las promesas habituales y luego deambulé en la noche gélida, apoyándome en las paredes, a la espera de que abriesen la estación. El futuro no parecía tan sombrío. Mi optimismo de borracho silenciaba las maldiciones que el amanecer susurra a los angustiados. Me detuve a orinar contra una pared.

Se me echaron encima cinco individuos con el rostro enmascarado con bufandas. No estaban allí por casualidad, me iban siguiendo. Me defendí bien, mucho mejor de lo que esperaban. El alcohol adormecía el dolor, la ira duplicaba mis fuerzas y derribé a dos antes de que los otros tres me dominaran. Se ensañaron con mi cuerpo tendido, a puñetazos, a patadas, y luego se largaron llevándose a sus heridos. No volvería a ver a Neri hasta muchos años después.

Podría haber muerto congelado. Nunca estuve tan cerca de rendir mi alma, de dejarla escapar en la noche de noviembre y entregarla a la orilla helada del río. Entonces noté un olor familiar, una mezcla de masa de pan, agua de rosas y sudor. Mi madre. Me incorporó, susurró que todo iba bien, que ella me veía, aunque yo no la viera. Percibí otros aromas, clavo, geranio, sándalo, siemprevivas, anís, aburrimiento y tristeza, el olor de mil madres indignadas, mil madres fantasmales cuyos pequeños habían sido embrutecidos, que acudieron a mi lado. Recuperé la conciencia unos instantes después, boqueando en busca de aire como un ahogado. Estaba sentado contra una pared. Mi baúl yacía abierto y mi ropa esparcida por el suelo. Tardé un minuto en pensar que tenía que buscar en el bolsillo interior el sobre que contenía toda mi fortuna, cien liras. Había desaparecido. No volvería a Pietra d'Alba.

Entonces puse en práctica la lección más valiosa que me habían enseñado mis padres desde mi llegada a este mundo: me puse de pie y eché a andar.

La carpa estaba donde me había indicado, en un terreno baldío detrás de la estación. Un descampado rodeado por las vías a un lado y el patio de un chatarrero al otro. Apenas unos minutos a pie desde el Gran Hotel Baglioni y se descendía a aquel purgatorio de ladrillos, tierra seca y metal retorcido.

La carpa había conocido tiempos mejores —probablemente en el siglo XIX—. En lo alto de un poste plantado frente a la entrada, un confalón raído exhibía el nombre del propietario, la única persona que conocía en Florencia, si aceptábamos el hecho de que haber sido engañado por él equivalía a conocerlo: CIRCO BIZZARO.

Las lonas laterales de la carpa se abrían sobre unas gradas de madera gris astillada, que rodeaban una pista de unos diez metros de diámetro. Algo apartadas, dos caravanas que no habían sido conducidas desde hacía una eternidad se mecían sobre calces carcomidos. Una rudimentaria empalizada albergaba un caballo, una oveja, una llama —la primera que veía— y un establo de troncos. Por la mañana temprano, el decorado era lunar, presagio de los paisajes huérfanos de la Gran Depresión. Como caído del cielo, el mismísimo Alfonso Bizzaro salió en ese momento de una de las caravanas, profeta alucinado de un mundo hecho polvo, y se tambaleó hacia una fuente improvisada en un bidón alimentado por una manguera que se perdía en la hierba cicatera. No dio muestras de haberme visto. Se enjuagó la cara, bostezó ruidosamente, se desperezó y luego contempló el horizonte.

—¡Vaya! ¡Mira quién está aquí! —exclamó de espaldas a mí—. El enano que no es enano.

—¿Se acuerda de mí? ¿Después de un año?

—¿Un año? Nos hemos visto hace poco. Hablaste conmigo toda la noche, hace un mes, en ese tugurio a orillas del Arno donde cantaba aquel tipo tan alto. ¿No te acuerdas?

—No.

—No es de extrañar, claro. Con la tajada que tenías...

Arrastrando mi baúl y mi orgullo herido por el suelo, sumergí a mi vez la cabeza en el abrevadero e hice una mueca. Me dolía todo.

—Te han puesto fino, por decir algo. ¿Fue la escultura la que te dejó en este estado? ¿Una mujer?

—Ambas —respondí después de un momento de reflexión.

—Si estás aquí, es que buscas trabajo.

—Si lo hay... Pero no quiero participar en su espectáculo degradante.

—Vaya, hombre. Mira qué bien. ¿Y se puede saber qué es lo que considera degradante el señor marqués?

—Burlarse de... de esto —dije señalándonos a ambos con un gesto.

—Ah, pero burlarse primero es la garantía de que nadie más se burlará de ti después, so pena de quedar como un idiota.

—Filosofía de borracho.

Bizzaro se echó a reír. Su rostro estaba marcado por cien años de afrentas, cuando no tenía más de cincuenta, aparte del sol, el frío y abusos diversos. Pero su risa era fresca y brotaba de una fuente invisible e inagotable de alegría.

—¡Mira quién fue a hablar! El que nada en vapores de alcohol. Me apetece fumar, pero temo que, si enciendo un cigarrillo, vuele todo por los aires.

—Entonces, ¿tiene trabajo o no? Trabajaré en lo que haya.

—*How the mighty have fallen...* Puedes actuar en la función de *La creación,* en la lucha de los hombres contra los dinosaurios y, durante el día, limpias y echas una mano donde haga falta. A cambio, puedes dormir en el establo, más la comida y ochenta liras al mes más propinas, si la gente está contenta. Choca esos cinco.

Le estreché la mano. Tomó mi barbilla entre dos dedos y me orientó el rostro hacia el sol que finalmente brillaba en la pared del chatarrero vecino. El ojo derecho me tiraba mucho y un sabor a hierro se me pegaba a los dientes.

—Ve a que te lo arregle Sarah —dijo Bizzaro, señalando la segunda caravana—. Pero es mejor que esperes a que despierte o no habrá quien la aguante en todo el día.

Así me enrolé en el circo Bizzaro, una aventura que, afortunadamente, ninguno de los que más adelante se interesaron por mí o quisieron perjudicarme lograron descubrir. Bizzaro había plantado su circo en Florencia después de años de errar por el mundo entero, según él, al menos. Afirmaba haber participado en varias giras europeas del *Buffalo Bill Wild West Show* y haber conocido bien a William Cody. Había viajado por toda Europa, había ofrecido espectáculos clandestinos durante la guerra, había entretenido a príncipes y villanos. Nunca supe lo que era verdad y lo que era mentira. Pude comprobar, sin embargo, que hablaba seis o siete idiomas con fluidez y que era un acróbata consumado. El número en el que hacía malabarismos con puñales previamente remojados en curare a la vista del público —en realidad, té mezclado con carbón triturado, lo que en nada restaba valor a la proeza de hacer malabarismos con puñales— atraía a una multitud entusiasta. La mayor parte de las noches, réprobos y huéspedes del vecino Baglioni, vagabundos en busca de cobijo y miembros de la alta sociedad se sentaban en los mismos bancos, hombro con hombro.

El modelo económico del circo Bizzaro era indefinido. No había compañía propiamente dicha, solo un grupo de tipos a la deriva que Bizzaro reclutaba a la salida de la estación. Durante una noche, cien, o las que aguantasen, se disfrazaban de dinosaurio en el espectáculo que toda Italia quería ver (según los folletos que repartíamos en la entrada): *La creación,* donde Dios creaba a los dinosaurios, después a los hombres, y los miraba combatir. Viola se habría echado las manos a la cabeza ante tamaño disparate, cosa que me animó —para fastidiarla, aunque ella no supiera nada al respecto— a aceptar mi papel de primer humano perseguido por un diplodocus patoso. Algunas noches se veía bascular el trasero de un formidable saurópodo, porque el actor que encarnaba los cuartos traseros estaba borracho. Estos imprevistos eran la sal y la pimienta del espectáculo y la gente acudía con conocimiento de causa. En algunas ocasiones, sin que nadie supiese por qué, la representación degeneraba en una trifulca general.

Las funciones probablemente no habrían sido suficientes para asegurar el día a día, pero para eso estaba Sarah. Sarah se acercaba, sin prisa pero sin pausa, a los sesenta. Parecía diez años más joven, a pesar de la dureza de la vida en el campo de feria. Sus redondeces le alisaban las arrugas, que solo reaparecían cuando se reía, cosa que ocurría con frecuencia. Sarah, también conocida como Signora Kabbala, escrito en letras rojas en el frente de su caravana, era pitonisa durante el día; por la noche, o entre función y función, practicaba el mismo oficio milenario que la madre de Zio Alberto. Las dos profesiones se complementaban de maravilla. No era raro que la pitonisa le vaticinase a un cliente solitario: «Veo un buen trasero en tu futuro», después de lo cual lo arrastraba a la parte de atrás de la caravana y, previo pago, el vaticinio se cumplía. El cliente salía encantado, aunque había pagado dos veces, por el vaticinio y por el culo, y contaba a todo el que quisiera oírlo que la Signora Kabbala realmente veía el futuro.

Sarah me recibió esa mañana alrededor de las once, cuando por fin desperté con el sol brillando en todo su esplendor. Obviamente, no para ese tipo de servicio. Curó mis heridas con cierta energía, pero yo me entregué a un placer que no había experimentado desde que había dejado Francia. Alguien se ocupaba de mí.

—¿Quieres que te lea el futuro, chico?

—No es necesario, yo viajo en el tiempo.

—¿Qué?

—Así como lo oye, vengo del pasado. Hace un segundo no estaba aquí y ahora estoy.

—¿Qué?

—Nada.

La oí murmurar «aún más loco que Alfonso» mientras bajaba de la caravana.

Me había convertido en un payaso, un payaso siniestro, sin pizca de gracia. Yo, Mimo Vitaliani, en quien algunas personas, entre ellas mi madre y Viola, habían depositado tantas esperanzas. Pero mi madre y Viola me habían abandonado. Y también estaban equivocadas. No había sitio para un tipo como yo donde ellas decían que lo habría. Los maledicentes que se burlaban de mí desde mi nacimiento tenían razón: mi lugar estaba en un circo.

Me convertí en miembro permanente de la *troupe,* el único con Bizzaro y con Sarah. Los demás iban y venían, dormían Dios sabe dónde y reaparecían, o no, al día siguiente. Sarah interpretaba en ocasiones a Eva en la función de *La creación,* una Eva regordeta y desnuda que acababa tragada por un animal rojo de grandes alas, de raza incierta. Al público le encantaba. La mitad de las personas con las que me relacionaba por entonces eran de mi tamaño. Lejos de consolarme, su compañía me incomodaba, probablemente porque solo existía bajo una carpa de circo. Nos singularizaba, en lugar de normalizarnos. El público venía a vernos caer de culo y pisotearnos mientras intentábamos escapar de los dinosaurios que, de creer en *El Evangelio según Bizzaro,* se habían disputado el dominio de la Tierra con nosotros, los humanos. Todas las noches me enfadaba con Bizzaro y le pedía que escribiera una función menos degradante. Él se limitaba a levantar la lona que cerraba las bambalinas, para mostrarme las gradas siempre repletas de gente, y me miraba con ojos burlones. Y yo, cada noche, me degradaba un poco más, revolcándome en un fango que remojaba con alcohol.

Al principio, Sarah y yo mantuvimos las distancias, nos vigilábamos, midiéndonos como dos animales salvajes. A menudo me observaba con aquella mirada perspicaz e inquietante, como si quisiera ver detrás del adolescente que, por las noches, frecuentaba a todos los que no era conveniente frecuentar de la ciudad, de donde volvía, pálido como la muerte, abatido por una terrible resaca. Apreciaba su presencia tranquilizadora, la forma brusca con la que a veces nos daba órdenes a Bizzaro y a mí, mientras me burlaba abiertamente de sus cartas del tarot, de sus historias de videncia, de un montón de paparruchas que Viola me había enseñado a despreciar. Nos pasábamos los días buscándonos y evitándonos.

Una noche, después de ayudarla a cargar la leña en su caravana, me retuvo. Abrió un cofre y sacó una caja de cartón azul atada con una cinta, cuyo lazo deshizo con mucho cuidado. En el interior reposaban dos frutas extrañas, sobre un delicado lecho de tafetán en el que se marcaba la huella de una docena más.

—¿Alguna vez has comido dátiles? Un cliente me los trae una vez al año. Vienen de muy lejos, los dosifico. Están rellenos de pasta de almendras. Venga, pruébalo, son los últimos.

—Pero si son los últimos...

—¡Prueba, te digo!

Cogí el dátil, aplasté su carne pegajosa entre los dientes y tragué casi entero el exótico tesoro. Sarah sacudió la cabeza, mordió la mitad del suyo y dejó que se le fundiera en la boca con un deleite sensual que me quemó las mejillas. Miré hacia otro lado. Frente a mí, una baraja de cartas descansaba sobre una mesita cuadrada donde ardía una varita de incienso.

Cuando giré la cabeza, el dátil ya no estaba. Sarah me miró de nuevo con esa mirada que me incomodaba.

—Te intriga el tarot. Venga, hazme una pregunta.

—Muy bien. ¿De verdad crees en esas tonterías?

Pareció sorprendida y luego asintió.

—Desde que nacemos solo hacemos una cosa: morir. O intentar retrasar, de la mejor manera posible, el momento fatídico. Todos mis clientes vienen por el mismo motivo, Mimo. Porque tienen miedo, sea cual sea la forma en que lo expresan. Les echo las cartas e invento palabras que los consuelan. Todos salen con la cabeza un poco más alta y, durante un rato, tienen un poco menos de miedo. Creen en ello, eso es lo esencial.

—Visto así, obviamente...

—Pues sí. Visto así.

—Y tú, ¿cómo curas tu miedo a la muerte?, porque no puedes mentirte a ti misma.

—Como dátiles.

Miró casi con tristeza la caja vacía y me puso la mano en la mejilla.

—¿Y tú no tienes miedo a la muerte, Mimo?

—No. Al menos no a la mía.

—Entonces no eres como los demás.

—Anda, mira, nadie me lo había dicho nunca.

Sarah se echó a reír, uniéndose a la lista de los que se divertían con mi humor negro, la lista de mis amigos. La dejé para irme a mi establo, pero apenas había dado unos pasos en el campo de la feria cuando Sarah apareció en la puerta de la caravana.

—¡Oye, Mimo!

—¿Sí?

—Cuando te toque, y espero que sea dentro de mucho tiempo, créeme: tendrás miedo. Miedo, como todos los demás.

1922 transcurrió al ritmo del Arno, en el entorno casi monocromático de nuestro recinto ferial, donde la única variación en el color de la tierra era la del ladrillo. Aprendí a leer el futuro próximo en el mármol de las torres y las fachadas lejanas. Brillantes, anunciaban lluvia. Átonas, un día bochornoso. Durante el día, rara vez salía del circo por miedo a encontrarme con alguien que me reconociera. En mis pesadillas, ese alguien tenía a menudo la cara de Neri o la de Metti. No sabía qué temía más, si ser el hazmerreír del primero o ver la decepción en el segundo.

Por la noche, Bizzaro y yo pateábamos la ciudad. Mi patrón llegaba a fin de mes gracias a pequeños hurtos y tejemanejes con peristas. Frecuentábamos los mismos tugurios que antes, donde todo el mundo lo conocía. A veces se encontraba con tipos extraños, que yo no había visto nunca, y conversaba en una de las muchas lenguas que dominaba, inglés, alemán, español, por supuesto, y tres o cuatro más que no me resultaban familiares. En aquellos tiempos era difícil confiar en alguien, pero jamás me sentí tan cómodo como entre aquellos truhanes con un código de honor tan singular. A nadie le importaba si eras fascista o bolchevique, católico o ateo. Éramos cirróticos, atacados de cuperosis, iluminados, éramos un solo pueblo, aferrados uno a otro hasta el amanecer mientras la noche cabeceaba, a salvo de las tempestades del tiempo.

En los primeros días de verano me faltó el olor de los bosques de Pietra d'Alba, un dolor casi físico que una mañana me impidió levantarme. Escribí una larga carta a Viola, una carta plagada de insultos llamándola traidora y renegando de todo lo que habíamos vivido. Al día siguiente, me arriesgué a ir a la ciudad para acercarme a correos y pedir que buscasen mi carta y, sobre todo, que no la enviasen. Se rieron de mí, el Servicio Postal Italiano era el orgullo del reino y no habían alcanzado su prestigio precisamente por retrasar el correo. Me fui con el rabo entre las piernas y escribí otra carta, en la que le suplicaba a Viola que no tuviese en cuenta la primera. No puse remitente; no quería que se enterase de lo que hacía.

Recuerdo muy poco de ese año. Los días eran todos iguales, y de las noches mejor no hablar, pasábamos de una a otra sin saber muy bien cómo. Bizzaro era un tipo extraño, amigo y padre a la vez, solo que era imposible bajar la guardia con él. No era raro, mientras disfrutábamos de una velada agradable después de una buena función, que de repente me llamase «mi enano», a lo que yo respondía invariablemente que ni era enano ni era suyo, y tampoco era raro que llegásemos a las manos. Un compañero de borrachera nos separaba y nos obligaba a estrecharnos la mano, algo que hacíamos a regañadientes intentando aplastarnos los dedos uno al otro mientras sonreíamos.

Una mañana de julio me desperté presa de una sensación desagradable. Había soñado que, en medio de la función, disfrazado de hombre de las cavernas, veía a Viola en la sala, en primera fila. Había intentado esconderme detrás de los otros, pero se habían apagado todas las luces menos un foco que se centró en mí, siguiendo todos mis movimientos. No era el recuerdo de esa pesadilla lo que me entristecía, sino el hecho de que, en el sueño, el rostro de Viola estuviese un poco borroso. Hacía casi dos años que no la veía. Se difuminaba dulcemente, erosionada por el viento de los segundos, de los minutos, por todo el tiempo que soplaba entre nosotros.

Sarah entró en el establo poco después, con una caja de hojalata en la mano.

—Estás despierto, perfecto. ¿Quieres dar para lo de Alfonso?

Sacudió la caja y me la entregó. Hacía una colecta para el cumpleaños de Alfonso, la *troupe* se había puesto de acuerdo para regalarle un sello. A Bizzaro le encantaban las joyas.

Siempre lucía un anillo o una cadena de pacotilla de lo más aparente, a veces mezclados con piezas asombrosas, de origen desconocido, que parecían peligrosamente auténticas. Puse algunos billetes en la caja, pero mi idea de regalo era otra. Los compañeros del aserradero, los únicos con los que me seguía viendo, me habían traído un pequeño bloque de mármol, un cubo de unos treinta centímetros de arista y algunas herramientas viejas. Hacía una semana que me había puesto a esculpir, por primera vez en seis meses.

Unos días más tarde, la *troupe* se quedó después de la función, en lugar de desperdigarse como de costumbre. Sarah se subió a una mesa y dio unos golpes de gong en una cacerola. Parecía una pera al revés. Rolliza de cintura para arriba, pero con unas piernas sorprendentemente delgadas, de las que teníamos una vista impresionante en ese momento. Pronunció un breve discurso en el que dio las gracias a Bizzaro por aguantarla durante tanto tiempo. Bizzaro recibió encantado su anillo y la admiración de todos los presentes. Se abrieron unas cuantas botellas de vino, que circularon de mano en mano, incluso había vasos, aunque nadie los utilizó porque se bebía a morro de la botella. Aproveché un momento en que Bizzaro estaba solo y le tiré de la manga.

—Tengo un regalo para ti.

—¿Otro?

Lo llevé hacia su caravana, que nunca estaba cerrada. El interior, siempre en perfecto estado de revista, en contraste con su propietario —Sarah se ocupaba de ello con cariño, aunque ningún lazo romántico parecía unir a aquellos dos—. Había dejado mi escultura en el centro de la mesa. Al igual que con el oso de Viola, había integrado el tiempo, limitado, en mi trabajo y solo había esculpido la parte superior del cubo. Representaba nuestro recinto ferial visto en perspectiva, ligeramente elevado, y estaba bastante orgulloso del resultado. Se distinguía la parte superior de la carpa, las caravanas, un animal más o menos desprendido de la piedra. En lugar de un bulto redondo, elegí un bajorrelieve. El ojo flotaba sobre el campo de la feria una mañana de invierno, cuando una bruma estática e impenetrable borraba todo hasta un metro del suelo. Solo había esculpido lo que emergía de él.

Recibí esa mirada que empezaba a irritarme y la frasecita de marras:

—¿Lo has hecho tú?

—No, el papa. No ha podido venir, pero te pide disculpas y te desea un feliz cumpleaños.

Bizzaro se quedó mirando su circo de mármol, como si no me hubiera oído. Le brillaban los ojos. Tosí para disimular.

—Entonces, ¿cuántos cumplías?

—Dos mil años, Mimo. Dos mil años, más o menos. Pero no se lo digas a nadie.

Acarició su carpa con la yema de los dedos. Carraspeó varias veces y finalmente se volvió hacia mí.

—Así que era cierto.

—¿El qué?

—Que eres escultor.

—Te lo dije cuando nos conocimos en la estación.

—Si supieras lo que me dice la mayoría de los que conozco en la estación… La pregunta ahora es qué haces aquí.

Noté cómo se venía abajo, de repente, cómo se dejaba llevar por uno de sus humores amargos como la hiel. Nunca había un motivo concreto. Yo ya no era un crío, ese año cumplía dieciocho años, tenía buen saque y aguantaba el alcohol como el que más. Hacía tiempo que no permitía que nadie me pisase.

—¿Quieres que me vaya? Porque solo tienes que decirlo.

—No, no quiero que te vayas.

—Mejor. ¿Qué te parece si nos tomamos otra?

Entrecerró los ojos y estudió la barba todavía fina que me cubría las mejillas y el cabello que había dejado de cortar. Parecía que estaba a punto de hacer otra pregunta, pero me dio una palmadita en el hombro.

—Buena idea, tomemos otra.

De vez en cuando, los carabineros hacían una redada en el circo. Removían toda la paja del establo donde dormía yo y registraban la caravana de Bizzaro. Nunca encontraban nada. Se mostraban mucho más amables con Sarah, contentándose con una visita de cortesía. Una delicadeza debida probablemente a que los invitaba a «ver la Creación» y durante los registros se sentaba con la falda levantada hasta las rodillas y las piernas separadas bastante más de lo que aconsejaba el recato. Los carabineros se iban llenos de respeto por los misterios del universo, que no imaginaban ni tan carnosos ni tan peludos. A veces, su capitán se demoraba un poco para llevar a cabo «cacheos adicionales» cuyo ardor sacudía la caravana. Se iba sin pagar, a lo que Sarah no objetaba nada. El hombre quedaba en deuda con ella.

El circo Bizzaro era casi una ciudad libre, un estado dentro del Estado con su propia moral y sus propias leyes. Tampoco difería mucho de cada una de las provincias italianas, de cada uno de sus pueblos, donde las grandes promesas del Renacimiento tardaban en realizarse. En lugar de un reino unido, seguíamos siendo un reino de taifas, un batiburrillo de caciques, caudillos, bandoleros y cadíes. El 28 de octubre de ese año, los más fuertes de entre ellos, fascistas, escuadristas y expartisanos, probaron suerte. Una banda dispar marchó hacia Roma, decidida a intimidar al Gobierno vigente. A pesar de su éxito en reprimir los disturbios socialistas, que yo había presenciado, iban mal armados, vacilantes y, sobre todo, inseguros de su decisión. Tan inseguros que su valiente líder, Mussolini, temblando en sus pantalones bombachos de exsocialista y futuro dictador, prefirió quedarse en Milán. Había considerado más prudente no unirse a la marcha para poder largarse a Suiza en caso de que las cosas pintasen mal. La era de la cobardía. Y, como se trataba de la era de cobardía, el Gobierno y luego el rey decidieron mirar para otro lado y ver qué pasaba, en lugar de enviar al Ejército, que, sin embargo, estaba dispuesto a actuar. El emboscado de Milán se encontró de la noche a la mañana al frente del Gobierno. Fue el primer sorprendido. En todo el país, todos los tiranuelos de patio de recreo, de trastienda y de sentina descubrieron que siempre habían tenido razón. Todavía no me imaginaba el impacto duradero de aquel día en mi destino, pero lo que sí sabía es que tuvo un efecto inmediato: el de poner a Bizzaro de muy mal humor, peor aún de lo habitual.

Sarah me expresó su preocupación varias veces, asegurándome que nunca lo había visto así. El circo, sin embargo, iba viento en popa y los ingresos eran buenos. Sarah era de una vulgaridad sin límites y, en consecuencia, de una sensualidad casi mitológica. Pero también estaba dotada de una gran agudeza y era una perspicaz lectora del alma humana, como lo son todos los que ven el futuro. Y, en efecto, tenía razón en preocuparse, aunque, mirando atrás, todavía me resulta difícil comprender cómo un acontecimiento llevó a otro.

Era una tarde de aguanieve a finales de noviembre. Viola y yo acabábamos de cumplir dieciocho años. Sí, a pesar de todos mis esfuerzos, todavía pensaba «Viola y yo». El caso es que Bizzaro y yo salíamos de nuestro bar favorito, un poco deprimidos porque Cornuto había desaparecido hacía un mes. Sin sus arias, el alcohol era amargo, pero eso no nos había impedido beber como cosacos. Justo cuando estaba a punto de tomarme la espuela, mi compañero dijo «basta» y me arrastró fuera.

En lugar de regresar al circo, se dirigió al norte a paso ligero.

—Pero ¿adónde vas?

Lo seguí refunfuñando, con cuidado de no resbalar en la capa de nieve blanda. Estábamos justo en el centro, pero aquellas calles me eran desconocidas, sus nombres medio borrados por carámbanos de hielo. Vía de' Ginori. Vía Guelfa. Llegamos a una plaza cuando arreciaba la tormenta, frente a una fachada barroca que me resultó familiar, aunque nunca había estado en aquel barrio. Bizzaro rodeó el edificio por la izquierda y llamó a una puerta de la vía Cavour. No pasó nada, volvió a llamar con más fuerza.

—¡Ya va, ya va! —refunfuñó una voz apagada—. ¡Menos prisas!

Un hombre abrió por fin. Un hombre como nosotros, de pequeña estatura, solo que iba vestido de monje. Con los vapores del alcohol y el frío reinante, tuve la impresión de haber caído en una mala novela gótica, las favoritas de Viola. Me juré que era la última vez que pensaba en ella.

—Pero ¿qué diablos hacemos aquí? —pregunté furioso—. Hace un frío que pela.

—Cierra el pico y ven. Gracias, Walter.

El monje, armado con un quinqué, nos llevó escaleras arriba. En el primer piso, se detuvo en un pasillo y le tendió el quinqué a Bizzaro. Por encima de nuestras cabezas, el techo se perdía en la oscuridad.

—Solo una hora. Y, sobre todo, nada de ruido.

El monje desapareció. Bizzaro se volvió hacia mí; sus dientes, sorprendentemente blancos, se hicieron inmensos a la luz del quinqué.

—Feliz cumpleaños —dijo.

—Fue hace un mes, justo después del tuyo.

—Ya lo sé.

Continuó sonriendo. Miré a mi alrededor: un simple pasillo al que se abrían varias puertas por cada lado. Me entregó la linterna y repitió:

—Feliz cumpleaños.

Di un paso hacia una de las puertas. Me agarró el brazo y señaló otra a la izquierda.

—Aquella.

Entré en la estancia. Y enseguida fui asaltado, vapuleado, por los colores que se presentaban ante mí, por el rostro de aquella Virgen, de una dulzura como nunca había visto. Lo cual era falso, ya que había visto esa misma Virgen en las páginas del primer libro que Viola me había prestado. *Les peintres illustres n° 17, Fra Angelico.*

Frente a mí, un ángel de alas de colores le anunciaba a una joven virginal que iba a cambiar el destino de la humanidad.

Me volví hacia Bizzaro, incapaz de hablar. Él asintió sonriendo, me tomó del brazo y me fue llevando de una celda a otra. Cada una contenía un espectáculo de fuegos artificiales lanzado seiscientos años antes, un festival de colores incesante.

—¿Cómo sabías...? —acerté a preguntar.

—Cuando nos conocimos, me dijiste que querías ver estos frescos. No sabía si habías tenido la oportunidad. A juzgar por tu expresión, ya veo que no.

—Gracias.

—Tenemos que agradecérselo a Walter. Trabajó para mí hace diez años, antes de oír la llamada. Buen tipo, de todos modos. El museo está abierto durante el día pero me dije que verlo así, todo para ti...

Una hora más tarde estábamos en la calle. La nieve había dejado de caer. Bajo la luna, la ciudad brillaba como a plena luz del día. Una tristeza sorda me mordisqueaba el vientre: el fantasma de nuestra imprudencia sacudía sus cadenas burlonas.

—Y esa cara, ¿a qué viene?

—A nada. Es que tengo frío.

Bizzaro pareció reflexionar un buen rato, con la parte inferior del rostro enterrada en el cuello.

—Cuando llegaste al circo hecho un nazareno, dijiste que era por culpa de una mujer. ¿Es ella quien te pone así?

—¿Viola? No. No sé. Era una amiga.

—Una amiga que tú…

Hizo un círculo con el pulgar y el índice de la mano izquierda y luego metió el índice de la derecha en el círculo varias veces. Lo miré ofendido.

—Te he dicho que es solo una amiga.

—¿Por qué dices «solo una amiga»? ¿Es fea? ¿Es una *lésbica*?

Frené en seco.

—No es fea, no sé lo que es, y deja de hablar así de ella.

—Bueno, hombre, perdona. ¡Ya salió el enano susceptible!

—Por última vez, ¡no soy un enano!

—Sí, eres un enano. La prueba —hizo con un gesto señalándonos alternativamente a él y a mí— *nanus nanum fricat,* los enanos se juntan con los enanos.

—Acabamos de pasar un buen rato. No sé por qué tienes que estropearlo. ¿Es que estás buscando pelea?

—¿Yo? No busco nada en absoluto, solo te digo la verdad. ¿Y sabes por qué? Porque detrás de tus aires de grandeza, detrás de tus «soy un hombre como los demás», lo que hay es que no te lo crees ni tú. Si te llamase calamar gigante venido de otro planeta, o te reirías, o no te importaría nada. Pero, cuando te llamo enano, te subes por las paredes. Así que eso quiere decir algo.

—Muy bien, eso quiere decir algo, ¿has terminado?

—Y, si no, ¿qué? ¿Vas a darme un puñetazo? ¿A mí? ¿A tu buen amigo Bizzaro? Adelante, no te prives.

Puesto que me lo pedía y habíamos estado bebiendo, se lo concedí. Su nariz estalló en un chorro de sangre. Para Bizzaro no era su primera pelea callejera y me devolvió la cortesía con un zurdazo de pugilista profesional. Rodamos por la nieve gritando, dos tipos que media hora antes sollozábamos ante Fra Angelico.

—Eh, chavales, ¿qué coño estáis haciendo?

Una tropa de cuatro hombres avanzaba por nuestra calle. Uniformes negros, los cuatro, reconocibles entre miles. Una milicia.

—No son niños —dijo uno de ellos—, son enanos.

Bizzaro lo miró, con el rostro magullado y los labios curvados en un rictus de ira.

—¿A quién llamas enano?

Aplastó el pie del primer hombre y lo derribó con un derechazo cuando el tipo se inclinó gritando. Uno de los otros tres sacó un puño americano del bolsillo y se lo ajustó en la mano. En una fracción de segundo, apareció una hoja de metal en la mano de Bizzaro.

—¿Quieres jugar, *du Schweinhund*? —se burló.

La hoja se movió tan rápido que apenas vi nada. Tras un destello azul, el tipo del puño americano, el bastardo en cuestión, se desplomó sujetándose el vientre. Los otros dos se nos echaron encima. Me batí lo mejor que pude, luego me limité a encajar. Se oyeron silbatos, otros gritos y pronto fuimos separados por un grupo de carabineros. Una hora más tarde estábamos en el cuartelillo tres de los milicianos —el cuarto había ido al hospital o a la morgue—, Bizzaro y yo. Bizzaro se acusó, a los milicianos no les dolieron prendas que cargase con las culpas y a mí me soltaron al amanecer, con la nariz hinchada, taponada con costras de sangre, un tobillo torcido y un ojo cerrado. Fui cojeando hasta el circo. Nuestro campo de feria dormía bajo la nieve, en una ternura de pesebre. Dudé en despertar a Sarah, pero acabé llamando a su puerta. La abrió casi de inmediato, vestida con un largo camisón de seda y un chal sobre los hombros.

—Santo cielo, ¿qué te ha pasado?

Le conté todo, la visita al convento de San Marcos por mi cumpleaños y el extraño cambio de humor de Alfonso inmediatamente después. Sarah me curó igual que a mi llegada un año antes; luego me sirvió un licor que me hizo toser durante un minuto.

—¿Estás mejor? No entiendo esa necesidad que tenéis todos de pegaros. En fin, no lo entiendo en Bizzaro. En tu caso sé cuál es el problema.

Se sirvió un vaso, lo bebió de un trago y lo agitó bajo mi nariz.

—Las hormonas. Te llenan hasta rebosar y tienen que salir. ¿Estás seguro de que mojas lo suficiente tu *cazzo*?

Me puse colorado. Ella me miró fijamente y luego estalló en una carcajada de incredulidad.

—No me digas que nunca has...

Sacudió la cabeza y me empujó sobre su cama.

—Considéralo un regalo por tu cumpleaños. No cuentes con que se vuelva a repetir.

Se arremangó el vestido. Vi, asombrado, la Creación, majestuosa, purpurina. Me bajó los pantalones, a los que yo me aferraba por reflejo, muerto de miedo.

—Déjame a mí, idiota.

Se me puso encima y olvidé todos mis problemas. Me habría gustado, por ser mi primera vez, ofrecerle a la audaz Sarah unos fuegos artificiales dignos de los Ruggieri. Pero hubo un problema técnico, un error de encendido. El pirotécnico disparó antes de tiempo la apoteosis final. Me eché a llorar.

Sarah se recostó a mi lado, me apretó la cabeza contra su pecho y me acarició el pelo. ¡Sarah, *mammina* y tantas otras antes que ellas! Desde aquella mañana gris y tierna sé que cuando una mujer se acuesta debajo de un hombre, ora en el puerto de Génova, ora en la parte trasera de un camión o en un recinto ferial, es para suavizar su caída.

Gracias a la amistad que el capitán de carabineros le brindaba, Sarah regresó la noche siguiente con noticias. Afortunadamente, el tipo que Bizzaro había apuñalado no estaba muerto. Pero había habido un intento de homicidio, con cuatro testigos. Afortunadamente, el capitán, que detestaba a los fascistas, había maquillado el informe. El cuchillo ahora pertenecía a los milicianos, los primeros en sacarlo, y luego Bizzaro se había hecho con él durante la trifulca y lo había utilizado en defensa propia. Lo más probable es que Bizzaro no cumpliese más que unos meses de prisión.

La consecuencia inmediata era inapelable: el circo cerraba. Y, como había que dar ejemplo, dos oficiales vinieron más tarde a colocar simbólicos sellos en la carpa, bajo la mirada desolada de una clarividente de mal vivir, de un escultor que no esculpía, de un caballo, de una oveja y de una llama.

Deambulé durante unos días, ocioso, evitando lo que sabía que era inevitable. Yo era un peso muerto para Sarah, ella solo se abstenía de decírmelo por cortesía. La señora Kabbala no haría caja sin la clientela habitual del circo. Y, si el resto de sus actividades le proporcionaban unos ingresos dignos, no podía hacerse cargo de un joven de dieciocho años que comía por cuatro y, al llegar la noche, bebía otro tanto. La nobleza de alma me exigía tomar la iniciativa, hacer la maleta una vez más y partir con el chirrido de las ruedas del baulito. Pero yo carecía de nobleza de alma y encima no tenía adónde ir. Así que esperé cobardemente a que Sarah decidiese ponerme de patitas en la calle.

El 1 de enero de 1923 entró en el establo en medio de una borrasca glacial. Había transcurrido un mes desde el arresto de Bizarro. Yo yacía con los brazos en cruz, paralizado por la borrachera del día anterior. Cornuto había reaparecido poco antes de la medianoche, justo cuando íbamos a enterrar 1922. Más delgado y demacrado, lo que me hubiera parecido imposible si no lo hubiera visto con mis propios ojos. Cornuto no le había dicho a nadie de dónde venía ni adónde iba. Sesenta y tantos años después, vuelvo a ver su rostro con sorprendente nitidez. Reconozco en él la marca de la agonía, la angustia del tránsito, yo, que hoy me hallo en la misma encrucijada. Pero aquella noche nadie le prestó atención. Le pidieron que cantara, cosa que hizo, con una voz menos poderosa que de costumbre, menos perfecta, que se quebró varias veces. A nadie se le ocurrió burlarse de él. Lloramos como tantas otras veces antes de deslizarnos hacia el alba, porque todas nuestras noches eran cuesta abajo.

Sarah, con los brazos en jarras, me miró con desaprobación. Cuando quise hablar, un violento amargor me llenó la boca. Levanté un dedo para indicarle que esperara y me puse de lado para vomitar en la paja. Por fin, me incorporé apoyándome en un codo, más muerto que vivo. Mi voz sonó ronca de tanto gritar toda la noche.

—Sé lo que vas a decir.

—Hay alguien que pregunta por ti. En mi caravana.

Diez minutos después, me presenté en el remolque de Sarah. Ni pensar en lavarme. La manguera que llevaba el agua hasta el bidón estaba congelada. Al pie de los cuatro escalones que daban acceso a la caravana, un joven que debía de tener mi edad daba pataditas en el suelo. Me saludó con un movimiento de cabeza, se adelantó y me abrió la portezuela como a un príncipe.

A pesar de la sotana, no reconocí inmediatamente al visitante sentado frente a Sarah. Amnesia temporal, imputable, en primer lugar, a mi estado, y en segundo lugar, al hecho de que él había perdido pelo desde nuestro último encuentro y ahora utilizaba unas gafitas redondas con montura de carey: Francesco, el hermano de Viola. Me estudió de arriba abajo sin dejar de sonreír. Sus ojos se detuvieron en mi cabello largo hasta los hombros y en mi barba, todavía salpicada con restos de la vomitona. Parecía estar a sus anchas, mientras Sarah se movía nerviosamente en su asiento de terciopelo.

—¿Está seguro de que no quiere beber nada, padre?

—No, me iré enseguida. Has cambiado mucho, Mimo. Te fuiste siendo un niño y ahora eres un hombre.

—¿Cómo me ha encontrado?

—Fui a tu antiguo taller. Nadie parecía saber dónde estabas. Al salir, un tipo cubierto de polvo me alcanzó y, tras asegurarse de que no pensaba hacerte ningún daño, me dijo dónde encontrarte.

—¿Y qué quiere?

—Te lo explicaré en mi hotel. Mi secretario, a quien has visto fuera, corre el riesgo de congelarse si me demoro. Estoy en el Baglioni. Lleva tus cosas.

Se puso de pie y se inclinó levemente ante Sarah.

—Que tenga un buen día, señora.

Sarah lo miró con los ojos muy abiertos y, luego, mientras Francesco se alejaba, corrió tras él.

—¡Padre, padre!

Lo alcanzó en medio de la explanada.

—No soy de su fe, pero bendígame de todos modos, padre.

Se arrodilló en la nieve y oí a Francesco murmurar algunas palabras mientras su mano enguantada trazaba la señal de la cruz en la frente humillada de Sarah. Volví a mi establo, con más náuseas, aturdido. Francesco se parecía a Viola. Y ese eco, ese fantasma lejano, fue suficiente para desgarrarme el vientre. Doblado por la mitad, dejé fluir un hilo de bilis. Luego metí mis escasas pertenencias en el baúl y conté el dinero que me quedaba. Mi fortuna ascendía a quince liras, cantidad suficiente para adquirir una dignidad postiza. Poco antes del mediodía salí del establo. Sarah no dio señales de vida, las cortinas de su caravana estaban corridas. Tomé la dirección opuesta a la del Baglioni, crucé el Arno por el puente de Santa Trinità, subí por la vía Maggio, me perdí, encontré por casualidad la vía Sant'Agostino y el número 8, mi destino, un lugar frecuentado por muchos de mis compañeros nocturnos: los baños públicos de Florencia. Allí me limpié la mugre, me mortifiqué con el agua más fría y me froté febrilmente para expulsar el mal incrustado en los pliegues de mi piel. Salí rojo como un camarón y tiritando de frío, pero con la barbilla bien alta. Volví sobre mis pasos, me detuve en el primer barbero, me corté el pelo y me afeité. Luego me fijé, en un éxtasis de ungüentos y polvos con aroma a sándalo, en un rostro que no había visto desde hacía dos años. Más duro, no necesariamente más sabio, porque una nueva locura me brillaba en los ojos. Pero por primera vez en mi vida me encontré guapo. En la calle levanté las mejillas lampiñas hacia un sol tímido. No tenía suficiente dinero para comprar ropa. De todas formas, en los baños había repasado mi única muda, que parecía más o menos limpia.

Tirando del baúl, crucé al fin el umbral del Baglioni, bajo la mirada recelosa del mismo portero que me había visto ir y venir frente al hotel durante casi dos años. Hizo un movimiento como para impedirme el paso, pero lo fulminé con la mirada. Se detuvo en seco y dio un paso atrás. Francesco tenía razón. Me había convertido en un hombre, un extracto de violencia y crimen apenas retenido por un hilo de seda.

Francesco me recibió en un salón privado. Su secretario, sentado en un rincón, tecleaba en una máquina de escribir portátil. El techo se perdía en la oscuridad. Del lado de la calle, una ventana adornada con vidrieras dejaba entrar un filo de ámbar. El Gran Hotel Baglioni tenía ese esplendor negro y apagado de los palacios de antaño. Era el mismo hotel que habían frecuentado o frecuentarían Pirandello, Puccini, D'Annunzio o Rodolfo Valentino. Lo suficiente como para sentirme intimidado, lo cual no ocurrió, gracias al alcohol que aún circulaba por mis venas y suavizaba mi humor.

Con un ademán, Francesco me invitó a sentarme.

—Te encuentro muy bien, Mimo. Me alegro de volver a verte. ¿Un café?

Yo me quedé de pie.

—No, gracias. ¿Qué es lo que quiere?

Siempre lo había apreciado por su gentileza, por su sonrisa permanente, aunque ya sospechaba que compartía con su hermana un don para la ilusión, el talento de orientar la mirada hacia donde quería. Nunca supe si Francesco se consumía de ambición o simple y llanamente de ganas de jugar.

—Yo no quiero nada, Mimo, nada que se me pueda conceder aquí abajo, en todo caso. Pero he venido a pedirte que vuelvas.

—¿Volver? ¿Adónde?

—Hombre, a Pietra d'Alba.

—No tengo adónde ir.

—Tu tío Alberto te ha legado su taller.

La noticia me hizo sentarme en el sofá.

—¿Mi tío ha muerto?

—¡Quia! Se fue a vivir al sol, a algún lugar del sur. Creo que se aburría desde que heredó de su madre una bonita suma de dinero. Hablamos con él sobre la posibilidad de comprarle su propiedad, pero no quiso vendérnosla. Quería dártela a ti. Tu amigo Vittorio tiene allí su taller de carpintería, pero estoy seguro de que llegaréis a un acuerdo.

—Un momento, ¿me está diciendo que mi tío me ha donado el taller?

—Exactamente.

El viejo bastardo. No entendía el porqué de ese gesto. Un resto de humanidad, tal vez, surgido como un hipo entre dos borracheras. Claro que quién era yo para criticarlo, teniendo en cuenta lo que me parecía a él.

—En Pietra no hay mucho trabajo para un escultor —objeté.

—Ese es precisamente el motivo de mi presencia. Podría haber venido cualquier pasante a comunicarte que el taller te pertenecía. Si he venido en persona es porque queremos contratarte.

—¿A quiénes se refiere con ese queremos?

—El plural nos incluye a nosotros, los Orsini. Y a los que servimos a Dios —añadió con un gesto amplio—. Como sabes, tu escultura causó una fuerte impresión en monseñor Pacelli. El arzobispo es un hombre influyente. A él, desde luego, y a la confianza que me concede, le debo el haber sido nombrado *minutante* de la curia, apenas unos meses después de ser ordenado. Trabajo con él en la Secretaría de Estado del Vaticano. Resumiendo, antes de que finalice la década se emprenderá una gran campaña de renovación de la Casina Pío IV, o lo que es lo mismo, la Villa Pía, en el corazón de los jardines del Vaticano, y nos gustaría contar con un artista de confianza que se encargue de la escultura. Hay que crear algunas obras, habrá que restaurar otras, es un trabajo de envergadura. Podrás trabajar desde Pietra d'Alba o desde el taller que estará a tu disposición en el Vaticano, como desees. Por supuesto, tendrás jóvenes aprendices para ayudarte en Roma. Para empezar, te ofrecemos un contrato de un año, renovable dos veces, por dos mil liras al mes.

—Dos mil liras al mes —repetí con calma.

El salario de un obrero multiplicado por seis, el doble que el de un profesor universitario. Era más dinero del que había visto nunca.

—Que podrás completar con algunos encargos privados, estoy seguro. Muchos invitados de la villa Orsini se fueron impresionados con tu oso.

—Y... ¿quién pagará todo eso?

—Uno de los dicasterios del Vaticano. Huelga decir que esta operación proyectará también una luz favorecedora sobre la familia Orsini. Actuamos como mecenas en este asunto apoyándote y recomendándote, a pesar de tu juventud, para un puesto que probablemente te procurará bastantes enemigos.

—Estoy acostumbrado.

—Debido a esta asociación entre tu nombre y el nuestro, deberás abstenerte de los... eventuales malos hábitos que hayas podido adquirir durante tu estancia florentina. ¿Está claro?

—Muy claro.

—¿Debo suponer que aceptas?

Fingí reflexionar, cosa que toleró con la paciencia de quienes piensan en términos de eternidad.

—Acepto.

—Perfecto. Mañana vuelvo a Pietra, viajaremos juntos. Tomarás posesión de tu nuevo taller y discutiremos la mejor manera de organizarlo todo. Tienes una habitación reservada aquí para esta noche.

Se levantó y, alisándose la sotana, inquirió:

—¿Alguna pregunta?

—No. Sí. ¿Fue Vio..., fue su hermana quien le pidió que me contratase?

—¿Viola? No, ¿por qué?

—¿Cómo está?

—Ha tenido mucha suerte. Por supuesto, un accidente así siempre deja secuelas, pero se ha recuperado casi por completo. Podrás comprobarlo por ti mismo. Mis padres nos esperan para cenar pasado mañana por la noche.

Dormí mal, sobresaltándome al menor ruido, temiendo ver mi puerta abrirse ante una multitud indignada por mi presencia en aquel lugar, exigiendo mi linchamiento inmediato o, peor aún, que me arrojaran a la calle, a la cuneta donde todavía me revolcaba el día anterior, una multitud gritando que era un impostor y que no había lugar para impostores en el Gran Hotel Baglioni.

Salimos muy temprano a la mañana siguiente. Después de unos cincuenta kilómetros, me di cuenta de que no me había despedido de Sarah ni de los amigos para toda la vida ni de las sombras danzantes de mis noches clandestinas.

En exergo a la monografía que le consagra, Leonard B. Williams afirma que la *Pietà Vitaliani* está en vías de alcanzar al sello de Salomón, al arca de la alianza o a la piedra filosofal en el rango de los objetos mitológicos, esotéricos, sustraídos a la mirada de los mortales, tanto más célebres cuanto que nadie los ha visto nunca. Enfatiza la ironía del asunto por ser exactamente lo contrario de lo que buscaba el Vaticano al sepultarla en el corazón de una montaña. Se trataba simplemente de evitar un escándalo, de comprender las extrañas reacciones que suscitaba la obra. Sin embargo, si la Iglesia hubiera querido crear un mito, dar rienda suelta a las fantasías, no lo habría hecho mejor. Confiar la *Pietà* a la custodia de la Sacra y de sus monjes, según Williams, era un error. Es en la oscuridad donde fermentan las fiebres.

Antes de hablar de la histeria que acogieron las primeras apariciones de la *Pietà*, Williams dedica una breve página a su descripción. Recuerda, en primer lugar, que la escultura se llamó inicialmente *Pietà Orsini,* por el nombre de sus mecenas, que habrían hecho todo lo posible, en los años posteriores a su entrega, para romper dicha asociación. Con éxito, ya que hoy los documentos confidenciales que le conciernen solo la designan por el nombre de su creador, Michelangelo Vitaliani.

La *Pietà* tiene muchas similitudes con su ilustre precursora, la de Miguel Ángel Buonarroti, expuesta en la basílica de San Pedro de Roma. Es una escultura en bulto redondo, de un metro setenta y seis de alto, noventa y cinco de ancho y ochenta centímetros de fondo. Sin embargo, a diferencia de la de Miguel Ángel, la Vitaliani no parece destinada a ser expuesta en altura. Su base tiene solo diez centímetros de espesor.

Fiel a la tradición, la *Pietà* representa a la Virgen sosteniendo a su hijo después del descenso de la cruz. Una vez más, el modelo romano no parece lejos. Cristo está acostado sobre las rodillas de su madre. La precisión anatómica se lleva al límite, incluso más que en Buonarroti. Mejor dicho, la precisión es comparable, pero Vitaliani, contrariamente a su predecesor, no busca embellecer a su Cristo. Las secuelas de la crucifixión son visibles en la rigidez del cuerpo, saturado de ácido láctico. Paradójicamente, traducir la rigidez en un material duro como el mármol no es fácil. Supone un cincel de genio, ya que solo se manifiesta por contraste. Contraste con la serenidad del rostro, la sonrisa que asoma a los labios del hombre. Vitaliani no busca hacer bello a su Cristo, pero lo es a pesar de todo: las mejillas, glabras, hundidas por la agonía; los párpados, recién cerrados por la mano consoladora de su madre. De la obra se desprende una inquietante impresión de movimiento, contrariamente de nuevo a la obra hierática de Buonarroti. Una impresión que no tiene nada de metafórico: un gran número de espectadores que la habían mirado largo rato juraron que la habían visto moverse.

El contraste alcanza su apogeo con la espectacular figura de María. La madre mira a su hijo con una tierna sonrisa, una extraña ausencia de miedo y de angustia en la que muchos han buscado la explicación del misterio y de la histeria. La Virgen es todo dulzura. Un mechón de pelo cae por debajo del velo sobre la mejilla izquierda. El rostro es de una intensa serenidad, lleno de la vida que acaban de quitarle a su hijo. Williams se corrige. Más que serenidad, es casi esperanza lo que se lee en sus rasgos, la última emoción que nadie esperaría ver en ellos.

Quien la descubre sabe que está en presencia de una obra maestra, asegura Williams, abandonándose a un raro momento de lirismo en su monografía. Él mismo, tras su primera visita, confiesa haber dudado si escribir sobre ella. Él, que por su profesión ha examinado de cerca la mayoría de las grandes obras maestras de la historia del arte. Ninguna le ha causado semejante impresión, una reacción visceral que no alcanza a analizar. En una ocasión, el director de su tesis, calificada *cum laude,* le había hecho una afirmación sorprendente: «Ha estudiado muchos años para nada, Williams. Nada de lo que concierne al arte, al verdadero, se explica aquí, ya que el propio artista no sabe lo que hace».

Williams entendió perfectamente lo que trataba de decirle su profesor. El arte no es razón. Pero Williams no es un académico como los demás. Williams también tiene instinto. Y este instinto le dice que Mimo Vitaliani, al crear su *Pietà,* sabía exactamente lo que hacía.

«Acuérdate bien de lo que te voy a decir», me regañó mi madre. Yo había vuelto de la escuela lleno de moretones, después de haberme peleado para demostrarles a algunas mentalidades obtusas que yo no era medio hombre, sino un hombre entero, y me había quejado de mi mala suerte. Que yo era diferente, continuó mi madre, eso estaba claro. En lugar de hacerme alto, guapo y fuerte, Dios nuestro señor me había hecho bajo, guapo y fuerte. Y mi suerte también sería diferente. Nunca sería la suerte del novato, la de chiripa, esa suerte de pacotilla, de feria, donde todo el mundo gana en los primeros tiros y luego no gana nada. El Altísimo me había reservado lo mejor de la fortuna. «Serás un hombre de segundas oportunidades».

Deseaba creer en aquellas pamplinas de mi madre cuando, después de más de dos años de ausencia, regresé a Pietra d'Alba. Un viento sordo, a ras de suelo, arrancaba de la meseta un sonido de zampoña, un extraño ulular que se parecía a veces, modulado por el relieve, al gemido de un perro recibiendo a su amo. A petición mía, Francesco me dejó a la salida del pueblo y luego continuó en compañía de su secretario, que conducía el vehículo, hasta la villa Orsini. Pasé el cruce del cementerio con una punzada en el corazón; rebusqué maquinalmente en nuestro tocón. El paisaje coincidía con mi estado de ánimo. Todavía brumoso, húmedo. Pero el ojo discernía, detrás de aquel velo blanco, el verde tembloroso del bosque, que solo esperaba a que saliese un rayo de sol para revelarse.

El taller apareció, idéntico y distinto a la vez. La piedra había sido cepillada; las juntas de la fachada, recebadas; las viejas tejas, sustituidas. El granero desprendía el gratificante olor del alquitrán negro y fresco que recubría las paredes de madera. La árida explanada que separaba los edificios había sido acondicionada con parterres de flores creados a base de piedras extraídas de los campos vecinos. Todavía estaban desnudos, pero la tierra negra, removida un mes antes, pronto estaría adornada con cosmos y flores de primavera. Una grava blanca cubría la arcilla triturada que siempre había conocido, agrietada por la sequía en verano y fangosa en invierno.

Anna lanzó un grito de miedo cuando entré en la cocina y luego se echó a reír cuando me reconoció. Me fijé en su abultado vientre y estaba a punto de abrazarla cuando Cláusula apareció corriendo, martillo en mano. Él también se echó a reír cuando me vio. Me recibieron como a un miembro más de la familia y bebimos un café espeso y amargo en el umbral de la casa para combatir el frío que nos quemaba las narices. Cláusula tenía casi veintidós años, y Anna y él se habían casado tres meses antes. Yo no tenía suficientes conocimientos para deducir, por el tamaño de la barriga, si el matrimonio era causa o consecuencia del embarazo, y me traía sin cuidado. Estaban felices y se disculparon por haber invadido la casa principal desde la marcha del tío dos meses antes. Me negué a establecer mi residencia allí. Me costaba imaginarme como propietario, cuando unos días antes llevaba impregnado el olor de las alcantarillas de Florencia. Dormiría en el granero y ya iríamos viendo. Desde ahora, Cláusula y yo seríamos socios, en términos aún por definir, pero que por el momento se resumían en «nada cambia». Él seguiría con su trabajo de ebanista en el granero y yo me haría cargo del taller. Ningún contrato en esta región valía más que un apretón de manos.

Le escribí a mi madre inmediatamente. De las cuatro cartas que le había escrito durante mis dos años en Florencia, solo le había enviado tres, porque la otra la había perdido una noche de borrachera. En ella le describía mi exitosa vida diaria, las felicitaciones y el aliento que recibía. Esperaba que las cartas de mi madre, las descripciones de la vida pacífica en la Bretaña, allá en el fin del mundo, en el remoto pueblo de Plomodiern, fuesen menos mentirosas que las mías. Por una vez pude ser sincero: lo había logrado. Tenía un techo sobre mi cabeza y un trabajo. Le pedí que se viniera a vivir conmigo cuando quisiera.

Por la noche, apareció Emanuele, vestido con pantalones azules con una franja roja de lancero polaco, una auténtica antigualla, y una guerrera caqui. Lloró al verme. Luego se puso de rodillas, acercó la oreja a la barriga de Anna y le soltó una larga jerigonza al bebé, al final de la cual Cláusula puso los ojos en blanco y exclamó:

—¡Eso ni lo sueñes! ¡Hasta ahí podíamos llegar!

Cenamos los cuatro en la cocina, con pan fresco, tomates en conserva, un poco ácidos, y anchoas ligeramente saladas recién llegadas de Savona. Me puse al día con los dos años de historia de Pietra d'Alba, donde no había pasado nada realmente importante. Los Orsini y los Gambale seguían a la greña. Viola no había vuelto a aparecer en público desde su caída. Se rumoreaba que había quedado deforme, desfigurada, lo que sin duda Francesco me habría dicho si fuera cierto, ya que tenía que verla al día siguiente. La electricidad nunca había llegado a casa de los Orsini. La peste había acabado con un tercio de los naranjos amargos, y el olor a neroli ya no era tan intenso cuando soplaba el viento del sur. Nadie había muerto, ni siquiera el viejo Angelo, el cartero, que, sin embargo, le contaba a cualquiera que quisiera oírlo que tenía un pie aquí y otro allá.

A mis amigos, igual que a mi madre, les presenté una versión edulcorada de mi estancia en Florencia, es decir, mentí como un bellaco. Bizzaro, Sarah y los demás fueron borrados de la foto de esos dos años. Me sentí mal, sin entender que era yo quien me hería amputándome su recuerdo. Tenía dieciocho años y, a los dieciocho años, nadie quiere parecer quien es en realidad.

Cláusula fumaba una larga pipa recta de la que me invitó a que diera unas caladas acres bajo la Vía Láctea. Anna se fue a la cama. Envidiaba sus miradas cómplices, sus manos que todavía se buscaban sin cansancio ni rutina. Luego me fui a mi granero, exhausto, para viajar en el tiempo hasta el día siguiente.

Hacía meses que no dormía como aquella noche, sobre un lecho de paja fresca, con ese agradable olor a hierba dorada que aún conserva un rastro de verdor. Soñé con miles de anchoas que inundaban, en ríos mercuriales, las calles de Florencia. Un presagio de fortuna, me dijo Anna a la mañana siguiente, con la seguridad absoluta y convincente de los que no saben nada. Me burlé cariñosamente de ella, puse cara de no creer en presagios y abrigué la esperanza de que la legendaria suerte de los Vitaliani —legendaria por su ausencia— por fin hubiera cambiado.

A media mañana, el secretario de Francesco se presentó en el taller. Me entregó dos cartas. La primera contenía un anticipo de dos mil liras. Les di la mitad a Cláusula y a Anna, que miraron los billetes con los ojos fuera de las órbitas y al principio los rehusaron. Solo aceptaron cuando les dije que eran para el bebé y para instalar una estufa nueva que calentase bien toda la casa. El segundo sobre contenía una invitación escrita a mano en una tarjeta que llevaba grabado el escudo de armas de los Orsini. «El marqués y la marquesa Orsini, sus hijos Stefano y Francesco y su hija Viola estarán encantados de recibirlo para cenar el 3 de enero de 1923 en la villa Orsini, a las ocho y media».

A continuación, el secretario me puso al corriente de los distintos proyectos que me esperaban este año: la restauración de las dos estatuas de la fachada de la Casina, el examen de todos los bajorrelieves y su posible restauración y, finalmente, la creación de un grupo escultórico en torno al tema de Diana cazadora, destinado a convertirse en fuente en un proyecto de ampliación. Me proporcionó la dirección de mi taller en Roma, no lejos del Vaticano, encima del cual había un apartamento cuyo uso me estaba reservado. Le comuniqué mi intención de trabajar principalmente desde Pietra, donde vivían mis amigos.

Antes de irse, sacó una funda del capó de su automóvil. Protegía un traje de mi talla. Francesco, obviamente, se había anticipado a mi respuesta. Cláusula y Anna se echaron a reír cuando me lo vieron puesto y se pasaron el día llamándome «mi príncipe» y «su alteza». Salvo un par de detalles, que Anna se encargó de corregir con unas puntadas, el traje me sentaba como un guante. En mi vida había usado uno. Mi ropa era una colección variada de prendas de adolescente o de adultos, acortadas, alargadas, dadas vuelta y remendadas mil veces. Mi guardarropa cabía en mi baulito con ruedas.

El secretario volvió a buscarme a las ocho. Mis amigos me vieron partir, agitando la mano con guasa. Aproveché el corto trayecto hasta la villa para ensayar todos los escenarios posibles de mi reencuentro con Viola. ¿Se mostraría fría, como en su última carta, hace más de un año? Y, si así fuera, ¿no sería solo una forma de ocultar su emoción y su alegría por volver a verme? Por lo que a mí respecta, estaba dolido por su silencio. En consecuencia, me mostraría cortés y distante, como corresponde a un escultor contratado por el Vaticano. Pero no demasiado, para no ofenderla si se arrepentía de nuestro distanciamiento y quería hacer las paces.

Cuando llegamos, había barajado todas las posibilidades olvidando que Viola era inasible, que escapaba de toda probabilidad, de las manos de los cazadores, de la gravedad y, más que nada, de la normalidad.

—¡El señor marqués y la señora marquesa!

Los señores de la casa hicieron una entrada solemne en el salón donde esperábamos los invitados. Ella, con un vestido frambuesa de escote pronunciado; él, con un uniforme con charreteras que haría llorar de felicidad a Emanuele. El haber frecuentado los alrededores del Baglioni y la alta sociedad que se encanallaba todas las noches en las gradas del circo me había permitido desarrollar el gusto por los tejidos hermosos. Sabía que los hombres no llevaban uniforme por la noche, so pena de parecer anticuados o, peor aún, provincianos. La moda femenina era más difícil de precisar porque cambiaba muy rápidamente —las bastillas subían y bajaban a la velocidad de los filoscopios, aquellos cuadernos de imágenes en movimiento que hojeaba cuando era niño—. Pero Giandomenico y Massimilia Orsini, marqués y marquesa de Pietra d'Alba, portaban sus galas con la hermosa rigidez de antaño, no exenta de gracia. Habrían infundido el mismo respeto vestidos con harapos.

Me decepcionó un poco descubrir que no era el único invitado a cenar —éramos diez—. Stefano me guiñó un ojo y me obsequió con una sonrisa burlona, y luego Francesco me presentó a los demás: un duque y una duquesa, dos empleados del ministerio, un teniente general cuajado de medallas, un abogado milanés y una actriz cuyo nombre recuerdo muy bien, Carmen Boni, en primer lugar por su belleza, y después porque en 1963, por azar, leí en la prensa que había muerto en un accidente de tráfico en París. Quizá hubiese un par de invitados más, que no me causaron la menor impresión.

Probé el champán por primera vez en mi vida. Lo bebí con la misma actitud vagamente cansada de los demás, esa expresión de quienes no se sorprenden por nada. Las burbujas me subieron hasta la nariz, provocándome un ataque de tos que sofoqué lo mejor que pude. Mientras recuperaba la respiración, fingí admirar un cuadro que representaba a una ninfa algo descocada espiando a un grupo de soldados en la orilla del río. La villa no había cambiado desde mi última visita, todavía confitada en los mismos tonos de verde. Pero por primera vez noté las fisuras que agrietaban las molduras, las huellas de desgaste mejor o peor disimuladas con un cojín sobre un sofá, la mancha de moho azul en una esquina del techo y la masilla que se desprendía lentamente alrededor de las ventanas deslustradas. Corrientes de aire frío entraban en la casa aprovechando el mínimo hueco. Chirridos y crujidos a veces mezclados con el sonido del gramófono que giraba en un rincón. La villa se debatía con todas sus paredes, con todas sus vigas, en las fauces del invierno. Ya no tenía la flexibilidad, la arrogancia juguetona del pasado.

Solo esperábamos a Viola. Me bebí tres copas de champán, aunque la prolongada frecuentación de los espirituosos de Florencia, destilados para remediar todos los dolores, evitó que me emborrachara. Hasta que, por fin, la puerta del gran salón volvió a abrirse. Al principio no vi a nadie. Luego entró un lacayo, se acercó al marqués y le susurró algo al oído.

—Parece que Viola no se reunirá con nosotros esta noche —nos anunció este último—. Está indispuesta. De modo que podemos pasar a la mesa sin más demora.

Sorprendí la mirada de Francesco, que fruncía el ceño. Me sonrió de inmediato, se encogió de hombros y cruzamos las puertas dobles que daban acceso al comedor. No recuerdo muy bien esa cena, salvo que estaba sentado frente al abogado milanés. Hombre guapo y de mirada expresiva, bastante divertido, hasta que te dabas cuenta de que todas sus anécdotas giraban en torno a él. Decía «Bartolomeo me contó el otro día…», y era obvio para todos los comensales, menos para mí, que por supuesto se trataba de Bartolomeo Pagano, nuestro Maciste nacional, antes estibador del puerto de Génova y ahora el actor favorito de Italia. Aparte del despacho que había heredado, el abogado, cuyo nombre era Rinaldo Campana, había invertido en cine. Y, al parecer, con éxito, a juzgar por el corte del traje, el reloj de pulsera y esa inexplicable aura de torpeza que desprenden algunos ricos.

Terminé la comida borracho como una cuba. Era una ebriedad tranquila y callada, que pasaba por seriedad. A los postres, Francesco levantó su copa para brindar por quien llevaría la antorcha de los Orsini a partir de ese día y dejó a la discreción de los dos funcionarios la posibilidad de visitarme en mi taller, si, por supuesto, «el señor Vitaliani está de acuerdo». El señor Vitaliani estuvo de acuerdo, tan achispado que ya no le sorprendía que lo tratasen de «señor».

A la vuelta, le pedí al secretario que me dejara en la carretera principal con el pretexto de caminar un poco. Tuve que insistir porque había empezado a llover. Una vez solo, corrí de regreso hacia la villa Orsini, atajando campo a través, escalé el muro en un lugar donde se había desmoronado y me deslicé bajo la ventana de Viola. Las contraventanas estaban abiertas, tres pisos más arriba, pero a través de las cortinas no se filtraba ni un rayo de luz. Lancé un tímido guijarro contra los cristales, pero no dio en el blanco. Con la segunda piedra, más fuerte, también fallé. La tercera rebotó contra la fachada y aterrizó en mi cabeza. La piedra no era tan grande, solo lo suficiente para arrancarme un aullido de dolor. Furioso, di una patada a un rosal trepador, que me cubrió con una lluvia de hojas muertas. La luna reapareció entre dos aguaceros y me enfrenté a mi reflejo en una ventana de la planta baja. Un hilo de sangre en la sien, la pelambrera castaña pegada a la frente y una hoja en la mejilla. No me gustaban los espejos —por culpa de mi apariencia— y me miraba en ellos lo menos posible, incluso para afeitarme. Pero mi madre tenía razón. Era guapo; mis rasgos, de una simetría inusitada; mis ojos, del azul casi malva que había heredado de ella. Era el rostro de un hombre fuerte. El rostro de un hombre cuyo padre no le había enseñado la resignación. Y, como la resignación hace girar el mundo, porque nos permite conformarnos con las mil muertes que asesinan nuestros sueños, era también el rostro de un hombre ridículo. Calado hasta los huesos, demacrado, un hombre que se negaba a aceptar una derrota cantada desde hacía tanto tiempo que era el único que no había tomado nota de ella. No me chupaba el dedo. La indisposición de Viola, justo la noche en que debíamos volver a vernos, no era fruto del azar. El mensaje era claro: nuestra historia había terminado.

Un albañil pasó los días siguientes adecentando el taller de Zio Alberto, que Cláusula no había vuelto a abrir desde su partida. Las paredes fueron reparadas y encaladas, y las pocas ventanas —todas inservibles— fueron sustituidas por unas nuevas. Cláusula insistió en restaurar el viejo banco de roble, que corría casi cinco metros a lo largo del muro sur. Luego desapareció durante dos días y volvió al volante de un camión salvado de la guerra, que había adquirido a buen precio gracias al dinero que les había dado. De ahora en adelante podría entregar sus encargos por toda la región y el mundo se estrechaba un poco más. Un comerciante vino de Génova con un catálogo de herramientas, de una variedad como nunca había visto. Llegaron dos bloques del mejor mármol, así como mi primer encargo oficial, firmado por un oscuro secretario del Vaticano. Encargo directo pero discreto, según Francesco, de monseñor Pacelli, que quería regalarlo a la residencia papal de Castel Gandolfo. El tema: *San Pedro recibiendo las llaves del paraíso*. La primera estatua por la que verdaderamente se hablaría de mí.

Ese día, después de cenar, salí a respirar el aire de la noche. Nuestra meseta era un alambique en el que múltiples olores venidos de kilómetros a la redonda se combinaban para dar origen a la fragancia más sutil y secreta del mundo: «invierno en Pietra d'Alba». Bastaba girar la cabeza y el perfume cambiaba, volátil, en permanente recomposición, según los desplazamientos del aire sobre la ladera de las montañas del Piamonte al norte o sobre las pendientes que bordeaban la meseta. Neroli y ciprés, a veces mimosa, bailaban sobre una nota base de vetiver y madera quemada. Encendí la pipa que me había prestado Cláusula y añadí un poco de mí, un aroma a heno, incienso y silla de montar. «Notas empireumáticas», habría dicho Viola, porque habría leído el término en alguna parte, tiempo ha, y Viola se acordaba de todo.

Hacía dos años que no leía un libro. Pero no todo estaba en los libros. Había aprendido la embriaguez, había hojeado con deleite y disgusto sus páginas nocturnas. De todos modos, añoraba el papel, el olor a madera seca y polvo de la biblioteca Orsini. *Las aventuras de Pinocho,* la última obra que Viola me había hecho leer antes de su accidente. Sin pensar, hice lo que me había negado durante días y volví a la villa Orsini.

En la ventana de Viola, el resplandor rojo de un farol cubierto con un pañuelo palpitaba dulcemente en la noche.

El tocón contenía un sobre. No recordaba haber salido del taller. Fue ver la luz, nuestra señal, y ahí estaba yo, sin aliento, con los pulmones quemados por el frío. En el sobre, una simple hoja, la letra de Viola, más apretada que antes, parca en el esfuerzo, pero reconocible por los inmensos brazos de la J. «Mañana jueves, por la tarde, en el cementerio».

Estábamos a miércoles, así que había dejado la carta esa misma noche. Era una convocatoria, con la arrogancia propia de Viola, quien daba por hecho que, por supuesto, vería su señal. Como si yo no tuviera otra cosa que hacer que esperar un gesto suyo.

Volví al taller. Desperté a Cláusula y le pedí que me llevara a la estación de Savona, donde tomaría el primer tren a la mañana siguiente.

—¿El primer tren? ¿El primer tren adónde?

—A Roma.

Si Viola pensaba que podía ignorarme durante dos años, fingir que estaba enferma cuando por fin había regresado y luego llamarme para que acudiese a su lado como un perrito faldero, se equivocaba de medio a medio. Ya no era el Franchute desorientado, sin patria ni padre, que había desembarcado una fría noche de 1917. Ella me había esculpido, de acuerdo, me había moldeado. Pero yo no era su Pinocho. No era su criatura. Esta vez era ella quien me esperaría. Me marchaba. Exactamente como Pinocho, y no me di cuenta de ello hasta hoy.

No tenía un plan trazado. Volvería al cabo de uno o dos meses y podríamos empezar de nuevo en igualdad de condiciones, puesto que nos habíamos ofendido mutuamente, puesto que ambos habíamos pisoteado nuestra amistad.

Me fui sin saber que tardaría más de cinco años en volver. O, más exactamente, puesto que no volví ni para una visita, mil novecientos noventa y un días y diecisiete horas.

En todos los lugares en que he vivido —a excepción del monasterio donde me estoy muriendo y, por supuesto, de Pietra d'Alba— experimenté la necesidad de hacer retroceder el amanecer. De huir de la luz que me revelaría que Viola no estaba allí, acurrucada en su lugar habitual. Nunca bebo por placer. Pero bebí sin pesar, como todos los marineros que me crucé a bordo de aquellas noches, bailando de una cubierta a otra, criaturas de luz pura que ardían con más fuerza a medida que se acercaba el inevitable encallamiento en las rocas de la mañana. Por suerte no nos moríamos en el intento, o no inmediatamente, y zarpábamos de nuevo a la noche siguiente. Noches de Florencia y noches de Roma se mezclan ahora en mis recuerdos. Noches sin rumbo, salpicadas de días sin Viola. Las alcantarillas de Roma apestaban tanto como las de Florencia. Pero ahora yo tenía perfume.

Estaba enfadado con Viola por haber creado aquellos agujeros en nuestra historia. Por haberme rechazado, por haberme alejado de su lado, cuando estábamos tan cerca el uno del otro que no pasaba ni un átomo. Estaba resentido con ella y no se me ocurrió nada mejor que irme para que lo entendiera. Pero empezaba a sentirme culpable. Yo no era más digno de su amistad que ella de la mía por tratarla así. Viola se convirtió en mi reflejo. La insultaba, me enfurecía, e imaginaba que ella hacía lo mismo, allá, en su meseta donde la escarcha, en aquella estación, cubría de blanco las naranjas. Los mismos gestos furiosos, las mismas recriminaciones inútiles. Ambos teníamos razón, ya no sabíamos quién era el espejo del otro. Cuanto más culpable me sentía, más culpaba a Viola por obligarme a sentirme culparme. Juré no volver a verla hasta que se disculpara. Como buen reflejo, ella debió de hacer lo mismo y, sin darnos cuenta, nos fuimos uno de la vida del otro. Esta espiral infernal, este uróboro tragicómico, es la única manera de explicar los años que siguieron.

Llegué a Roma bajo un sol blanco que cegaba sin calentar. Mi taller estaba situado en el número 28 de la via dei Banchi Nuovi, a unos quince minutos a pie del Vaticano, algunos más para mí, que tenía la zancada corta. La calle se cruzaba en ángulo recto con la via degli Orsini. Nunca supe si debía su nombre a mis benefactores, quienes se encogían de hombros con aire misterioso y satisfecho cada vez que se lo preguntaba. El taller daba al patio trasero del inmueble, donde cuatro aprendices esperaban en posición de firmes. Francesco apareció dos días después de mi llegada, visiblemente sorprendido por mi repentina decisión, cuyos motivos no cuestionó. El mármol esperaba, listo para trabajar, y me entregué a mi primer encargo, *San Pedro recibiendo las llaves del paraíso*. Encomendé el desbaste a los aprendices y el recorte a Jacopo, un chiquillo de catorce años que me parecía el más talentoso. He dicho chiquillo, pero yo apenas tenía cuatro años más que él.

Mi vivienda se hallaba justo encima del taller, un alojamiento cuyas proporciones poco tenían que envidiar a la villa Orsini o al Gran Hotel Baglioni. Al cabo de unos días me di cuenta de que el espacio me angustiaba y encargué que me llevasen una cama con dosel, una antigualla que nadie quería, para dormir en un volumen un poco más acorde a mi tamaño. Aquel lecho, flotando como una balsa en medio de una habitación vacía, bajo techos donde la cal competía con el hollín, me valió cierto éxito amoroso. Un cliente alemán que un día pasó por la casa describió mi habitación como «Bauhaus perversa, pero Bauhaus al fin y al cabo».

Mientras trabajaba en mi encargo principal, supervisé las obras de restauración de la Casina Pío IV, una villa renacentista a la sombra de la cúpula de la basílica de San Pedro. Concebida como residencia de verano del pontífice, abandonada y reformada, esperaba pacientemente su nuevo destino. El obispo Pacelli quería convertirla en un centro de investigación dedicado a la ciencia, cosa que algunos de sus rivales en la curia no veían con buenos ojos, clamando que toda la ciencia necesaria para el pueblo humilde empezaba por «En el principio, Dios creó los cielos y la tierra» y terminaba en «vio Dios que todo lo que había hecho era bueno».

El primer año, solo salí de mi taller para visitar una cantera, encontrarme con un proveedor y almorzar con Francesco, cosa que repetíamos una vez al mes. Casi nos habíamos hecho amigos, tanto es así que nos tuteábamos. Al fin y al cabo, compartíamos Pietra d'Alba, cuyo alejamiento propiciaba la querencia del uno por el otro. Francesco tenía algo de su hermana, la misma extraña manera de ladear la cabeza mientras hablaba contigo, la mirada repentinamente distante. Podrían interpretarse como los gestos soñadores de un joven de veintitrés años, solo que Francesco no era un soñador. Era la postura del águila siguiendo desde lo alto de un abeto la carrera aterrorizada de diez ratones a la vez, calculando sus trayectorias y eligiendo su presa con diez movimientos de antelación. Tenía en la voz ese filo vivo, cortante, que mataba sin dolor. Desactivaba una crisis sin elevar el tono de voz. Vi auténticos matones inclinarse ante él. Pero a mí me trataba como a un igual. Y hoy puedo decir, sin jactancia, que lo era. Solo había una persona en el mundo que nos superaba con creces en intelecto y ambición, pero nunca pronunciábamos su nombre.

Un año después de mi llegada a Roma, entregué por fin mi *San Pedro recibiendo las llaves del paraíso* a su comanditario.

Monseñor Pacelli se pasó sus buenos diez minutos en el taller dando vueltas alrededor de la obra. Esperé nerviosamente con mis cuatro aprendices alineados detrás de mí. Estando tan cerca del Vaticano, a nadie le sorprendía ver a un prelado, pero el coche que esperaba fuera, con aquella parrilla como las fauces de un animal salvaje, y ese no sé qué que desprendía Pacelli habían logrado congregar una pequeña multitud ante el taller, pese al viento helado que azotaba Roma aquel mes de febrero de 1924.

Pacelli estuvo a punto de decir algo varias veces, pero cambió de opinión. Sabía cómo se sentía. Mi san Pedro no se parecía a lo que él tenía en la mente. ¿Qué mérito hay en hacer lo que espera la gente? De mis noches florentinas, de la frecuentación de aquellas entreplantas de suelos pegajosos de cerveza, que atravesábamos antes de renacer o morir, había conservado un temperamento ligeramente suicida —me refiero a un temperamento profesional— que me sirvió toda mi carrera.

En aquellas noches, nada importaba salvo quemarlas lo más rápidamente posible. No teníamos miedo de nada, el día siguiente lo borraba todo. Mi san Pedro no era el típico sabio barbudo y rubicundo que se veía por todas partes. Tenía los rasgos de Cornuto. Porque había vivido y había sufrido como sufre un hombre que negó tres veces a su mejor amigo, una traición que nadie le permitía olvidar, pues era leída todo el año en todas las iglesias del mundo. Tampoco sostenía la llave del paraíso con ese gesto sentencioso con que a menudo se le representaba.

—La llave —susurró por fin Pacelli—. Me equivoco o la ha…

—No se equivoca, monseñor.

San Pedro había dejado caer la llave. Flotaba suspendida frente a él, entre la mano abierta, crispada en el aire para retenerla, y el suelo. Yo la había atado al manto, al que rozaba, mediante un empalme de metal casi invisible. El efecto era sobrecogedor. Dios había elegido al hombre que había negado tres veces a su hijo para fundar su Iglesia. Un pescador. Y me imaginé que, si Cornuto hubiera recibido la llave del paraíso, la habría dejado caer con estupor. En lugar de un santo extático, un jubilado de la fe entrado en carnes y aburrido como una ostra, san Pedro temblaba de miedo ante su misión, ante el objeto demasiado pesado para sus viejas manos, que acababan de traicionarlo. Miraba caer la llave con miedo, preguntándose quizá si se iba a romper y si él sería fulminado por el rayo. No había tenido ningún problema para captar la intensidad de su expresión. Yo también había visto caer algo precioso ante mí en una ocasión.

—No puedo ofrecerla a Castel Gandolfo —dijo Pacelli.

Francesco palideció. Luego el prelado se volvió hacia mí, tenía lágrimas en los ojos.

—Pero me la guardaré para mí. La pagaré de mi propio bolsillo. Esta obra es demasiado… atrevida para algunos de nosotros. Yo la entiendo. Yo lo entiendo, señor Vitaliani.

Giró sobre sus talones sin añadir nada más. Francesco me dirigió un leve gesto con la cabeza, acompañado de media sonrisa, y siguió sus pasos.

Mi cartera de pedidos reventó. Monseñor Pacelli no dudó en mostrar mi obra a sus amigos y visitantes, y creo que lo hizo sin petulancia. Mi lista de clientes me obligó a duplicar el número de aprendices del taller para realizar únicamente los trabajos de la Villa Pía, y seis meses después a rechazar nuevos encargos. Acepté dieciséis obras mayores, cuya ejecución me tendría ocupado durante seis años. Estatuas religiosas en su mayoría, o creaciones basadas en el blasón o la historia de tal o cual familia. Mis aprendices desbastaban, Jacopo intervenía luego bajo mi dirección y yo pasaba de una obra a otra para terminar. Mi cotización se disparó cuando se corrió la voz de que ya no aceptaba encargos. Por fin era deseable. Me habían escupido, me habían ninguneado, había tenido que suplicar toda mi vida para conseguir trabajo. De la noche a la mañana, era aquel de quien todo el mundo quería tener una obra. Todo porque había aprendido una palabra nueva. *No.* El poder de esas dos letras era una locura. Cuanto más me negaba, y más secamente lo hacía, más querían de mí, «el escultor de los Orsini», como empezaban a llamarme.

Una mañana, al salir del taller, me abordó un hombre con uniforme de chófer. Señaló un coche nuevo, un Alfa Romeo RL, aparcado en mitad de la calle, algo apartado del taller. Desde el asiento trasero, Francesco me hizo un signo con la mano.

—¿Adónde vamos? —le pregunté cuando me senté a su lado.

—¡Ah!, a mí no me preguntes, porque no tengo ni idea.

—¿Qué quieres decir con que no tienes ni idea?

—Pues no tengo ni idea, porque este es tu coche, y Livio, tu chófer. Regalo de los Orsini.

Se rio de mi expresión de desconcierto, me dio una palmada en el hombro y se bajó del coche. Esa misma noche escribí una carta muy breve a mi madre. «Queridísima mamá, este año cumplo veinte años, tengo un automóvil y un chófer, y lamento no poder llevaros a papá y a ti a dar una vuelta por Roma».

A pesar de las largas horas que pasaba en el taller, había vuelto a leer. No lejos de mi casa abría sus puertas una biblioteca, a cuya responsable le encargué que me seleccionara libros, los que quisiera, daba igual, una tarea que la desconcertó y que nunca llevó a cabo con el brío de Viola, pero lo hizo lo mejor que pudo. Rara vez leía la prensa, ya que de todos modos era imposible escapar a la actualidad, comentada a lo largo del día por mis clientes o por mis aprendices —jamás por Francesco—. Las elecciones llevaron a una inmensa mayoría fascista al Parlamento en abril de 1924, un resultado esperado visto el terror que hacían reinar los escuadristas sobre cualquier atisbo de oposición. Nadie se atrevió a protestar. Nadie, salvo un joven diputado llamado Giacomo Matteotti, que pidió la anulación de las elecciones. A finales de junio desapareció. A mediados de agosto, su cadáver fue encontrado en estado de descomposición en un bosque de los alrededores de Roma. Recuerdo aquella foto de los carabineros llevando su cuerpo, del policía en primer plano a la izquierda, que debía de haber visto otros muchos, pero se llevaba el pañuelo a la nariz. Sesenta años después, todavía siento el olor de aquella foto. Los fascistas se escandalizaron porque alguien pudiera sospechar de ellos y luego, en enero de 1925, Mussolini declaró: «Si el fascismo es una asociación criminal, yo soy el jefe de esa asociación criminal». A partir de lo cual, todo el mundo cerró el pico, más si cabe, se inventaron excusas y a muchos les pareció que, de todos modos, Matteotti se lo había buscado y que, de todos modos, había que comprender a los fascistas, porque Matteotti había arrastrado su nombre por el fango.

Viví esos acontecimientos con desapego. Yo era un artista, y no iba yo, con mi metro cuarenta de altura, a influir en el curso de lo que fuera. Entregué una escultura, después dos y luego tres. Mis aprendices ahora podían encargarse de restauraciones más avanzadas, bajo mi supervisión, y yo pude abrir la lista a dos nuevos encargos, cuya adjudicación encomendé a Francesco, permitiéndole con ello ser remunerado en su moneda, la de la influencia. Una veintena de clientes potenciales se disputaron ferozmente el privilegio de figurar en mi agenda.

Hubo mujeres, por supuesto. Annabella, primero, la bibliotecaria que elegía mis lecturas. Una chica discreta, delgaducha, de rostro ligeramente puntiagudo, que acabó cediendo a mis insinuaciones. Creo que Annabella me quiso sinceramente. No había tocado a una mujer desde mi iniciación entre los amplios muslos de Sarah, y no lo hice mucho mejor la segunda vez. Lo extraordinario de Annabella es que era tan salvaje bajo mi dosel como enfermizamente tímida en sociedad. Lo aprendí todo entre sus brazos. Nuestra historia duró dos años. Se la veía cada vez más por el taller, única presencia femenina, una presencia reconfortante para algunos de los aprendices más jóvenes, que se encontraban lejos de casa. Luego llegó ese día en que llamó a la puerta de mi despacho, con aquellos golpecitos discretos que daba con los nudillos, como si tuviera miedo de ser oída. Pensábamos ir a un restaurante.

—Tengo un retraso —dijo al entrar—, con la mirada fija en el suelo.

—Para nada, aún no son las siete.

—No, que tengo un retraso —repitió, poniéndose las manos en el vientre.

Debí de palidecer, porque inmediatamente aclaró:

—Sé de alguien que puede solucionarlo.

Cerré la puerta, no recuerdo lo que le dije esa noche, excepto que no quería que lo solucionase. Sin embargo, yo no quería tener hijos por miedo a transmitirles mis genes. Decidimos no tomar una decisión. Recuerdo mi cobarde alivio cuando Annabella, una semana después, me dijo que el problema se había «solucionado por sí solo». A partir de ese día dejé de ir a la biblioteca y puse como disculpa un trabajo tremendamente importante. Annabella salió de mi vida tal como había entrado en ella, caminando de puntillas.

Luego vinieron Carolina, Anna-Maria, Lucia, y tal vez una o dos más de cuyos nombres no quiero acordarme, porque entonces tendría que recordar que les rompí el corazón, salvo a Lucia, que se largó con mi cartera.

Un día de agosto de 1925, Francesco me llevó a cenar al Gran Caffè Faraglia. Para mi sorpresa, la mesa estaba puesta para diez invitados bajo el artesonado del salón y todas las demás mesas habían sido retiradas. Unos minutos más tarde, Stefano Orsini apareció con un grupo de amigos, todos de traje, excepto dos tipos con uniforme de escuadristas. Se sentaron armando mucho barullo. Stefano estrechó la mano de Francesco y luego exclamó «¡Gulliver!», y me saludó con un empujón amistoso de viejo camarada. Me puse rígido cuando uno de los escuadristas vino a sentarse a mi lado, pero resultó ser un compañero de mesa alegre y divertido. Se quejó un poco más tarde del trato que la prensa daba a sus compañeros, me explicó que no teníamos idea de los golpes bajos que les daban los bolcheviques y que la violencia no estaba de su lado, sino del otro. Ellos no hacían más que defenderse. ¿El caso Matteotti? Ellos no tenían nada que ver con eso. Algunos elementos disidentes, sin duda. «Aunque, en cierto modo, Matteotti se lo había buscado, ¿no?».

Al filo de la medianoche, todos estábamos bastante borrachos. Los camareros bailaban de un pie a otro, impacientes por volver a casa, pero no se acababa así como así con una mesa como la nuestra. El personal lo sabía y también lo sabían Stefano y sus amigos, que pidieron otra ronda.

—Bueno, ¡a callar todos, que os olvidáis de lo principal! —gritó Stefano—, ¡hay que brindar por la novia!

—¿Qué novia? —pregunté.

—¿Qué novia va a ser? ¡Viola! ¿No se lo has dicho, Francesco?

—No. Se me pasó. *Mea culpa.* En efecto, nuestra hermana Viola se casa. Además, conoces a su prometido. Rinaldo Campana.

Tardé unos segundos en ponerle cara a ese nombre. El abogado milanés, amante del cine, que había conocido durante una cena con los Orsini dos años antes. Desde hacía algún tiempo ya no pensaba en Viola a diario. La vista de un cementerio o el olor de la primavera ya no me llevaban inmediatamente a Pietra d'Alba. La noticia rasgó ese velo de olvido. Y de repente todo volvió a ser como antes. Nuestros juramentos, nuestras manos, una en la otra, las noches de invierno en que el aire se lamía como el aguardiente, a sorbitos ardientes, todo.

Aparecieron varias botellas de champán. Saltaron los corchos, Stefano agitó una botella para regar a los escuadristas. Uno de ellos abrió la boca para beber. El otro, mi vecino, parecía furioso, pero no se atrevió a decir nada. Una señal de que la carrera de Stefano avanzaba, paralela a su volumen y a la rosácea que le iba coloreando ligeramente la cara. Ahora trabajaba para la Seguridad Nacional. Más concretamente, ya que había alardeado de ello durante toda la cena, para Cesare Mori, el prefecto encargado por Mussolini para erradicar la mafia. La cabeza, ahora afeitada para ocultar los tirabuzones, le confería la mirada inquietante de un bebé que ha crecido demasiado rápido.

Francesco, el único que no había bebido, se levantó y se excusó: al día siguiente celebraba misa muy temprano.

—¿Te dejo en tu casa, Mimo?

—¡De eso nada! ¡Se queda con nosotros! —gritó Stefano—. Si la fiesta acaba de empezar. ¿Verdad, Gulliver? Es la gloria de la familia, ¡vamos a pasearla un poquito!

—Me quedo.

Francesco frunció el ceño y luego desapareció encogiéndose de hombros.

—Y ahora que el santurrón se ha ido a la cama... —exclamó Stefano.

Sacó una cajita de rapé del bolsillo y la abrió dejando a la vista un polvo blanco. Caminó alrededor de la mesa. Yo nunca había visto la «coca», la novedad de las noches de entonces. Todos sacaron un poco con la uña y la aspiraron. Los imité, solo para volverme normal, para volverme como ellos, altos y bien proporcionados. Luego salimos a quemar la noche de Roma, una noche que no recuerdo. Una noche menos en mi existencia, al final de la cual me desperté contra un cubo de basura frente al Coliseo, más pequeño que nunca.

El operador me conectó inmediatamente.

—Residencia Orsini, ¿qué desea?

No lo había dudado mucho. Al anochecer, con el rostro todavía demacrado por la borrachera del día anterior, fui a la oficina de Correos y Telégrafos del Vaticano. Durante un almuerzo reciente, Francesco me había dicho que en la villa habían instalado el teléfono. Un hilo de cobre, desafiando la distancia, las ramas dispuestas a seccionarlo y los dientes juguetones de las ardillas, asestaba un nuevo golpe a la lentitud del mundo en el que había nacido. No hacía tanto tiempo, los Orsini habían tardado casi una semana en enterarse de la muerte de su hijo mayor en Saint-Michel-de-Maurienne. La noticia había llegado casi al mismo tiempo que el cuerpo rígido y descompuesto. Hoy, yo podía llamar apenas unas horas después de enterarme de que Viola iba a casarse. Y eso era un avance extraordinario. Pronto cumpliría veintiún años, una edad en la que no se cree que antes las cosas eran mucho mejor. Yo vivía exactamente ese antes que lamentaría más tarde.

—Hola, desearía hablar con la señorita Orsini.

—¿A quién debo anunciar?

—Al señor Mimo Vitaliani.

Me sentí ridículo refiriéndome a mí mismo como «señor», pero tenía que impresionar al mayordomo.

—No se retire, veré si la señorita está disponible.

Esperé, sin despegar el auricular de la oreja, con la esperanza de captar algo de Pietra d'Alba, tal vez el sonido del aire entre las ramas si la ventana permanecía abierta, puesto que estábamos en agosto. Pero el barullo del exterior, campanas, timbres, bocinazos de los automóviles que transitaban la via della Posta, me anclaba firmemente a Roma. Me asfixiaba en la cabina, con la oreja sudando bajo el auricular, estudiando las idas y venidas de la gente, seglares y prelados que giraban en una elegante danza por la pista de mármol del vestíbulo.

Se oyó un susurro, una tos educada y luego volvió a oírse la voz del criado.

—¿Señor Vitaliani? Lo siento, pero la señorita Orsini no desea hablar con usted.

Era tal mi convencimiento de que esa iba a ser la respuesta que casi cuelgo el teléfono.

—¿Señor Vitaliani? —repitió.

—Sí, lo siento, estoy aquí.

—No se retire, le paso a la señorita Orsini.

Una serie de chasquidos, de voces fantasmales y distorsionadas recorrieron el hilo. Por fin, llegó la de Viola.

—¿Hola?

Un poco ronca, quizá también un poco más profunda, pero toda Viola en una voz, y con ella Pietra d'Alba, invadió la cabina con un fuego de verano, con un olor a campo chisporroteando bajo el sol. Fui resbalando por la pared hasta sentarme en el suelo de la cabina.

—Viola, soy yo.

—Lo sé.

Sobrevino un largo silencio, cargado de resina de pino, de alegría profunda y de terror.

—Me alegro de hablar contigo, Mimo, pero no dispongo de mucho tiempo. Estoy en medio de los preparativos de mi boda.

—Precisamente te llamo por eso.

—¿Sí?

—Te llamo para preguntarte…

—¿Sí? —repitió Viola.

—¿Estás segura de lo que haces? ¿Verdaderamente segura?

Un nuevo silencio, esta vez muy breve.

—Puedes confiar en mí, Mimo.

Luego colgó.

Roma, la ciudad de mis primeras veces. Mi primera sesión de cine aquel año, *Maciste en el infierno,* que me aterrorizó tanto que juré no volver a tumbarme sobre una lápida. Mi primera ópera, *Otelo,* de Verdi, que me aburrió. Mi estreno en la cocaína y mi primer encargo de una autoridad laica. De la noche a la mañana, el Ayuntamiento de Roma se puso en contacto conmigo para encargarme una escultura de Rómulo y Remo. Ahora sabía que no volvería a Pietra d'Alba y acepté el trabajo.

Francesco y yo seguimos viéndonos regularmente. Viola se había casado, me dijo, a principios de 1926, pero aún no se había ido de luna de miel porque los negocios de su marido lo habían reclamado inmediatamente en Estados Unidos. El proyecto de llevar la electricidad a Pietra se había reactivado —de algo tenía que servir la fortuna del abogado—. Yo asentía distraídamente mientras comía, y él debió de imaginar que nada de aquello me interesaba, porque las noticias sobre su hermana se fueron espaciando.

Aún más sorprendente fue que empecé a frecuentar a Stefano. No me gustaba, pero sabía divertirse. Seguía escalando puestos en el Gobierno y, de 1926 a 1928, ocupó nada menos que tres distintos, cada uno más estratégico que el anterior. Se jactaba de ello sin reservas y lo entendí cuando una tarde, bastante borracho, me confió:

—No sabes qué suerte la tuya por no tener hermanos, Gulliver. «Virgilio, Virgilio, Virgilio», era lo único que oíamos cuando éramos niños. Virgilio ha dicho esto, Virgilio ha hecho aquello y, como era un genio, le consentían todo. Pero dime una cosa, ¿a qué clase de genio se le ocurre ir a morirse a la guerra? ¡Y si aún fuera en la guerra, pero es que fue a palmarla como un gilipollas en un puto tren! ¿Y quién trae el dinero a la familia ahora? ¿Quién es el que hace que la gente se ponga firme cuando oyen el nombre de los Orsini? Pues este menda; bueno, y Francesco y también Campana, que ahora es de la familia. Ya no somos unos simples campesinos que cultivan naranjos resecos. Y muy pronto, fíjate lo que te digo, los naranjos ya no se secarán. Harían muy bien los Gambale en tentarse la ropa.

Trabajaba de la mañana a la noche y luego salía hasta el amanecer. A principios de 1927, entregué mi escultura *Rómulo y Remo*. Provocó la destitución inmediata del funcionario municipal que la había encargado. En mi *Rómulo y Remo* no había ni Rómulo ni Remo. Ningún lobo tampoco. Solo había agua. Había esculpido olas, una crecida tempestuosa del Tíber en cuya cresta se podía discernir apenas el asa de una cesta, la que contenía a los gemelos. Había esculpido un milagro, la supervivencia de dos bebés abandonados a la voracidad de un río, porque, como en Pietra, todo había empezado con el agua. Sin Tíber no hay Roma. Sin Arno no hay Florencia. Estaba algo molesto conmigo mismo por haber contribuido al despido del pobre tipo, pero, al parecer, la amante y consejera áulica de Mussolini, Margherita Sarfatti, vio mi obra dos meses más tarde y declaró: «El auténtico hombre nuevo, el artista fascista, está ahí». Volvieron a contratar al funcionario, a quien condecoraron y ascendieron.

Roma ofrecía la particularidad de no tener realmente ningún lugar de fiesta, con la posible excepción del Cabaret del Diavolo, cuyos tres pisos subterráneos representaban el infierno, el purgatorio y el paraíso. En mi primera visita me expulsaron por «embriaguez excesiva». El pleonasmo demostró que no tenían ni idea ni de la embriaguez ni del infierno. Pocos bares abiertos hasta tarde, pocos clubs, Roma era una vieja dama. Comíamos con frecuencia en uno de los buenos restaurantes de la ciudad, el Fagiano, el Caffè Faraglia —nuestro favorito, por sus frescos *Liberty* de Mataloni— o los del hotel Quirinale y el Excelsior. La fiesta, la verdadera, se hacía entonces en salones privados, donde reinaba el desenfreno. Contrariamente a otros, yo no acudía a los salones en busca de influencia o fortuna. La poca que tenía me bastaba. Allí también pude comprobar, una vez más, que a los ricos no hay nada que les guste más que escuchar un *no*. Yo no buscaba nuevos encargos, ni nuevos clientes. Me suplicaban solo para estar en mi lista de espera. «Solo quiero beber», respondía, y mi cotización aumentaba. En una de esas veladas conocí a la princesa serbia Alexandra Kara-Petrović. Inmediatamente cayó bajo mi hechizo o, lo que es lo mismo, bajo mi notoriedad, mi automóvil y mi cuenta bancaria, que tampoco era tan abultada como creía la gente. Me ganaba muy bien la vida, pero no era nada comparado con los herederos, oportunistas y delincuentes con los que me codeaba. Alexandra probablemente era tan princesa como yo, aunque juró hasta el último día que lo era y nunca la pillaron en ninguna contradicción cuando le preguntaban sobre la historia y genealogía de su familia. Era de una belleza apabullante, inmensa, sinuosa. Cada vez que llegábamos juntos a una fiesta, me lo pasaba en grande viendo los ojos de todo el mundo, abiertos como platos, y las tres palabras formándose en la mente de quienes no nos conocían, más evidentes que si las hubiesen gritado. «¿Ella, con él?».

Alexandra era el polo opuesto de Annabella en todos los sentidos. Una tigresa en sociedad, un témpano en la cama. Simplemente no le gustaba hacerlo, o no conmigo. Yo tampoco la deseaba, aunque fuese la mujer más hermosa que había visto en mi vida. Después de tres o cuatro intentos de coito laborioso y chirriante, decidimos que era preferible dormir en habitaciones separadas y dedicarnos a lo que más nos divertía: escandalizar a la alta sociedad, en mi caso, y, en el suyo, gastarse mi dinero principalmente en la tienda de Sotirios Voúlgaris, un joyero griego que la volvía loca. No teníamos límites.

Más de una vez me hice la promesa de ir a ver a mi madre, propósito que incumplía sistemáticamente por mil buenas razones, trabajo, distancia y, sobre todo, ¿acaso no la había invitado a que se viniese a vivir conmigo, con todos los gastos pagados? Mil buenas razones, salvo la verdadera: sentía que era a ella a quien le correspondía dar el primer paso para salvar el abismo que había creado entre nosotros, ese suelo abierto cuyos bordes irregulares se habían ido alejando desde 1916.

Podría decir que lamento mis años florentinos y más aún mis años romanos. Podría fingir, para aliviar mi alma y garantizarme una travesía más tranquila con el bueno de Caronte, que me espera a orillas de la Estigia —del que, por cierto, un día hice una escultura—. Pero no puedo deshacerme de mi pasado, igual que el árbol no puede deshacerse de sus anillos de crecimiento. Florencia y Roma están aquí, en este cuerpo febril que tiembla y masculla bajo la mirada de cuatro monjes en el día que declina. Florencia y Roma están en mí y no pueden ser extirpadas, como tampoco mi corazón, mis riñones o mi hígado, que, dicho sea de paso, no debe de estar en muy buenas condiciones.

Mis excesos alcanzaron un punto de no retorno en 1928. Una noche, Stefano contó a una caterva de brutales escuadristas el episodio de mi flagelación a orillas del lago y, a continuación, cantó un estribillo que fue coreado por todo el grupo: «¡Gulliver, Gulliver, enséñanos el culo!». En lugar de irme con dignidad, les enseñé el culo. Para demostrarles que era como ellos. Que estaba a su altura. Me quedé con el culo al aire y Stefano gritó:

—¡Se ha dejado crecer la barba, pero lo reconozco!

Me despertaba regularmente en distintos lugares de Roma, a veces en camas desconocidas, al lado de alguna tarasca de aliento etílico que me miraba con la misma sorpresa que yo a ella. Una mañana, mientras caminaba tambaleándome por la via Appia poco después del amanecer, vi un pequeño circo instalado en un solar abandonado, encajado entre dos muros de ladrillo medio derrumbados. Un hombre calvo, de edad incierta, domaba un potrillo en un picadero muy precario. Lo saludé.

—¡Hola! ¿No habrá oído hablar por casualidad del Circo Bizarro?

—No. Nunca.

—Está en Florencia, detrás de la estación...

—Te he dicho que nunca. ¿Qué te crees, que nos conocemos todos? ¿Tú conoces a todos los enanos?

El domador había dejado una botella de agua colgada de una estaca con una correa de cuero. La hice girar y la envié volando hacia él. Un simple gesto de humor, solo que, con la increíble suerte del principiante que se me atribuye, le acerté en toda la cara. Me largué a toda velocidad, pero la via Appia es larga. Media hora después, él y tres de sus amigos me alcanzaron en un camión, me persiguieron campo a través y me dieron una paliza. Nadie dijo una palabra cuando regresé al taller agarrándome los costados, con los labios hinchados y un ojo a la virulé. La princesa Alexandra, fresca como una rosa, me preparó un café y se encargó de reprogramar nuestra agenda social. Poco después de este episodio, Francesco me recibió en su despacho para amonestarme. Me recordó mi promesa de representar dignamente el nombre de los Orsini. Le juré que no volvería a ocurrir un incidente como aquel. De regreso a casa, despedí a Livio, ya que era mi chófer quien se había ido de la lengua, y contraté a otro, Mikael, un etíope del barrio que conducía bien y no hacía preguntas. Entre mi estatura y el color de su piel, enseguida nos convertimos en la pareja más llamativa de Roma. ¡A la mierda la discreción!

En el curso de otra velada, un barón ebrio proclamó su amor eterno por Verdi. Yo repliqué que Verdi hacía música de circo, él preguntó qué podía saber yo de esa música, a no ser que hubiese trabajado en un circo, y yo defendí mi honor como quienes no lo tienen, con ardor, y le arrojé un guante a la cara. La velada se desarrollaba en casa de la amante de un ministro del Gobierno, viuda de un rico industrial. Alguien tuvo la romántica idea de utilizar unas viejas pistolas de duelo expuestas en el salón. Nadie había cargado nunca pistolas de duelo del siglo XVIII, todo el mundo lo intentó, cada uno daba una idea, olvidado ya el rifirrafe, hasta que una descarga accidental alcanzó a la viuda en un brazo, afortunadamente carnoso. Al ver la sangre, la viuda se desmayó. Desbandada general. Todos salieron por patas y desaparecieron en la noche en menos de lo que canta un gallo.

Yo estaba a punto de entregar mi última obra, destinada a un latifundista, uno de los inmensos terratenientes del Mezzogiorno. El hombre era previsor, se trataba de su mausoleo. Cuatro ángeles en las esquinas de la tumba vigilaban la losa que aparentemente acababan de cerrar. Una de mis mejores obras, el apogeo del movimiento. Pero, debido a mis salidas nocturnas, le había encomendado a Jacopo terminar el rostro del último ángel. El encargo llevaba un año de retraso. Era imposible retrasarlo más, sobre todo porque quien me había hecho el encargo era de Palermo, y allí abajo no se andaban con chiquitas. Dos días antes de la entrega, Jacopo me presentó su trabajo. Me quedé mirando con incredulidad aquel ángel, la expresión contraída, la tensión en los rasgos. La anatomía era correcta. Pero, si Jacopo hubiera querido sugerir la expresión de un ángel que acaba de pillarse los dedos bajo una losa de trescientos kilos mientras se cerraba la tumba, no lo habría hecho mejor.

Exploté, lo puse de chupa de dómine. Había deshonrado el taller, traicionado mi confianza, la de sus compañeros, a los escultores y al arte en general. Grité como un energúmeno durante varios minutos y varias cabezas curiosas salieron de los pisos que daban al patio.

Cuando finalmente me calmé, todo el taller me miraba con una mirada que conocía muy bien. Era la misma con la que yo había mirado a mi tío.

Son muchos los que, al describir la belleza de la *Pietà* de Miguel Ángel Buonarroti, coinciden en subrayar la perfección del drapeado, la precisión anatómica, la gracia del movimiento, ese tipo de cosas. Con permiso de los expertos, el genio de Miguel Ángel está en el rostro. Daría igual que hubiese hecho jorobada a su Virgen, con ese rostro. El de una mujer casi vencida, sorprendida en un momento de fatiga y abandono en el que el alma se entrega por completo. Sorprendida. De eso se trata. Miguel Ángel capturó la instantánea de la fotografía, solo que le llevó tres años darle vida a esa imagen. Tres años de lucha a brazo partido, un simple cincel y un trozo de mármol. Ese rostro no es solo lo que el ojo ve. Contiene todo lo que le ha ocurrido, todo lo que está a punto de ocurrir. El tiempo que lo ha llevado allí y el que se anuncia, la muerte de millones de segundos y la promesa de otros millones. Y yo le había confiado a un chico de diecinueve años, que no sabía nada de la vida, la tarea imposible de un rostro de ángel... Jacopo tenía talento, pero no hasta ese punto. No como un Buonarroti. No como un Vitaliani.

Recibí a Jacopo en mi despacho y me disculpé. Luego abrí mi libro de pedidos. No se puede arreglar un rostro, había que rehacer la cabeza o la estatua entera. La cabeza sola era un compromiso inaceptable, un monstruo a lo Mary Shelley indigno de mí. Quizá podría entregar la tumba con tres ángeles, fingiendo que la había concebido así. Pero yo no la había concebido así. Cada ángel existía y, sobre todo, se movía en función de los otros tres. Podría entregar tres y decir que el cuarto estaba en marcha. Pero ¿cuándo iba a hacerlo? Tendría que retrasar el pedido de un industrial milanés, que no era menos quisquilloso que el siciliano...

La mejor solución, para el hombre que yo era entonces, sería no hacer nada. Encontré a Stefano al final del día, decidido a emborracharme. Pero por primera vez no bebí la primera copa que me sirvieron en el café Faraglia. Justo frente a mí había un calendario colgado en la pared. Me quedé mirando, paralizado, la fecha del día: 21 de junio de 1928.

—Fijaos en Gulliver, muchachos, la cara que está poniendo es un poema. ¿Te encuentras bien, camarada?

21 de junio de 1928. No estaba allí por casualidad. Todo me había llevado a aquella pared. A aquella efeméride de papel barato ilustrada con caricaturas lascivas.

—¿Has visto un fantasma o qué?

—Sí.

Cedieron años de olvido, arrastrados por un recuerdo de una violencia de diluvio. Mi deseo de inmundicia, mi indiferencia ante el éxito, mi embotamiento en el alcohol, la cocaína, las princesas serbias pasaron ante mí arrastrados por un río furioso. La continuación se representaba ahora. Si llegaba a tiempo.

Salté de mi asiento y salí corriendo. Una hora después dejaba Roma sin mirar atrás.

Mikael, mi chófer, corrió hacia el norte, por carreteras llenas de baches y blancas de polvo. Italia estaba nervada de caminos y bifurcaciones que no siempre eran lógicas, de senderos que no llevaban a ninguna parte, vestigios accidentados de una época en la que a la gente le gustaba perderse. Las grandes arterias de autopistas que exaltarían la línea recta, el ruido, la suciedad, apenas se abrían paso en los alrededores de Milán. Aquel encanto tenía un precio: tres reventones, dos neumáticos y un radiador. Solo el ingenio de Mikael nos permitió continuar. Durante el viaje me enteré de que había ocupado un puesto dirigente en la Administración de Menelik II, el negus de Etiopía, y que había abandonado el país a raíz de un oscuro asunto de adulterio, por el que una de las familias más poderosas del reino puso precio a su cabeza. Había llegado a Roma en 1913 y desde entonces vivía del cuento. Tenía una cultura enciclopédica. En algún punto entre Lucca y Massa, me di cuenta de que yo era menos inteligente y menos culto que mi chófer.

El 24 de junio de 1928 dejamos Savona, siempre en dirección norte. Caía la tarde y, en el momento en que apareció un hito que indicaba «Pietra d'Alba, 10 kilómetros», pinchamos el segundo neumático. Diez veces estuve con el alma en la boca, el tiempo pasaba, pero partimos de nuevo. Atravesamos Pietra d'Alba a toda velocidad. A una orden mía, Mikael se detuvo en el cruce, al pie de la pendiente que descendía hacia la meseta después del pueblo. Eran casi las once de la noche. Eché a correr.

A las once y cinco me desplomé delante del cementerio, exhausto por el viaje, sin aliento. De espaldas a la tapia y con la cabeza apoyada en la piedra, inhalé el aire fresco y familiar. Me di cuenta de la locura de mi empresa, pero toda mi vida había actuado por instinto. Por tanto, la razón no era el instrumento de medida adecuado. Estaba donde debía estar, eso es todo lo que importaba.

Por primera vez llegó con retraso. Salió del bosque por su pasaje habitual diez minutos más tarde y se quedó helada cuando me vio. No venía de tan lejos como yo, en apariencia, al menos, pues su viaje no había sido menos épico, menos extenuante. Nos acercamos despacio uno a otro, en medio de la pequeña explanada que el abrazo del bosque formaba naturalmente frente al cementerio.

Habían transcurrido ocho largos años desde nuestro último encuentro. Viola ya no era una adolescente, sino una mujer hecha y derecha. Sus rasgos se habían reafirmado. Habría jurado que su rostro de dieciséis años había alcanzado una forma de perfección, sin sospechar los secretos que aún revelarían algunos golpes de la gubia de su creador. Viola era una lección de escultura y maldije aquellos ocho años lejos de ella. Me hubiera gustado presenciar aquellos cambios, uno a uno, analizarlos para poder reproducirlos algún día.

Su cabello era más largo de lo que recordaba, también más negro, pero ahora impecablemente peinado; su piel, igual de mate. Una pálida cicatriz en lo alto de la frente desaparecía bajo un mechón de pelo. Era alta, muy delgada todavía. Hermosa, sí, pero no a la manera de la princesa serbia. No tenía esa generosidad de formas que Stefano y sus amigos —y yo en una o dos ocasiones, lo admito— habían buscado en los burdeles de Roma. Había que mirar a Viola, mirarla de verdad, para comprender. Los ojos de Viola eran un portal a otros mundos, un conocimiento rayano en la locura.

—No sabía si vendrías —dijo al fin.

—No lo he olvidado. Me citaste para el 24 de junio de 1918. Reconozco que tienes razón. Viajas en el tiempo.

—Sí. Pero creí que tardaría diez años.

Me miró, pasó la mano por mi barba de tres días y añadió:

—Fueron diez minutos. Y durante esos diez minutos te has hecho un hombre.

—Viola...

Me interrumpió poniéndome un dedo en los labios.

—¿Te quedas?

Asentí sin necesidad de pensarlo, el dedo perfumado en mi boca, un espectro de azahar en mis fosas nasales.

—Entonces tenemos todo el tiempo.

Regresamos al cruce en silencio. Señalé el Alfa Romeo que esperaba en la oscuridad; Mikael dormía en el asiento trasero, con los pies asomando por la ventanilla.

—¿Te llevo de regreso?

—Gracias, prefiero caminar.

—Yo también.

Ella se fue hacia la derecha y yo hacia la izquierda. Después de unos pocos pasos, me di la vuelta. Algo más lejos, en el camino, Viola me sonreía.

—¡Papá, papá, hay un gnomo durmiendo en el granero!

Conocí a Zozo, el hijo de Cláusula y de Anna, momentos antes de que su hija Maria corriera a ver cómo era un gnomo.

—No es un gnomo, niños. En realidad, es un gigante. Solo que es un gigante bajito.

Nos abrazamos. Anna tenía mi edad, veinticuatro años; Cláusula, casi veintiocho. Los dos habían engordado un poco. Sus hijos eran adorables y agotadores, se pegaban a mí como lapas.

—Dejad en paz a vuestro tío Mimo. ¿No veis que lo estáis molestando?

—¿Qué es una lapa, tío Mimo?

—Un molusco.

—¿Qué es un molusco, tío Mimo?

Me preocupaba que Cláusula se tomase mal mi regreso, después de haber vivido tanto tiempo en el taller sin mí. Pero él y Anna habían construido una casa detrás del edificio principal anticipándose a ese día. El negocio iba viento en popa y ahora tenían dos aprendices. Anna se encargaba de administrar la ebanistería a tiempo completo. El antiguo taller del tío estaba en el estado en que yo lo había dejado, renovado, mantenido y limpiado regularmente. Solo tenía que instalar mis cosas allí.

—¿Hay un teléfono?

—Pero ¿tú qué te crees, que soy Rockefeller?

Desperté a mi chófer, les prometí a los niños un paseo en coche para deshacerme de ellos y le pedí a Mikael que me dejara en casa de los Orsini. Cláusula me alcanzó justo cuando arrancábamos.

—Por cierto, no sé si te has enterado de lo del padre de Viola...

Dos semanas antes, habían encontrado al marqués desnudo en la plaza del pueblo. Según él, esperaba a su hijo Virgilio, que le había hablado por la noche para comunicarle su regreso. Se llevaron al marqués a casa, intentando que entrase en razón, su hijo estaba muerto, pero él porfiaba «no y no, sé muy bien que era él; a ver si no voy a reconocer a mi hijo, montaba el esqueleto de un caballo, ¡ya viene, ya viene!». Luego perdió el conocimiento. Había venido un médico, uno de verdad, no el del pueblo vecino. El diagnóstico estaba claro: ataque cerebral. La marquesa se había negado a enviar a su marido al hospital y lo estaban tratando a domicilio.

Silvio abrió la puerta y sonrió al reconocerme, algo que nunca antes había ocurrido. Por no perder la costumbre, había llamado al timbre de la puerta de servicio, pero el mayordomo me hizo atravesar los jardines para entrar por la puerta principal. El oso que había esculpido para Viola todavía presidía la zona del estanque. Al pasar al lado, no pude sino criticar alguna de las decisiones del Mimo de dieciséis años. El movimiento estaba allí, pero exagerado. Ahora era capaz de decir más con mucho menos.

—Avisaré a la señora marquesa.

Apareció la señora marquesa, con muy pocas arrugas más y el pelo todavía negro. Los Orsini no eran ingratos, sabían lo que su prestigio me debía.

—Voy a buscar a Viola. ¿Recuerda a mi hija, señor Vitaliani? Usted le esculpió el oso del jardín.

Nada me convenció más de mi triunfo que ese momento, esa fracción de segundo en que, en los ojos de una marquesa, pasé del estatus de «horrible criaturita» dispuesta a violar a su preciosa hija al de un artista digno de los salones más encopetados.

—La recuerdo. Estaré encantado de volver a verla. Mientras tanto, ¿puedo usar su teléfono? Debo llamar a su hijo Francesco.

La marquesa me condujo al «salón telefónico» y me dejó bajo sus molduras. Mientras esperaba la conexión, noté que las paredes habían sido remozadas. No se veían grietas ni manchas de humedad. La masilla de las ventanas era blanca y flexible. Un ramo de peonías recién cortadas, en un jarrón, languidecía ya bajo la luz que entraba a raudales a través de los cristales nuevos.

Francesco inició la conversación hecho una hidra, qué diablos me ocurría para desaparecer sin avisar, nadie sabía dónde estaba, me había buscado por toda Roma. Le conté mi plan de trabajar desde Pietra y se calmó *ipso facto*. Sabía, mejor que yo, el provecho que podía obtener de mi alejamiento de las tentaciones romanas. En vista de que el viento soplaba a mi favor, le pedí que mandase instalar una línea telefónica en el taller y le prometí mayor productividad. También debería hacerme llegar algunos bloques nuevos de mármol —Carrara no estaba muy lejos—. Por último, necesitaría un aprendiz y a Jacopo. Trabajaría entre los dos talleres y solo iría al de Roma cuando fuera necesario. Él se encargaría de apaciguar a mi cliente siciliano, necesitaba unos meses para entregar el cuarto ángel. Si el cliente no estaba contento, le reembolsaría el dinero con intereses y vendería su tumba por el doble del precio a otro.

—¿Mimo? —me interpeló cuando estaba a punto de colgar.

—¿Sí?

—Sabes que mi padre está grave.

—Sí, me lo han dicho. Lo siento mucho.

—Saldrá de esta. Pero quedará... disminuido. Stefano se convertirá, *de facto*, en el cabeza de familia. En consecuencia, es a él a quien tendrás que rendir cuentas. Pero, si tuvieses la más mínima cuestión, la más mínima... duda, me lo comunicas a mí, ¿de acuerdo?

—Entendido.

—Nos veremos pronto en la villa. Mientras tanto, ten por seguro que monseñor Pacelli y yo trabajamos para ti.

—Y yo trabajo para los Orsini.

—No, Mimo, tú trabajas a mayor gloria del Altísimo, del que solo somos sus humildes servidores.

—Pero un poco de su gloria se refleja en tu familia, ¿no? —ironicé, porque la seriedad de Francesco tenía el don de irritarme.

Francesco suspiró.

—Si ese fuera el caso, ¿quién soy yo para oponerme a su voluntad?

Viola me esperaba en el gran salón donde, muchos años antes, se había anunciado su compromiso.

—Viola, este es el señor Vitaliani. ¿Recuerdas a aquel joven escultor que hizo el oso para tu decimosexto cumpleaños?

—Lo recuerdo, sí —respondió su hija con una sonrisa educada.

—Por supuesto, qué tonta soy, cómo no vas a acordarte, con lo…

Estaba a punto de decir «reconocible». Pero, con esa habilidad que había convertido en marquesa a la hija de un simple hidalgüelo, terminó la frase con la misma expiración:

—… talentoso que es.

—Necesito un poco de aire fresco, mamá. Voy a dar un paseo por el jardín. Puede acompañarme si lo desea, señor Vitaliani.

Once años después de mi primer encuentro con Viola, me mostraba en público con ella. Once años de clandestinidad. Por primera vez, el sol brillaba sobre nuestra amistad descarnada, titubeante, una amistad noctámbula, por fin armada y refrendada por el día. Cuando Viola reapareció para salir, vestida con una capa liviana, se apoyaba en un bastón de madera rematado en un pomo de plata. Fingí no darme cuenta.

—Has visto mi bastón, ¿verdad? —me preguntó Viola en cuanto llegamos al jardín—. Lo detesto. Solo lo uso en caso de necesidad. Cuando hace frío o hay un poco de humedad en el ambiente, como hoy, me duelen las piernas...

Sacudió la cabeza.

—Me di un buen topetazo.

Me precedió hacia la poterna por la que había entrado por primera vez en el parque, cuando fuimos a reparar el tejado de la villa. Una luz rasante se mezclaba con la niebla, aferrándose en hilos rosados a las ramas esqueléticas de los naranjos que alguna vez fueron florecientes. El aire se arremolinaba dando vueltas como un cachorro en un campo de batalla, perturbado por el silencio, entre troncos negros y deshojados. Algunos árboles todavía producían, pero cada paso me revelaba nuevos signos de abandono: las zanjas ya no estaban tan cuidadosamente delimitadas y limpias, las hileras desyerbadas. Casi un tercio de los árboles estaban muertos. En otros, las ramas crecían a lo loco, pues hacía mucho tiempo que no veían un podador. Se lo señalé a Viola.

—Ah, los cítricos ya no son nuestra principal fuente de ingresos.

—Pero vosotros teníais las mejores naranjas que he comido en mi vida...

Viola miró a su alrededor y se encogió de hombros.

—Quizá, pero es difícil encontrar jornaleros. Qué quieres, las ciudades se han vuelto demasiado atractivas. Y esta estúpida disputa con los Gambale impide cualquier visión a largo plazo, cualquier posibilidad de inversión. Cada dos veranos sufrimos la sequía. Bastaría ser razonable, llegar a un acuerdo, pero...

Volvió a encogerse de hombros. Era un gesto que no le conocía, que significaba «yo no puedo hacer nada», y la Viola que conocí lo podía todo.

—¿De dónde viene entonces el dinero? Me he fijado en que en la casa se han hecho algunos arreglos.

—De mi marido. Llenó las arcas. Dirige un prestigioso bufete de abogados, pero sobre todo ha invertido mucho en cine. Dice que es el futuro. Debe de tener razón, a juzgar por los beneficios. Lo único que le faltaba era entroncar con la nobleza, una respetabilidad que ni todo el oro del mundo podía comprar. Ahora que estamos casados, está hecho. Y a lo hecho pecho. En resumen, todos contentos.

—¿Y tú estás contenta?

La respuesta llegó precedida de un nuevo encogimiento de hombros.

—Claro. Rinaldo es simpático.

Viola tomó una senda entre dos campos, pese al terreno irregular, que conducía hacia el bosque.

—¿Dónde está tu marido ahora?

—En Estados Unidos, por negocios. El resto del tiempo vive en Milán.

—¿No vivís juntos?

—Sí, pero viaja tanto que estoy mejor aquí que en Milán. Suele pasar conmigo los fines de semana. Además, intentamos tener un hijo, y no es fácil. Los médicos creen que para mi salud es preferible el aire del campo al de la ciudad.

Caminamos un momento en silencio. Viola me miró de reojo, aún no estaba acostumbrado a tener que levantar tanto la cabeza para hablar con ella.

—¿Qué?

—Nada —mentí.

—Te conozco, Mimo. Y, como acabarás diciéndome lo que piensas, porque nunca has sido capaz de no hacerlo, es mejor que lo hagas ahora mismo.

—No sé. Es que no es propio de ti, todo eso.

—¿«Todo eso»?

—Casarse, tener hijos…

—Ah, pero ¿no dijo Mussolini que el papel de la mujer era procrear y cuidar de su familia?

—No sé lo que dijo Mussolini y me importa un bledo. No entiendo de política. Pero no soy el idiota que conocías. Primero, tu familia trata de casarte con un niñato lleno de espinillas que, casualmente, es el heredero de una familia riquísima. Tú les saboteas el proyecto y, unos años más tarde, estás casada con otro tipo forrado de dinero, y en la villa no hay ni una grieta ni una mancha de humedad...

—Yo tampoco soy la que tú conociste. ¿Sabes adónde me llevaron mis sueños? Meses de hospital, decenas de puntos de sutura y otras tantas fracturas. Hay que saber crecer. Ya te lo he dicho, Rinaldo es muy simpático, me trata bien. Me ha prometido que algún día me llevará a Estados Unidos.

—Pero...

Viola se detuvo de repente, justo cuando llegábamos al lindero del bosque.

—No necesito que critiques mis decisiones, Mimo. Necesito tu apoyo, o al menos que finjas dármelo.

Entró en el bosque con la misma naturalidad que antes, pero no se internó en él, sino que se mantuvo en el camino. A los pocos minutos se detuvo frente a un pinar y se volvió hacia mí.

—Hemos llegado. Es ahí.

—¿El qué?

—El lugar donde me estrellé.

Por encima de nuestras cabezas, el pino hacía cosquillas a las nubes. Treinta metros de corteza marrón y verde imperial.

—Le debo la vida a este árbol —susurró, acariciando el tronco—. Cada rama contra la que choqué amortiguó mi caída y me dejó una marca. Lo curioso es que no recuerdo nada. Estoy en el tejado y luego abro los ojos en el hospital...

Mientras hablaba, se tocó varias partes del cuerpo, creo que inconscientemente: el brazo, las piernas, la frente. Recordé la escena como si hubiera ocurrido el día anterior. El grito de rabia y de desafío entre las flores de pólvora incandescente. La caída en remolinos. La incertidumbre de los meses siguientes y, por último, su carta pidiéndome que no volviera a escribirle. Viola leyó todo eso en mi cara.

—Cuando desperté, después de tantos días en coma, pedí verte. El tuyo fue el primer nombre que pronuncié. Afortunadamente, ese día solo estaba Francesco junto a mi cama. Nadie más sabe que Cláusula y tú me ayudasteis con el ala voladora y que éramos amigos.

—¿Francesco lo sabía? Yo siempre fingí no conocerte, y él parecía creerlo.

—Nadie sabe a qué juega Francesco —respondió Viola con una leve sonrisa—. Dudo que él mismo lo sepa. Lo que tienes que hacer es no decirle que sabes que él lo sabe y así tendrás ventaja.

—Eres tú quien debería dedicarse a la política... ¿Por qué me has traído aquí?

—Porque tomé malas decisiones. La primera fue arrastrarte a aquella disparatada idea de volar.

—¡No era ningún disparate! El propio D'Annunzio...

—Lo sé, lo sé —me interrumpió irritada—. Pero yo no soy D'Annunzio, soy Viola Orsini. El hecho es que en el hospital tuve tiempo de reflexionar. Estaba bajo los efectos de la morfina y tal vez no pensaba con claridad, pero me convencí de que te había decepcionado. Te había prometido que volaría y había fracasado, te había fallado. Yo era tu heroína y tenía miedo de que tú..., no sé, de que me quisieras menos, o de otra forma. Por eso te pedí que no volvieras a escribirme. No quería tu compasión. No quería que me vieras rota, con las piernas cosidas con metal y la mandíbula remendada. Por la misma razón, decidí no aparecer a cenar cuando regresaste dos años después. Entré en pánico. Luego razoné conmigo misma, puse la luz roja en mi ventana y entonces fuiste tú quien se marchó.

Miré a mi alrededor, con un nudo en la garganta, luego hacia arriba, y fingí arreglarme el pelo para secarme los ojos con una manga. Una triquiñuela de patio de recreo y eficacia probada.

—¿Sigues visitando a tu osa?

—¿A Bianca? No, desde hace cinco años. Voy a su guarida de vez en cuando, pero está desierta. Vive su vida, y eso está bien.

Asentí carraspeando y pregunté:

—¿Qué es lo que quieres exactamente?

—Y tú, ¿qué querías volviendo al cementerio diez años después? Aparte de ver si viajaba en el tiempo.

—Me gustaría que todo volviera a ser como antes.

—Ya no somos como antes. Tú eres un reputado artista, yo soy una mujer casada. Pero podemos viajar codo con codo. Sin heroísmo esta vez.

—¿Quién quiere una vida sin heroísmo?

—Todos los héroes, en general.

Viola me tendió la mano.

—¿Trato hecho?

—No estoy seguro de las condiciones…

—Las inventaremos de camino.

Le estreché la mano riendo, una mano aún más delgada que antes, y tuve cuidado de no apretarla demasiado fuerte. Las mías habían duplicado su tamaño.

—Te he echado de menos, Viola.

—Yo también.

Regresamos a la mansión en silencio. La niebla se disipaba sobre un paisaje marrón, verde y naranja, tejido con el rosa característico de Pietra d'Alba. En el umbral de la villa Orsini, Viola se volvió.

—Por cierto, cuando te envié esa carta pidiéndote que no volvieras a escribirme…

—¿Qué?

—Nada te obligaba a obedecer.

Cerró la puerta suavemente. El viento se levantó, llevándose los últimos jirones de niebla. Pero ¿qué viento? ¿El siroco? ¿El poniente, el mistral, el griego? ¿O quizá algún otro que no conocía porque Viola no me había hablado de él? Al encontrarme de nuevo con ella estaba convencido de que todo sería más sencillo. Pero ¿qué puede haber de sencillo en un mundo donde el viento tiene mil nombres?

Tengo veinticuatro años. No soy rico, lo cual es solo una forma de decir hasta qué punto lo seré después, porque, comparado con el niño llegado a Pietra hace doce años, soy un maharajá. Tengo coche, varios empleados y lo suficiente para vivir cuatro o cinco años, aunque todo se paralice. Ahora entro en casa de los Orsini por la puerta principal. El año 1929 llama a la puerta; luego, vendrá una nueva década que, lo creo firmemente, será la más tranquila de todas las que he vivido. Una década dorada por el progreso, la paz entre las naciones y, lo más impresionante, entre Viola y yo.

Permitidme que me ría.

—¡Padre! ¡Padre! Se ha reído.

Sorprendido por la irrupción del novicio en su despacho, el padre Vincenzo levanta la cabeza de los expedientes que ha estado estudiando desde la mañana. Siempre ocurre lo mismo cuando abre el armario. Se encuentra atrapado en el mismo misterio, diseccionando los documentos y escudriñándolos con la pasión de un teólogo de los orígenes, de un rabino en una yeshivá, descubriendo que cada palabra puede significar una cosa y la contraria, pero que solo hay una verdad, solo una combinación correcta que hay que descubrir para comprenderlo todo de repente.

El novicio se detiene, sin aliento, frente a su escritorio. Al final, las escaleras son duras para todos, piensa el padre.

—¿Quién se ha reído?

—El hermano Vitaliani.

Aunque Vitaliani nunca ha pronunciado los votos, todos lo llaman «hermano» y Vincenzo lo deja correr.

—¿Se ha reído?

—Sí, como si alguien acabara de decir algo gracioso.

—¿Ha vuelto en sí?

—No. Según el médico, los signos vitales están empeorando.

El padre Vincenzo despide al novicio con un ademán y cierra la ventana, que imprudentemente dejó abierta a pesar del frío. De un arcón —todos los monjes tienen el mismo, donde guardan sus efectos personales— saca un cobertor de lana de cuadros grandes y se envuelve en él. Luego abre el expediente que, entre todos los que hay en el armario, es sin duda el más intrigante.

«Testimonios».

La luz de sus ojos ardía con menos viveza y sus huesos crujían cuando subía al púlpito. Había perdido el poco pelo que le quedaba. Solo una herradura de pelo áspero y canoso lo salvaba de la calvicie total. Pero a sus más de cincuenta años seguía intimidando con su voz docta y seguía sorprendiendo con aquel extraño sentido del humor que lo había empujado, muchos años antes, a tomarle afecto a un huérfano de estatura poco habitual. La alegría sincera de don Anselmo, cuando me vio caminar por la nave de San Pietro delle Lacrime, me reconfortó. Me abrazó antes de mirarme, sin pronunciar palabra, contentándose con dar unas cabezaditas de satisfacción.

Instalados en el claustro bajo un cielo azul Pietra —ningún tecnicolor, ningún comerciante de colores lo patentará jamás, ese azul ya no existe—, hablamos largo y tendido. Don Anselmo se quejó de las magras finanzas de la parroquia. Después de diez años de paz, su rebaño pensaba menos en la muerte y, por lo tanto, daba menos limosna. Y el Vaticano estaba lejos. Me pidió que le dijese unas palabras a Francesco, quien ya ni siquiera tenía tiempo de visitarlo cuando regresaba a casa para ver a sus padres. Algunos ornamentos y elementos arquitectónicos necesitaban urgentemente ser reemplazados. Prometí ocuparme de ello gratuitamente tan pronto como llegasen mis aprendices.

En el camino de vuelta, me embargó una fuerte emoción. Había llegado doce años antes en un día muy parecido. Un soplo de aire estremecía los campos dejados en barbecho. El mismo horizonte rosa y seráfico me recibió a la salida del pueblo. Pero había vivido diez vidas.

Oí un grito a mi espalda, seguido de un derrape. Sin tiempo a darme media vuelta, vi pasar una bicicleta sin conductor, que fue a parar a un terraplén. Luego fui abrazado y levantado del suelo varias veces. Emanuele gritaba de alegría. Me pellizcó las mejillas y me besó en la frente. Llevaba el uniforme de parada de los carabineros y una gorra del Servicio Postal Italiano. Su jerigonza seguía siendo ininteligible, pero sus gesticulaciones eran elocuentes: ahora era el cartero de Pietra d'Alba.

Un mes después, la electricidad llegó al pueblo. A la villa Orsini, para ser precisos, pero daba igual, era como si los electrones rebotasen sobre toda Pietra y cada uno recibiese su parte. La electricidad consistía, de momento, en una única farola plantada en medio del parque, que fue encendida solemnemente a las 16.22 del 20 de enero de 1929, en el momento exacto en que el sol desaparecía tras el horizonte. Todo el pueblo había sido invitado al acontecimiento. La excitación inicial fue seguida de cierta perplejidad, porque, una vez encendida la farola, todos se preguntaban para qué demonios querían la electricidad, si una lámpara de aceite hacía lo mismo. El marqués reapareció en público por primera vez, en una silla de ruedas con respaldo de mimbre, empujada por un criado. Tenía paralizada la mitad derecha del rostro y del cuerpo. Hizo un discurso confuso, al final del cual Emanuele se volvió hacia nosotros y pronunció un veredicto que Cláusula tradujo:

—No se entiende ni jota.

Esa misma noche se celebró una cena en la villa. Naturalmente, fui invitado, como correspondía al escultor de los Orsini, al símbolo de su prestigio, su influencia, su devoción y su generosidad. Desde hacía algunos días, mi negocio volvía a funcionar a pleno rendimiento, entre mi taller de Roma y el de Pietra, donde se habían unido a mí Jacopo y un joven aprendiz. Vivían en el pueblo, en una casa que había permanecido vacía desde la marcha de su dueño a una gran ciudad. Había visto a Viola varias veces, a menudo para dar largos paseos por el campo. Conversábamos menos que antes. Parecía marcada por la palidez del invierno, al igual que los huertos circundantes, y solo el olor a neroli que se adhería a ella, a sus cabellos, me recordaba a la niña salvaje de mi infancia. Seguía leyendo mucho, pero ya no hablaba de ello. A veces le soltaba adrede cualquier disparate, como «parece que en el hemisferio sur andan cabeza abajo», lo que reavivaba en sus ojos un sol puro y furibundo y me valía una lección de historia, de física, un viaje de Copérnico a Einstein pasando por Newton. Luego se paraba en seco y me dirigía una mirada agradecida, aliviada por la válvula de escape que acababa de ofrecerle al exceso de conocimientos que la envenenaba.

La cena fue para mí la ocasión de volver a ver a su marido, el *avvocato* Rinaldo Campana. Acababa de regresar de los Estados Unidos y nos contó con todo lujo de detalles sus reuniones, con aquella mezcla de encanto y suficiencia tan suyos y que yo recordaba muy bien, solo que el encanto empezaba a faltarle. Estaba abotagado y se animaba cuando hablaba de dinero. Los nombres salían de sus labios con la misma indolencia: «Charlie dijo esto, Charlie dijo aquello», y luego, cuando le preguntaban quién era Charlie, ponía cara de sorpresa y respondía: «Chaplin, por supuesto». A la cena asistieron otros dos invitados, ambos de camisa negra, además de

Stefano y Francesco, que habían vuelto de Roma para la ocasión. En la cabecera de la mesa, el marqués se esforzaba por comer dignamente y nosotros por no observar la comida que le caía de la boca, mancillando a aquel hombre que antaño colgaba de los naranjos a sus rivales.

Todos los invitados llevaban a sus parejas, con la obvia excepción de Francesco. Las mujeres iban elegantemente vestidas y capté varias miradas furtivas de Viola en su dirección, seguidas de un ajuste de su postura. Uno de los hombres de camisa negra, un tal Luigi Freddi, se mostró entusiasmado con los proyectos de Campana. Sugirió que Italia podría inspirarse en el cine americano y utilizar sus métodos comerciales para glorificar al hombre nuevo, al fascista, sin los excesos de la propaganda soviética. Obviando el interés espurio, parecía amar realmente el cine y evocó varias escenas de películas que yo no había visto. Campana lo escuchó distraídamente y dijo que estaba abierto a cualquier proyecto siempre que le reportase dinero. «Porque no fue el fascismo el que pagó el tendido eléctrico», comentario que le valió las miradas iracundas de Stefano y de Freddi, quien volvió enseguida a soñar despierto con una ciudad italiana dedicada al cine.

Yo escuchaba sin participar, sin duda contagiado de mi frecuente trato con Francesco, quien se comportaba del mismo modo al otro lado de la mesa y a veces me dirigía una sonrisa cómplice, enjugando delicadamente los labios con la punta de la servilleta después de beber un minúsculo sorbo de vino. Stefano seguía bebiendo por tres y llenaba mi copa al mismo tiempo. Viola me observó con sorpresa al verme beber y luego me regaló uno de sus imperceptibles encogimientos de hombros. En cambio, cuando Luigi Freddi hablaba, mezclando arte y política como nunca había visto hacer, Viola se estremecía y siempre parecía a punto de decir algo. Él debió de darse cuenta, porque, poco después del postre, se volvió hacia ella y le preguntó:

—Y usted, señora, ¿qué opina de todo esto?

Campana puso una mano sobre la de Viola.

—¿Dónde están sus modales, mi querido Luigi? A nuestras esposas no les interesa la política. ¿Por qué aburrirlas con nuestras discusiones?

—Desde luego —intervino Stefano—. Vamos al salón oriental para un último trago, o el penúltimo, y algunos cigarros que me han regalado y que, según me cuentan, ¡fueron enrollados para el mismísimo Duce! Y así estas damas podrán hablar de sus cosas.

Los hombres se dirigieron a la puerta que conducía al salón vecino. Francesco anunció que se retiraba a descansar.

—¿Vienes, Gulliver? —preguntó Stefano.

Antes de unirme a los demás, le dirigí una última mirada a Viola, quien me sonrió afable. Un sirviente cerró la puerta detrás de nosotros en el momento en que la esposa de Freddi, una pelirroja delgaducha, se inclinaba hacia Viola para decirle:

—El tafetán de su vestido es exquisito. Tiene que decirme dónde lo ha encontrado.

En el salón de fumadores, Stefano se aflojó el cuello de la camisa y luego los pantalones con un suspiro de satisfacción. Se arrellanó en una poltrona, secundado por Freddi, que había bebido menos, y el otro escuadrista, que solo abría la boca para estar de acuerdo con el último que hubiese hablado. Campana se apoyó en el mueble de marquetería donde esperaban diversos licores y aspiró, pensativo, una larga bocanada del cigarro que un sirviente le había encendido.

Tras beber medio vaso de whisky de un trago, Stefano miró con picardía a los allí congregados.

—Bueno, francamente, todas esas historias de cine son para poder palpar un poco de carne fresca, ¿no?

Luigi Freddi frunció el ceño con desaprobación, Campana esbozó una sonrisa burlona.

—No te creas. Conocí bien a Rodolfo antes de su muerte y…

—¿Rodolfo? —lo interrumpió Stefano.

—Ah, sí, perdón. Rudolph, que es como quería que lo llamasen. Y no me extraña, porque Rudolph Valentino, desde luego, era mucho más viril que Rodolfo di Valentina. Resumiendo, cuando Rudolph se casó por primera vez, la misma noche de bodas su joven esposa lo encerró en la habitación del hotel y se largó con viento fresco. Resulta que a ella solo le gustaban las mujeres.

—Ya le enseñaría yo a amar a los hombres.

—Lo dudo —bromeó Campana.

Stefano frunció el ceño y al levantarse derramó el whisky que le quedaba en el vaso.

—¿Qué quieres decir exactamente?

—Nada. Solo que si Valentino no lo consiguió…

—¡Mira quién fue a hablar, el que ni siquiera es capaz de dejar embarazada a mi hermana!

—Señores… —intervino Freddi, dirigiéndome una mirada preocupada.

Yo había visto a Stefano perder los estribos por menos que eso docenas de veces. Pero permanecí impasible, por la sencilla razón de que no soportaba a Campana y de que yo también había bebido mucho. El abogado, además, daba la talla para defenderse solo.

—Dejaría embarazada a tu hermana, como dices, si ella pusiese un poco de interés.

—Deberíais hablar de Viola con más respeto. Los dos.

Stefano y Campana se volvieron hacia mí, sorprendidos por mi intervención.

—¡Caramba! —exclamó el abogado—. ¡Pero si tiene un caballero andante!

Me miró de arriba abajo con esa mirada que tan bien conocía, esa ida y vuelta que no tenía mucha distancia que recorrer desde la cabeza hasta los pies.

—¿Has puesto los ojos en ella, renacuajo? —añadió.

—Vuelve a llamarme renacuajo y verás de lo que soy capaz.

Stefano se echó a reír sin que viniese a cuento y agitó su vaso vacío.

—¡Ah, las mujeres! ¡Cuántos quebraderos de cabeza! ¡No vamos a pelearnos por un par de pechos, sobre todo por los de mi hermana!

—Cuánta razón tienes, no hay nada por lo que pelear —le enmendó la plana el abogado burlonamente.

Freddi vio cómo mi mano se crispaba en el vaso. Era un hombre inteligente, adivinó todas las opciones que se me ofrecían: una en la que arrojaba el vaso a la cara de Campana; luego otras ramificaciones, hasta el infinito: aquella en la que el vaso le cortaba la mejilla, aquella en la que fallaba y me arrojaba sobre él para terminar el trabajo y luego... Su mano se posó en mi brazo, su mirada me inmovilizó en el sillón. Un criado sirvió otra ronda mientras Stefano atizaba el fuego. Freddi me sonrió, visiblemente aliviado.

—Tengo entendido que es usted un escultor de mucho talento, señor Vitaliani.

—Eso dicen —rezongué.

—El régimen necesita gente como usted. El pueblo no tiene imaginación. Hay que enseñarle a ver. Permitirle contemplar, tocar al hombre nuevo. Tenemos un proyecto con el gran Marconi, el genial inventor de la telegrafía sin hilos, un proyecto que todavía no puedo desvelar, y creo que usted también podría contribuir a la proyección del país. ¿Le interesaría trabajar para nosotros? El Duce sabe ser generoso con sus científicos y sus artistas.

Tal vez porque estaba borracho, o porque me gustaba el dinero, tal vez porque Freddi era un visionario a su manera, o porque parecía que Campana le gustaba tan poco como a mí, o tal vez por ninguna de esas razones, respondí:

—¿Por qué no?

Al día siguiente, Viola apareció justo después del almuerzo. Irrumpió en el taller, donde Cláusula y yo compartíamos una taza de café antes de volver al trabajo.

—Quiero hablar con Mimo. En privado.

Cláusula dejó tranquilamente su taza y se alejó. A espaldas de Viola, me lanzó una mirada burlona e imitó una navaja deslizándose por la garganta antes de desaparecer.

—¿Qué he hecho ahora?

—Ah, entonces reconoces que has hecho algo —ironizó.

—Si te refieres a la discusión que tuve anoche con tu marido, sí, lo encontré grosero. Grosero es quedarme corto: zafio y vulgar.

—Me dio la impresión de que tú también habías bebido lo tuyo y no eras precisamente un modelo de corrección y buenos modales. Y, dicho sea de paso, nunca pensé que te darías a la bebida. Con tu tío…

—¿Has venido a sermonearme?

Viola abrió la boca, volvió a cerrarla y suspiró. Sus hombros se hundieron un poco.

—¡Qué pena! Solo hace un mes que has vuelto y ya estamos discutiendo.

—Tu marido me faltó al respeto. Y a ti también.

—Mimo, te necesito. Pero no para defenderme, ¿entiendes?

Ante mi actitud terca, una expresión angustiada le cruzó el semblante. La Viola de doce años, la de dieciséis años, apareció de repente ante mí, aquel ser que lo marcaba todo con su impronta, que revolucionaba, que entusiasmaba.

—No me obligues elegir entre mi marido y tú.

—No lo haré, no te preocupes.

—Entonces, ¿vendrás a presentarle tus excusas?

—¿Mis excusas? Ni lo sueñes.

Al final del día fui a la villa Orsini y le ofrecí mis disculpas a Rinaldo Campana, con una abyecta falta de sinceridad. Él las aceptó con el mismo grado de hipocresía y nos despedimos con un apretón de manos, detestándonos más que nunca.

Luigi Freddi cumplió su promesa. En mayo de 1929, aprovechando una estancia que hice en mi taller romano, me visitó en compañía de Stefano. El régimen iniciaba la construcción de un edificio espectacular en Palermo, un símbolo de sus ambiciones, del hombre nuevo con el que todos me daban la tabarra todo el santo día y del que nunca supe qué tenía de nuevo, habida cuenta que bebía, meaba, asesinaba y mentía tanto como el anterior. El Palazzo delle Poste, un edificio de hormigón y mármol siciliano rodeado por una columnata de treinta metros de altura, había sido confiado al arquitecto Mazzoni y sus frescos interiores a Benedetta Cappa, que no era otra que la esposa de Marinetti, el inventor del futurismo. Y el futurismo era Viola. Freddi me propuso la creación de un fasces de lictor de cinco metros, destinado a ser expuesto en el costado del edificio, y cincuenta mil liras, suficientes para vivir cómodamente durante un año. Yo no había trabajado seis años en Roma en vano y respondí:

—No me interesa.

Vi a Stefano, detrás de Freddi, al borde de la apoplejía.

—Pero… ¡pero cualquier escultor mataría por un privilegio como este! —exclamó Freddi desconcertado.

—Perfecto, porque me hubiera disgustado ponerlo a usted en un compromiso. Encárgueselo a cualquiera de ellos. Hay muy buenos escultores en este país. O, al menos, competentes.

—No lo entiendo. Cuando le hablé del proyecto en la cena de los Orsini me dijo que le interesaba...

—Porque pensé que su Gobierno tenía ambición. ¿Por qué solo un fasces? Serían necesarios tres, como la Trinidad, en el supuesto de que a su régimen le interese rivalizar con los mejores en cuestión de autoridad. Cada uno de los fasces debería medir veinte metros, no cinco; de lo contrario, su símbolo quedará ridículo al lado del edificio. En cuanto al costo, no sé si podrían permitírselo. Ciento cincuenta mil liras, mármol y gastos no incluidos.

Freddi me miró con la boca abierta, pero creí ver un brillo de admiración en sus ojos. No podía decidir por su cuenta, tenía que consultarlo. Subió a telefonear a mi despacho mientras Stefano blandía el puño bajo mi nariz.

—¿Te has vuelto loco, Gulliver? Si arruinas esto, te mato.

Lo habría hecho sin pestañear, dada la naturaleza de nuestra amistad, que bailaba en la cuerda floja, siempre a punto de caer, pero que tenía el brillo de las efímeras, también su ligereza. Stefano era un cerdo. Me consideraba un degenerado, una anomalía. Nos profesábamos el uno al otro el respeto mutuo de las escorias.

Freddi reapareció, me miró gravemente, luego se echó a reír y me estrechó la mano con un entusiasmo infantil.

Francesco no acogió la noticia de este encargo con el entusiasmo esperado. ¿Qué mejor manera, le pregunté, de acrecentar el prestigio de los Orsini? Con las manos cruzadas bajo la barbilla, con aquella compunción suya que, gracias a las pocas canas que salpicaban sus sienes todavía jóvenes, parecía menos cómica, me explicó que las relaciones entre la Santa Sede y el régimen eran delicadas. Se necesitaban el uno al otro, pero necesidad no significaba amor. Monseñor Pacelli acababa de ser nombrado cardenal, un gran paso para un hombre al que ya se le veía acceder a los peldaños más altos. Mis elecciones serían examinadas con lupa y analizadas como una expresión de las fidelidades de la familia Orsini. Y la única fidelidad de la familia Orsini, me recordó, era para con Dios.

Regresé a Pietra d'Alba e implementé el *modus operandi* que seguiría en los años venideros: tres o cuatro viajes a Roma al año y las correspondientes visitas a las obras. La mayor parte de mi trabajo se haría desde mi taller en Pietra, junto a Cláusula, Anna y, por supuesto, Viola. Mikael, que se había convertido en mi mano derecha, se ocupaba discretamente, mejor dicho, secretamente, de la gestión de los dos talleres. En aquellos años era más fácil imponerse cuando se medía un metro cuarenta que cuando se tenía la piel oscura.

Encargué tres bloques de piedra de Billiemi, un mármol gris de los alrededores de Palermo, y pasé cuatro meses esculpiendo con todo detalle los tres fasces, pero en modelos a escala de un metro cada uno. Después envié las maquetas a Roma, junto con las instrucciones sobre los cortes que deberían realizarse para crear los fasces de veinte metros, que luego serían desbastados por mis aprendices. Jacopo, entre tanto, se encargaba de todas las obras que nos llegaban a través de Francesco, trabajos que, en su momento, me habían parecido lucrativos, pero mis fasces, cuyos bocetos habían encantado a Luigi Freddi, anunciaban una era de prosperidad sin precedentes. Prosperidad tanto más insultante cuanto que desde octubre los periódicos no paraban de hablar de la devastadora crisis financiera, que sin embargo no pareció afectar a la familia Orsini ni a mis mecenas seculares o religiosos. Sabía, por haberlo vivido en mis propias carnes, que las crisis solo empobrecen a los pobres.

Veía a Viola con regularidad y dábamos largos paseos por los huertos. Desapareció durante unos meses en 1930 para someterse a un largo tratamiento en Milán destinado a estimular su fertilidad. Regresó con ojeras y con diez kilos más, torpemente repartidos por su cuerpo longilíneo. A finales de 1930 estaba más delgada que nunca y sus grandes ojos aparecían subrayados por un violeta cansado que infundía sus pupilas y la hacía parecerse a mi madre.

Viola no parecía más entusiasmada que Francesco por mis fasces o por mi colaboración con Luigi Freddi. Desaprobaba la política del régimen, que conocía al dedillo. El *Corriere* ya no llegaba a Pietra desde el ataque cerebral del marqués, incapaz de leer, y tuve que suscribirme para entregárselo a Viola discretamente. Al hacerlo, perjudicaba mi causa, dándole cada día un motivo nuevo para despotricar, aunque debo admitir que me encantaba verla echando chispas por los ojos, frunciendo los labios, los mismos estremecimientos de indignación o de impaciencia del pasado, cuando la ebullición era su estado permanente. Por eso apechugaba con sus miradas despectivas cada vez que le mencionaba mi proyecto de Palermo. De vez en cuando estallaba una discusión.

—Mientras no vuelvas a trabajar para esos bastardos cuando acabes con lo de Palermo...

—No todos son bastardos, no creas. El Gobierno hace algunas cosas muy bien.

—Sí, como asesinar a quienes se le oponen.

—Si te refieres a Matteotti, es una vieja historia, no se ha demostrado nada. Y, si no recuerdo mal, tú estabas bien contenta de que os sacasen las castañas del fuego durante la revuelta de 1919.

Pasábamos sin vernos varias semanas. Luego, uno de los dos claudicaba y se dejaba caer por la casa del otro, ella se acercaba al taller, yo a la villa, con un pretexto más o menos verosímil, y volvíamos a la normalidad. Cada dos meses se celebraba una cena en casa de los Orsini, un barómetro para medir el progreso social de la familia. A la villa acudían miembros del Gobierno cada vez más influyentes. Francesco asistía pero hablaba poco. Algunas noches, la mesa se cargaba de púrpura y se glorificaba a Dios a tente bonete, sin menoscabo de la discusión de asuntos más terrenales pero no menos importantes. A veces aparecía Rinaldo Campana, sentado lo más lejos posible de mí. Viola apenas veía a su marido, ocupado casi siempre con sus viajes a Estados Unidos, adonde, pese a todas sus promesas, no la había llevado. En cuanto servían el café, se retiraban ambos, bajo la mirada burlona de Stefano, para poner a prueba la fertilidad de mi mejor amiga, y a mí se me revolvía el estómago.

A finales de 1929, el régimen había creado la Real Academia de Italia, cuya dirección confió en 1930 a Guglielmo Marconi, quien declaró: «Reivindico el honor de haber sido el primer fascista en la radiotelegrafía, el primero en reconocer la utilidad de unir los rayos eléctricos en un haz, como Mussolini ha reconocido por primera vez en el campo político la necesidad de reunir en un haz las sanas energías del país a mayor gloria de Italia». Si todavía recuerdo estas palabras es porque me las aprendí de memoria para soltárselas a Viola, con alevosía, durante una de nuestras discusiones. Ella, que adoraba la ciencia, el progreso, la velocidad, no podía negar a Marconi. Y, si el fascismo era bueno para Marconi, también lo era para mí, sobre todo desde que Luigi Freddi me sopló que sonaba mi nombre como potencial candidato; que a los veintiséis años todavía era demasiado joven, pero que algún día, si jugaba bien mis cartas, me invitarían a formar parte de la Real Academia. Yo, que era tan pequeño, académico.

Viola, sin pelos en la lengua, ¡para qué iba ella a andarse con rodeos!, me explicó que yo era un imbécil; Marconi, un cretino, y que entre los dos hacíamos bajar la media de inteligencia de la nación. Mussolini solo había creado la Real Academia para competir con la Academia Nacional de los Linces, una de las instituciones científicas más antiguas del mundo, que ni siquiera el dictador osaba disolver y que reunía a las mentes más brillantes del mundo, entre ellas la de un tal Einstein. Los linceos, inteligentes, no se vendían a los fascistas por treinta monedas. Me puse rojo de ira y evité a Viola durante tres meses. Luego sobrevino la inundación de Palermo que, el 21 de febrero de 1931, anegó las obras del Palazzo delle Poste. La crecida estuvo a punto de provocar el hundimiento del primer fasces, que ya habíamos terminado y transportado, y que estábamos empezando a levantar. Una grúa se vino abajo poco después, en un día de viento huracanado. Cayó sobre un inmueble vecino, reavivando mi vena supersticiosa. Vi a Viola dividida entre utilizar el arma fácil de la maldición y su desprecio por cualquier forma de creencia irracional. Entre los dos extremos, su cerebro se bloqueó y nunca volvió a mencionar aquella obra hasta su inauguración en 1934.

Hubo otras mujeres, por supuesto, ya que me lo preguntaron a menudo, como si eso importase. Las veía durante mis viajes, en Roma, en Palermo, pero nada en aquellos abrazos cansados merece ser evocado. Mi trabajo me ocupaba la mayor parte del tiempo; Viola, el resto.

Sin nuestras discusiones, tal vez no la habría visto cambiar. Habría aceptado el deterioro, insidioso, me habría dado la impresión de que siempre había sido así, igual que don Anselmo era calvo, o Anna, guapa. Nuestras separaciones me permitieron notar, cuando volvía a verla, que parecía cada vez más ausente. A veces me hacía repetir una pregunta, como si despertara de un largo sueño. Al tratamiento de Milán siguieron otros, que la hacían variar de peso y le acentuaban las ojeras, pero siempre recuperaba aquella silueta afilada de rama joven, aunque un poco más desgastada. Campana aparecía cada vez más frecuentemente para pasar los fines de semana; llegaba acompañado de su hermana, una milanesa de anchas caderas, y de sus tres retoños de entre dos y seis años. Su propósito declarado —confesado al menos cuando nos retirábamos a fumar un cigarro— era inspirar a su esposa, poner ante sus ojos aquel modelo de felicidad perfecta para estimular su «vientre triste», como él mismo dijo una noche en que solo la presencia de Francesco evitó una nueva agarrada. El vientre de Viola no se alegró y permaneció desesperadamente plano, a pesar de los asaltos mensuales, cada vez menos entusiastas, de su marido. Un buen día, más o menos a mediados de la década, me dijo que habían renunciado a tener un hijo. En opinión de algunos médicos, la caída la había dañado irreparablemente. A partir de ese día, Campana se volvió más desagradable si cabe, o eso me pareció. Su hermana siguió alojándose en la villa Orsini tres o cuatro veces al año. Ahora, con las susodichas visitas, se trataba de hacerle entender a Viola lo que se había perdido. Estrategia más que cuestionable, porque los tres niños eran insoportables, mimados y estúpidos.

Mis fasces me valieron una nueva afluencia de encargos gubernamentales cuando los entregué. Los fasces de la antigüedad, llevados por los lictores que protegían a los jueces, consistían en un cilindro de treinta varas de abedul sujetas con una cinta de cuero roja, al que se ataba un hacha o labrys, símbolos de la autoridad de los portadores y de los dos tipos de castigo, uno humillante y otro mortal, que podían infligir. Para los míos, solo había conservado su forma, de modo que pudiera distinguirse a contraluz o estudiando su sombra. Ya no había ninguna disociación entre el hacha y las varas, solo una forma monumental, símbolo de un poder todopoderoso pero tranquilo, cuya cólera sería impredecible. Fue mi única obra decididamente moderna, suponiendo que esa palabra quiera decir algo. Los fasces fueron erigidos a la derecha del edificio. Los admiraron, me aplaudieron, me felicitaron y, si hoy no están allí, en el momento en que dejo este mundo, es culpa mía y de nadie más. Los creé y los hice desaparecer, aunque fuese por desidia, unos años después.

A mi regreso de Palermo, los Orsini organizaron una cena en mi honor. La venganza del chiquillo azotado, con el culo al aire, quince años antes, se había consumado. A partir de entonces, Francesco asistió a todas las comidas importantes, incluidas aquellas a las que estaban invitados los dignatarios del régimen. Porque, en efecto, Pío XI se había reconciliado con el Duce, el cual se había avenido a reconocer la soberanía del papa sobre el Vaticano y el catolicismo como religión de Estado. Como regalo, Marconi había ofrecido a Pío XI la primera transmisión radiofónica de un papa, cuya voz había sido escuchada *urbi et orbi*. Asistí al ágape con mi mejor traje y un Cartier en la muñeca. Llevaba lo mejor de lo mejor, que invariablemente procedía de Francia, muy a mi pesar, porque en aquellos años Italia no apreciaba la moda. Cartier también me había valido una de mis raras discusiones con Cláusula, a quien le había regalado un reloj cuyo lujo le había avergonzado. Me lo devolvió asegurando que no sabría qué hacer con él, sobre todo porque el tiempo de la madera, el que más le interesaba, no se podía medir con semejante cachivache. Lo tildé de patán ignorante y corto de miras.

Campana asistió al almuerzo separado de la mesa por una barriga que le desbordaba el cinturón. Su rostro se hundía en una ruina de carne flácida, en contraste con el brillo de su mirada de chacal siempre al acecho y sus trajes de lujo. Pasó la velada jactándose de sus últimos éxitos, anunció que había descubierto a una niña, Miranda Bonansea, que pronto sería la Shirley Temple italiana y que el cine visto hasta ahora no era nada comparado con lo que estaba por venir. Apenas ejercía su profesión de penalista, a no ser que se tratase de un juicio sensacionalista, en el que se presentaba con cuatro trucos de rábula y resultado asegurado. Y, si el resultado no estaba asegurado, ya se aseguraría él de que así fuera, precisó riendo y frotando el pulgar contra el dedo índice. Viola sonreía cortés, ausente de sí misma. Me moría de ganas de sacudirla para despertarla. Cuando Campana dijo que tenía su propio palco en La Scala y que había llevado allí a su amigo Douglas (Fairbanks) la semana anterior, dije, con la única intención de molestarlo:

—Me encantaría ir a la ópera.

—A mí también —añadió Viola inmediatamente.

A Campana se le congeló la sonrisa en la cara y se vio obligado a invitarnos al estreno previsto para la semana siguiente, en que su amigo Arturo (Toscanini) iba a dirigir *Turandot*. El marqués, a la cabecera de la mesa, lanzó un gruñido incomprensible que nadie supo qué quería decir. Presidía siempre las cenas en compañía de su mujer, asistido por una ayudante que limpiaba y recogía todo lo que se le caía de la boca. Un nuevo ataque el año anterior lo había dejado aún más mermado de facultades. Solo su mirada móvil, a menudo sumergida en el escote de su ayudante, sugería una fuerza vital intacta en aquel caparazón muerto.

Seis días después estábamos en Milán. Campana tenía amigos invitados, su palco estaba lleno. El abogado se sentaba entre Viola y una rubia bajita, su secretaria, y no tardé en comprender, por las miraditas apenas veladas que intercambiaban, que se ocupaba de algo más que de su secretaría. Viola miraba al frente, parapetada detrás de una sonrisa. Comenzó la ópera y no es exagerado decir que la trama era ridícula. Una cruel princesa china, tres enigmas y un pobre tipo que ni siquiera se da cuenta de que su sirvienta está enamorada de él. Sentado detrás de Viola, me incliné para susurrarle al oído:

—Yo esto no lo aguanto ni diez minutos.

Diez minutos después, Liù le declaró su amor al imbécil de Calaf y yo lloraba a moco tendido. Conocía a Viola lo suficiente como para saber, con solo mirarle la nuca, que ella también lloraba rendida ante el genio de Italia. Amparado en la oscuridad, Campana deslizó una mano furtiva en el muslo de su vecina, ante mis narices. En el escenario, Calaf cantaba *Nessun dorma*. Fingí acomodarme mejor y le di un rodillazo en la espalda antes de disculparme con una sonrisa angelical.

Cuando salimos, una fina lluvia entristecía los primeros días de 1935 y las calles de Milán. Campana se empeñó en que su esposa parecía fatigada y le aconsejó volver a casa mientras él iba a tomar una última copa y a hablar de negocios. Me ofrecí a acompañarla, lo que no pareció molestar al *avvocato*, que no me veía como una amenaza —no sabía si debía sentirme aliviado o insultado—.

A medio camino, ordené a nuestro chófer que se detuviera y abrí la puerta.

—¿Y ahora qué ocurre? —preguntó Viola—. ¿Dónde estamos?

—No lo sé exactamente, pero seguro que en el barrio indicado.

—¿Para qué?

—Para beber sin freno.

Viola nunca había bebido sin freno. Pero me siguió. Con el instinto que había desarrollado en Florencia y perfeccionado en Roma, no tardé en encontrar el arrecife de baldosas y zinc al que se aferraban todos los náufragos de la ciudad. Un cafetín con una persiana metálica a medio bajar, encajado entre una lavandería y un garaje que llevaban mucho tiempo cerrados. Viola bebió el primer vaso con remilgos, se hizo de rogar para el segundo y el tercero, pidió por su cuenta el cuarto y el resto pertenece a aquella noche. Durante un momento, todo volvió a ser como antes, Mimo que esculpe y Viola que vuela, cosa que hizo hacia las tres de la madrugada, arrojándose, borracha como una cuba, desde la barra a los mullidos brazos de una multitud de marinos que nunca habían visto el mar.

Al día siguiente, Campana llamó a los Orsini para quejarse. Viola había estado indispuesta dos días por mi culpa. Me llamó «enano degenerado», cosa que Stefano no tardó en repetirme regodeándose. Al enano degenerado no le importaba, ya había vuelto a las carreteras. A principios de 1935 acepté una serie de encargos que me mantendrían ocupado los cinco años siguientes. El cardenal Pacelli deseaba regalar a un amigo, también cardenal, la escultura de un santo. Imposible decirle que no a Pacelli, a quien le debía todo. Dejó a mi arbitrio la elección del santo, aconsejándome simplemente, por boca de Francesco, «pensar en mi público» y «no ser demasiado experimental». A ello se sumaron algunos encargos privados; a continuación, uno de los arquitectos que diseñaron el Palazzo della Civiltà Italiana en Roma me encomendó diez esculturas de las cuarenta con las que contaría la planta baja. Me fascinó la maqueta del edificio, otro símbolo más de las ambiciones del régimen. Un cubo blanco ciclópeo de seis niveles, cada uno de ellos atravesado por nueve arcos (seis como el número de letras de Benito y nueve como las de Mussolini, diría más tarde la leyenda). Acepté sin titubear. Su construcción jamás sería acabada, aunque por una vez no fuese culpa mía. Por último, acepté un encargo para el patio de una escuela de aeronáutica en Forlì. Los mosaicos que decoraban las paredes, maravillosos ejemplos del arte de la *aeropittura,* siempre me hicieron pensar en Viola.

Regresé a Pietra d'Alba a finales de la primavera, liberado definitivamente de cualquier preocupación económica. Había resuelto la extraña ecuación del capitalismo y, aceptando pocos encargos, podía permitirme el lujo de venderlos a precios desorbitados. Siempre había alguien dispuesto a comprar. Cuanto menos trabajaba, más rico me hacía. Viola sugirió que a ese ritmo pronto me pagarían por no trabajar. Le gustaba la idea, porque empobrecería a los fascistas sin darles nada a cambio. Le recordé que no solo trabajaba para los fascistas y que, además, no me habían hecho nada. Me habló del problema de los judíos en Alemania, recitó nombres de ciudades y gentes, habló de lugares y de asesinatos, de todo lo que estaba bajo mis narices pero que prefería no ver, y tuvimos otra de las muchas disputas que jalonaron aquellos años. Nuestros agravios, como buenos gemelos cósmicos, eran perfectamente simétricos. Ella me reprochaba que participase en la construcción del mundo que estaba surgiendo, que fuese uno de los actores principales. Y yo le reprochaba exactamente lo contrario: haber abandonado la escena con el pretexto de que un día había dado un traspié en público.

En julio de 1935, en la mitad exacta de la década, Pietra d'Alba se despertó con el característico calor de una mañana de verano, donde todo parecía como de costumbre: las tierras en barbecho quemadas, los naranjos muertos de sed, el perfume de azahar, menos presente que antes, pero todavía allí, porque de tanto acariciar la piedra se había incrustado en ella. Y el rosa arrollador, por supuesto, sin el cual Pietra nunca habría sido d'Alba. El aire ondulaba, espeso, presagio de ese calor infernal de los días tormentosos, de aquellas horas en las que nada se movía, en las que hasta al mármol que trabajábamos le costaba mantener su frescura.

La agitación surgió de repente, un alboroto de una naturaleza que nuestro pueblo nunca había conocido y nunca volvería a conocer. Una nube de polvo, un enjambre negro sobre los dos kilómetros que separaban el lago de los Orsini de su propiedad, hacia los campos de los Gambale. Cinco camiones atravesaron la calle principal, con gran chirriar de ejes: los tres primeros cargados con tuberías, bobinas y bidones; los otros dos, con obreros y escuadristas, que en medio de un estrépito tremendo se dispersaron por los caminos y los campos, en un fárrago de órdenes y directrices. Cualquier soldado, bajo el aparente caos, habría discernido un plan de batalla.

Después de años de paciencia, Stefano Orsini hacía avanzar a sus peones.

En menos de tres semanas, el acueducto cruzó los campos de los Gambale. Se sumergía por un extremo en el lago y por el otro vertía a un estanque construido a tal efecto más elevado, en el bosque detrás de la villa Orsini, desde donde alimentaba los campos por gravedad. Los escuadristas velaban por el buen funcionamiento de los trabajos y montaban guardia de noche, un mero trámite. Stefano era un matón, pero no tan estúpido como yo creía. Los escuadristas servían como recordatorio de quién era él y quién estaba detrás de él. El mensaje fue claramente recibido. Ni un Gambale, pese a toda la rabia que habían tenido que tragar, se atrevió a protestar. Nadie quería acabar como el diputado Matteotti, un cadáver putrefacto en una foto de la prensa vespertina. La última semana la pasaron instalando una bomba cerca del lago y desenrollando el largo cable que permitiría alimentarla desde el suministro eléctrico de la villa. Stefano no era humilde en la victoria. Ordenó instalar una fuente en medio de los naranjales, solo porque podía. Mis aprendices la habían esculpido bajo la dirección de Jacopo. Los festejos reunieron a todos los Orsini, excepto a Francesco, que estaba ocupado en Roma, y a algunos amigos de paso. Stefano apartó con un gesto a Simona, la joven que cuidaba de su padre, y empuñó él mismo la silla del patriarca. A sus sesenta y cinco años, el marqués no era tan viejo, pero los dos ataques lo iban borrando poco a poco de escena. Stefano empujó a su padre hacia la casa, hasta la terraza más alta, y luego giró la silla hacia los huertos. La fuente brotaba entre los árboles y, donde antes solo había roca y polvo, ahora destellos de pomelo y melocotón danzaban a la luz del crepúsculo.

—¿A ti qué te parece, papá? ¿Tú crees que Virgilio sería capaz de hacer todo esto?

Dos lágrimas rodaron por las mejillas del marqués. Era imposible saber si lloraba de alegría, por el agravio a su primogénito o simplemente porque no podía parpadear. Simona le secó las mejillas, poniendo fin a aquel episodio francamente embarazoso en el que uno de los poderosos de este país se había dejado llevar por un momento de debilidad.

En septiembre, los naranjos y limoneros supervivientes ya mostraban signos de nuevo vigor. Llegó un cargamento de un vivero de Génova. Centenares de árboles muertos, dañados o enfermos fueron reemplazados. Una alegría sorda recorrió los campos, las zanjas, las acequias y las calles, se arremolinó en las plazuelas del pueblo y embriagó a los lugareños que la respiraron a lo largo del día. Se celebraron fiestas espontáneas. Habíamos ganado una guerra contra un enemigo poderoso, el sol, y en menor medida contra aquellos bastardos de los Gambale. Pero la alegría se desvaneció antes de llegar al taller. Al regresar de una gira de inspección de los distintos trabajos, poco después del equinoccio de otoño, encontré la casa sin luz y el fuego del hogar apagado. No se oía ningún ruido y Cláusula no respondió a mis llamadas.

Lo encontré sentado en medio de la carpintería, debajo de un cobertor, con las mejillas devoradas por una barba de varios días. Olía a una mezcla de alcohol y tabaco, la pipa fría entre los dedos. Le ardían los ojos de fiebre, pero tenía la frente seca. Alarmado, pensé inmediatamente en los pequeños, que ya no lo eran tanto, con doce y diez años respectivamente.

—¿Qué ha pasado? ¿Dónde está Anna?

—Se ha ido.

—¿Cómo que se ha ido? ¿Adónde?

—A casa de sus primos, cerca de Génova.

—¿Y se ha ido sin más ni más?

Anna no se había ido sin más ni más. Llevaban hablando de ello desde hacía tiempo, de la brecha que crece entre dos seres a los que nada, o eso creían, podría separar. De las astillas que el tiempo va deslizando bajo la piel y no se quieren ver —¿a quién le preocupa una astilla?—, pero que un día se infectan. Anna veía que el mundo estaba cambiando y aspiraba a más. Le reprochaba a Cláusula su falta de ambición. Tres días antes, al regresar de hacer una entrega en un pueblo vecino, había encontrado la casa desierta. Anna lo había llamado esa noche para explicarle dónde estaba y habían hablado sin hostilidad, con el cansancio de los guerreros derrotados. Necesitaba distanciarse, necesitaba el bullicio de las ciudades. Su intención era buscar alojamiento cerca de Savona, a menos de una hora en coche de Pietra. Cláusula podría ver a Zozo y a Maria cuando quisiera o tenerlos durante unos días si lo prefería.

—¿Crees que me falta ambición, Mimo? Me gano bien la vida, pero ya sé que comparado contigo...

De repente detesté mis pantalones deportivos, mi chaqueta de lino y el carísimo reloj que llevaba en la muñeca. Y, como me culpaba a mí mismo, fui a Génova para hablar con Anna. Me saludó con las mejillas menos sonrosadas que de costumbre, mientras Zozo y Maria me recibían alborozados. Luego mandó a los niños a jugar, me ofreció un café y se sentó conmigo en la cocina, un cuartucho que daba a una calle muy transitada. No tenía mucho tiempo, sus primos estaban a punto de volver y aquella no era su casa. Me empleé a fondo, derroché ingenio para hacerla cambiar de opinión, le recordé nuestras aventuras, nuestras reuniones secretas, quince años antes, su encuentro con Cláusula, cuando sus cuerpos aún jóvenes los empujaban el uno hacia el otro y cada noche era como la primera. Cuanto más hablaba yo, más se cerraba en banda ella. Al final, suspiró.

—Mimo, tú te paseas de una ciudad a otra con tus amigos de la alta sociedad y vuelves para dar consejos cuando te parece que te necesitan. Sé que crees que estás haciendo lo correcto. Pero déjame decirte una cosa: no sabes nada de nosotros. Ni te imaginas cómo es la vida en invierno en Pietra d'Alba. Te fuiste hace mucho tiempo. Yo tengo hijos y quiero para ellos algo más que esta vida de reclusos. El mundo está cambiando, no dejaré que se lo pierdan.

Como cada vez que criticaban mi éxito, sentí crecer la ira. Tenía dinero, ¿y qué? ¡Como si no lo mereciera! ¡Nadie me había regalado nada! No era yo quien cambiaba, sino la forma en la que los demás me miraban.

—Creo que os conozco un poco —señalé, dolido.

—¿Ah, sí? ¿Y también sabes que Vittorio no soporta que lo llames Cláusula y que nunca se ha atrevido a decírtelo?

Regresé a Pietra con el orgullo herido, resuelto a no meterme nunca más en los asuntos de otras personas. No tardé en romper mi promesa, porque, al día siguiente, fui a buscar a Viola para dar un paseo por el campo y me dijeron que no se encontraba bien. Cuando volví a pasarme por la villa dos días después y recibí la misma respuesta, le envié una nota por una criada. «No me obligues a subir a tu habitación». Sabía mejor que nadie cuándo Viola mentía. La doncella reapareció al cabo de unos minutos y me entregó una nota escrita con su preciosa caligrafía verde. «Te veo en el taller».

Viola apareció a media tarde, cuando estaba dando los últimos retoques al san Francisco destinado a Pacelli. Su silueta se recortó durante un instante en el marco de la puerta, luego avanzó, apoyada en el bastón. Lo utilizaba cada vez menos, pero no podía prescindir de él en los días fríos. Faltaba una semana para su cumpleaños, que hacía mucho que no celebraba. Viola tendría treinta años durante unos días más.

Llevaba un pañuelo de seda anudado a la barbilla y se había maquillado. Me volví hacia el santo de Asís y seguí puliendo los contornos de su mejilla, sin articular palabra.

—¿Mimo?

Como no respondí, se acercó, quedándose en las sombras. Yo esculpía en un islote de luz creado por una lumbrera que había mandado practicar el año anterior en el lado norte.

—¿Quién te ha hecho eso? —pregunté.

Se sobresaltó y se llevó una mano a la mejilla.

—¿Cómo sabes...?

—Te lo he dicho mil veces, Viola, ya no tengo doce años. Y he conocido a muchos matones. Algunos incluso fueron amigos míos.

Se desanudó el pañuelo lentamente. A pesar del maquillaje, se podía ver el hematoma que le marcaba la mejilla.

—Ha sido Campana, ¿no?

—No es culpa suya.

Se dirigió hacia la puerta que daba a los campos, salió y se sentó en uno de los troncos destinados al taller de Cláusula, situado frente al mío. Me puse una chaqueta de lana y me uní a ella.

—Yo fui quien le pegó primero, si quieres saberlo todo. Habíamos discutido. No soporto que se exhiba en público con sus amantes. Me da igual que las tenga, soy muy consciente de no haber podido darle lo que quería. Pero tengo derecho a exigir que me respete.

—¿Dónde está?

—Se fue esta mañana a Milán, muy arrepentido.

Me levanté de un salto.

—Voy a matar a ese bastardo.

La mano de Viola se cerró sobre mi brazo con una fuerza insospechada.

—¿No te parece que ya soy mayorcita para defenderme?

Me arrastró hacia ella, obligándome a sentarme de nuevo.

—Y te aseguro que, cuando quiera matarlo, lo haré yo misma.

—No me explico cómo has llegado a esto, casada con ese cretino.

—¿Que cómo he llegado a esto?

Viola me fulminó con la mirada, como cuando, dieciocho años antes, me había atrevido a dejarla sin mirar atrás. En el fondo, la razón de nuestras permanentes discusiones quizá estaba ahí, en una simple añoranza de nuestras indignaciones, en la nostalgia de una época en la que los caballeros eran buenos y los dragones malos, añoranza del amor cortés, de cada golpe asestado, justificado por una causa sublime.

—He llegado a esto, Mimo, exactamente igual que tú has acabado trabajando para una sarta de cabrones. Porque había que plantar farolas y naranjos.

—Pero tú podrías dejarlo.

—La cosa no funciona así.

Cláusula, a quien ahora procuraba llamar Vittorio, salió del granero. Se sobresaltó al vernos, pareció dudar y finalmente vino a sentarse en un tronco a nuestro lado y contempló los campos. Desde la marcha de Anna había perdido peso. Una barba muy poblada, precozmente gris, contrastaba por su espesor con la frente despejada.

—La cosecha parece buena —observó— gracias al agua del lago.

Viola estudió los huertos con expresión seria.

—Stefano es un imbécil. Sí, hoy hay agua, pero ¿y dentro de un año? ¿O de diez?

—Con los Gambale es imposible razonar —repuse, como el típico niño de pueblo en el que me había convertido—. Era forzar la mano o seguir perdiendo los árboles.

—Siempre es posible razonar con alguien. ¿De dónde les viene la violencia a los hombres?

—¿A los hombres con mayúscula?

—No hay ningún hombre con mayúscula. Todos sois hombres con minúscula. A ver, decidme, porque me interesa mucho: ¿de dónde os viene la violencia, eh?

Viola nos miraba como si de verdad estuviera esperando una respuesta.

—¿De haber sido abandonados, quizá? Pero ¿abandonados por quién? ¿Por vuestras madres? Y, en ese caso, ¿por qué las tratáis así, tanto a ellas como a todas las futuras madres del mundo?

—Porque, claro, tú crees que las mujeres no son violentas —susurró Vittorio.

—Por supuesto que lo somos. Contra nosotras mismas, porque nunca se nos ocurriría hacer sufrir a alguien, pero la violencia que respiramos y que nos envenena tiene que salir por alguna parte.

Frente al taller se escuchó un ruido de neumáticos, seguido de dos bocinazos. Vittorio se puso en pie de un salto.

—¡Voy a ver!

Se fue, exactamente igual que en el pasado, cuando la discusión tomaba un cariz demasiado serio. Cuando se perdió por la esquina del granero, Viola habló sin mirarme, con los ojos perdidos en el horizonte.

—¿Sabes lo que es el dronte de Mauricio?

—No.

—El nombre más común es el de *dodo*.

—Ah. Un ave, ¿no?

—Un ave extinta, cuya particularidad era la de no volar. Yo soy un dodo, Mimo. Sé lo enojado que estás conmigo por no ser la de antaño, la Viola de los cementerios y los saltos al vacío. Pero el dodo desapareció precisamente porque no le tenía miedo a nada. Era una presa demasiado fácil. Debo cuidarme si no quiero desaparecer.

—Nunca dejaré que desaparezcas.

Se oyó el ruido de unas portezuelas al cerrarse y un motor alejándose. Vittorio reapareció en ese momento, con los ojos abiertos como platos.

—¡Mimo! ¡Mimo!

Vittorio señaló hacia la casa con el brazo extendido. Una extraña expresión contraía su rostro, como si un acontecimiento inesperado hubiese venido a frustrar la depresión en la que había decidido hundirse.

—¡Hay alguien que pregunta por ti!

Me esperaba delante de la cocina, con una maleta a los pies. Una maleta que yo conocía bien, solo que un poco más gastada, y que reconocí antes que a su dueña. En mi descargo, tengo que decir que me había pasado los últimos veinte años escribiendo, cada vez con menos asiduidad, a una mujer de cuarenta años, de cuerpo moldeado por el trabajo y de abundante cabellera negra. La que estaba frente a mí tenía sesenta y la cintura más ensanchada. Los rizos no eran naturales, el color tampoco, como podía apreciar ahora que reconocía sin esfuerzo el trabajo de un mal peluquero.

Con pasos lentos, me acerqué a la mujer que, una noche de invierno, había arrojado sobre esta áspera piedra al *piccolo problema,* al insignificante, convertido en el artista que toda Italia se rifaba... Y de repente sentí vergüenza, vergüenza del dinero que nadie le había regalado nunca a mi padre, quien, sinceramente, creo que tenía más talento que yo.

—Hola, Michelangelo —susurró con la mirada baja—. Dijiste que podía venir cuando quisiera y me dije, ahora que soy viuda...

No era mi madre la que hablaba, porque mi madre nunca había bajado los ojos delante de nadie. Ante mí se hallaba una mujer que había dado a luz a un prodigio, María, después del anuncio del ángel en el fresco de Fra Angelico. Una mujer impresionada, casi asustada, por su propio hijo.

Quizá fue culpa de Viola, pero la primera frase que salió de mi boca no fue la que quería decir.

—¿Por qué me abandonaste?

Se sobresaltó. Había viajado muchas horas, estaba agotada y sin duda esperaba otro recibimiento. Lentamente, sus ojos se elevaron, devorando los míos con aquel resplandor violeta que no se había apagado.

—La vida es una sucesión de elecciones que tomaríamos de manera distinta si pudiéramos empezar de nuevo, Mimo. Si lograste tomar las decisiones correctas a la primera, sin equivocarte nunca, entonces eres un dios. Y, a pesar de todo el cariño que te tengo, a pesar de que eres mi hijo, ni siquiera yo creo haber parido a un dios.

En un principio, mi madre rehusó vivir con nosotros. «No quiero molestar». No tardó mucho en darse cuenta de que Vittorio necesitaba una presencia femenina. Mi amigo pareció revivir cuando mi madre tomó las riendas del taller, en el que aceptó quedarse mientras encontraba alojamiento. Su segundo marido había muerto como tantos otros, deslomándose en el campo, aunque se había hecho con un bonito quiñón del que nunca había gastado ni un céntimo. Antonella Vitaliani —o Antoinette Le Goff, como se llamaba ahora— tenía medios suficientes para mantenerse.

Pasamos algunas semanas conociéndonos de nuevo, una sensación extraña, ya que todo mi ser conocía el suyo, lo cual no excluía los silencios incómodos, las precauciones excesivas y la exasperación mutua. Las cosas mejoraron cuando Vittorio, con su sabiduría de Gepetto, me explicó:

—A pesar de todo tu dinero, a pesar de tu éxito y de las muchas mujeres que te has pasado por la piedra en tus noches de libertinaje, a pesar de los litros de alcohol que te has tragado y vomitado, a pesar de todas las barbaridades que todavía estás dispuesto a cometer, tu madre te ve como si aún tuvieses seis años. Un hijo que se lleva estupendamente con su madre y que ha renunciado a convencerla de que ya no es ese niño de seis años.

Le presenté a Viola cuando nos encontramos por casualidad en el pueblo y mi madre me preguntó inmediatamente: «¿Qué le pasa a la caracoleta? Parece que se tragó al diablo con sus pezuñas». Luego tuve que viajar a Roma, a donde llegué en los primeros días de 1936 con mi san Francisco, del que no me separé en todo el viaje.

La púrpura cardenalicia no había cambiado a monseñor Pacelli. Las mismas gafitas redondas que usó toda su vida, el mismo contraste extraño entre unos labios que rara vez sonreían y un mentón sensual, de boxeador o de actor, que pedía a gritos subirse al ring o echar una canita al aire. Examinó el san Francisco en mi taller, mientras Francesco y yo, como antaño, esperábamos su veredicto. Estaba seguro de haber hecho un buen trabajo. Había obedecido las instrucciones, o casi, y en ese *casi* se decidiría todo. Pacelli me había pedido que dominara mis instintos. O lo que es lo mismo, que no fuese yo. Pero ¿por qué me había contratado sino porque era yo? Había esculpido a Francisco con la mano levantada cerca de la mejilla y un pájaro posado en el dedo índice. Hasta ahí, nada inusual. Pero se adivinaba, por una insensata audacia por mi parte, que el ala del pájaro debía de haberle rozado el cuello un segundo antes, haciéndole cosquillas, porque el santo sonreía. Nunca se había visto a un santo con cosquillas y mucho menos sonriendo. Al menos no en la estatuaria, donde todos los santos mostraban semblantes de funcionarios divinos agobiados con peticiones de intercesión.

Pacelli nos miró, con la comisura de los labios bordeada por una arruguita que, en él, equivalía a regocijo, contagiado por la aterciopelada alegría de Francisco.

—¿Cuántos años tiene usted, señor Vitaliani?

—Treinta y dos, monseñor.

—¡Qué interesante! Encuentro las mismas cualidades que en el oso que vi cuando tenía la mitad. Ese sentido del movimiento, la misma irreverencia y ese algo extra que solo aporta la experiencia.

Se suele segmentar la vida de un artista en periodos, fases, épocas, todo para tranquilizar al cliente que entraría en pánico si lo abandonasen en los anaqueles de una existencia sin etiquetas. Magritte se había burlado de ello unos años antes con su pipa que no era una pipa y nadie había entendido nada; y, cuanto menos entendía el público, más se extasiaba el pintor. Pero ¿quién soy yo para cuestionar la marcha del mundo? Admitamos que existen periodos, fases y épocas.

De ser así, el comentario de Pacelli marcó el final de mi primer periodo.

Esa noche bebí. Sin freno. Y solo. No quería a Stefano como compañero de libertinaje, ni a sus amigos, que no me habían hecho nada y que eran muy amables, pero que yo sospechaba, por culpa de Viola, que tenían las manos manchadas. Francesco me había felicitado, sabedor de que mi san Francisco ya iba camino de la residencia familiar del cardenal amigo de Pacelli, un amigo más que, llegado el momento, votaría como Dios manda.

Por supuesto, Francesco se había dado cuenta de que yo no era el de siempre. «Un viaje largo», había alegado antes de dejarlo. La observación de Pacelli me daba vueltas una y otra vez en la cabeza, en el siniestro tugurio en el que me había refugiado no lejos del Tíber, donde nadie me encontraría, porque ni siquiera los escuadristas caían tan bajo. Pacelli quería hacerme un cumplido. Lo único que yo había oído es que era igual que cuando tenía dieciséis años, solo que mejor. ¿Dónde estaba el hombre? ¿El que toca con el dedo el secreto de los dioses? Entonces, ¿crecer era eso? ¿Ganar dinero, mejorar un poco si se daba el caso? Yo me atrevía criticar a Viola cuando en el fondo no había volado mucho más lejos que ella.

A pesar de mi estado de ebriedad, no hubo anunciación esa noche. Ningún ángel bajó del cielo para decirme al oído que fuese paciente, para explicarme que, en efecto, tocaría con el dedo el secreto de los dioses, pero que necesitaría diez años para ello. ¡Diez años! Largo me lo fiais. No lo habría soportado. O tal vez hubo una anunciación y no la recuerdo, porque me desperté con la cabeza metida en un arbusto a la orilla del río, junto a un charco de vómito que, en vista de su contenido, no me pertenecía. Hacía tiempo que no bebía tanto.

Me quedé en Roma hasta la primavera. Había alcanzado ese punto extraño que hay que conocer para entenderlo, el de los ricos que se creen pobres. Ganaba un potosí, el salario de un profesor multiplicado por diez, me pagaban como a un ejecutivo de una gran empresa. Pero tenía empleados, necesitaba un chófer y había que vestirse adecuadamente, tanto por gusto como por mis clientes. Gastaba todo lo que ganaba. Tenía que ganar cada vez más, lo que me llevaba a gastar más para mantener el equilibrio de una carrera cuesta abajo. La ecuación solo cambiaba de naturaleza cuando uno se volvía verdaderamente rico y era difícil gastar lo que se ganaba, aunque durante mis años en Roma había conocido a más de un personaje capaz de hacerlo...

No me interesaba la política ni la religión. Pero, si es posible escapar de la segunda, la primera es una amante perversa cuyos ardores acabarían por atraparme.

Unos días antes de mi regreso a Pietra d'Alba, previsto para finales de abril, llamaron a la puerta de mi dormitorio. Eran las cuatro de la mañana. Vivía en el mismo piso desde hacía casi quince años, en el número 28 de la via dei Banchi Nuovi. La misma cama con dosel a la deriva, bajo los mismos casetones con una costra de hollín en el techo —podría estar durmiendo bajo una obra maestra de Tiepolo sin enterarme—. Gruñí, negándome a responder, hasta que un aprendiz me sacudió.

—¡Maestro, maestro! ¡El teléfono de su despacho!

—¡Estoy durmiendo, joder!

—Es el padre Orsini.

Francesco nunca me había llamado a una hora tan intempestiva. Me puse unos pantalones y bajé corriendo las escaleras.

—¿Diga?

—Mimo, ¿puedes venir a casa de Stefano?

—¿Ahora mismo?

—Ahora mismo.

Aunque no me interesase la política, sabía cuándo no era prudente hablar por teléfono. Mi primer reflejo fue llamar a Mikael para que me llevase, pero Mikael se había ido tres meses antes. Italia había invadido Etiopía y él había regresado para luchar al lado de su pueblo.

«Ahora somos enemigos», había dicho abrazándome con todas sus fuerzas. Lo repentino de su partida me había sorprendido hasta la mañana siguiente, cuando la policía acudió a preguntar por él al taller. Al parecer había habido gresca en un local del barrio, donde un hombre que coincidía con su descripción la había emprendido con un grupo de buenos italianos que cantaban a grito pelado uno de los éxitos del año, *Faccetta nera,* una tonadilla que celebraba a nuestros soldados, a nuestros agricultores, a nuestros ingenieros que habían partido para liberar a los abisinios. Alguien había empuñado una navaja y, como tenía una pinta sospechosa, solo podía ser él.

«Carita negra, bella abisinia, / te llevaremos a Roma liberada. / Por nuestro sol serás besada. / Serás camisa negra tú también, / carita negra, serás romana…».

Hice el camino a pie, intentando sacarme de la cabeza la melodía, había que admitir que era muy pegadiza, con esos metales conquistadores y alegres que inmediatamente daban ganas de invadir Etiopía. Stefano vivía a media hora de mi casa, justo al lado del hotel de Russie. Estaba amaneciendo cuando llegué sin aliento a la entrada del edificio, justo cuando salían Stefano y Rinaldo Campana, el marido de Viola. Campana, hecho insólito, bajó los ojos al pasar a mi lado. Stefano me saludó con un gesto.

—Gulliver, Francesco te espera en mi casa.

Francesco bebía a sorbitos un café en el salón de Stefano, con su sotana impecable y sus gafitas, casi idénticas a las de Pacelli, en la punta de la nariz. Me sirvió un café sin pedir mi opinión y me indicó que me sentara.

—Gracias por haber venido. La situación es algo… delicada.

Esperé, quemándome los labios con el café hirviendo.

—Nuestro amigo Campana, que estaba en Roma por negocios, pasó la velada con Stefano y sus amigos. He reprendido miles de veces a Stefano por sus correrías nocturnas, pero es como predicar en el desierto. Alrededor de las once se separaron. Al parecer, Campana no regresó a su hotel, sino que fue, cómo decirlo, a satisfacer ciertos instintos con una joven que conoció en un bar. Una profesional. No sé exactamente qué pasó y no quiero saberlo, pero parece que algún tipo de… juego salió mal y la chica resultó herida. De gravedad. Campana huyó. Al llegar al hotel, el muy imbécil se dio cuenta de que se había dejado allí su cartera. Acto seguido llamó a Stefano.

—¿La chica está muerta?

—Muerta, no creo. Herida grave, según él. Con posibles secuelas.

—¿Y qué problema hay? Entregáis a ese gilipollas a la policía y listo.

—Ese gilipollas, como tú dices, y estoy de acuerdo con el calificativo, es, aparte de gilipollas, mi cuñado. La fortuna ascendente de los Orsini en los últimos años, fortuna de la que se deriva indirectamente tu carrera, se financia en parte de su bolsillo. Y nosotros no podemos permitirnos un escándalo. Pero no habrá ninguno.

—¿No?

—No, porque Campana ha pasado la noche contigo.

Posé la taza lentamente. Francesco me miraba sin pestañear, con las manos cruzadas sobre la cintura.

—Vete a la mierda, Francesco.

—Pasó la noche contigo. Le robaron la billetera y el tipo que lo hizo es responsable de todo. La palabra de una prostituta no tendrá ningún valor.

—¿Y por qué no pasó la noche contigo? ¿O con Stefano?

—Porque Stefano es un preboste del régimen, y yo, si todo va bien, seré nombrado obispo el año que viene. Por otra parte, somos demasiado cercanos a él para ser creíbles, puesto que Campana es nuestro cuñado. Tú eres la coartada perfecta: estás asociado a la familia, por lo que no es descabellado que Campana haya pasado la velada en tu casa; además, no temas, porque no te asociarán con ningún escándalo. El asunto se resolverá mañana.

—¿Qué pasa si me niego?

—No te negarás, Mimo. Aunque solo sea para proteger a Viola. Imagínate la humillación si esto saliera a la luz. Y luego…

—¿Y luego? —pregunté, negándome a aceptar el sobreentendido que dejaba la frase en suspenso.

Francesco se levantó para coger una botella de grappa de un estante de licores. Vertió un poco en mi taza y luego en la suya.

—No quiero parecer vulgar, Mimo, pero nos lo debes.

—¿Qué es lo que os debo?

—Todo.

—No quiero parecer vulgar —repetí con sorna—, pero me contratan por mi talento.

—Es verdad, nunca lo he negado y jamás lo negaré. Pero olvidas cómo empezó todo. ¿Quién vino a buscarte a Florencia?

—¿Tengo una deuda contigo porque viniste a decirme en persona que mi tío me había dejado su taller? Me sale caro el desplazamiento.

—¿De verdad te creíste que el borrachuzas de tu tío te había legado el taller? Si es así, eres más ingenuo de lo que pensaba.

Bebí la grappa de un trago. Y estudié, con admiración, a aquel maestro del ajedrez. «Llegará lejos», había dicho Viola en la noche de los tiempos.

—¿Qué pasó con Zio Alberto?

—Se fue para jubilarse al sol, como te dije. Murió hace tres años.

—¿Y el taller?

Francesco bebió un sorbito de alcohol, lamió con el ápice de la lengua el dulce brillo pegado a los labios y posó la taza.

—Se lo compramos. Nos hizo jurar que nunca te lo venderíamos, condición que respeté escrupulosamente, puesto que te lo regalé.

—¿Por qué?

—En primer lugar, porque siempre pensé que tenías talento y que ese talento nos sería útil. Pero, sobre todo, no quiero ocultarte nada, porque Viola en el hospital me dijo que erais amigos.

—Lo sé, como puedes imaginar.

—Sé que lo sabes —respondió sonriendo—. En definitiva, sospechaba, o suponía, que Viola necesitaría ayuda algún día y que sería… beneficioso para la familia tener un amigo a mano.

—¿Quieres decir para vigilarla?

Francesco dejó escapar un largo suspiro.

—Quiero a mi hermana, Mimo. No me malinterpretes. Pero es una persona complicada.

—Al contrario, es muy simple.

—¿Tú te considerarías simple si hubieses memorizado absolutamente todo lo que has leído desde que sabes leer, y si supieses leer desde los tres años? ¿Si te exhibiesen como un fenómeno de feria ante los invitados sacándote de la cama a las cuatro de la mañana para utilizarte?

—Me habéis sacado de la cama a las cuatro de la mañana para utilizarme.

—No te hagas el tonto. El problema no es la memoria de Viola. El problema es que entendía lo que leía, en una edad en la que las otras niñas solo sueñan con muñecas y con bonitos vestidos. Mi hermana es, sin duda, la persona más inteligente que conozco, junto con monseñor Pacelli. Si juega bien sus cartas, el cardenal Pacelli probablemente será elegido papa. Lamentablemente, Viola no puede ser papisa, ni aviadora, ni ninguna de sus ideas locas. No digo que dentro de treinta o cuarenta años no haya un lugar para ella en este mundo. Pero hoy, en nuestra familia, tiene un papel que desempeñar. Aunque no sea el que ella esperaba. Cada uno de nosotros tenemos un papel que desempeñar.

—¿De qué te quejas? Lo ha interpretado de maravilla.

—En efecto. Viola ha sabido crecer. Lo cual no cambia el hecho de que hoy te necesitamos, y eso también le concierne a ella. Campana le dirá a la policía que estaba contigo. Tú verás lo que haces.

Al día siguiente, a última hora de la mañana, la policía llamó a la puerta de mi despacho. Abrí, sorprendido. ¿Que qué había hecho la víspera? «A ver, déjeme pensar, trabajé todo el día y luego pasé la noche con mi amigo Rinaldo. Rinaldo Campana, sí, ¿por qué?» Los carabineros se fueron satisfechos y no se volvió a hablar del asunto. Estaba enojado conmigo mismo por haber ayudado a aquel bastardo, pero no perdí ni un segundo en convencerme de que lo hacía por Viola, para ahorrarle otra humillación. La triste realidad es que lo había hecho por miedo a que se esfumasen los encargos. Para preservar todo lo que había construido, porque nada debería interponerse en mi camino hacia el éxito, que me había costado sangre, sudor y lágrimas. Y, haciéndolo, acababa de cumplir mi sueño más loco y secreto. Me había convertido en un Orsini.

«Bueno, primero vi la estatua y me pareció bonita, claro, aunque, la verdad, yo de eso no entiendo mucho. Fui a verla porque era la comidilla del pueblo, como ya le dije, y yo no sé mucho de arte, pero era domingo, y estábamos en misa, y, ya que la estatua estaba allí, aproveché para verla. Pues eso, que me pareció bonita, pero, cuanto más la miraba, más raro me notaba, y empecé a sentir calor y tuve que salir a respirar. En ese momento no pensé que fuera la estatua, pero después en los periódicos leí historias parecidas a la mía, y entonces fue cuando vine a hablar con usted, padre, como me pidió el señor obispo» (testimonio de Nicola S., Florencia, 24 de junio de 1948).

Las autoridades religiosas, según la monografía del profesor Williams, recogieron exactamente doscientas diecisiete denuncias espontáneas y casi el doble de testimonios después de la apertura de la investigación oficial por parte de la Congregación del Santo Oficio. Cabe señalar que la inmensa mayoría del público que desfiló ante la *Pietà Vitaliani* solo vio una escultura. Pero, aunque cien mil personas, o incluso un millón, se hubiesen mostrado indiferentes, ¿cómo ignorar los testimonios de seiscientas personas? Seiscientas personas que, además, declaran los mismos síntomas. Primero una viva emoción; luego, una especie de opresión. Taquicardia, mareos... Algunos testigos afirman haber «soñado con ella», otros, que se sintieron afectados de una tristeza profunda, cercana a la depresión. Lo más inquietante entre esos testimonios —por supuesto, hay que mirarlos con lupa, como hicieron algunos expertos, como lo está haciendo ahora el padre Vincenzo— es leer entre líneas lo que un solo testigo, un contable romano, se atreve a decir en voz alta. Afirma haber sentido una extraña forma de excitación. Sexual, se entiende, una intuición difícil de comprobar, sobre todo porque era una época en la que no se hablaba de esas cosas.

La diócesis de Florencia, donde la *Vitaliani* se expuso por primera vez, creyó inicialmente que se trataba de un bulo, una patraña que habían hecho circular antiguos rivales, tal vez una *vendetta,* ya que Mimo Vitaliani había pasado unos meses tumultuosos en el taller de Filippo Metti. A continuación, se pensó en un fenómeno de histeria colectiva. Después de que se hubiesen recogido unas cuarenta denuncias durante el mes en el que estuvo expuesta la *Pietà,* se tomó la decisión de trasladarla de lugar. La calidad de la obra la destinó a las colecciones del Vaticano, donde al cabo de unas semanas volvieron las quejas, incluso de turistas extranjeros que no hablaban italiano y que no podían haberse enterado de la reacción florentina.

De una muestra de unas seiscientas personas, es imposible extraer ninguna tendencia estadística. Tras la extrapolación de los datos, ni la edad ni el sexo ni el origen parecen influir en la propensión a verse afectado o no por la *Pietà Vitaliani.*

Después de unos meses en el Vaticano, la obra fue bajada a los depósitos, a la espera de análisis más detallados. Del peritaje se encargaron varios historiadores del arte, escultores,

arqueólogos y otros expertos, cuyos resultados fueron com-
pilados y resumidos por el profesor Williams. Y, como el ojo
del amo engorda el caballo, las autoridades eclesiásticas recu-
rrieron también a un experto de otro tipo, Candido Amantini, el exorcista oficial del Vaticano.

Nunc effunde eam virtutem quae a te est...

11 de septiembre de 1938.

... principalis spiritus quem dedisti dilecto filio tuo Jesu Christo...

Francesco, postrado sobre el mármol con los brazos en cruz. Monseñor Pacelli, ensangrentado.

... quod donavit sanctis apostolis qui constituerunt ecclesiam per singula loca sanctificationem tuam...

Y yo... Yo tengo un pelo blanco. Imposible pensar en otra cosa, pese a la solemnidad del lugar, pese a la presencia a pocos metros de mí de la escultura más bella de todos los tiempos, la *Pietà,* de Miguel Ángel Buonarroti. ¡Maldita cana! Solo tengo treinta y cuatro años. ¿No podías ahorrarme al menos esta cruz, Señor?

... in gloriam et laudem indeficientem nomini tuo.

Monseñor Pacelli retrocede, la sotana púrpura, el color de la Pasión, roja por la sangre derramada del Redentor, cruje apenas. Francesco se incorpora, listo para la imposición de manos de un número incalculable de prelados, tiene la mitra en la cabeza, el báculo entre las manos, un anillo en el dedo anular. Se levanta y ocupa su lugar en la cátedra.

11 de septiembre de 1938, Francesco Orsini es ordenado obispo en Roma. La diócesis de Savona estará ahora dirigida por un hijo del país.

Por la noche, una cena reunió a la familia Orsini. Yo también asistí, puesto que pensaba, comía y vivía como un Orsini. El Caffè Faraglia, el restaurante donde Stefano y yo solíamos empezar nuestras noches de farra, llevaba unos años cerrado y nos hallábamos en un salón privado del Hotel d'Inghilterra, donde se alojaba toda la familia: el marqués, pese a su estado, aunque nadie estaba muy seguro de que entendiese nada, la marquesa, Stefano, Francesco, Campana y Viola. Esta última había contemplado maravillada la ciudad durante todo el día y me enteré con estupor de que nunca había salido de Pietra d'Alba, excepto para ir a Milán, donde había pasado mucho más tiempo en el hospital que paseando por las galerías.

La hija del Renacimiento solo tenía un conocimiento libresco del mundo. Los Orsini llegaron la víspera de la ordenación y llevé a Viola a visitar todo cuanto nos fue posible ver antes y después de la ceremonia. Apenas habíamos comenzado nuestro periplo cuando los papeles se invirtieron. Viola me señalaba uno u otro monumento, me explicaba su historia y, en un abrir y cerrar de ojos, me encontré siguiéndola como un turista a su guía. Había subestimado el poder de las bibliotecas, que, sin embargo, me habían rescatado de la oscuridad e incluso me habían proporcionado un poco de ternura. Era un ingrato. ¿Cuántas noches había pasado, borracho como una cuba, diciéndome que la verdadera vida estaba allí, en una ciudad eterna que giraba a mi alrededor a mil por hora? Lejos de su casa, Viola me daba una nueva lección: la verdadera vida estaba en los libros.

Cuando nos sentamos en los salones del Hotel d'Inghilterra, Viola tenía cara de pocos amigos.

—¿Has leído el periódico? —me preguntó.

—No. Nunca leo el periódico.

—Lo olvidaba: a ti no te interesa la política.

Uno de los pocos terrenos en los que Viola carecía cruelmente de sutileza, quizá el único, era cuando buscaba pelea. Embestía de frente, como un toro bravo. Le sonreí, porque aquella noche la pelea no me interesaba.

—¿Qué dice el periódico?

—Nada —respondió—. Nada de nada.

Desdobló la servilleta con un gesto brusco. Stefano llegó vestido con el uniforme negro de los Moschettieri del Duce, la unidad de élite que servía como guardia de honor a Mussolini, una visión ante la cual Viola se ofuscó todavía más. El servicio de siniestro mosquetero era voluntario y Stefano lo consideraba una jugada maestra, ya que aspiraba a un ascenso en el Ministerio del Interior. Pese a ello, la velada empezó bien. Nos sirvieron todo lo que podía ser asado, frito o braseado, regado con un excelente montepulciano, porque los Abruzos, entre terremoto y terremoto, siempre encontraban tiempo para elaborar un buen vino.

Desde el *affaire*, Campana no se mostraba tan extrovertido. Se jactaba menos de sus éxitos, aunque no por ello fuese más agradable. Masticaba en silencio al lado de su esposa, los labios brillantes, embadurnados de salsa, rehuyendo mi mirada y sonriéndome acorralado cuando tropezaba accidentalmente con ella. Consultaba con frecuencia el reloj, como si tuviese que estar en otra parte; sin duda había reanudado sus correrías nocturnas. Viola comía poco, con los ojos fijos en Stefano. Sentí que se mascaba la tragedia y la temí, porque Viola en la tragedia era un derroche de creatividad y se movía como pez en el agua.

Justo antes del postre, interpeló al camarero que había venido a recoger los platos.

—Disculpe, joven. Creo percibir en usted un ligero acento. ¿Le importaría decirme de dónde es?

—Soy alemán, señora.

—Alemán. Ya veo. Dígame, ¿no será judío, por casualidad?

En la mesa se hizo un silencio sepulcral. El camarero la miró desconcertado.

—No, señora.

—Ah, menos mal. Porque aquí mi hermano —señaló a Stefano— es un miembro influyente del Gobierno. Y ese mismo Gobierno firmó ayer y anteayer varios decretos contra los judíos, particularmente contra los judíos extranjeros, que reúnen dos taras. Sí, es el mismo Gobierno que nos explica que la raza semita es inferior a la nuestra. Pero, como no es judío, no tiene usted nada de qué preocuparse.

El camarero se retiró en el mismo silencio que pesaba en la sala. Stefano se levantó rojo de ira, cerró la puerta y se abalanzó hacia su hermana.

—¿A ti qué te pasa?

Tan pronto como agarró a Viola del brazo, me levanté. Francesco, con una viveza inesperada en un hombre que ha consagrado su vida a la oración, ya estaba a su lado en ese mismo instante.

—Vuelve a sentarte, Stefano. Tengamos la fiesta en paz.

Su hermano vaciló, la barbilla le temblaba con tics nerviosos; luego, volvió a ocupar su sitio frente a Viola y se bebió de un trago una copa de vino a rebosar.

—Sí, claro, tengamos la fiesta en paz. Esta idiota ni siquiera sabe de lo que habla.

—¿Tú crees? —dijo Viola—. ¿Y en qué se equivoca esta idiota? ¿Acaso no habéis publicado en los últimos tres días dos decretos titulados «Medidas para la defensa de la raza en la escuela fascista» y «Medidas contra los judíos extranjeros»? ¿Tampoco habéis prohibido los matrimonios mixtos? ¿Y tampoco vais a despedir a los profesores de «raza hebrea»?

—¡Solo es política!

—Viola, querida —intervino Campana en tono conciliador—, tú no sabes nada de política.

—Es simplemente una postura de cara a Alemania —continuó Stefano, volviéndose hacia su padre, como si fuera a él a quien quisiera convencer. No tenemos nada contra los judíos. No es más que humo y espejos. Fíjate por ejemplo en Margherita Sarfatti, la examante del Duce: una judía. Y yo mismo he frecuentado a algunas sin cortapisas. El Gobierno no tiene la menor intención de atacar a los judíos.

—Mientes —replicó Viola—. Puede que mientas sin saberlo, pero mientes. Mentís todos.

Como las últimas palabras las había dicho vuelta hacia su marido, Campana se enderezó en la silla.

—¿Que yo miento? ¿Me estás diciendo que yo miento?

Viola se echó a reír.

—¿Por dónde quieres que empiece? ¿Por el viaje que me prometiste a los Estados Unidos? ¿Cuántos años hace?, ¿quince?

—¿Eso es lo que quieres? ¿Los Estados Unidos? ¡Muy bien!

Campana empujó la silla hacia atrás y se fue, aumentando la confusión general. El marqués regurgitó un buche de comida y de repente la atención de todos se concentró en su salud, en su bienestar, todo el mundo lo miraba a él, comentando lo bien que debía de haberlo pasado, lo orgulloso que debía de estar de su hijo Francesco —«¿No estás orgulloso de Francesco?»—, y todos se desvivieron por hablarle como si fuera un niño.

Al cabo de un rato, Campana regresó, se sentó y miró fijamente a Viola.

—Estate lista para dentro de dos días. Antes de que termine la semana, te prometo que caminarás por una calle de los Estados Unidos mucho mejor de lo que imaginas.

Viola no se esperaba semejante cambio de guion. En sus ojos, la eterna lucha del niño que quiere gritar su alegría y recuerda por los pelos que está enojado. Así que preguntó, casi agresiva:

—¿Puede venir Mimo? Es lo suficientemente rico como para pagarse su viaje.

—Mimo puede venir y no tendrá que pagar nada.

Esa noche volví a casa con el estómago atenazado por una extraña sensación que no tenía nada que ver con el viaje anunciado. Antes de dejarme, Viola me había metido en el bolsillo la primera plana del *Corriere*.

Me paré frente al espejo, el único mueble de la habitación aparte de la cama, el mismo espejo que me había revelado, mientras me arreglaba para la ordenación de Francesco, que tenía una cana. Cuando me desnudé, la hoja del periódico se cayó del bolsillo y fue a parar al suelo. No necesitaba leer el artículo, bastaba con el titular: «Le leggi per la difesa della razza approvate dal consiglio dei ministri». Busqué más cabellos blancos, encontré dos, que hacían juego con algunos pelos del mismo color en mi cuerpo. Había ido ganado peso, lentamente, a lo largo de los años. «Las leyes para la defensa de la raza, aprobadas por el Consejo de Ministros».

No, no me gustó lo que veía en el espejo.

Dos días después, me reuní con Viola en el Hotel d'Inghilterra. Hacía frío, era lo que nos faltaba. Mi chófer me dejó delante de la entrada y descargó mi baúl, bastante más lujoso que el que había arrastrado anteriormente por toda Italia. En la acera, Viola daba pataditas de impaciencia. Comprensible. Había oído mil veces a mis clientes elogiar el esplendor del Conte di Savoia, o del SS Rex, que había ganado hacía unos años la Banda Azul al transatlántico más rápido del mundo, a mayor gloria del régimen. Italia dominaba los mares. Ambos transatlánticos partían de Génova.

Llegó el coche de Campana, un flamante Lancia Aprilia. Con las prisas, la propia Viola cargó su baúl.

—¿Dónde está tu marido?

—Se une a nosotros de camino.

Nada más subirnos al coche, el chófer arrancó con estrépito. Pasamos junto a un grupo de niños de unos doce años que realizaban movimientos gimnásticos en una plazoleta, pequeños fascistas en ciernes, vestidos de uniforme negro y pañuelo azul al cuello. Por la ventanilla desfilaban las murallas de la ciudad con cintas rojas, verdes y blancas que, cuando frenábamos un poco, se fragmentaban en carteles propagandísticos instándonos a comprar productos italianos o celebrando el genio de la nación. En un parque, unos adolescentes con las mejillas rojas por el esfuerzo competían por el privilegio de lanzar un balón de cuero cosido entre dos cubos de basura: por segunda vez, unos meses antes, Italia había ganado el Campeonato Mundial de Fútbol gracias a los mágicos pies de Gino Colaussi y de Silvio Piola. Presté poca atención a todo eso, más preocupado por el hecho de que nos dirigíamos hacia el sur.

—No entiendo adónde vamos —susurré.

—¡A los Estados Unidos! —gritó Viola, antes de llevarse una mano a los labios y reírse—. ¿A qué viene esa cara? Siempre estás de mal humor, Mimo, desde que te conozco. ¡Hace veintidós años! —exclamó haciendo un mohín.

—Me gustaría saber desde dónde zarpamos, en qué transatlántico, ese tipo de cosas. ¿Tu marido no te ha dicho nada?

—No. ¡Disfruta un poco de la vida, hombre!

Luego abrió la ventanilla y soltó un largo aullido que el chófer, acostumbrado a todo tipo de excentricidades, fingió no oír. El coche circulaba ahora por la campiña. Yo había errado lo suficiente por Roma —todo borracho es un buen cartógrafo— para darme cuenta de que no nos dirigíamos ni hacia Génova ni hacia el mar. Campana sabía algo que yo ignoraba.

Cuarenta minutos más tarde, el Lancia tomaba una pista de tierra entre dos campos. Al final del camino, el horizonte se daba de bruces con un inmenso muro. A lo lejos solo se distinguía una torre de agua. Nos detuvimos en medio de la nada, frente a la única puerta metálica del edificio. La tierra removida y los restos de cal al pie del muro sugerían que su construcción era reciente. El chófer llamó y la puerta se abrió dejando ver a un tipo vestido con un mono de trabajo bastante sucio. Con el dedo en los labios, nos indicó que lo siguiéramos. Viola me dirigió una mirada interrogante y yo me encogí de hombros. Un estrecho callejón discurría entre el muro que acabábamos de cruzar y lo que parecía un andamio. La estructura se extendía cien metros a derecha e izquierda. Un revestimiento de madera nos impedía ver lo que ocultaba al otro lado. Nuestro guía, con un cigarrillo pegado a los labios, se zambulló entre los tubos de acero, un laberinto que solo él conocía. No había pronunciado una palabra. Finalmente entreabrió una puerta escondida en el revestimiento y lanzó una mirada cautelosa hacia el otro lado después de instarnos con un gesto a no movernos; luego se hizo a un lado para dejarnos pasar.

Viola y yo llegamos a Los Ángeles en 1923, en plena ley seca.

Un Ford T pasó a nuestro lado, remontando la calle marcha atrás, cargado de gánsteres armados de metralletas Thompson, sentados con indolencia en la parte trasera. Lo seguían dos policías enfundados en gruesos abrigos de fieltro, fumando. En la acera de enfrente, varios cadáveres yacían entre abundantes charcos de sangre delante del escaparate destrozado de una tienda en la que se podía leer GROCERY STORE. Una mujer caminó hacia mí con varias bolsas en bandolera.

—¿Vuestro papel? ¿No habéis pasado por maquillaje?

—Vienen con nosotros, Lizzie.

Campana acababa de salir de la tienda de los cristales rotos. Pasó por encima de los cadáveres que yacían delante, golpeó sin querer a uno con el pie y se disculpó. El cadáver respondió cortésmente: «No se preocupe. No ha sido nada». A Campana lo acompañaba Luigi Freddi, a quien le debía la mayor parte de mi trabajo para el Gobierno y a quien no había visto desde la inauguración del Palazzo delle Poste, en Palermo, cuatro años antes. Freddi nos saludó con entusiasmo.

—¡Bienvenidos a Cinecittà! ¡Mimo! ¡Cuánto tiempo! Encantado de volver a verla, señora Campana. ¿Qué le parecen nuestros estudios?

Luigi Freddi lo había conseguido. Su sueño de competir con los americanos se materializaba en aquella ciudad fuera de la ciudad, una fortaleza enteramente dedicada al arte de la ilusión. «Hollywood sobre el Tíber», como pronto la llamarían, había nacido de la mente de aquel hombre afable y bien vestido, que sonreía constantemente. Pero no había que llamarse a engaño. Cinecittà era un arma. La más poderosa del país, en palabras del propio Duce, que había comprometido todos los recursos del régimen para respaldar el proyecto.

—Ocupa una superficie de sesenta hectáreas. Ponemos a disposición de nuestros equipos, como el del señor Campana aquí presente, setenta y cinco kilómetros de calles. Justo al final de esta —explicó Freddi, señalando el bulevar en el que nos encontrábamos—, si giran a la derecha, estarán en plena Roma, hace veintitrés siglos. Allí filmamos el año pasado *Escipión el Africano*.

—¿Lo ves? —exclamó Campana, triunfante—. ¿Mentía o qué? ¿Estás en América o no? Puedes decirle a todo el mundo que has caminado por Sunset Boulevard. ¡Y mirad esto!

Se acercó a un naranjo plantado en la acera, cogió una fruta y me la lanzó.

—¡Son de verdad! ¡Aquí todo es de verdad, o casi!

Una joven se le acercó, libreta en mano, para susurrarle algo. Campana asintió.

—Bueno, un problema con un actor. Si se pudiera hacer cine sin ellos, estaríamos en la gloria. Os dejo. Que os divirtáis, solo tenéis que seguir las instrucciones de Gerhard cuando se reanude el rodaje —concluyó, señalando al hombre del mono que nos había recibido.

Finalmente me atreví a mirar a Viola. Le brillaban los ojos. No de admiración, ni de emoción. De rabia. Ni siquiera Campana pudo hacer caso omiso mucho más tiempo.

—Venga, mujer, ¿no ves que es una broma? Pero ¿sabes cuánta gente soñaría con estar aquí? Estamos rodando una película sobre Al Capone.

—Se suponía que ibas a llevarme a los Estados Unidos.

—¡Por el amor de Dios! No tienes ningún sentido del humor. Nunca estás contenta con nada. Voy con frecuencia a Estados Unidos y te aseguro que es exactamente así. Nuestro decorador es americano. ¿Qué sentido tiene darse la paliza del viaje? Pero, bueno, si te empeñas, te llevaré.

—¿Cuándo?

—En cuanto me sea posible. Te lo prometo. Nueva York, San Francisco… Tranquila, los de verdad, todo lo que quieras. Coney Island, el Gran Cañón, los estudios de los hermanos Warner. Tiraremos la casa por la ventana. ¿De acuerdo, cariño?

Se acercó a su mujer, haciendo gala de todo su encanto, a pesar de la tripa que ahora lo precedía, para cogerla de la mano.

—¿Me perdonas? Anda, dime que me perdonas.

Viola suspiró y le ofreció una sonrisa.

—Sí.

—Estupendo. ¿Sabes qué? ¿Ves esa callecita ahí abajo? Le vamos a poner tu nombre.

Chasqueó los dedos hacia la joven del cuaderno.

—Que venga el chico de atrezo. Dile que prepare una placa que ponga «Viola Orsini Street» para ese callejón. Ni una palabra al director. De todos modos, ese imbécil no se entera de nada.

Se alejó después de besar a su esposa en la mejilla. Luigi Freddi lo siguió con una mirada dubitativa y luego nos llevó por Sunset Boulevard. Lo que había tomado por el cielo, al final, no era más que un lienzo pintado. Lo orillamos hasta una abertura disimulada y emergimos, como nos habían prometido, en el siglo III a. C. Freddi nos mostró parte de la antigua Roma y nos dejó frente a una superficie de agua donde flotaba una galera fenicia.

—Vuelvan a Sunset cuando hayan finalizado.

El chófer nos dejó en el hotel a última hora de la tarde. Viola parecía tranquila, aunque un poco distraída. Ella cenó con su familia —los Orsini regresarían todos juntos dos días después—, y yo, con mi princesa serbia, con la que había reanudado la relación. Le habíamos dado a nuestros cuerpos otra oportunidad y, para nuestra sorpresa, habíamos experimentado un placer muy real. Alexandra ya no necesitaba dinero —se había casado con un anciano rico en 1935—, pero se había dado cuenta de que no tenía amigos en Roma aparte de mí. La velada terminó en la cama, una vez más con resultado placentero, sorprendente, habida cuenta de la diferencia de nuestros cuerpos —ella medía un metro ochenta y tres—. Yo fumaba un Toscano en cueros bajo la brisa de septiembre cuando llamaron a la puerta del taller. Era medianoche. Temiendo otra calaverada de Campana, me eché una manta sobre los hombros y bajé a abrir la puerta. Era Viola. Me miró en silencio y yo hice lo mismo, intrigado. Alexandra apareció detrás de mí, como Dios la trajo al mundo.

—¿Quién es, carrriño? —preguntó con el peculiar arrastre de la *r* que había hecho a muchos hombres traicionar sus votos matrimoniales.

—Nada. Una amiga. Espérame en la habitación.

Alexandra volvió arriba, enfurruñada. Una sonrisa burlona apareció en los labios de Viola.

—No te privas de nada.

—No sabes cuánta razón tienes, es una princesa. ¿Qué puedo hacer por ti, Viola?

—Lamento molestarte a estas horas. Ya veo que estás… ocupado, pero quería despedirme. Me voy.

—Lo sé. Dentro de dos días. Tendremos tiempo para vernos.

—No. Me voy mañana, nadie lo sabe.

Frunciendo el ceño, cerré la puerta detrás de mí.

—¿Qué quieres decir con que te vas mañana?

—Se acabó, Mimo. Esta vida. Lo he intentado. Campana nunca cambiará. Mi familia tampoco. Me voy.

—¿Adónde?

—A los Estados Unidos. Mañana por la mañana tomo el tren a Génova. Cada tres días zarpa un transatlántico.

—¿Estás loca?

—No, Mimo —respondió mi amiga mirándome fijamente a los ojos—. No estoy loca.

—Pero... ¿con qué dinero?

—Tengo un poco. Lo retiraré del banco.

—¿Tienes una cuenta a tu nombre?

—No.

Nunca en mi vida se me había ocurrido un plan tan rápidamente.

—Muy bien. Me voy contigo.

—¿Tú?

La hice entrar, le pedí que esperase en mi despacho y me desembaracé de Alexandra pretextando una emergencia familiar. No se creyó de la misa la media, pero las princesas no son celosas, tal vez una prueba de que lo era de verdad. Preparé café y le conté mi plan a Viola. Yo tenía dinero. Nos iríamos juntos en el primer transatlántico. Una vez que ella se hubiese instalado en Nueva York, yo regresaría y avisaría a la familia. Viola sería intocable.

—Nueva York... —murmuró, con rascacielos en los ojos.

Me abrazó sin decir palabra, visiblemente conmovida. Nos encontraríamos en su hotel al día siguiente a las seis de la mañana y, desde allí, iríamos directamente a la estación. Tendríamos que viajar con poco equipaje —compraríamos lo que necesitásemos por el camino—. La retuve un momento cuando ya se daba la vuelta para irse.

—Antes de ir a Génova, haremos una parada en un sitio. Tengo algo que mostrarte, ¿de acuerdo?

La vi dudar y añadí:

—Confía en mí.

Roma dormía aún, inmersa en un sueño de grandeza, cuando el tren nos llevó al norte. En el vagón de primera, Viola me presionó para averiguar la misteriosa escala que había previsto. Me mantuve firme, sin ceder a sus presiones, la obligué a cambiar de tren en Pisa. Uno o dos minutos después de que el convoy se detuviera en la estación de Florencia, mientras fingía leer *La Stampa,* salté de mi asiento.

—¡Rápido! ¡Nos bajamos aquí!

Viola se levantó desconcertada, se asustó, dejó caer la maleta, se echó a reír y salimos del tren, justo cuando las puertas se cerraban resoplando detrás de nosotros. Llamé a un mozo de carga, aunque solo llevábamos una maleta cada uno, y le di la dirección del Baglioni.

Yo había partido de Florencia con una mano delante y otra detrás, la boca pastosa y las ropas malolientes manchadas con mis excesos y los de los demás. Volvía como un triunfador. No conocía al portero que en ese momento custodiaba el Baglioni, pero activó raudo la puerta giratoria tan pronto como nos vio. Pedí dos *suites,* una para Viola y otra para mí.

—Solo tenemos una *suite* disponible, señor Vitaliani. Pero tenemos una habitación muy bonita que…

Interrumpí al recepcionista con un gesto.

—No se moleste. Iremos al Excelsior.

El recepcionista cambió de inmediato de expresión.

—Déjeme ver lo que puedo hacer, señor Vitaliani. Quizá podría darle una *suite* adicional. Y ya nos arreglaremos como podamos.

Le di un codazo a Viola discretamente y fruncí el ceño.

—No lo entiendo. ¿Está disponible o no está disponible la *suite?* ¿Estoy en el Baglioni? ¿O me he metido sin darme cuenta en un hotel de paso? Porque están ustedes justo en el lugar donde antes estaba el Baglioni.

El recepcionista forzó una sonrisa, contrariado.

—Lamentamos este error, señor Vitaliani. Puedo confirmarle que tenemos dos *suites* disponibles. Permítanos ofrecerle una botella de champán para disculparnos por este malentendido.

Una vez en el ascensor, Viola y yo nos reímos a carcajadas. Luego caminamos por un pasillo interminable, tambaleándonos por los corredores de aquel transatlántico varado en medio de la ciudad. Nuestras *suites* se parecían a dos viejas cacatúas con paneles de madera oscura y cortinas amarillo mostaza, encaramadas sobre la ciudad, testigos mudos de los estados de ánimo de la época. Incluso en 1938 rezumaban un encanto caduco. El Baglioni era único porque había nacido demodé, un eco de una época que quizá nunca había existido.

No había tiempo que perder —a la mañana siguiente teníamos que coger el tren de las ocho y veinticinco a Génova—. Hice algunas llamadas telefónicas y luego fui a buscar a Viola. Se había cambiado la ropa de viaje por unos pantalones y había recogido la media melena en una cola de caballo. Sin la sinuosidad que la caracterizaba, podría haber pasado, para cualquiera que se cruzase con nosotros, por un chico afeminado. Atravesamos el ponte Vecchio, siguiendo la orilla opuesta hacia el este, un camino que yo había recorrido miles de veces. Viola no sabía nada de mis años florentinos, solo el retrato halagador y mentiroso que le había pintado en mis cartas.

No quedaba ni un solo rostro familiar en el taller, salvo el de Metti, inclinado sobre los planos de una iglesia en su cocina-despacho. No lo había avisado de nuestra llegada. Me demoré un momento mirando a mi viejo maestro, el hombre que había olvidado su brazo en Caporetto, antes de llamar a la puerta. Levantó la cabeza, irritado por la interrupción, y abrió unos ojos como platos cuando me reconoció. Parecía a punto de echarse a llorar.

Finalmente, rodeó el escritorio y me abrazó. En los quince años transcurridos, había adelgazado y su cabello se había vuelto completamente blanco. Solo tenía cincuenta y cinco años.

—¡Mimo! ¡Qué gratísima sorpresa! Y esta es la señora Vitaliani, supongo.

Viola se sonrojó como una adolescente.

—No, soy Viola Orsini. Una amiga.

—Ah, la joven del hospital, ¿verdad?

Viola se estremeció, a la defensiva, luego lo miró fijamente unos segundos y comprendió que estaba hablando con un hermano, un compañero de pasillos blancos y olores de éter.

Metti cenó con nosotros en el mejor restaurante de la ciudad. Había seguido mi carrera por los periódicos, que no perdieron ni un minuto en pintar un retrato de lo más adulador tan pronto como empecé a trabajar para el régimen. Me contó que Neri tenía su propio taller cerca de San Gimignano desde hacía varios años. Me eché a reír: «la ciudad de las cien torres», cuya altura reflejaba antaño el poder de sus propietarios, encajaba perfectamente con aquel cretino pretencioso. Cuando la conversación derivaba peligrosamente hacia mis años florentinos y su rosario de excesos, la desvié.

Sonaron las once en el *campanile* de Giotto. La ola de bronce rebotó de una fachada de mármol a otra antes de extinguirse. Nos despedimos prometiendo volver a vernos. Después de unos cuantos pasos calle abajo, Metti se dio la vuelta.

—¿Ya sabes por qué esculpes, Mimo?

—¡No, maestro! Por eso todavía lo llamo maestro.

Se rio sin ganas y luego se alejó balanceando el hombro huérfano. Los truenos retumbaban a lo lejos, la ciudad olía a lluvia. Conduje a Viola a lo largo de la via Cavour, un camino que solo había recorrido una vez pero que recordaba perfectamente por haber derramado en él un poco de mi sangre. Cuando llegamos a la piazza San Marco, se detuvo mirando fijamente la iglesia que se alzaba al otro lado.

—Conozco este lugar…

Confiaba en que Walter no me fallaría. Tres golpes y se abrió la puerta e, igual que hace muchos años, apareció el amigo de Alfonso Bizzaro, tan pequeño y monacal como siempre. Pero el nombre que yo había invocado cuando lo había llamado unos momentos antes, el abracadabra que me había franqueado aquella puerta, era el nombre de monseñor Francesco Orsini. Oscilando de derecha a izquierda sobre nuestras cortas piernas, Walter y yo subimos la misma escalera que hace dieciséis años, esta vez seguidos por Viola. Al llegar arriba, Walter me entregó un quinqué y dijo exactamente las mismas palabras.

—Solo una hora. Y, sobre todo, nada de ruido.

Con un gesto invité a Viola a entrar en la primera celda. Cruzó el umbral, se detuvo frente a *La anunciación* de Fra Angelico y comenzó a llorar, sin sacudidas, sin tristeza; lloraba de alegría ante el ángel con alas de pavo real y ante la mujer-niña que iba a cambiar el mundo.

—Gracias, Mimo.

Estalló una tormenta, que acribilló el tejado por encima de nuestras cabezas con una descarga de plomo. Apagué el quinqué y dejé que los relámpagos nos guiasen de celda en celda. Y, durante unos instantes, en una tempestad de cian, de oro, de naranjas, de rosas y de azules, nuestra amistad volvió a brillar.

Antes de dejarme, en la puerta de su habitación, Viola se arrodilló; era casi tan alta como la princesa serbia.

—Gracias, Mimo. Nunca olvidaré esta noche. En los Estados Unidos no tienen historia. Pero yo seré única, porque tendré esta. Hasta mañana.

Diez minutos después salí del hotel. Llovía a mares, pero no me importó. Mis pies encontraron las huellas de entonces, aquellos átomos de pavimento que habían desgastado, y se acomodaron en ellos. Los raíles del tranvía brillaban, trazando un camino resplandeciente con cada destello. Me guiaron hasta el campo de la feria donde se levantaba la vieja carpa, más remendada, más descolorida que antes. El gonfalón que anunciaba el CIRCO BIZZARO bailaba, deshilachado, en la tormenta. Las dos caravanas seguían allí; la de Sarah, apagada. Una luz brillaba en la ventana de Bizzaro y una oscura silueta la veló un instante. Dudé largo rato antes de dar media vuelta. Esa parte de mi vida se había acabado: el sufrimiento, la pobreza, las ausencias acumuladas en el vientre. Ausencia de madre, de Viola, de futuro, ausencias que había tratado de llenar en cada rincón de la ciudad. Nunca más.

El recepcionista me preguntó si todo iba bien cuando me vio surgir de una descarga de rayos y de mistral, empapado de pies a cabeza. Me di una ducha caliente, me envolví en el albornoz de seda del hotel —que en mí parecía un vestido de novia de larga cola— y en dos mantas. No pude dormir, por supuesto. Y cuando, hacia las tres de la mañana, llamaron a la puerta, fui a abrir inmediatamente. Viola, envuelta en el mismo albornoz, entró sin decir palabra. Señaló la enorme cama.

—¿Puedo?

Me recosté de nuevo en silencio. Ella se tumbó del otro lado y luego se acurrucó contra mí. Supe que recordaría ese momento hasta mi último aliento de vida. Y os aseguro, hermanos, que ha sido así.

Al cabo de unos instantes, la voz de Viola se alzó, casi imperceptible, pero lo suficientemente fuerte como para ahogar el rugido de la tormenta, que se elevaba por la ventana abierta.

—Me has traicionado, ¿verdad?

La pregunta no requería respuesta, ambos la conocíamos. No me gustó el verbo *traicionar,* obviamente. Pero la disputa semántica podía esperar.

—¿Cuándo volvemos a Pietra d'Alba? —preguntó de nuevo Viola.

—Mañana.

Noté cómo asentía en la oscuridad. Era extraño, echaba de menos su rabia, me empujaba a justificarme.

—¿Qué hubieras hecho tú sola en los Estados Unidos? ¿Crees que tu familia te habría enviado dinero porque sí? Los dos hemos fingido durante las últimas veinticuatro horas. Sabías tan bien como yo que era un paréntesis.

—Esperaba que tal vez...

—Era una locura. Hay otras soluciones. He hecho lo mejor para ti.

—Sí, muchas personas han hecho lo mejor para mí desde hace mucho tiempo. ¿A quién has avisado? ¿A Stefano?

—A Francesco. Antes de irnos. Solo le pedí que nos concediera un día en Florencia. Intenta dormir ahora. Ya hablaremos de eso.

Esperamos el amanecer uno al lado del otro, fingiendo dormir. Hacia las seis de la mañana, una ola púrpura rompió sobre el Arno, alejando el agua alquitranada de la noche. Llamaron a la puerta. Abrí a los dos gorilas que esperaban en el pasillo, vestidos con trajes oscuros, para llevarnos de regreso a Pietra d'Alba. No volvimos a hablar de ello.

Candido Amantini nunca se pareció a la imagen que la cultura popular daría luego del exorcista. El padre Vincenzo lo había conocido hacía años, cuando era un joven sacerdote, y lo que recordaba era un hombre amable detrás de sus grandes gafas, más que un azote de traidores y matasiete de demonios. Sin embargo, según el profesor Williams, Amantini fue la primera persona a la que llamó la Congregación del Santo Oficio, incluso antes que a los expertos científicos. El exorcista oficial del Vaticano se recogió en oración junto a la escultura, durante casi doce horas ininterrumpidas, con dos guardias suizos apostados frente a la puerta del depósito donde se guardaba la *Pietà,* y como únicos adminículos «una Biblia del siglo XVII, una caja de velas y otra de tizas blancas», precisa el informe, que no aclara si los guardias vieron u oyeron algo. Candido Amantini salió por fin de su encierro y, una semana después, emitió su veredicto. La estatua no estaba poseída y él no podía estar más desconcertado porque, después de mirarla durante horas, también él había sido sensible a aquella extraña presencia, a algo más que las toneladas de mármol que bailaban ante él a la luz de las velas. Pero la presencia, aseguró, no era diabólica, por ir esta inevitablemente acompañada, en el momento del exorcismo, de un olor a llanura quemada, a herrumbre o a huevos podridos, como si un rayo acabara de caer no muy lejos.

Amantini aventura la explicación que, para algunos, esclarecerá el gesto de Laszlo Toth cuando busque la *Pietà Vitaliani* para destruirla y, al no encontrarla, acabe abalanzándose sobre la *Pietà* de Miguel Ángel: la obra se acerca a lo divino. Está poseída, sí, pero de la presencia divina. Y en ese sentido es peligrosa. Dios es demasiado grande para ser cercano, razón por la cual confió a san Pedro, a pesar de sus errores, la tarea de fundar un cuerpo que sirviera de intermediario, el de la Iglesia. Si alguien puede acercar directamente lo divino, tocarlo con el dedo como hace Adán en el techo de la Sixtina, ¿de qué sirve entonces la Iglesia? En su recomendación a la Congregación del Santo Oficio —que no sustituyó a la Inquisición hasta 1908—, Amantini es categórico. La *Pietà,* desde el punto de vista artístico, es una obra mayor. Desde un punto de vista teológico, en cambio, constituye una herejía inexplicable. Amantini admite su fracaso al no entenderla, pero recomienda que la escultura no se muestre nunca más en público.

En una nota a pie de página, el profesor Williams subraya irónico: esa Inquisición tardía que, con otro nombre, dio plenos poderes al padre Amantini, llevó al Veronés a juicio en 1573 por atreverse a pintar, en su cuadro *Comida en casa de Leví...*, enanos. Personajes forzosamente grotescos, cómicos, que no se compadecían con el carácter divino de la escena. Y, mira tú por dónde, casi cuatrocientos años más tarde, esa misma Inquisición le reprochará a un enano el ser demasiado divino.

A continuación, desembarcaron los expertos, científicos e historiadores con todos sus bártulos. La estatua fue pesada, medida y examinada con rayos X, que no revelaron la menor presencia de microfisuras, signo inequívoco de la calidad del mármol. Se sugirió una potencial radiactividad o la emisión de algún gas como el radón por parte de la estatua, posibilidades que los test refutaron. Descubrieron, al medir el zócalo, que su altura correspondía a la proporción áurea, y que la proporción divina se encontraba uniendo ciertos puntos de la escultura. Imposible, sin embargo, inferir nada de ello, puesto que la obra no era la primera en ajustarse a dicha regla de armonía. Las teorías más descabelladas —inclusiones de componentes meteóricos en la piedra, radiaciones ionizantes, amplificación de redes telúricas de tipo Hartmann o Curry— fueron apuntadas y rechazadas. Todos los especialistas coincidieron con la conclusión del padre Amantini. «No sabemos nada de nada».

Por último, después de enumerar las teorías de los demás, el profesor Williams presenta la suya propia. Según él, ni la religión ni la ciencia encontrarán la solución. Ninguno de esos expertos ha mirado verdaderamente la escultura. Quien lo hace detenidamente, añade, no puede sino quedar fascinado por el rostro de la Virgen, su modelado, la feminidad y la sensualidad que emanan de él a pesar de los signos evidentes de la edad. A diferencia de la *Pietà* de Miguel Ángel (anormalmente joven para ser la madre de Cristo), la de Vitaliani no es una chiquilla. Ha vivido. Y Williams aventura la hipótesis de que el misterio resida en la relación del artista con su modelo.

El escultor la conocía, nos dice Williams, y de la naturaleza de esa relación surge el misterio.

Leonard B. Williams murió en 1981, tras haber dedicado los últimos veinte años de su vida al estudio de esta obra, sin saber cuánta razón tenía y cuán equivocado estaba.

Los Orsini están en el apogeo de su gloria y no son conscientes de ello. Los naranjos dan más fruto que nunca gracias al agua del lago. También los naranjos amargos; la familia exporta ahora buena parte de su producción.

El 10 de febrero de 1939, Pío XI muere repentinamente de un infarto en el Vaticano. Como, según algunos, se disponía a pronunciar un discurso denunciando los métodos fascistas, y su médico no es otro que el padre de Clara Petacci, la última amante de Mussolini, los rumores corren como la pólvora: Mussolini habría hecho envenenar a un papa demasiado incómodo.

El 2 de marzo de 1939, soberana chapuza: la columna de humo blanco que sale del tejado de la Capilla Sixtina, de repente, se vuelve negra. Al parecer, es un problema técnico y, finalmente, habrá fumata blanca, pero será necesario que el secretario del cónclave envíe una nota a Radio Vaticana confirmando la noticia.

Habemus papam.

A las 17.30 horas, Eugenio Pacelli, el hombre a quien debo mi carrera, se convierte en papa. Ya con el nombre de Pío XII, regresa por la noche a su habitación, se vuelve hacia su gobernanta, señala la sotana blanca y murmura: «Mire lo que me han hecho».

Al acabar la guerra, nadie quiso oír hablar de la muerte. Los años veinte fueron los de la vida, una vida acelerada, frenética y, más de una vez, pensé que las películas de la época, todas a tirones y saltos de imágenes, eran fiel reflejo de esa realidad. Durante la década de 1930, con la tierna curiosidad que otorga la distancia, la muerte volvió a ponerse de moda. Cualquier ciudad que se preciase, cualquier pueblo o aldea con ínfulas, debía tener su monumento a los caídos. Muy a mi pesar —de nada valieron mis reticencias—, me vi obligado a esculpir el de Pietra, un monumento que tenía la particularidad de que en él solo figuraba un nombre. Aunque a las autoridades militares no se les había ocurrido movilizar a nadie en aquel valle perdido, o habían preferido evitarlo para no ofender a los Orsini, su hijo Virgilio, por su cuenta y riesgo, se había empeñado en presentarse voluntario, atrayendo sobre él la mirada miope del destino. El resultado no podía ser más trágico: una estela gris y marcial que Jacopo, oficialmente convertido en mi mano derecha, había coronado con un valiente soldado de la Primera Guerra Mundial enarbolando una bandera bajo la metralla. Era casi imposible mirar el único nombre del monumento, perdido en medio de una losa vacía, sin pensar: «Menudo idiota». El homenaje se convirtió en insulto. La familia Orsini lo odiaba, el alcalde lo odiaba y, como yo también lo odiaba, no tuve reparos en destruirlo. Volví a trabajar con denuedo en las esculturas del Palazzo della Civiltà Italiana, que me mantuvieron ocupado hasta el final de la década.

Desde el episodio de Florencia —mi traición, me guste o no la palabra—, Viola no me dirigía la palabra. Nunca asistía a las cenas a las que me invitaban. Si se daba el caso de encontrármela en el pueblo, en las ocasiones en que iba a misa (yo seguía ayudando en los arreglos de la iglesia y tenía a gala hacerlo personalmente), ella fingía no verme. De lo más fácil, porque le bastaba con no mirar hacia abajo. Miraba de frente, al vacío que yo habría ocupado si hubiera sido de estatura normal, y me ignoraba, puesto que yo no estaba allí. Me hubiera hundido en la miseria si no hubiese recibido regularmente recortes de periódicos, traídos por Emanuele en sobres sin franquear, procedentes de un remitente cuya identidad no quería traicionar (mi amigo enfatizó la palabra *traicionar* mirándome a los ojos). El primer artículo había llegado en noviembre del año anterior y hablaba de «La noche de los cristales rotos», el pogromo del Tercer Reich contra los judíos. Después, el *Manifiesto de los científicos racistas,* en el que Mussolini basaba sus decretos. Luego, un artículo sobre el exilio del premio nobel Enrico Fermi, a cuya esposa, judía, se le había prohibido enseñar. Fermi desarrollaría las bases de la fisión nuclear para otro país. El mensaje era claro: Stefano me había mentido. Y Viola, como todavía confiaba en reformarme, me hacía saber que nuestra amistad, tal vez, no estaba del todo muerta.

Al regreso de Florencia se había celebrado una reunión movidita entre los hermanos Orsini, Campana y yo. Campana había vociferado, estaba harto de aquella «chiflada», «estéril» y «lisa como una tabla». Francesco me había instado, con una simple mirada, a que no me moviera. Era secretario de Pío XII y desprendía un aura tal que incluso yo obedecí. Desde el año anterior, dos profesores romanos de Medicina, Cerletti y Bini, habían estado experimentando con un prometedor tratamiento de electroshock. Viola era la candidata ideal, sobre todo porque el médico milanés que la había atendido, después de su fallido intento de fuga, le había diagnosticado la enfermedad del alma. Y el mal del alma resiste mal a la electrocución. Stefano hizo una mueca cuando Campana explicó que el método había sido probado con éxito en cerdos y luego en algunos humanos. Con un rápido movimiento del índice, Francesco descartó la solución. Se habló del litio, al que también la enfermedad resiste mal. Yo no había abierto la boca y me levanté.

—No habrá litio ni electroshocks. No habrá nada.

Miré a Campana directamente a los ojos.

—Y, si quieres hablar de chiflados, hablemos.

Campana salió dando un portazo. Tan magra victoria me convenció de que Viola me debía un favor como una casa, cuando me había condenado injustamente al ostracismo. Cada uno se arregla con su conciencia como puede.

Durante aquellos años, la mayor parte de mi tiempo, cuando no esculpía, la dedicaba a recuperar a mi madre. Los gestos del pasado no funcionaban, teníamos que redescubrir una postura, una forma de estar juntos, de acomodar nuestros cuerpos en un mismo espacio. A menudo caminábamos uno al lado del otro y rara vez nos mirábamos a los ojos. Ella era mi madre sin serlo, el tiempo había erosionado demasiadas cosas. El pudor frenaba mis impulsos, su paciencia lo aceptaba.

En 1940 se reanudó la guerra, que nunca había cesado. Recibí cada vez más recortes de periódicos, citas de Mussolini copiadas con tinta verde. A finales de año, un todoterreno Fiat 508 °CM Coloniale se detuvo delante del taller, con dos banderines italianos flameando en el guardabarros. De él bajó un funcionario vestido de riguroso traje, seguido por Stefano, que apenas podía reprimir una sonrisa de alegría. Mi visitante me entregó una carta, que abrí inmediatamente. Se trataba de un encargo para un conjunto monumental titulado *El hombre nuevo*, destinado a la plaza central de Predappio, ciudad natal del Duce. La solicitud, según me dieron a entender, procedía oficialmente del Ministerio de Cultura Popular, pero había sido formulada en más altas esferas. «Las más altas», añadió Stefano con un guiño, ante el visible disgusto del funcionario. Cien mil liras al año hasta completar la escultura, con un mínimo garantizado de cuatrocientas mil liras. Una mina. Borré la tinta verde de mis pensamientos y firmé sin pestañear en el guardabarros del Fiat.

Por la noche, hice un boceto en la mesa de la cocina, entre dos copas de vino y dos platos vacíos, mientras Vittorio ordenaba la vajilla y mi madre tejía en un rincón. *El hombre nuevo* tendría tres metros de alto, cinco con la base. *El hombre nuevo* era un velocista en la salida, justo después del disparo, y solo se apoyaría en un pie. Un desafío técnico. Un desafío anatómico. Cuando le mostré el dibujo a mi madre, le echó una ojeada distraída y volvió a sus agujas de tricotar diciendo:

—Estás muy bien tal como eres, Mimo.

—¿Cómo dices?

—Me parece que tu gigante, con todos sus músculos, ese «hombre nuevo», representa lo que te gustaría ser. Te digo que estás muy bien tal como eres. Pero qué sabré yo, solo soy tu madre.

Salí hecho una hidra y, después de caminar unos pocos pasos sobre la grava bañada por la luna, casi me dio un vuelco el corazón. Viola me esperaba, vestida con un abrigo oscuro, no muy diferente de la aparición que años antes me había aterrorizado en el cementerio del pueblo. Y, de hecho, era un fantasma el que estaba allí de pie, el de nuestra infancia, de rostro demacrado y ojos demasiado grandes, enrojecidos por una larga lista de hombres de la cual yo formaba parte.

—Stefano me habló de tu último encargo. Ya sabes de quién viene.

Era la primera vez que hablaba conmigo desde hacía casi dos años. De repente existía, y era para hacerme reproches. Trabajaba como un loco, pagaba diez sueldos, los Orsini presumían ante quien quisiera oírlos de haberme descubierto. Y además yo no era ni Gesualdo ni Caravaggio. No había matado a nadie. Mis esculturas no mataban ni a una mosca.

—Yo no me meto en política. Te lo he dicho mil veces.

—No quiero que hagas esa escultura.

—¿No quieres?

—No.

—Vete al cuerno, Viola.

Giró sobre sus talones sin despedirse y se perdió en la noche.

Poco después me fui a Francia, donde no había puesto un pie desde mi partida, una fría mañana de 1916. Me habían invitado a una recepción en la embajada de Italia, en el París ocupado, por donde desfilarían todos los talentos de nuestro hermoso país. El embajador, empeñado en mantener una ilusión de amistad con los franchutes, por si acaso, no había invitado a ningún alemán. Allí tuvo lugar mi supuesto enfrentamiento con Giacometti. Ignoro cómo se enteró ese profesor americano que escribió sobre mí, o más bien sobre mi *Pietà,* pero el caso es que lo mencionó en su monografía. Una leyenda tenaz, porque Giacometti y yo nunca nos dirigimos la palabra.

Llegué temprano a la embajada. No tanto por alternar con el mundillo, que no me interesaba mucho, sino por los negocios; conocía el valor de un encuentro en aquellos círculos en los que Francesco me había enseñado a moverme. Una pregunta bailaba en los labios de la concurrencia: «¿Vendría Elsa Schiaparelli?». La estilista de todo París no hizo acto de presencia. Pero aparecieron otros artistas, no menos importantes. Me presentaron a Brancusi. Mi colega, que parecía un vagabundo sublime, se había colado en la recepción gracias a la cadencia italiana de su nombre. Nos conocíamos de oídas e intercambiamos las habituales banalidades. Desde mi llegada, observé por el rabillo del ojo a un tipo extraño, de mirada huidiza bajo una cabellera explosiva, que parecía evitarme. También parecía un vagabundo y andaba con muletas. Cada vez que nuestros caminos amenazaban con cruzarse, según las corrientes mundanas que agitaban a los invitados, él hacía una brusca pirueta para desaparecer entre la multitud.

Brancusi, que me había cogido cariño, no paraba de llenarme el vaso. Le di un codazo.

—Dime, ¿quién es ese tipo de ahí? El que cojea. Yo creo que me evita.

—¿Giacometti? Te detesta. Venga, ¡a tu salud!

—¿Me detesta? ¿Por qué?

Brancusi le entregó la copa vacía al camarero.

—Porque te admira, supongo.

—Eso no tiene lógica.

—Tiene toda la lógica del mundo. ¿Por qué detestar a alguien que nunca va a hacerte sombra? Admirar a alguien es detestarlo un poco, y viceversa. Beethoven detestaba a Haydn, Schiaparelli detesta a Chanel, Hemingway detesta a Faulkner. Ergo, Giacometti detesta a Vitaliani. Y, ya que estamos, yo también te detesto. Pero los rumanos detestamos amablemente. ¿Y ahora qué pasa que no bebes?

—Creo que ya he bebido bastante.

—¿Estás de broma? He visto la cara que traías. Cuando un hombre tiene esa cara, solo hay dos motivos. El primero, una mujer.

—¿Y el segundo?

—Una mujer.

Terminamos la velada completamente borrachos, orinando contra un coche alemán en la rue de Varenne, prueba de que no era tan apolítico. Brancusi y yo intercambiamos algunas cartas hasta su muerte, unos quince años después. Si le hubieran pedido esculpir el océano, habría pulido un rectángulo de mármol, afirmando que, puesto que no podía reproducirse en detalle cada ola, bastaba con esculpir lo que todas tenían en común. Esculpió lo que solo el ojo de un loco, un animal o un telescopio podían ver.

Pasé un mes en París, callejeando, disfrutando de la vida, no siempre de la manera más razonable. Los boches creaban un mal ambiente y quien más quien menos se divertía en exceso detrás de puertas diligentemente insonorizadas. Un soldado alemán me detuvo una mañana en Montmartre y me asusté, pero él se limitó a preguntarme, con los ojos muy abiertos, si yo era Toulouse-Lautrec. Le dije que «sí, por supuesto» y le firmé un autógrafo.

Regresé a Pietra d'Alba en los primeros días de 1941, en una noche muy fría. Algo iba mal, lo noté enseguida. El pueblo debería haber estado dormido en la oscuridad, solo con algún punto de luz parpadeante en alguna fachada cuyas contras no cerraban bien. En las calles debería haber reinado el portentoso silencio de las noches de invierno. Pero las contras no estaban cerradas. El viento pasaba de un repecho a otro y se lanzaba por los callejones, ululando como un loco. Las gentes se apartaron en la plaza para dejarnos pasar. De vez en cuando se oía el eco de las llamadas.

Corrí del coche al taller. Solo brillaba una lámpara en la ventana de la cocina, donde mi madre me esperaba mano sobre mano, con la mirada perdida en la penumbra, envuelta en un chal de lana cerca de la estufa.

—¿Hay algún problema?

Mi madre se levantó para poner el café al fuego. Había un problema.

Viola había desaparecido.

Campana había desembarcado unos días antes en la villa Orsini, con su hermana y sus tres hijos, procedentes de Milán, con la intención de pasar las vacaciones de Navidad. Habían decidido darse un paseo por Génova, un viaje improvisado en el que Viola se había negado a participar. Yo sabía por Stefano que las relaciones entre su marido y ella eran tan tensas que ya no se hablaban. Le habían endilgado a los niños esa noche, y todos los Orsini se habían ido, incluido el marqués, con su silla de ruedas, su asistenta y sus hilillos de baba. Pese a varias caídas, bronquitis y algún otro ataque más, el bueno del marqués se aferraba a la vida.

A su regreso al día siguiente, por la mañana temprano, la familia había encontrado a los niños dormidos en el salón, excepto al más pequeño, que lloraba a moco tendido rodeado de objetos rotos por los angelitos, y restos de comida sobre los preciosos sofás verdes. Tras el interrogatorio al que sometieron al servicio, los interesados confesaron haberse tomado un día de asueto, puesto que la señorita Orsini había quedado a cargo. Cuando llegué a la villa, hacía dos días que nadie había visto a Viola.

El salón principal de la mansión se había transformado en cuartel general. En el centro de la estancia, una mesa abarrotada de mapas. Yo no me había cambiado, había salido disparado del taller. Campana recorría el salón de un lado a otro, con las manos a la espalda y el cigarro en los labios sin mirarme. Grupos de cazadores, inclinados sobre los mapas, comentaban como expertos los caminos que habría seguido la joven y, de vez en cuando, se entregaban, con los ojos húmedos de emoción, a una anécdota nostálgica sobre tal o cual magnífico ejemplar con el que se habían cruzado y al que luego habían matado en tal o cual cazata.

Los hermanos Orsini, ausentes, dirigían las operaciones desde Roma. Se había alertado al puerto de Génova, así como a las compañías marítimas. Viola no podría embarcarse en un transatlántico. La buscaban en Génova, en Savona y en Milán. Durante dos días se habían sondeado los pozos circundantes, pero solo se encontraron las lágrimas de San Pedro —el manantial fluía más vivo que nunca—. Los perros habían regresado con el rabo entre las piernas y la lengua fuera. Nadie los culpó. No habían sido entrenados para aquello.

El marqués dormía en su silla de ruedas, ajeno al trasiego. La marquesa se sentaba, muy digna, en un sofá, al lado de un aparatoso manchurrón de salsa de tomate.

Vestida de negro desde el primer ataque de su marido, delgadísima y bendecida con los largos miembros que su hija había heredado, parecía una araña. Tenía la belleza de aquellas especies tropicales que un día había admirado en uno de los libros distraídos por Viola. Desde hacía un tiempo, dejaba en manos de sus dos hijos la labor de velar por la gloria de la familia, pero seguía manteniendo la red social que había tejido a lo largo de los años. A veces iba sola a Turín o a Milán, y las malas lenguas murmuraban que aquella mujer aún joven —sesenta años recién cumplidos— buscaba allí el consuelo que en Pietra nadie podía ofrecerle. O que no se atrevían a ofrecerle, por si el marqués no estaba tan chocho como parecía.

Desafiando la noche y el frío, varios grupos batían los alrededores —Emanuele y Vittorio formaban parte de uno—. Yo no podía hacer nada más y volví a casa caminado. Nuestra última disputa me pesaba como una losa en el corazón. Al llegar al taller, pensé de pronto en el único lugar donde probablemente a nadie se le había ocurrido buscarla. El cementerio, por supuesto. Corrí de regreso a la morada de los muertos. Con treinta y siete años, el lugar ya no me asustaba. Hacía mucho tiempo que los demonios de *Maciste en el infierno* no poblaban mis pesadillas. El cementerio me recordaba a Viola, nuestra amistad deshilachada, remendada muchas veces. Me recordaba el cine de antaño, que no por mudo era menos expresivo.

La puerta del mausoleo de los Orsini estaba entreabierta. Me acerqué con pasos lentos y la empujé suavemente. El interior exhaló un olor a paso del tiempo y también a polvo. Estaba vacío. Las flores acababan su proceso de desintegración sobre el altar; hacía mucho tiempo que nadie había puesto un pie allí. Di una vuelta alrededor del cementerio y terminé en la tumba del pequeño flautista Tommaso Baldi. Frente a la losa desgastada, me asaltó una sospecha que me heló la sangre. ¿Y si Viola había encontrado también la entrada a los famosos túneles? ¿Y si hubiera estado vagando en la oscuridad durante tres días? Ella no tenía un caramillo como el joven Tommaso.

Al día siguiente fui incapaz de trabajar, pese a las falsas esperanzas de mi madre. Si Viola no quería ser encontrada, nunca la encontraríamos. A aquellas alturas, sus hermanos, como yo, sabían que ella no se iría a tontas y a locas después del fiasco de Florencia. Que no intentaría abordar un transatlántico con su nombre real. Esta vez habría hecho una lista de todos los obstáculos que se interpondrían en su camino, anticipándose a nuestras mínimas reacciones, incluidas las que aún no habíamos tenido. Habíamos perdido de antemano.

Por la tarde, el ambiente en la villa Orsini había cambiado. A la emoción le siguió el cansancio. La esperanza de convertirse en héroes de hacerse notar, iba menguando en la tropa. Los hombres exudaban pesimismo, los rostros aparecían arañados y sucios. Campana había regresado a Milán por un «asunto urgente».

Cuando desperté, tuve la terrible intuición de que Viola estaba muerta. Estaba seguro de que algo de ella acababa de irse, allí, un minuto antes, tan seguro que al principio no pude levantarme porque me costaba respirar. Finalmente logré arrastrarme hasta el abrevadero y sumergí la cabeza en el agua del manantial milagroso. El santo, según la leyenda, había llorado lágrimas amargas. No sé si eran amargas, pero sí que estaban heladas.

Transcurrió otro día en el que algunas noticias fantasiosas, llegadas de diferentes lugares del país, no lograron darnos esperanzas. Mi madre me obligó a cenar, como si fuese un niño, repitiendo «un bocado más» cada vez que bajaba el tenedor. Esa noche volvimos a ser madre e hijo.

Temblando junto al fuego, repasé mentalmente los lugares que frecuentábamos juntos. Ninguno, en realidad, salvo el cementerio. Ninguno. Ninguno. Ninguno.

Ninguno, excepto…

—¿Adónde vas? —preguntó mi madre al verme saltar del asiento.

Yo ya estaba corriendo. Con las prisas ni siquiera se me ocurrió coger una linterna, solo agarré un viejo capote militar que estaba sobre un mueble, probablemente abandonado por Emanuele. Pese a las nubes —altocúmulos—, la luna brillaba lo suficiente para guiarme. Llegué al roble de los Ahorcados y me interné en el bosque sin preocuparme por los centinelas negros y chismosos que intentaban detenerme con arañazos y zancadillas. Esta vez era yo el más fuerte. De milagro o por un designio superior, encontré el claro y crucé al otro lado de los matorrales.

Allí estaba. La vi incluso antes de llegar a la cueva. Tendida, inmóvil. Di un salto, trastabillando muerto de miedo porque no se movía. Cuando por fin llegué a la entrada, Viola giró la cabeza hacia mí. Una nube se deslizó sobre sus mejillas demacradas y la luna me reveló lo que al principio había tomado por una masa de oscuridad: la inmensa mole de Bianca, tumbada como ella. Viola estaba acurrucada contra su cuerpo, vestida como para una velada de fiesta en la mansión, con las ropas en un estado deplorable.

—Murió esta mañana —susurró.

Me arrodillé junto a Viola, la ayudé a incorporarse y la estreché entre mis brazos. La cabezota de Bianca estaba vuelta hacia nosotros, con los ojos abiertos y la lengua un poco fuera. Viola no había abandonado a los niños a propósito. Estaba jugando con ellos cuando oyó la desgarradora llamada del bosque, un poderoso gruñido capaz de hacer temblar las paredes que ningún testigo pudo corroborar posteriormente. Cuando la muerte se acercaba, Bianca llamó a la persona que era a la vez su madre, su hermana y su amiga. Viola, sin pensar en nada, convencida de que los criados se ocuparían de los niños, se había internado en el bosque. Había pasado cuatro días con la osa, llevándole agua, hablando con ella, durmiendo a su lado. Estoy convencido de que, si yo no hubiese llegado, Viola habría seguido a Bianca en ese viaje.

Se recostó de nuevo y me tendí junto a ella. Abrigué nuestros cuerpos con el capote y contemplé las estrellas.

—Tenía veinticinco años —murmuró—. Una hermosa vida de osa.

—Tienes que volver a casa. Todos te están buscando.

—Nadie debe saberlo. Diré que salí al oír un ruido en el bosque, que me asusté en la oscuridad, que me perdí y que anduve errante unos días.

Ni ella ni yo nos movimos. Suspiré.

—Todo esto es ridículo.

—¿Qué es ridículo, Mimo?

—Tú, yo. Nuestra amistad. Un día nos queremos, al día siguiente nos odiamos… Somos dos imanes. Cuanto más nos acercamos, más nos repelemos.

—No somos imanes. Somos una sinfonía. Y la música también necesita silencios.

Viola me pidió que enterrara a Bianca, cosa que acepté sin rechistar, pero lamenté tan pronto como regresé armado con una pala. La tarea era hercúlea. Y me quedo corto: Hércules contaba con la ventaja de no medir un metro cuarenta. Llegué a casa al amanecer, tambaleándome, con las manos ensangrentadas, y dormí hasta la noche. Vittorio me despertó para darme la buena nueva: Viola simplemente se había perdido en el bosque y había encontrado el camino de regreso. Fingí alegrarme por la noticia y volví a dormirme.

Viola pasó tres días en la cama, recuperándose de su aventura. Yo tenía el cuerpo molido y fui incapaz de esculpir durante el resto de la semana. El sábado siguiente, Campana regresó de Milán y los hermanos Orsini llegaron de Roma. Me invitaron a una cena de celebración a la que asistí de buen grado. Al fin y al cabo, Viola y yo volvíamos a hablarnos, y eso era lo que importaba. No fui consciente, hasta más tarde, de que la mayoría de las cenas en casa de los Orsini terminaban mal, y aquella no fue la excepción.

Algo se gestaba en los ojos de Campana, debí de haberlo notado. Cómo es posible que yo, el maestro del movimiento, no percibiese aquellos pasos de tigre, caminando de lado, con la cabeza gacha mientras tomábamos un aperitivo previo a la cena. Los tigres suelen atacar por el costado.

Viola, todavía pálida, me sonrió. Felicité a Francesco por su nuevo cargo con su santidad Pío XII, antes monseñor Pacelli. Como de costumbre, Stefano bebía un trago tras otro. La cuñada de Viola estaba allí, rodeada de su prole. De niño, yo había temblado al irrumpir por efracción en aquel santuario. Ahora era un habitual, respiraba regularmente el polvo de oro que flotaba en suspensión en los rayos del sol y ya no me maravillaba. Con el tañido de la campana, pasamos al comedor.

La cena fue un trasunto silencioso de otras muchas, apenas perturbada por el ruido de los niños que jugaban en la pieza contigua, hasta que llegó la tabla de quesos. El tablero acababa de girar y volver al centro cuando Campana golpeó la mesa con la palma de la mano. Incluso el marqués se sobresaltó, antes de volver a caer en su torpor.

—Esto no puede seguir así.

—¿Qué no puede seguir así? —preguntó Francesco cortésmente.

—¡Ella! —gritó el *avvocato* señalando con un dedo tembloroso a Viola—. ¡Si hubiese comprado un coche con un defecto de fábrica, me habrían reembolsado el dinero hace mucho tiempo!

—Mi hermana no es un coche —repuso Francesco, con el tono afable de siempre.

Viola, cabizbaja, no decía nada.

—¡Primero Florencia, luego la desaparición en el bosque! ¡Está chiflada! ¿Cómo queréis que os lo diga? Sin mencionar el hecho de que no puede tener hijos, probablemente porque saltó del tejado de esta casa, lo cual, tonto de mí, debería haberme mosqueado.

Campana escupía en su plato, rojo de ira. Señaló a su hermana.

—Y los hijos de Eloísa, ¿eh? ¡Les podría haber pasado sabe Dios qué! ¡Qué clase de mujer abandona a unos niños, por Dios! ¡Habría mucho que hablar de eso!

Sacó un papel arrugado del bolsillo y lo blandió bajo la nariz de Viola, que palideció. Campana emitió una risita burlona.

—¿Y qué coño es esto, dime? Lo encontré cuando registramos tu habitación después de que desaparecieras, buscando alguna nota o una carta. ¿La señora escribe poemas ahora?

Desdobló el papel y se aclaró la garganta. Viola lo miró fijamente a los ojos.

—No lo leas.

—Lo leo si me da la gana. A ver si tu familia se entera de una vez de lo que tienes en esa cabecita, ¿de acuerdo?

—Lo escribí hace mucho tiempo, cuando estaba en el hospital. Es el pasado. Y es personal.

—«Soy una mujer de pie...» —empezó Campana con un trémolo teatral.

Un tic nervioso, de una violencia que nunca le había visto, desfiguró el rostro de Viola.

—Si lo lees —continuó suavemente—, te mato.

—Ah, ¿porque también eres una asesina?

Campana rodeó la mesa para alejarse de Viola y leyó:

—«Soy una mujer de pie en medio de los incendios que habéis provocado. / Soy una mujer de pie, ¿me veis?, en vuestras hogueras, en vuestros autos de fe, con vuestros dedos apuntados. / Soy una mujer de pie, ¿qué os creíais?, ¿que iba a llorar por vuestras rechiflas, en la humareda, / por vuestras cobardías, por vuestras hogueras, por autos de fe, por vuestros dedos acusadores?».

—Basta —susurró Francesco con expresión sombría.

—¡Espera, querido cuñado! —gritó Campana—. Hay más. «Desde que mordí la manzana, algo me trastorna, pasmaos. / Unas ganas de danzar, de inventar cohetes, de curaros. / Entonces me volveréis a quemar, a crucificar. / Gato negro y camisa de fuerza, descuartizada, diréis que estaba loca, que era un poco bruja, o ambas a la vez. / He mordido la manzana, la volveré a morder, preparaos. / Soy una mujer de pie, no me veréis arrodillada».

La hermana de Campana, con el rostro vuelto y la mano en la boca, a duras penas contenía la risa. Yo estaba paralizado, igual que el resto de los comensales, aunque ninguno por la misma razón. La Viola que yo creía muerta vivía, bailaba en aquel poema de adolescencia.

—«Soy una mujer de pie en medio de las guerras que habéis desencadenado. / Soy aquella a la que llamáis cuando todo se derrumba a vuestro lado. / Pero me volveréis a quemar en la pira en cuanto todo vaya bien, para que no vea que no todo va bien. / Me consumiréis, me reduciréis a cenizas, me aventaréis, o creeréis hacerlo porque en vuestro fuego no hay calor y nada quema. / Soy una mujer de pie, que vale por mil de vosotros».

Campana se atragantó con un acceso de tos, aceptó el vaso de agua que le tendió su hermana mientras con la mano libre nos hacía un gesto para que esperásemos la continuación.

—Y ahora, queridos amigos, lo mejor para el final, la estrofa de la que no entendí nada, ¡probablemente porque no nací para poeta!

Viola se alzó muy lentamente, como la bruma elevándose del suelo de un cementerio. Con voz apenas audible, recitó:

—«A ti, que no has nacido, que todavía no sabes lo que es ser herida, / caer de las nubes y volver a levantarte. / Cuando te pidan que renuncies, que te acuestes, que te tumbes. / Cuando quieran silenciarte, callarte, manejarte, desarmarte. / Soy una mujer de pie como tantas otras antes que nosotras. / Soy una mujer de pie, y tú lo serás también».

Silencio sepulcral. Campana se volvió hacia su esposa en actitud amenazadora:

—¿Qué significa esa frase, «A ti, que no has nacido»? ¿Estás diciendo que tuviste un aborto espontáneo? O peor aún, que has…

—¿Un aborto espontáneo? Ni siquiera te conocía cuando escribí estas líneas. Este poema son las elucubraciones de una chiquilla de dieciséis años. No hace falta ser muy listo para saber que iban dirigidas a mí, si tanto te interesa. La que no nació soy yo. La chica que no voló. El poema iba dirigido a mí por si esa chica, en un universo paralelo, pudiese oírme.

—¿Un universo paralelo?

Campana casi se ahoga de nuevo. Esta vez se enjuagó la garganta con una copa de vino.

—¡Pero estás completamente loca!

—Por el bien de todos… —empezó Francesco.

Viola lo interrumpió con un gesto. Un movimiento sencillo y delicado de la mano capaz de detener a un ejército en marcha o a una carga de elefantes. Los dos hermanos se parecían más de lo que pensaban.

—Siempre te faltó imaginación, Rinaldo. ¿No se te ha ocurrido que no todo es como lo ves tú? ¿Que sí podría haber universos paralelos? ¿O que este mundo no existe? ¿Que, tal vez, solo vivamos en el sueño de un oso?

Todos miraban a Viola boquiabiertos, excepto yo, que sonreía. Campana, con el cuello hinchado, se había puesto rojo carmesí. Viola tendió la mano y su marido le devolvió el poema, casi por reflejo. Su esposa lo dobló y lo hizo desaparecer en el vestido antes de volver a mirar al *avvocato*.

—Te lo advertí.

No vi venir el gesto. En una fracción de segundo, Viola agarró el cuchillo de queso más cercano abandoñado en el borde de un plato y lo hundió con todas sus fuerzas en el pecho de su marido.

Los dramas dilatan el tiempo, prueba de que lo que decía Viola no era ninguna tontería. Ni uno de los invitados reaccionó, con la mente congelada en el segundo anterior, atrapada en una incredulidad que se pegaba a sus engranajes, ralentizando su movimiento. Después, la realidad los golpeó. Campana vio el cuchillo que asomaba por su hombro, la solapa de la chaqueta salpicada de sangre y del exquisito roquefort francés que los Orsini hacían traer especialmente, y una viruta de lo que parecía pecorino. Retrocedió un paso y, acto seguido, gritó. Su hermana le hizo eco antes de desmayarse. En la pieza contigua, se escucharon llantos de niños.

Los Orsini se habían visto en otras muchas. Estaban curados de espanto. Stefano se pellizcó el puente de la nariz. Podía ver claramente que la herida no era mortal, aunque los dos dientecitos curvos del cuchillo, profundamente enterrados en la carne, debían de producirle un dolor de mil demonios. Francesco se levantó con parsimonia, llamó al mayordomo y le pidió que mandase a alguien a buscar al médico. Viola asistía a la escena con la misma indiferencia que su padre. Su madre había desaparecido, con una servilleta sobre la boca, una vez perpetrado el potencial conyugicidio. Imposible saber si Viola había apuntado intencionadamente al hombro o fallado al apuntar al corazón.

Dos horas más tarde, Campana, Stefano, Francesco y yo nos reunimos en el salón para una discusión a la que las mujeres no estaban invitadas. El médico le recetó a Viola un sedante y la mandó a la cama. A menudo me preguntaba por qué había acabado en medio de aquellos asuntos de familia como si realmente fuera un Orsini, y si no estaba allí más bien porque me habían olvidado, o no se daban cuenta de mi presencia, porque las miradas pasaban mecánica y distraídamente por encima de mi cabeza. Campana, bajo la camisa todavía manchada de sangre, tenía el hombro vendado. Hizo girar el coñac en su copa y miró a los dos hermanos con expresión de odio.

—Estoy hasta la coronilla. Esta es la gota que colma el vaso. Esta vez se ha pasado de la raya. Esa loca estéril tiene que estar en chirona. O en el manicomio.

Stefano se incorporó, con los labios fruncidos, dispuesto a defender el honor de su hermana. Tal vez por razones equivocadas, por orgullo o con ánimo posesivo, pero dispuesto al fin y al cabo. Como de costumbre, su hermano atemperó sus impulsos carniceros con un simple gesto.

—Nadie irá a prisión —susurró Francesco—. Nunca creímos que seríais Romeo y Julieta, desde luego, pero ha llegado el momento de que vuestros caminos se separen.

Campana palideció. No era difícil imaginar sus cálculos al casarse con Viola: estaba claro que Francesco nunca tendría hijos, o no oficialmente. Stefano, con esa pasión por la noche y el vino, que había convertido al chico rollizo pero seductor del pasado en un funcionario adiposo, tampoco parecía muy proclive a formar una familia. Existía, por tanto, una posibilidad, leve pero real, de que un hijo de Campana y Viola heredase el título. El vientre de Viola había frustrado ese plan. Pero la alianza con los Orsini seguía siendo una fuente de prestigio y, en ese sentido, a Campana le había tocado el gordo. Presumía de tener línea directa con el papa (una verdad como un templo, suponiendo que Francesco quisiera abrir la línea en cuestión) y con el Duce (falso de toda falsedad, porque Stefano se cagaba delante de Mussolini). Y, a pesar de los años de vacas flacas, la fortuna de los Orsini, solo desde el punto de vista inmobiliario, seguía siendo sólida. En sus cálculos no entraba contemplar una separación, y Campana nos lo hizo saber saltando de su sillón y agitando un dedo furioso hacia todos nosotros, con la copa todavía en la mano.

—No habrá divorcio, ¿me oís? Y menos con lo que he invertido en esta familia. ¿Dónde estarían vuestros cítricos, vuestros malditos campos, vuestras preciosas naranjas sin mí?

—No habrá divorcio —confirmó Francesco—, sino nulidad. Viola todavía tenía secuelas psicológicas provocadas por su caída cuando aceptó casarse contigo. A consecuencia de lo cual, no estaba en condiciones de hacerlo. El matrimonio no es válido, la nulidad se acordará en las altas instancias. No tendrás que ocuparte de nada. Viola irá unos meses a una casa de reposo para guardar las apariencias.

Yo no podía saltar de mi sillón como hacían todos cuando estaban indignados. Un detalle trivial, pero que me ha irritado toda mi vida. Me retorcí, eché pie a tierra y me impulsé en posición vertical.

—¡Ni hablar! —exclamé, con algo de retraso.

—Por una vez —continuó Campana—, el enano tiene razón. Ni hablar de nulidad.

Francesco se levantó a su vez y se alisó la sotana negra ribeteada con un cordoncillo morado. Muy a su pesar, el *avvocato* reculó.

—Mimo, acabo de tener una conversación con nuestra hermana. Ella está de acuerdo. Incluso me lo pidió. Conozco una residencia de monjas en la Toscana, un lugar encantador. Puedes comprobarlo tú mismo si quieres. En cuanto a ti, querido cuñado...

Se puso nuevamente el solideo y juntó las manos en una extraña actitud de oración.

—Harás exactamente lo que te digamos que hagas.

—¡Eso ya lo veremos!

Campana giró sobre sus talones. Francesco se aclaró la garganta.

—No nos despidamos con esas palabras. La ira es mala consejera. Nada te obliga a aceptar la nulidad.

—Tienes toda la razón, curita. Y por cierto...

—Pero lo harás —lo interrumpió Francesco.

—¿Perdón?

—Está aquel... *affaire*. Embarazoso. Aquella joven a la que violentaste hace unos años. He oído decir que perdió un ojo.

El *avvocato* se quedó helado y se volvió lentamente hacia él.

—Me declararon inocente.

—Porque Mimo testificó a tu favor. El mismo Mimo que podría retractarse de sus declaraciones y afirmar que lo obligaste a hacerlo para preservar la reputación de la familia.

—Iría a prisión por falso testimonio.

Francesco se echó a reír.

—Sí. Unos diez minutos. Tú, en cambio, me temo que pasarás mucho más tiempo allí y perderás muchos, muchísimos amigos. ¿Y qué pensaría tu hermana Eloisa? ¿Y el resto de tu familia? Además, esa prueba flagrante de inestabilidad mental nos garantiza la anulación del matrimonio. Te estaba ofreciendo un compromiso razonable haciendo que la carga de la prueba recaiga sobre Viola, pero ya que lo rechazas...

Malditas las ganas que tenía yo de ir a la cárcel, ni siquiera durante diez minutos. Pero miré al *avvocato* encogiéndome de hombros. La mandíbula de Campana se desencajó. Con los ojos desorbitados, un poco vidriosos, miró al joven obispo como si lo viera por primera vez.

—Puesto que la nulidad está garantizada —continuó Francesco con indiferencia—, solo nos queda saber si deseas salir con la cabeza alta o perderlo todo en el proceso: tu reputación, tus negocios, tu familia. Para nosotros el resultado es el mismo.

Campana emitió una risa nerviosa. Con pasos pesados, se dirigió hacia la puerta, donde se giró por última vez.

—Sois un hatajo de cabrones —espetó.

Stefano, que no había dicho una palabra, finalmente se levantó.

—No. Somos los Orsini.

Me alegré ridículamente de estar en aquella estancia cuando lo dijo.

La sentencia de nulidad fue dictada en tiempo récord y nunca más volvimos a saber de Rinaldo Campana. Vi su nombre en los créditos de varias películas hasta finales de los años cincuenta, luego me enteré de que había desaparecido una noche al regresar a casa. Más tarde se descubrió que se había embarcado con destino a los Estados Unidos, después de algunos fracasos comerciales que lo llevaron a endeudarse con individuos poco recomendables. Triunfó en aquello en que su exesposa había fracasado.

Viola había pedido de verdad que la enviasen a una residencia. En la primavera de 1941 la acompañé yo mismo, con mi chófer, a un convento enclavado en las colinas toscanas. Dos vertientes de trigo verde formaban una U en cuyo hueco se asentaba el edificio, rodeado de un frondoso parque. La arquitectura de la residencia, recién enlucida de rosa, me recordó en ciertos aspectos al taller de Metti —Florencia estaba a unos sesenta kilómetros de distancia—. La superiora, una mujer muy dulce de unos cuarenta años, nos recibió en un salón luminoso, donde unas jóvenes novicias que parecían golondrinas nos sirvieron el té. El establecimiento acogía a hermanas convalecientes, que a menudo padecían «enfermedades espirituales». Luego nos mostraron las habitaciones. La adjudicada a Viola, a petición de su hermano el monseñor Orsini, estaba orientada al sur, pero protegida del sol por un ciprés de color verde oscuro con aroma balsámico.

—Cuidaremos muy bien de la señorita Orsini —me aseguró la madre superiora con su dulce sonrisa—. En poco tiempo estará como nueva.

Dejé que Viola se instalara. De vuelta en la sala, la superiora me entregó los documentos preceptivos, que empecé a firmar maquinalmente, antes de que la mano se crispase al resbalar la mirada por casualidad sobre la frase «El establecimiento declina toda responsabilidad en caso de reacción adversa a los cuidados prodigados». Interrogué a la madre superiora acerca de los cuidados en cuestión y la adversidad que podría resultar de ellos. Me llevó con diligencia al subsuelo del edificio para mostrarme, sin dejar de sonreír, un gran espacio alicatado desde el suelo hasta el techo, acondicionado bajo las bóvedas del sótano. Mangueras de agua a presión serpenteaban a nuestros pies, entre un fuerte olor a humedad.

—A algunas de nuestras residentes se les aplican duchas heladas si se ponen nerviosas en mitad de la noche. Este método natural trata de maravilla los picores de la carne, o el prurito de la duda, cuando los métodos tradicionales han fracasado.

—¿Y cuáles son los métodos tradicionales? —pregunté solícito.

—Se utilizan ciertas soluciones medicinales, pero antes de recurrir a ellas recomendamos a nuestras residentes pasar unas noches en oración ante el altar. Una hermana voluntaria asiste a la orante y le impide dormirse con la ayuda de una caña de bambú. «Quien desconfía de todos los sueños es un hombre sabio», nos dice san Juan Clímaco. El demonio se manifiesta durante la noche, aprovechando el sueño de nuestra razón para susurrarnos comportamientos contra natura. Por tanto, el insomnio es un remedio pintiparado contra él.

Le pedí a la hermana que me esperase en la sala. Subí a buscar a Viola, que estaba guardando sus cosas en el armario, y le anuncié:

—Nos vamos.

Viola no hizo ninguna pregunta. Con un suspiro, aprovechó la misma inercia del movimiento para devolver sus pertenencias a la maleta. Luego nos reunimos con la superiora.

—¿Cómo debo dirigirme a usted, hermana? —pregunté—. No querría pecar de corto.

—Reverenda madre superiora —respondió la interesada, frunciendo el ceño al ver la maleta.

—Reverenda madre superiora, su convento no es una casa de reposo.

—Es correcto. Es un lugar de guerra, una guerra contra la duda que nos infunde el maligno y las tentaciones de la carne. Pero de la victoria viene el reposo.

—Admirable lógica, reverenda madre superiora. Es como ver girar un magnífico movimiento de reloj. Un reloj con tantas complicaciones que se olvida de dar la hora.

—No comprendo...

—Viola no se va a quedar.

—¿Cómo?

—Viola. Que no se queda.

—Escuche..., señor —dijo la monja, enfatizando el tratamiento como si apenas lo mereciera—, no sé quién es usted, pero no parece un Orsini.

—¿Porque los Orsini son altos?

La reverenda madre superiora ignoró mi pregunta.

—A este respecto, no voy a recibir órdenes suyas. Monseñor Orsini me pidió que acogiese a su hermana y solo aceptaré una contraorden de su parte.

—Él no le dará una contraorden.

—Perfecto, pues todo en orden.

—No del todo. Permítame ser claro, reverenda madre superiora. Puedo irme sin Viola. Pero debe saber simplemente que un ser deforme y tan feo como yo, dejado de la mano de Dios desde su nacimiento, ha vivido en muy malas compañías. Soy el primero en lamentarlo, pero, qué quiere usted, eso ya no tiene remedio. Así pues, si me voy sin Viola, y míreme bien a los ojos cuando digo esto, volveré dentro de dos días. Quemaré este convento hasta que no quede piedra sobre piedra. Tranquilícese, porque nada les ocurrirá a sus ovejas ni a usted misma, no soy un bruto, por más que arda en deseos de hacerla pasar por esa ducha que disipa las dudas. No lo olvide: me aseguraré de que no quede piedra sobre piedra.

Viola me estudió con estupefacción, nada comparado con la expresión de la religiosa. Esta última se rehízo rápidamente y, sin decir palabra, nos acompañó a la puerta.

Francesco, rompiendo con su habitual reserva, me habló a gritos por teléfono cuando recibió una queja oficial de la reverenda madre superiora. Le aconsejé que tomara una ducha helada y le colgué.

Vi a Viola muy poco durante los dos años siguientes. Yo tenía mis propios problemas y, además, poco después de su regreso del convento se había producido una sorprendente y tranquilizadora transformación. De la noche a la mañana, Viola empezó a vestirse —ella, que apenas prestaba atención a su apariencia— con los más bellos vestidos de los mejores modistos de París. Insistió en acompañar a su madre en su ronda de visitas a las amistades y en hacer de anfitriona cuando sus padres recibían. Pronto llegaron a mis oídos los elogios hacia la joven marquesa, una «criatura exquisita», una «mujer que sabía recibir», que tenía «todas las cualidades de su madre» y «habría sido una maravillosa esposa» si no fuese, con treinta y siete años, demasiado vieja para ello.

De todas las panoplias con las que Viola se revistió para escapar de sí misma, esa me pareció la menos peligrosa. No me preocupé de ello e hice caso omiso de la cortesía un tanto ampulosa de mi amiga cuando me cruzaba con ella. Cuanto más avanzaba 1941, más claro se veía que, a causa de la guerra, la Exposición Universal de Roma no se celebraría. No importaba, decía el régimen, brillamos en todos los frentes con el poder de nuestras armas. A ellos no les importaba, pero a mí sí. Porque el Palazzo della Civiltà Italiana, construido para la exposición cancelada, nunca llegó a abrir sus puertas. Su soberbia y vacía cáscara dominó Roma durante años. El fascismo no había construido un monumento a su gloria, sino, sin saberlo, su propio mausoleo. Me encontré con diez estatuas en las manos —tres años de trabajo, suministros y aprendices— por las que nunca me pagaron. De la noche a la mañana, yo, que no había experimentado apuros financieros desde hacía casi veinte años, que incluso había olvidado que había sido pobre, tuve que despedir a la mitad del personal. Y trabajar a marchas forzadas en el taller para cumplir con los encargos, al mismo tiempo que pateaba el país en busca de clientes potenciales. Por primera vez en mi carrera, de repente tuve miedo de pasar de moda. Sin embargo, mis trabajos seguían gustando a todo el mundo. A todo el mundo menos a mí, desde que fui consciente de que solo era un escultor de dieciséis años que tenía treinta y siete.

Una noche, mientras daba vueltas en la cama, agitado por un sueño febril, la puerta de mi dormitorio chirrió.

Mi madre me puso la mano en la frente, me susurró «chist, chist» y luego me cantó una vieja nana para dormirme. No la recordaba, pero debí de haberla oído en un remoto pasado saboyano, porque me invadió una enorme sensación de bienestar.

—No tienes por qué estar siempre corriendo —musitó.

Al día siguiente me recibió en la cocina como si nada hubiera pasado. Todavía no estoy seguro de no haber soñado ese momento.

Unos meses más tarde logré estabilizar la situación financiera del taller y volví a contratar a dos aprendices. Gajes de la guerra, ya no tenía ningún encargo civil, a excepción de la gigantesca escultura de *El hombre nuevo,* para la cual había ido a elegir un bloque de una pureza extraordinaria. Los mármoles más bellos estaban ahora reservados para mí, en perjuicio de mis competidores y colegas. Era implacable con mis proveedores. La estatua sería más pequeña de lo previsto, pero nada más ver la piedra decidí que era aquella. Al tocarla, un escalofrío había recorrido todo mi cuerpo. Me había hablado, cosa que no ocurría desde hacía mucho tiempo. Estaba seguro de que no contenía la menor fisura. Se entregaba a mí, sin condiciones.

No ataqué el trabajo de inmediato, con una ligera falta de honradez, teniendo en cuenta que me remuneraban por el tiempo empleado. No eran más honrados los que no me habían pagado los encargos para el Palazzo della Civiltà Italiana. Francesco me había perdonado mi insolencia y me presentó a un cliente peculiar, un exsacerdote que había hecho fortuna en la aviación. El hombre quería construir un mausoleo espectacular en el Cimitero Monumentale di Staglieno, el cementerio de los cementerios, la necrópolis más grande de Génova. Una ciudad de los muertos cuyo esplendor no tenía nada que envidiar a la de los vivos, tan hermosa que algunos, según la leyenda, perdían el miedo a morir ante la impaciencia por alojarse allí. Mi cliente, sin embargo, quería asegurarse de que era realmente yo quien esculpía, lo que me obligó a establecerme temporalmente en Roma, porque pasaba a menudo sin previo aviso para comprobar ese extremo. Se estrelló unos meses después en el Mediterráneo, a los mandos de un prototipo diseñado por él, y su cuerpo nunca fue encontrado. La sepultura fue entregada a su familia. Ignoro qué hicieron con ella. Tal vez se encuentre en Staglieno, vacía u ocupada por otra persona. Pero, como hombre de honor, el aviador exclaustrado me había pagado por adelantado.

Fue por entonces, poco antes de la Navidad de 1942, cuando una extraña intuición se apoderó de mí. Una opresión, un movimiento en los límites de mi campo de visión. Se lo comenté a Stefano, que se rio de mí, y a Francesco, que murmuró «humm». Llamé a mi madre, que estaba afónica, y yo solo hablé de mí y de aquella sensación. Me preguntó si no estaría trabajando demasiado.

No. No estaba loco y no trabajaba demasiado. No ocurría todos los días y no lograba encontrar un patrón que le diera lógica o sentido a aquello. Pero estaba totalmente seguro.

A dondequiera que fuese en Roma, alguien me seguía.

Más rápido, siempre más rápido.

A principios de la década de 1920, se necesitaban dos días para llegar a Roma desde Pietra d'Alba. Diez años más tarde, un día. Y diez años después, la mitad. Los cohetes estaban a la vuelta de la esquina. La barrera del sonido sería atravesada cinco años después. La «barrera del sonido». Yo había conocido caballos y carros, y de repente estábamos empujando el sonido como si tal cosa, sin disculparnos apenas.

La sensación de ser seguido desapareció tan pronto como regresé a Pietra d'Alba para las fiestas navideñas. Mi madre estaba postrada en cama con una congestión en el pecho que la dejaba jadeante a poco que hablase. El médico, con semblante preocupado, nos dijo después de auscultarla que tenía «una orquesta en el pecho, y no una orquesta de cámara». Vittorio la vigilaba día y noche; era su segunda madre, y él, su segundo hijo. A lo largo de los seis años que llevaba viviendo en el taller, sin salir nunca de allí, se habían vuelto muy cercanos. Incluso Anna, a fuerza de verla cuando llevaba a los niños, le había cogido cariño. Anna y Vittorio se habían separado oficialmente el año anterior. Una noche de mucho vino, Vittorio había suspirado: «Me gustaría hacer una pila con todos mis defectos y quemarla, para volver a ser la persona que ella quiso».

La Nochevieja de ese año en casa de los Orsini fue una cena íntima a la que asistían ellos, yo, dos viudas más o menos ligadas a la familia, sordas como tapias, y dos primos mayores, uno de los cuales estaba chocho. Viola interpretó maravillosamente su papel de joven marquesa, yendo de un invitado a otro, riéndose de sus chistes trillados, las mejillas sonrosadas de placer, como si estuviera viviendo un sueño. Los regalos se amontonaban al pie de la chimenea y Viola abrazó afectuosamente a su madre cuando recibió un broche con un diamante naranja flanqueado por dos esmeraldas, que representaba su fruta favorita. Me sorprendí cuando Stefano, inclinándose sobre el montón de paquetes, sacó un sobre con mi nombre y me lo lanzó. Contenía un tarjetón de cartulina, con dos fasces dorados en relieve: una invitación a una velada en la Real Academia de Italia, el 23 de marzo de 1943, a nombre de Stefano Orsini. Se lo devolví, sonriendo.

—Creo que es para ti.

Stefano enarcó una ceja, lo estudió y luego se encogió de hombros.

—Ah, pues debo de haberlos confundido.

Fingió mirar en los bolsillos, finalmente encontró otro sobre y me lo entregó con los ojos brillantes.

Mi corazón se detuvo. El sobre contenía la copia de un decreto del 21 de diciembre de 1942. «Por recomendación personal del ministro de Cultura Popular, el escultor Michelangelo Vitaliani, por su contribución al movimiento intelectual italiano en el campo de las artes, es nombrado miembro plenipotenciario de la Real Academia de Italia».

Se me llenaron los ojos de lágrimas. Igual que cuando había llorado, a los trece años, ante la poterna de este mismo palacio, apartaron púdicamente la mirada para permitirme recobrar la compostura. En aquellos círculos un hombre no lloraba a no ser que fuese una mujer. Mi nombramiento oficial se haría efectivo en la susodicha velada del 23 de marzo, me dijo Stefano. Se descorchó champán, hicimos un brindis y luego unos cuantos más. Evité mirar a Viola, pero fue ella quien se acercó a mí y me rozó la muñeca con la mano enguantada.

—Felicidades. Me alegro por ti.

Durante la cena, una de las viejas tías se despertó y dirigió la conversación sobre la posición de la Santa Sede frente a Alemania. El champán había surtido efecto.

—A ver —se dirigió a Francesco—, que por muy obispo que seas te he cambiado los pañales muchas veces y te he visto el *cazzino*. Así que cuéntanos qué está pasando allí. Porque yo no soy partidaria de ese cerdo de Mussolini, y muchísimo menos de ese puerco de Hitler, pero soy partidaria de Dios y me gustaría saber qué piensa Él al respecto.

Francesco, con su proverbial tacto aterciopelado, le aseguró que su santidad estaba muy preocupado por los horrores de la guerra y los condenaba con la mayor firmeza.

—¿Por qué no lo dice entonces?

—Lo dijo, querida tía.

—Sin mencionar a ningún culpable concreto.

—Su santidad no puede expresarse tan… libremente —arguyó Francesco, lanzando una mirada intencionada a su hermano—. Debe mostrarse prudente.

Viola se inclinó y puso la mano sobre la de su tía, como había hecho para felicitarme.

—Vamos, tía, no hablemos de política.

—¡Eso digo yo! —remachó Stefano, a punto de estallar.

El primo que no estaba gagá se encargó de distraer a la tía, que pronto empezó a dormitar de nuevo en la mesa. La cena terminó en un silencio algo tenso, luego los invitados se retiraron: Stefano, a fumar en el parque; Francesco, a escribir algunas cartas en su habitación. Me demoré, porque Viola se había quedado delante de la chimenea. Sacó un pastillero del bolsillo, de donde extrajo dos cápsulas rosas que tragó con un vaso de agua.

—¿Estás enferma?

—Ah, Mimo, ¿todavía estás ahí? No, no estoy enferma. Estos son solo unos tónicos que me dio el médico, por si me fatigo.

—Ya. Tiene que ser agotador interpretar a la perfecta marquesita.

Enterré la cara entre las manos y suspiré. Yo también había bebido demasiado. Viola, impasible, me pasó el pastillero abierto.

—¿Quieres una? Ya verás, te relaja.

—Perdóname. No quería decir eso.

—¿No? En cambio, a mí me da la impresión de que eso es exactamente lo que has querido decir.

—Tal vez, pero no así. Sé que desapruebas alguna de mis opciones profesionales. Pero la Academia, entiéndelo… Es la consagración.

—Me alegro mucho por ti.

—La falsa Viola se alegra mucho. La auténtica, si pudiera, me mataría.

—No hay una Viola auténtica y una Viola falsa. Solo soy yo.

—¿Sabes lo que creo? Que todos estos disfraces que te has puesto a lo largo de los años son para hacerme rabiar.

Viola soltó una risa breve e incrédula, y luego puso los brazos en jarras.

—Caramba, Mimo, parece que leíste mal los libros que te prestaba antiguamente. Es una lástima, porque habrías sabido que Giordano Bruno murió por haber defendido, entre otras tesis heréticas, la idea de que la Tierra no gira en torno a ti.

Un sonido sibilante acogió el comentario. Nos sobresaltamos: el marqués se había quedado en un rincón de la estancia y nadie se había dado cuenta. Casi de inmediato, sus ojos volvieron a quedar en blanco. Viola tocó el timbre, un sirviente apareció apresuradamente y se llevó al patriarca del salón.

—Me lo merezco —seguí hablando cuando quedamos solos, blandiendo mi decreto de nombramiento—. Me lo merezco y nadie me lo puede quitar.

—Nadie quiere quitártelo.

—Mientes, Viola. Tú odias este régimen. Pero ha sido bueno para mí.

Di un paso adelante y utilicé mi arma letal. Con un gesto, señalé mi cuerpo.

—No me critiques. Tú no sabes lo que es ser yo...

Viola hizo exactamente el mismo gesto para señalarse a sí misma.

—Y tú no sabes lo que es ser yo.

Se volvió hacia el fuego, con la típica mueca satisfecha del pescador que, después de haber pescado un pez ridículo, lo arroja nuevamente al río para no cargar con la morralla.

La enfermedad de mi madre remitió, para alivio de todos, lo que me permitió regresar a Roma. Nevaba copiosamente sobre la Ciudad Eterna. Hacía un frío que pelaba, sobre todo en mi piso mal caldeado, pero nada podía empañar mi buen humor. En menos de tres meses recibiría la más alta distinción artística del país. La publicidad que llevaba aparejada me garantizaría nuevos encargos. Al cabo de una semana, la extraña sensación volvió, de la noche a la mañana. Me estaban siguiendo, era incuestionable. Utilicé varios trucos —colarme de repente por un callejón estrecho, atajar atravesando un edificio— y la sensación desaparecía durante unas horas o unos días. Volví a hablar con Stefano, que ocupaba un alto cargo en Interior.

—¿Quién te crees que eres, Gulliver? —me preguntó, riendo—. ¿Crees que eres lo suficientemente importante como para que te sigan? ¿Y por qué íbamos a vigilar a un tipo al que el Duce acaba de recompensar? ¿A un partidario leal del régimen?

Sin embargo, prometió investigarlo y llamarme. Y esa misma noche se presentó en mi taller para asegurarme que todo era producto de mi imaginación. No estaba siendo seguido, o no por sus servicios. La sensación se atenuó durante los días siguientes. Decidido a sacar provecho de mi futuro ascenso al rango de académico real, reservé los jardines del hotel de Russie unas semanas antes del acontecimiento y organicé una velada en mi honor —el ojo del amo engorda el caballo—. Francesco me aseguró la presencia de varios cardenales y sé que Pacelli habría venido si sus deberes se lo hubieran permitido. Mi princesa serbia, recién enviudada, había encontrado un nuevo amante, «alguien un poco más presente», me dijo. No sabía si se refería a mis frecuentes estancias en Pietra d'Alba o a mi creciente distracción cuando le hacía el amor. No obstante, acudió de buen grado a prestarme su belleza, acompañada de un coro de pretendientes, algunos de los cuales estaban dispuestos a todo para complacerla, incluso a encargarme una obra que no necesitaban. Stefano, como de costumbre, llegó con sus amigos más o menos recomendables, pero a los que había que reconocerles cierto sentido de la fiesta. Los grupos se mantenían separados, y en aquel inmenso salón hacían pensar en dos equipos de fútbol, los rojos del Vaticano por un lado y los negros del régimen por el otro. Un *sfumato* de mujeres, a cuál más bella, perturbaba las fronteras dando una impresión de flexibilidad, de fluidez, pero no se mezclaban. Corrió a mares el champán, amén de otros alcoholes. Incluso vi pasar un poco de cocaína entre el grupo de los fascistas.

La princesa Alexandra Kara-Petrović no se privó de coquetear abiertamente conmigo, lo que me hizo inmediatamente deseable para varias de las mujeres presentes, y probablemente también para algunos hombres. Si un tipo como él puede atraer a una tía como ella, pensaban, y si la Real Academia pronto lo acogerá en su redil, algo tendrá de especial. No me beneficié de aquellas atenciones tanto como hubiera querido. Desde que me seguían, estaba constantemente en guardia.

Luigi Freddi también hizo acto de presencia, acompañado de una joven actriz. A veces mi estatura me ponía en apuros: aunque Stefano hubiese elogiado repetidamente mi punto de vista único sobre el mundo, no necesariamente apreciaba hablarle al pecho de una mujer, sobre todo cuando, como la actriz en cuestión, se apretaba contra mí para conversar. Yo reculé, ella avanzó, y fue en medio de aquel extraño baile, poco antes de medianoche, cuando el conserje vino a buscarme.

—Señor Vitaliani, la seguridad ha interceptado a un individuo que intentaba introducirse en el hotel. Dice conocerlo, pero no tiene invitación. Suponemos que es un gorrón. O un periodista.

—¿Cómo es?

El conserje hizo una mueca casi imperceptible. Pero yo leía expresiones en la piedra, así que en la carne humana…

—Sería mejor que lo comprobara usted mismo…

Llegamos al primer piso. El conserje señaló una ventana del pasillo y levantó la persiana. Desde allí dominábamos la entrada. Un hombre esperaba abajo, a la intemperie, golpeando los adoquines con los pies, soplándose los dedos, y de repente comprendí que era él quien me seguía desde hacía semanas, porque no podía ser ningún otro. También entendí por qué el conserje se había mostrado azorado cuando le pedí que lo describiera. El hombre se parecía a mí: se trataba de Bizzaro. Algo canoso, algo chepudo, pero era el mismísimo Bizzaro.

Con la misma sonrisa que Pedro, dos mil años antes, le dirigiera a un guardia demasiado curioso, declaré:

—No lo he visto en mi vida.

Regresé a las tres de la mañana, mucho más sobrio de lo esperado. Insistí en caminar, seguido por mi chófer. Penitencia, sin duda, por dejar a Bizzaro a la intemperie. Había presenciado, desde la ventana del primer piso, su expulsión por parte de la seguridad del hotel. Bizzaro les lanzó a los pies un escupitajo antes de alejarse en medio de una tempestad de copos de nieve, con la cabeza metida en el cuello y las manos en los bolsillos. Su presencia no auguraba nada bueno. No se había presentado cortésmente en mi puerta, como una persona normal. Me había seguido. Había intentado colarse en una recepción a la que no estaba invitado. Y Bizzaro era capaz de cualquier cosa, desde abrir las puertas del convento de San Marcos a un amigo, a llamarlo enano un segundo después, antes de meterle un navajazo a un fascista. A lo mejor, quería chantajearme. Yo estaba forrado, mi cara aparecía a menudo en las páginas de sociedad de los periódicos.

Hay que haber visto Roma bajo la nieve antes de afirmar que se ha vivido. El frío potenciaba los olores. A los de la noche —perfumes caros, cuerpos sudorosos— les sucedían los del día —el metal de las farolas, el café filtrándose detrás de la ventana empañada de un bar—. Llegué a casa congelado y me desplomé en la cama completamente vestido, sin encender la luz. En un rincón, las brasas de la estufa brillaban todavía —la había encendido antes de irme—.

¿Por qué mentirme? Bizzaro me preocupaba, pero no era el miedo lo que me había empujado a negarlo. Lo había hecho por las mismas razones que me habían disuadido de visitarlo en Florencia, cuando viajé allí con Viola. Bizzaro y Sarah me habían visto en las cloacas. Simple y llanamente no quería cruzarme con alguien que había conocido la peor versión de mí, por miedo a descubrir que esa versión era la verdadera. Porque, si era la verdadera, entonces el Mimo Vitaliani de hoy, con su Tank de Cartier y sus trajes hechos a medida, era solo un impostor.

Unas horas más tarde tenía una cita concertada con un proveedor. No tenía sentido tratar de dormir, pero me abandoné a un duermevela. Un olor a incendio llegó hasta mí, llevado por un viento cálido de las llanuras de Anatolia. Distante, onírico, luego más fuerte. No estaba soñando. Algo se quemaba en la habitación.

—¿Así que no reconocemos a los viejos amigos?

El sobresalto fue tan violento que me caí de la cama. Mis ojos se habían acostumbrado a la oscuridad y esta vez lo vi. Bizzaro estaba sentado en el suelo, en un rincón no lejos de la ventana, cerca de la estufa, justo fuera de su halo naranja. Fumaba una pipa cuyo hornillo al rojo vivo se reflejaba en las pupilas confiriéndole un aspecto inquietante.

—¡Joder, Bizzaro, casi me da un infarto! ¿Cómo has entrado?

—Por la puerta, como todo el mundo. La seguridad deja mucho que desear.

Recobré la compostura. Después de todo, solo era una broma entre viejos amigos. Yo era Mimo Vitaliani y no podía pasarme nada. Volví de la cocina con dos vasos de licor de ciruela, empujé uno hacia él y me senté en el suelo, de todos modos, no había sillones en la habitación.

—Lamento lo de antes, pero esa recepción...

—Da igual, Mimo, lo entiendo.

—Hay que ver el tiempo que ha pasado. ¿Cómo estás?

Se echó a reír.

—¿Estás seguro de que quieres hablar de eso? ¿De los viejos tiempos?

—De acuerdo. ¿Por qué me estabas siguiendo?

—Porque quería ver con quién te relacionabas antes de hablar contigo. Me dan miedo algunos de tus amigos. Los que se visten de negro. Necesitaba saber hasta qué punto estáis conchabados.

—¿Qué quieres de mí?

—No quiero nada de ti. Necesito tu ayuda. O, mejor dicho, la necesita mi hermana.

—¿Tienes una hermana?

—Sí, tengo una hermana, memo, a la que conoces muy bien. Sarah.

—¿Sarah es tu hermana?

Lo miré atónito, golpeado por el recuerdo culpable y turbador de los últimos momentos que había pasado en el circo. Sarah, que me había consolado como ninguna otra.

—¡No me dijiste que era tu hermana!

—Tampoco te dije lo contrario.

Bizzaro dio una bocanada a la pipa. Esperé, él no habló.

—¿Qué le ocurre a Sarah?

Lentamente, sacó un papel doblado del bolsillo y lo deslizó hacia mí. Un impreso casi ilegible, rígido por las huellas de humedad y cola, que a todas luces había sido pegado en alguna parte y luego arrancado.

—¿Qué es?

—El decreto número 443/45626 por el que tus amigos ordenan el confinamiento de los judíos extranjeros y los judíos apátridas. Sarah fue arrestada. Lleva seis meses en el campo de Ferramonti di Tarsia. Un centenar de barracas construidas sobre antiguos pantanos en medio de la nada, en el sur. Tiene suerte, los hay peores.

—No sabía que erais judíos.

—Por supuesto que somos judíos. ¿Acaso creías que me llamaba de verdad Alfonso Bizzaro? Nací como Isaac Saltiel, cerca de Toledo. La cuestión es si esto habría cambiado algo en algunas de tus decisiones. He seguido tu carrera, amigo mío. Me costó reconocerte el día que vi tu foto en el *Corriere*. Mira tú qué cosa, resulta que es verdad, no eres un enano. Has triunfado.

—¿Has venido a insultarme?

La vieja llama belicosa se reavivó en la mirada de Bizzaro. Pero, donde antes habría encendido una esencia pura y volátil, solo encontró agua muerta, con profundidades fangosas, y se apagó al momento. Bizzaro se encogió en su rincón.

—No —susurró—. Mejor dicho, me encantaría, pero preferiría que liberases a Sarah. Tienes los contactos, no mientas. Su campo es habitable, pero sigue siendo un campo de concentración. Y, sobre todo, la cosa no se quedará ahí. La represión será más dura. Lo sé porque lo he visto.

—¿Qué quieres decir con que lo has visto?

—Lo he visto todo. Soy el judío errante, Mimo. Tengo dos mil años. Dos mil años en los que me han torturado, descalabrado y asesinado, dos mil años de escupitajos, de gueto, de huida en la noche. Dondequiera que viva, y he vivido en todo el mundo, en Venecia, en Odesa, en Valparaíso, ellos me encuentran. Me han matado mil veces, pero siempre renazco y me acuerdo de todo.

—Estás loco de remate.

—Tal vez, amigo mío, tal vez. Entonces, ¿vas a ayudarme?

—¿Y a ti por qué no te arrestaron?

—Estuvieron a punto. Nos avisaron, pero Sarah cambió de opinión en el último momento. No quería correr. «Primero tendrán que venir», es lo que dijo. Y vaya si vinieron. No habrían dejado de ir por nada del mundo.

Aspiró la última bocanada de la pipa, mirándome directamente a los ojos. Luego giró la cazoleta, la golpeó contra el suelo y la vació, sin ninguna consideración por mi parqué.

—Entonces, qué, ¿vas a ayudarme, sí o no?

—¿Qué pasa si me niego? ¿Vas a chantajearme? ¿A contarle a todo el mundo que hacía volteretas con dinosaurios borrachos? ¿O me darás una puñalada trapera?

—Oh, soy demasiado viejo para los cuchillos. Si te niegas, me iré solo y abatido. Solo te diré que tal vez llegue el día en que tu conciencia valga más que ese reloj que llevas en la muñeca. Y ese día te darás cuenta de que es la única cosa en el mundo que ni todo tu dinero podrá comprar.

Stefano se apresuró a cerrar la puerta de su despacho para que sus subordinados no oyesen mis gritos.

—¡Me mentiste, hijo de puta! ¡Vas a sacar a esa mujer de vuestro maldito campo!

Me ordenó que me calmara, dijo que no había hecho nada malo, y era verdad. Nadie hace nunca nada malo; la belleza del mal es precisamente que no requiere ningún esfuerzo. Basta con mirarlo pasar.

—Es complicado, Gulliver. Si esa persona está en un campo...

—Mi nombre es Mimo.

—Muy bien, Mimo. Si esa persona está en un campo...

—Escúchame con atención: lo he hecho todo por tu familia cuando me habéis necesitado, ¿sabes a qué me refiero?

Stefano cerró los ojos. Su rostro se volvió todavía más abotagado. En lugar de parecer amenazador, parecía un cerdo dormitando al sol.

—¿Es un chantaje?

—Por supuesto que es un chantaje. ¿Eres completamente idiota o qué?

Se sobresaltó; yo nunca le había hablado en ese tono. Luego respiró hondo.

—Veré lo que puedo hacer. Siempre que esa persona no haya cometido un crimen...

—Ha cometido un crimen. Es judía.

Chasqueó la lengua, molesto.

—¿No crees que estás dramatizando un poco? Esos campos no son lo que te imaginas. Espera, mira esto.

Se dio la vuelta, cogió un expediente que estaba sobre un mueble y lo deslizó sobre su escritorio. Se escapó una foto de bailarines en un baile. Las parejas eran todas de hombres.

—Es la isla de San Domino, en el Adriático. En 1938, mandaron allí a unos cincuenta homosexuales degenerados. Bueno, pues imagínate que hubo que cerrar la colonia, porque esos cabroncetes se lo pasaban en grande. Se vestían de mujer, y venga a sodomizar a troche y moche... Todos tirando con pólvora del rey, nunca mejor dicho. ¡Así cualquiera! De manera que tu amiga judía, a lo mejor, no está tan mal alojada.

Rio sus propias gracias, pero se puso serio cuando percibió mi expresión. Stefano había frecuentado bastantes asesinos como para reconocer a uno.

—He tenido que tomar decisiones, Mimo. No me arrepiento de ninguna. No tengo nada contra los judíos, créeme. Tampoco contra esos tipos que se enculan, a mí qué me importa. No me han hecho nada. Pero las órdenes son las órdenes. Italia es más grande que nuestras insignificantes personas. No puedes coger lo que te gusta y tirar lo que no te gusta.

Con un gesto me indicó que saliera.

—Te llamaré cuando esté arreglado.

El 3 de marzo de 1942, Sarah se bajó del tren de Nápoles en la estación Roma-Prenestina. Bizzaro y yo estábamos esperando en el andén. Sufrí un shock cuando la vi. En Ferramonti no la habían maltratado, pero la mujer de sesenta años que me había desvirgado tenía ochenta. Todavía era hermosa, tenía el pelo muy blanco y había perdido peso. Ya no era una vidente de feria, una mujer de consuelo, sino una pitia, un oráculo de mirada lejana, con perfume de misterio y de laurel. Abrazó a su hermano, luego sonrió al verme y tomó mis manos entre las suyas.

—Mimo, no has cambiado.

—Tú tampoco.

Nos miramos largo rato, en silencio. Bizarro carraspeó, agarró la maleta que había traído y nos precedió hasta otro andén. Los últimos pasajeros embarcaban en un tren al que ayudó a subir a su hermana.

—¿Adónde vais?

—Es mejor para todos que no lo sepas.

El contraste con la estación de Turín, adonde había llegado en 1916, era sorprendente. Casi la mitad de los trenes eran ahora eléctricos. Había menos humo, menos ruido. Las salidas no tenían la misma violencia. Desde el vagón, la sacerdotisa me lanzó un beso antes de desaparecer. Bizzaro se demoró en el estribo. Creí que me iba a dar las gracias, pero dijo simplemente:

—No critico tus decisiones, Mimo. «If you can't beat them, join them», como dicen algunos de mis amigos. Si no puedes vencerlos, únete a ellos. Te has ganado tu puesto en la Academia.

—Gracias.

Hablamos unos minutos más, hasta que sonó un silbato. Con un suspiro neumático, el tren partió. Bizzaro se demoró en el estribo y yo comencé a caminar junto a él y luego a trotar. Aquel tren no era eléctrico. Una bocanada de humo negro y grasiento, que olía a 1916, se interpuso entre nosotros. El ruido subía, el tren crujía, rechinaba, chirriaba sobre los raíles. Yo corría para permanecer a la altura de Bizzaro.

—Por cierto —gritó—. ¡Olvídate de esa historia del judío errante de la otra noche! ¡Había bebido un poco para entrar en calor!

Ya sin aliento y sin andén, vi desaparecer una parte de mi juventud, arrastrando tras de sí una larga serpiente de hollín.

Dos semanas más tarde, la flor y nata de los asistentes a las grandes ceremonias se apretujaba en la Villa Farnesina, sede de la Real Academia de Italia. Di la bienvenida a todos y cada uno de los invitados en el umbral, todavía un pequeño, anodino e insignificante escultor. Dentro de una hora sería académico. Recibiría un salario mensual de tres mil liras, un uniforme que pondría verde de envidia a Emanuele, el privilegio de viajar gratis en la primera clase de nuestros hermosos trenes italianos y el de que me tratasen de «excelencia». Aún no había cumplido cuarenta años, por más que me hubiesen salido algunas canas.

Allí estaban los hermanos Orsini, sin Viola. Vi pasar a Luigi Freddi, como de costumbre bien acompañado, y a varias personalidades que no conocía. En el cóctel que precedía al acto de recepción me sorprendió encontrar a Neri entre los invitados. Vestido de punta en blanco, mandíbula cuadrada y sonrisa zalamera, había envejecido bien. Me felicitó hipócritamente: el pasado no existía. Pelillos a la mar. Neri era próspero y estaba allí para ver y dejarse ver, con la esperanza de ser invitado a unirse a nuestra ilustre institución algún día. Justo cuando estaba a punto de alejarse, lo agarré de la manga.

—Tenemos pendiente ese asuntillo del dinero que me debes.

—¿Te debo dinero? ¿Yo?

—Desde luego. Piensa un poco. Florencia, 1921, tú y tus secuaces me disteis una paliza y me robasteis. Y, mira tú por dónde, la cosa no acabó tan mal para mí, pero esa no es la cuestión. En aquel sobre había ciento cincuenta y siete liras. Vamos a redondear hasta las dos mil. Por la inflación.

Extendí la mano. Neri me miró incrédulo, vio que no bromeaba. Las miradas curiosas se dirigían hacia nosotros; me empujó con una mano en el hombro y una sonrisa forzada.

—Vamos, Mimo, es ridículo, éramos unos niños.

—Dos mil liras.

Apretó los dientes, respiró; la antigua cólera no estaba lejos.

—No llevo esa suma encima. Mil, como mucho.

—Tienes un reloj precioso.

—¿Estás loco? Es un Panerai. Vale el triple de lo que me pides.

—Vamos a hablar claro, Neri. O me pagas ahora, o yo, como académico, me aseguro de que tú nunca llegues a serlo.

Neri palideció. Soltó una carcajada gallinácea y finalmente se quitó el reloj.

—¿Quedamos a pre?

—No del todo.

Deposité con mucho cuidado el reloj en el suelo y luego lo despachurré con varios taconazos.

—Ahora estamos a pre.

Así pues, en el pesaje de las almas habrá que añadir que no soy un buen jugador.

Se sirvió la cena. Por primera vez desde hacía mucho tiempo estaba nervioso. Los académicos de uniforme imponían. Por no hablar de los de Cultura, de riguroso traje, o de algunos carabineros allí presentes, sin duda para garantizar nuestra seguridad en tan peligroso callejón mundano. Entre la multitud de invitados, destacaba el físico poderoso de un hombre sentado al lado de Luigi Freddi, a unas cuantas mesas de la mía. El coloso en cuestión ocupaba el espacio de dos. Mientras los camareros recogían el servicio de mesa, me acerqué a él y le di unas palmaditas en el hombro, incrédulo. Era la velada más hermosa de mi vida.

—Disculpe, ¿es usted Maciste?, quiero decir, ¿Bartolomeo Pagano?

El gigante se giró sonriente. Era un gigante cansado de levantar del suelo a demasiados tipos malos para tirarlos por la ventana y de enviar demasiados demonios al infierno. Se levantó. Durante unos segundos, no hubo espectáculo más cómico en toda Italia que la diferencia de estatura entre el actor más famoso del país y el escultor más célebre. Pagano me tendió la mano, arqueando ligeramente la espalda. Vi lo mucho que le costaba. Casi se oían crujir los huesos.

Intercambiamos algunas frases corteses y luego me eclipsé. En los baños de mármol ensayé mi discurso frente al espejo, hecho un flan. Al final del pasillo se oyeron aplausos y arrastrar de sillas. Era mi turno. El presidente de la Academia saludó a las personalidades presentes, hizo reír a los invitados con unas cuantas gracietas y, por fin, leyó el orden del día, es decir, mi nombramiento, mi manumisión del lodazal en el que había nacido. Caminé tímidamente entre la multitud, aceptando abrazos, palmaditas en la espalda y apretones de manos mientras me sonrojaba, y subí al escenario. No sé si la Villa Farnesina había sido elegida para intimidar, pero ese era el efecto que producía. La recepción tenía lugar en el primer piso, en la Sala de las Perspectivas. Los frescos en trampantojo de Peruzzi, que decoraban las paredes laterales, producían la ilusión óptica de estar viendo Roma, tal y como era en el siglo XVI, a través de las columnas de mármol veteado de un gran balcón. El efecto era asombroso, tanto más sorprendente cuanto que en aquel lugar no había vista alguna de Roma, y mucho menos ningún balcón, solo dos paredes muy sólidas. Me daba vueltas la cabeza, tal vez por haber ensayado demasiado el discurso, que había aprendido de memoria. «Gracias, queridos amigos, muchísimas gracias. No podéis imaginar lo que representa esta recompensa…». El presidente me entregó una caja cuadrada, de terciopelo azul oscuro, en la que había una medalla de oro. No oí lo que me decía y finalmente me encontré frente a una multitud atenta y silenciosa. Los mismos que hace veinte años no me habrían dado ni los buenos días.

—Gracias, queridos amigos, muchísimas gracias. No podéis imaginar lo que representa esta recompensa para alguien como yo, que nací muy lejos de estos techos y estos oropeles. La escultura es un arte violento, físico, por eso nunca imaginé que llegaría un día en que me encontraría ante vosotros, puesto que, como veis, no tengo exactamente la altura de mi ídolo de juventud, el señor Bartolomeo Pagano, que esta noche nos honra con su presencia.

Cerrada salva de aplausos. Pagano se incorporó a medias, hizo un ademán y me dio las gracias con una leve inclinación de cabeza.

—No os aburriré con largos discursos. Deseo expresar mi agradecimiento a todos los que me acompañaron en esta búsqueda, cuya particularidad, que comparte con las artes aquí celebradas, es que, cuando creemos haber encontrado lo que perseguimos, nos damos cuenta de que no es así, de que la cosa sigue siendo esquiva para nosotros. Cuando damos un paso hacia ella, ella, a su vez, da un paso, que esperamos sea un poco más corto que el nuestro, para mantener nuestra esperanza de alcanzarla algún día. En consecuencia, una obra no es más que el borrador de la siguiente. Quisiera dar las gracias, en primer lugar, a mi padre, que me enseñó todo lo que sé, y a los Orsini, mis mecenas. Y es precisamente con un mensaje de los Orsini, y mío, por supuesto, con el que concluiré, tomando prestadas las palabras de un amigo: «*Ikh darf ayer medalye af kapores... in ayer tatns tatn arayn!*». Me disculpo por la pronunciación, es yidis. Literalmente: «La medalla, póngasela usted al padre de su padre». O, en un italiano más moderno, pero menos poético: «Podéis coger vuestra medalla y metérosla por el culo».

Un silencio alucinado retumbó en la sala. Creo que la Tierra se desvió un poco de su eje debido a la violencia de la onda expansiva. A continuación, estalló un trueno indescriptible de protestas y silbidos. Maciste, tranquilo, de brazos cruzados, me observaba con sorpresa.

—¡Mimo Vitaliani y los Orsini os saludan, queridos amigos! —exclamé para ahogar el griterío—. ¡Nunca más trabajaremos para este régimen de asesinos!

Fui detenido antes de haber cruzado la puerta. Por el rabillo del ojo vi a dos hombres rodear a un Stefano atónito y arrastrarlo hacia la salida. Nadie me golpeó, pero después de eso todo se volvió negro, sin duda porque, por primera vez en mucho tiempo, acababa de brillar un segundo antes.

La idea había sido de Viola. Cuando la llamé para pedirle disculpas, para reconocer que había tenido razón durante todos aquellos años y decirle que rechazaría el nombramiento de la Academia, cortó por lo sano mi flagelación telefónica.

—¿Quieres redimirte, Mimo? Entonces hay que actuar.

De todos los grandes golpes políticos o militares de la historia, entre los que incluyo las batallas de las Termópilas, Trafalgar, Austerlitz o Waterloo —siempre según el bando— y el llamamiento del 18 de junio de 1940 del general De Gaulle, el de Viola fue quizá el más brillante, aunque solo sea porque no venía de un militar ni de un líder carismático, sino de una mujer con las piernas mal remendadas. Viola, que había dejado de leer la prensa a hurtadillas y ahora devoraba cuanto periódico caía en sus manos, me había explicado que, a juzgar por los reveses que nos habían infligido en África, los aliados pronto desembarcarían en Italia. A partir de ese momento, ser fascista no era lo más recomendable. En vano había tratado de explicárselo a Stefano.

—Ha estado macerándose en la estupidez desde que era un niño —refunfuñó—. Y con la edad se ha acidulado. Antes era un cardo borriquero, ahora es un mastuerzo.

En mi opinión, y estoy seguro de que Viola lo veía como yo, el mastuerzo se había pasado la vida tratando de llenar el enorme vacío dejado por la muerte del primogénito, aquel en quien estaban depositadas todas las esperanzas. Sea como fuere, la conclusión era la misma: había que forzar la mano y actuar a espaldas de Stefano.

Viola me había pedido que hablara en nombre de los Orsini. Stefano, con toda seguridad, sería arrestado y yo también. Francesco era intocable. El mastuerzo no languidecería mucho tiempo en prisión; el brazo de Francesco llegaba muy lejos.

—En tu caso, Mimo, será distinto. El régimen se ha servido de ti. Te has sentado a la mesa con ellos y has metido la mano en el plato. No podrás irte de rositas tan fácilmente. No soltarán la presa así como así. El plan es bueno, pero no puedo obligarte a hacerlo.

Los militares son niños grandes, solo que más mortales. En febrero de 1943, la operación Husky, preparación de la invasión de Sicilia, había comenzado. En junio se lanzó la operación Ladbroke, la invasión propiamente dicha. Si me hubieran dicho que aquellos tipos también tenían un nombre de operación para ir a mear, lo hubiese creído a pies juntillas. En fin, el caso es que todo, absolutamente todo lo que Viola había previsto sucedió, y los Orsini le debían su supervivencia. En septiembre de 1943, se llevó a cabo la operación Baytown. Todo el sur de Italia fue ocupado, Mussolini depuesto y encarcelado y luego liberado por los alemanes, que invadieron el país desde el norte hasta Roma.

El país fue dividido en tres, y si estos detalles quedaron grabados en mi memoria es porque en prisión no teníamos otra cosa mejor que hacer que repetirlos. Una parte del sur liberado quedó directamente bajo administración aliada y otra parte se confió a un nuevo Gobierno con sede en Brindisi, bajo supervisión aliada, con miras a preparar el período de posguerra. El norte cayó bajo el yugo de la denominada República de Saló, la última idea de Mussolini, secundada por los alemanes. Luego todos se tomaron un merecido descanso.

La misma noche de mi golpe de efecto, Stefano y yo fuimos encarcelados en Regina Coeli, el centro de detención más grande de Roma, un antiguo convento. Reina del Cielo, menudo nombrecito para una prisión. Los Orsini fueron sometidos a arresto domiciliario por los alemanes. Francesco permaneció en Roma capeando el temporal, acercando sus largos dedos a los engranajes del futuro para hacerlos girar a su favor. En cuanto arrestaron a Stefano, reaparecieron los Gambale, como hacen los gusanos que duermen bajo una piedra en los primeros días de la primavera. En una noche, el acueducto fue destruido. Algunos dijeron, ante el espectáculo de los inmensos charcos que se formaban en los campos y se inflamaban al amanecer, que los naranjos sangraban. Luego la tierra absorbió el agua, la hierba creció en los restos del acueducto, la hiedra trepó por la bomba y sanseacabó. Los Gambale no podían arriesgar más, sobre todo porque, como había previsto Viola, Stefano fue liberado apenas tres meses después. Regresó a Pietra d'Alba, aureolado, en el momento oportuno, con una reputación de feroz antifascista.

—Al principio, la idea me pareció hermosa —le contaba a quien quisiera oírlo—. Pero después, aquellos horrores... En mi alma y en mi conciencia, no podía callarme. Los Orsini no podíamos callar.

Algunos me pusieron de ejemplo por haberme atrevido a morder la mano que me daba de comer. Para otros volví a ser el Franchute, un agente extranjero al servicio de quienes siempre habían querido destruir la nación italiana. Mis esculturas, por lo menos todas aquellas a las que llegó la mano del Gobierno, fueron destruidas, o desmanteladas y vendidas bajo cuerda vaya usted a saber dónde. El Palazzo delle Poste de Palermo ya no está flanqueado por mis fasces —solo quedan fotografías—. Mis dos talleres, el de Roma y el de Pietra d'Alba, fueron saqueados y luego destrozados. Vittorio, Emanuele y mi madre vieron cómo una cuadrilla de energúmenos profanaba el recinto, orinando en las paredes y arrojando pintura. Antes de mi discurso en la Academia, había tomado la precaución de pagar seis meses de salario a cada uno de mis empleados y de poner a buen recaudo el bloque de mármol que había elegido para *El hombre nuevo,* puesto que no iba a haber ningún hombre nuevo. También había confiado a Vittorio una suma de dinero en efectivo. Me permitiría vivir unos años, modestamente, cuando saliese de prisión. Aparte de esa suma, una semana después de mi encarcelamiento no me quedaba nada. Veinte años de carrera arrojados por la borda, suficientes para plantearme serias dudas sobre la pertinencia de mi decisión, cosa que no hice jamás. Había elegido mi camino mucho antes y en ese camino no había vuelta atrás. Y, si ese camino pasaba por un bosque en llamas, tenía que cruzarlo.

Cumplí una pena de prisión desproporcionada en relación con mi delito, que solo era un discurso, pero tuve la suerte de no ser maltratado en Regina Coeli. Francesco me protegía a distancia y ya estaba planeando su próximo movimiento. Cuando los alemanes, en represalia tras un ataque de los partisanos, vinieron a buscar a doscientos presos para masacrarlos en las Fosas Ardeatinas, yo no formé parte del grupo elegido por Pietro Caruso, el jefe de policía. Caruso no tenía motivos para perdonarme la vida, al contrario. Pero más tarde me enteré de que alguien, en alguna parte, tenía un «dosier» sobre él, y que él supo mostrarse complaciente con tal de evitar su publicación.

Desde las cuatro paredes de mi celda, pensaba a menudo en Bizzaro. Yo planeaba como un águila sobre caminos lejanos. ¿Por qué país vagaría él, en busca de un lugar donde no lo encontrasen, pero donde de todas formas lo encontrarían? ¡Cuánta razón tenía el toledano! Después de la invasión alemana, los campos se endurecieron. La Risiera di San Sabba, o Stalag 339, en Trieste, no tenía nada que envidiar a los peores campos de Polonia. Allí los exterminios se llevaban a cabo utilizando los gases de escape de los autobuses. Yo había trabajado para aquellos individuos. Había dejado pasar el mal. Y, si en algo fui mejor que todos los que después gimotearon y argumentaron que no habían hecho nada, es precisamente porque yo no gimoteé ni argumenté nada de nada.

Durante los tres años que pasé en prisión, recibí varias visitas de Pankratius Pfeiffer, un sacerdote alemán, un salvatoriano al que apodaban «el ángel de Roma». Pfeiffer tenía una corona de pelo blanco desgreñado y las mismas gafitas redondas que Pacelli y Francesco, como si las hubieran comprado los tres en el mismo lugar. Se limitaba a hablarme, pero su voz me reconfortaba durante toda la semana. Cada vez que se iba, se llevaba consigo un poco más de mi culpa, hasta que un día, al despertar, me di cuenta de que la culpa había desaparecido. Todavía quedaba un residuo, un ligero poso en el fondo del vaso, pero los remordimientos ya no agitarían mis sueños bajo cielos teñidos de sangre. Pankratius negoció la liberación de varios prisioneros y salvó a muchos judíos durante aquellos años. Más tarde, Pío XII sería acusado de no haber salido en defensa de los judíos, o no lo suficiente, de haberse escudado en la neutralidad del Vaticano, pero yo, que viví en medio de aquellos dramas no lejos de la Santa Sede, puedo decir que Pacelli trabajó activamente entre bastidores, salvando a tantas víctimas como era posible. Pocos papas habrían ofrecido su propia habitación en Castel Gandolfo a refugiados judíos. Sin embargo, Pacelli nunca habló de ello.

Viola no me visitó ni una sola vez. Fue lo mejor y lo agradecí. En ese momento entendí por qué me había mantenido a distancia cuando estuvo internada en el hospital. Y de esos años no diré nada más, porque todas las cárceles son iguales. Sus prisioncros también, culpables del mismo crimen: el de haber creído en un mundo que no existía y haberse enfurecido al darse cuenta de ello.

La *Pietà Vitaliani* fue transportada a la Sacra en una fecha desconocida, en el transcurso del año 1951. La Sacra fue elegida por su aislamiento y por el escaso número de visitantes que recibía —las cosas han cambiado desde entonces, piensa el padre Vincenzo—. Fue embalada en tres cajas, una estructura exterior de metal y dos cubiertas de madera. A pesar del escándalo, o tal vez a causa de él, el valor de la obra era inconmensurable, una de las pocas esculturas de Mimo Vitaliani que había sobrevivido a la capacidad casi sobrenatural de su autor para meterse en líos.

El peligro, durante el transporte de las obras de mármol, proviene de las microfisuras ocultas, que pueden romper la estatua en caso de impacto. En aquella época, las obras de arte viajaban poco. Y, cuando lo hacían, los daños no eran raros. Se encargó un estudio para evaluar la mejor forma de proteger la *Pietà,* y una empresa americana, Koppers, proporcionó el prototipo de un material llamado «poliestireno expandido». El mismo estudio volvería a ser utilizado para el transporte de la otra *Pietà,* la de Miguel Ángel Buonarroti, con ocasión de su traslado a la Exposición Universal de Nueva York en 1964.

La puerta de un subterráneo se cerró tras la obra de Vitaliani, un día de 1951, y ahí se acaba su historia. Lo que siguió no fueron sino una serie de medidas de seguridad cada vez más estrictas a medida que circulaban los rumores de su presencia en el monasterio. A raíz del asunto Laszlo Toth, se instaló un avanzado sistema de alarma.

El padre Vincenzo ordena los últimos documentos, vuelve a guardarlos en el armario blindado y cierra con llave. Los engranajes giran en silencio, accionando cilindros y pasadores. El viejo armario vuelve a parecer un armario viejo. Vincenzo se vuelve a colgar la llave alrededor del cuello y se estremece ligeramente cuando se gira hacia la ventana. No ha visto cómo caía la noche. Su despacho está helado. Siempre aducen falta de recursos cuando reclama un sistema de calefacción digno de ese nombre, lo que tiene la virtud de irritarlo. La fe reconforta, pero tiene sus límites.

Vincenzo apaga la luz y baja por la escalera de los Muertos. Detrás de esos muros no debería haber ruido, pero siempre se oye crujir, chirriar, silbar. Tal vez los muertos que roncan. Vincenzo sigue bajando, se orienta sin esfuerzo por un dédalo de pasillos, evita maquinalmente un arco más bajo agachando la cabeza, vuelve a subir y entra en el cuarto de la agonía.

Nunca hay menos de cuatro hermanos velando a Mimo Vitaliani. El médico sigue allí, le hace un gesto y levanta uno de los párpados del escultor, bajo la ceja canosa. El facultativo ilumina la pupila con una linterna: no se mueve.

—No le queda mucho tiempo.

—Me ha dicho lo mismo esta mañana.

Vincenzo responde un poco más secamente de lo necesario —se disculpa con un gesto—. Es que al ver los rasgos dibujados en los huesos de la cara, los labios ligeramente retraídos, la respiración entrecortada que los quema y los agrieta, desearía que todo acabase de una vez. Mimo Vitaliani, al fin y al cabo, tal vez sea lo más parecido a un amigo que haya tenido.

Se vuelve hacia los monjes y les dice que ya se encarga él de todo. Los hermanos protestan: «Padre, a juzgar por cómo resiste, podría durar toda la noche», pero el prior los despide con una sonrisa. Mimo Vitaliani se irá cuando sea. Quién sabe lo que pasa bajo ese cráneo un poco más grande de lo normal. Quién sabe siquiera si pasa algo.

El padre Vincenzo se sienta al pie del lecho, coge la mano ardiente del escultor y espera.

Fui liberado oficialmente a finales de abril de 1945. Mussolini acababa de ser arrestado, ejecutado y colgado por los pies en una gasolinera de Milán, la misma gasolinera donde, un año antes, los despojos de quince partisanos fusilados por los fascistas habían sido expuestos al público. En realidad, salí un mes después, el tiempo que tardé en tener todos los papeles necesarios en un país patas arriba. Francesco me esperaba delante de la prisión en una limusina negra. Su sotana estaba adornada con botones rojos y un anillo de oro con un zafiro engastado ceñía el índice de la mano derecha. Entre bombardeo y bombardeo, había llegado a cardenal. Me alojó durante un tiempo en un apartamento oficial del Vaticano, un estudio bajo los tejados de una capilla menor que, al mediodía, se convertía en un horno a causa de los reflejos del sol sobre el zinc. En comparación con mi celda, me pareció inmenso. Había perdido quince kilos. Algunos guasones comentaron que la prisión, al menos, había servido de algo.

Pese al final de la guerra, las tensiones seguían vivas en el país. La purga antifascista iba a buen ritmo, se perseguía y se ejecutaba a bajo costo. Los antifascistas moderados temían que aquella innominada guerra civil se transformase en revolución comunista. Para remediarlo, se decidió devolverle la voz al pueblo. No había habido elecciones libres desde 1921, por lo que las nuevas se fijaron para el 2 de junio de 1946. Una asamblea tomaría después las riendas del país. Durante la misma votación, se pediría a los italianos que eligieran entre un régimen monárquico o una república. Yo observaba la agitación con indiferencia, deslumbrado por mi sol de zinc. Ahora que había caído la dictadura, podía permitirme el lujo de no meterme en política nunca más. O eso creía.

Llevé una vida de recluso durante muchos meses. Todo me parecía demasiado grande, demasiado ruidoso. Algunos viejos amigos me obligaron a salir, poco a poco. «Para vivir así, mejor te hubieras quedado en prisión», me espetó mi princesa serbia, que se había reinventado convirtiéndose en fotógrafa de guerra. Había algo mucho peor que perder la libertad, y era perder el gusto por la libertad. Me arrastró a la fuerza hacia los saraos que importaban. Y, aunque ya no me divertía, recuperé el gusto, un perfume de día naciente, cuando el alba se levanta y la ciudad duerme todavía. Así pude constatar que mi estrella, que creía extinguida, brillaba más resplandeciente que nunca. Yo encarnaba el antifascismo. Me pedían mi opinión. Me preguntaban, sobre todo, si aún tenía algún hueco en mi cartera de pedidos. Mentía, fingiendo que estaba llena. Ya no tenía ganas de esculpir.

Cuando recuperé la fuerza suficiente, regresé a Pietra d'Alba, decidido a no abandonar nunca más mi pueblo. Llegué allí en marzo de 1946, con la misma medida de cintura que treinta años antes, pero con el pelo canoso. Como en cada uno de mis regresos, Vittorio me recibió en el patio de grava frente a la casa. Llevaba muy bien sus cuarenta y cinco años y no había recuperado el peso perdido con la marcha de Anna. En cambio, estaba casi completamente calvo, lo que tampoco le sentaba mal. Mi madre, a sus setenta y tres años, seguía tan animosa como siempre, aunque parecía fatigarse enseguida. Hablamos poco.

Mi taller había sido completamente remozado por los cuidados de mi amigo. No quedaba el menor rastro de los ultrajes que le habían infligido. Los cristales habían sido sustituidos y la cal fresca cubría las paredes y las inscripciones «Bolchevique», «Amigo de los judíos».

El viaje me había agotado. Tendría que visitar a los Orsini, saludar a Emanuele, a la madre de los gemelos, a don Anselmo, pero todo eso podía esperar. Solo soñaba con mi cama. La noticia de mi regreso debió de precederme y corrió como la pólvora, porque esa noche, mientras me doblaba en la ventana casi hasta caer, como cada vez que tenía que cerrar las contras con unos brazos demasiado cortos, vi brillar una luz roja en la villa Orsini. Una luz cálida y acogedora que no había visto desde hacía veinte años y de la que había pasado olímpicamente la última vez que se había encendido.

En prisión me había acostumbrado a hablar solo y musité:

—Ya voy.

El tocón contenía una sola línea garabateada en un recorte de papel. «Te espero».

Remonté el camino del cementerio, con paso algo menos ligero que antes. Aunque había dado vueltas en mi celda, luchando lo mejor posible contra la inmovilidad y había seguido todas las recomendaciones de mis compañeros de prisión, a mis cuarenta y dos años me llevaría muchos meses recuperar mi flexibilidad, o lo que quedaba de ella.

Como de costumbre —recuerdo haber pensado si la expresión era la adecuada para un trayecto que no había hecho desde hacía una eternidad—, fui el primero en llegar. La temperatura era suave, preludio de la primavera. Era una noche de alegrías secretas y de bromas y de luz que más tarde se extinguirían. Cinco minutos después apareció ella. No puedo describir la emoción que me embargó. La que salió del bosque no era la niña cuyos sueños de pájaro se habían hecho añicos al pie de un abeto. Tampoco era la devota esposa del *avvocato* Campana. Ni la perfecta marquesita Orsini.

Era *ella*. Viola.

Lo vi en su forma de caminar, en la media sonrisa que indicaba que lo sabía mejor que yo, en los dedos juguetones que no paraban de moverse, esperando la ocasión de apuntar, acusadores, a alguien; o, alegres, al futuro. Caminó hacia mí y puso una mano enguantada en mi mejilla. La miré largamente. Algunos hilos blancos, entretejidos en el negro de sus cabellos. Unas arruguitas en el rabillo del ojo, que no le había visto antes. Los pómulos, más prominentes; la barbilla, más afilada. Retuvimos las primeras palabras, sin saber si serían banales o grandiosas, por el placer de saborearlas lo más tarde posible. Su mano se deslizó a lo largo de mi brazo hasta llegar a la mía y nos dirigimos al cementerio. Sabía adónde íbamos. Sin decir palabra, nos acostamos sobre la tumba de Tommaso Baldi y juro que oí al joven flautista exhalar un suspiro de satisfacción.

—Conocí a Bartolomeo Pagano —le dije.

—¿Cómo es?

—Enorme.

La Vía Láctea fluía perezosamente sobre nuestras cabezas. Todo parece más pequeño cuando creces, excepto los cementerios. La parte oeste, antes un terreno baldío, ahora estaba llena de nuevas tumbas. Los cipreses habían crecido y evocaban, en nuestro mundo invertido, inmensas zanahorias verdes plantadas en un campo de estrellas.

—Sigo teniendo problemas con el tiempo —murmuró Viola.

—¿Qué te ha hecho el tiempo? Sigues tan atractiva como siempre.

Viola no se molestó en agradecerme el cumplido. No era indiferente a los halagos, pero no se preocupaba por estar guapa. Sin embargo, lo era o, más bien, daba la impresión de serlo. Era el mismo viejo truco de magia de convertirse en osa —atraer la atención hacia donde el ilusionista quiere—. Yo había mirado tanto a la bestia que no me había dado cuenta de que la osa y la niña no llevaban el mismo vestido. Quien miraba a Viola solo veía sus ojos y olvidaba el rostro, algo afilado de más, heredado de su padre, los labios algo finos de más, y solo pensaba: «¡Qué guapa es!».

—Ayer —continuó después de un silencio— abrazaba a mi hermano Virgilio, un apuesto joven de uniforme que se iba a la guerra. Olía a ámbar y a jabón. Esta noche mi hermano es un esqueleto con un uniforme que huele a polvo. Ayer era hace veinticinco años. El tiempo no corre con la misma velocidad en todas partes. Einstein tiene razón.

—Deberías decírselo, porque le encantará.

—¿Tú crees? —preguntó Viola con la mayor seriedad del mundo.

No pude evitar reírme, y ella estuvo de morros durante un minuto. Finalmente se puso de pie y sacudió el vestido, cubierto de briznas y pétalos secos.

—¿Por qué no vienes a cenar a casa mañana?

—Oh, no —me quejé—. ¿Qué ocurre ahora?

—No ocurre nada, Mimo. Solo es una cena.

—Con vosotros nunca es solo una cena.

—No seas ridículo. ¿Me acompañas hasta la villa? Hoy en día, los caminos no son muy seguros.

Durante el trayecto, Viola me puso al corriente de los últimos acontecimientos. No exageraba cuando decía que los caminos no eran seguros y, si me lo hubiera dicho antes, habría sido menos intrépido. La noche era el refugio de varias bandas de gente hambrienta, de sedicentes partisanos que perseguían al fascista. En realidad, la mayoría eran bandidos de poca monta que aprovechaban la ausencia de un poder central fuerte, a la espera de las elecciones, para saquear y secuestrar incautos. Se rumoreaba que los Gambale se habían conchabado con algunos de esos individuos. No hacían ascos a que, si se terciaba, sus conmilitones talaran o quemaran algunos árboles de los Orsini, aunque juraban que no tenían nada que ver, que era culpa de los bandidos. Stefano, al frente de una gavilla de individuos a los que les gustaba andar a puñetazos, de vez en cuando se daba un garbeo por las tierras de los Gambale y aprovechaba para zurrarle la badana a uno u otro miembro de la familia. Luego juraba que sus hombres no tenían nada que ver con eso, que habían tomado al Gambale por un bandolero.

Incluso de noche, pude ver que desde la destrucción del acueducto los campos habían perdido parte de su antiguo esplendor. Las tierras estaban cultivadas, limpias, lejos del estado de abandono que había seguido a las sucesivas sequías de los años veinte. Pero la producción disminuía. Viola predijo una caída en el precio de las naranjas, lo que no ayudaría en nada si tenía razón, y Viola siempre tenía razón.

Cuando nos despedimos, se giró hacia mí.

—*Sit felix occursus, optime Leo, nam totos tres anni te non vidi.* Buenas noches, Mimo. Me encanta la cara que pones cuando no entiendes lo que digo.

Se alejó hacia la villa, con el chal ceñido sobre los hombros, una silueta sublime y desgarradora cojeando en la noche de marzo.

—¡Viola!

—¿Sí?

—«Dichosos los ojos, querido León, porque no te han visto desde hace tres años». Me obligaste a leer el libro de Erasmo en el que conversan un león y un oso. Se te metió en la cabeza enseñarme latín.

Viola me miró sorprendida.

—¡Dios mío, no lo recuerdo...!

Rompió a reír con la misma risa de antaño, dirigida a la luna, antes de desaparecer por la poterna, contenta de envejecer, de curtirse, de encanecer y de poder, al fin, olvidar algo.

Por la mañana, al bajar a la cocina, me encontré frente a frente con un joven de unos veinte años, un barbudo con la envergadura de un Hércules. Me sonrió amablemente y luego se echó a reír cuando me quedé mirándolo como un pasmarote.

—¡Soy yo, tío Mimo! ¡Zozo!

Hacía solo cinco o seis años que no veía al hijo de Vittorio y Anna, pero la transformación de niño a hombre era espectacular. Ni más ni menos que lo que me había ocurrido a mí. Por eso me había sorprendido mi primera cana. El cambio era suave, te susurraba al oído, solapadamente, que nada cambiaba hasta que era demasiado tarde.

Zozo ayudaba a su padre en el taller. Había llegado de noche de Génova, de visitar a su madre, con la que guardaba un enorme parecido. Las mismas mejillas sonrosadas, el mismo buen humor en los ojos, aunque el de Anna hubiese acusado el golpe.

Cumplí con todas las visitas de cortesía, terminando con la del padre Anselmo. Todavía vigoroso, con más de setenta años, pero ¿qué había sido del sacerdote fogoso y ligeramente intimidante que había conocido a mi llegada? La piel aparecía salpicada de manchas marrones y las manos le temblaban un poco. En un abrir y cerrar de ojos, habían envejecido todos.

—Soy como esta pobre iglesia —dijo, alzando los ojos hacia la cúpula, cuyos frescos se desconchaban—. Lleno de corrientes de aire.

Por la noche, me presenté en casa de los Orsini. En la mesa, solo el marqués y la marquesa, Stefano, Viola y yo. El marqués era el único que no había cambiado desde que se había sentado en su silla para no volver a levantarse y había pronunciado sus últimas palabras inteligibles: «Ya viene, ya viene». Los rasgos singulares, el rostro largo coronado por el peculiar copete, habían resistido el paso de los años. Solo el ojo estaba vacío y rara vez volvía a iluminarse. Hablamos de política, del derecho a voto concedido a las mujeres —«Y luego, ¿qué más?», se burló Stefano. «Dentro de poco nuestros caballos podrán votar»— y del hecho de que uno de los hijos de Gambale se presentase a las próximas elecciones. La marquesa se lo reprochó haciendo gala de un progresismo inesperado. Ella no se veía votando porque, como la mayoría de las mujeres, no entendía nada de política, pero no estaba en contra de que algunas, especialmente educadas, pudieran hacerlo. Al fin y al cabo, una mujer no era más tonta que un hombre.

—Sobre todo si el hombre eres tú —remachó Viola, mirando a su hermano con una sonrisa de oreja a oreja.

Stefano murmuró algo para su capote y ahogó su enfado en la copa de vino. A continuación, pusimos de vuelta y media a los Gambale, eterno obstáculo al desarrollo de los huertos.

Llegué a creerme de verdad, sinceramente, que la velada iba a transcurrir con toda normalidad, que mi vida por fin sería banal. Pero eso era olvidar que la mesa, en casa de los Orsini, como en cualquier otro lugar de Italia, desde los palacios de Sicilia hasta las chabolas de Génova, era mucho más que una simple mesa. Era un escenario en el que el drama se representaba como una bufonada. Cuanto más serio era algo, más ridículo parecía.

Justo antes del postre, Viola anunció:

—Me presento a las elecciones constituyentes. Si salgo elegida, seré vuestra representante en la Asamblea.

Stefano se atragantó con el vino dulce que acompañaba a su segunda porción de *sacripantina,* intentó recomponerse, se puso rojo y se golpeó el pecho con el puño.

—¿Es una broma?

—Según el decreto legislativo septuagésimo cuarto, no. Tengo derecho a presentarme y lo haré.

La discusión alcanzó tintes épicos. La marquesa, minutos antes abanderada del progresismo, acusó a su hija de haber perdido la cabeza. Su sangre la eximía de tener que sufrir la humillación o, peor aún, la vulgaridad de unas elecciones. Stefano se atragantó, incapaz de comprender cómo una mujer, que además era su hermana, podía pretender semejante puesto.

—¡No tienes experiencia política, joder! —exclamó—. ¡Es absurdo!

—¿Qué edad tienes? —le preguntó Viola con calma.

—¿Eh? Cuarenta y ocho años. ¿Qué coño tiene que ver mi edad con…?

—En cuarenta y ocho años, has conocido dos guerras, ambas iniciadas y libradas por la élite de nuestros políticos. Así que, si la experiencia es esa, perdóname por querer intentar otra cosa.

Los gritos arreciaron. La marquesa se desgañitaba y Stefano también. En medio de aquel guirigay, Viola sonreía apenas, imperturbable, con aquella expresión serena de María bajo el pincel de Fra Angelico. A partir de ahora, ninguna tempestad podría desviar el rumbo de su destino. Si me había invitado aquella noche, era para que lo entendiera.

Al día siguiente estábamos en la carretera. Yo había pasado los últimos tres años de mi vida al ralentí. De repente, los muros caían, el viento picaba los ojos hasta hacerlos llorar, de lo rápido que iba todo. La víspera, Stefano se había calmado un poco, cuando yo había argumentado que la candidatura de su hermana irritaría a los Gambale, que hasta entonces no habían tenido competencia. Luego concluyó: «Bah, ya se le pasará», y salió a fumar fuera.

Zozo, el hijo de Vittorio, fue nuestro chófer. Recorrimos la región, llamando a todas las puertas. Debo confesar que, cuando Viola anunció la noticia, me dejé llevar por el mismo escepticismo que Stefano. O, por lo menos, por una versión atenuada de él, porque sabía que su hermana era capaz de todo. La seguí por amistad, acordándome de que no bastaba con desearlo para volar.

Al cabo de un mes, estaba seguro de su victoria. Viola, que carecía de experiencia política, daba una lección a aquellas tierras. Los lugareños no daban crédito a lo que oían. Alguien les hablaba de ellos y de sus hijos. Y, más sorprendente todavía, les hablaba del futuro, esa cosa misteriosa de los ricos. De la posibilidad de no pasar toda una vida entre la cuna y el sepulcro, sino de educarse en una gran ciudad. De viajar. Las puertas se abrían al principio ante caras desconfiadas, luego casi se negaban a dejarnos marchar. El hijo de Gambale, cuya campaña consistía en levantarse por la mañana y rascarse la entrepierna, montó en cólera. Nunca había tenido la menor ambición política y solo se había presentado porque, un día, gente muy bien relacionada se lo había propuesto, ya que la región carecía de candidatos. Pero tenía su orgullo, que sufrió un duro golpe cuando se dio cuenta de que corría el riesgo de ser derrotado. Las incursiones de los sedicentes partisanos se volvieron más feroces. Una pareja que iba de paso, camino de Lombardía, fue atracada y la mujer violada. La policía incluso tuvo que desplazarse al lugar para concluir que no se podía encontrar a los culpables.

A menudo, al final del día, Viola y yo intercambiábamos una simple mirada. Creíamos que nuestras vidas se habían detenido una tarde de noviembre de 1920, cuando ella había saltado desde un tejado. Pero los sueños de Viola, como su dueña, eran duros de pelar.

—Tramontana, siroco, lebeche, poniente y mistral. ¡No es tan difícil! —se enfadó Viola—. Aquí solo soplan cinco vientos.

—Tramontana, siroco..., lebeche, poniente y mistral.

—Repítelo.

—Tramontana, siroco, lebeche, poniente y mistral.

Había cometido el error de decir «menudo viento». Viola me había dado un manotazo en el hombro, exasperada.

—Las palabras tienen un sentido, Mimo. Nombrar es comprender. «Menudo viento» no significa nada. ¿Se trata de un viento que mata? ¿Un viento que siembra? ¿Un viento que congela las plantas a punto de la cosecha o que las mantiene calientes? ¿Y qué clase de diputada sería yo si las palabras no tuvieran sentido? No sería diferente de los demás.

—De acuerdo, de acuerdo, lo entiendo.

—Entonces, repítelo.

—Tramontana, siroco, lebeche, poniente y mistral.

Me entregaba de buen grado a los caprichos de Viola, aunque solo fuera para pasar el rato cuando estábamos en la carretera. Zozo nos llevaba ese día a un pueblo del valle vecino —el de los Gambale—. Aquella mañana se había acercado a Viola un hombre con el sombrero en la mano, avergonzado. Hizo falta media hora y la ayuda de unos tragos de grappa para que se le soltase la lengua. Venía a verla porque todos decían que sería elegida para representar a la región, allá en Roma, y resulta que en el valle se hablaba de un proyecto de autopista que iba a atravesar sus campos y él no quería. Una hora más tarde, íbamos camino de su pueblo.

Viola se instaló en la plaza del pueblo, mientras el viejo reunía a buena parte de los habitantes con la eficacia de un perro pastor. Viola les aseguró su apoyo, les prometió que la autopista no pasaría por su valle y se demoró para estrecharles la mano uno a uno. A la vuelta, paramos en cada aldea, incluida la de los Gambale. La situación se volvió tensa cuando un tipo que asistía a las discusiones, apoyado en un bieldo, dijo en tono hosco:

—¡La autopista es el progreso! Tú estás contra el progreso, ¿no?

Viola calmó el griterío que siguió con un simple gesto.

—La autopista es lo opuesto al progreso. Sí, todo irá más rápido. Pero todo irá más rápido en otros lugares. Los pueblos de este valle se convertirán en cubos de piedra arrojados al fondo de un puente. Nadie se detendrá aquí.

El argumento le hizo pupa y don Bieldo se fue con el rabo entre las piernas. Esa noche, al acostarme, adopté una costumbre que nunca he abandonado, un tic supersticioso tal vez, y repetí, antes de hundirme en la oscuridad y el olvido, «tramontana, siroco, lebeche, poniente y mistral».

«¡Han matado a Emanuele! ¡Han matado a Emanuele!».

Era mediodía. Volvíamos de Génova, donde habíamos formalizado la candidatura de Viola. El simple trayecto le había sugerido diez ideas nuevas, entre ellas una ampliación de la carretera en varios puntos estratégicos y una conexión diaria entre Génova, Savona y Pietra d'Alba. En la actualidad, cualquiera que bajase tenía que pedir prestado el coche de alguien, y no era raro perder una hora por hallarse atrapado detrás de un asno tirando de una carreta.

«¡Han matado a Emanuele! ¡Han matado a Emanuele!».

Justo antes de llegar al pueblo, nos pasó un coche en dirección contraria, a toda velocidad. Varias personas se apretujaban en la parte trasera, donde me pareció distinguir una forma alargada. Apenas habíamos llegado a la plaza cuando la madre de los gemelos casi se arroja bajo nuestras ruedas. Con el pelo erizado, despavorida, parecía una loca. Caminó alrededor del vehículo, golpeando la ventanilla con todas sus fuerzas.

«¡Han matado a Emanuele! ¡Han matado a mi hijo!».

En Pietra d'Alba tenemos una variedad única de trufa, pequeña y densa, un poco tardía, con un aroma tan potente que se decía que ni siquiera hacía falta perro para encontrarla. Un granjero local las estaba buscando precisamente cerca del roble de los Ahorcados cuando había oído gritos. Cuando se hizo el silencio, se atrevió a salir del bosque. Emanuele se balanceaba de la rama más grande del roble, en su uniforme de húsar. En un cartel alrededor de su cuello se podía leer la palabra FACISTA, a la que le faltaba una *s*. Los sedicentes partisanos que lo habían colgado allí habían visto su uniforme y, sin pensárselo dos veces, lo capturaron, lo juzgaron y lo condenaron. Emanuele, que seguramente se habría defendido con grandes borborigmos de pánico, no habría podido explicar a aquel tribunal improvisado que su uniforme tenía más de cien años y que no debían colgarlo, sobre todo porque no había terminado su recorrido y entregado todo el correo.

«¡Han matado a mi hijo! ¡Han matado a mi hijo!»

Pero Emanuele no era solo Emanuele. Emanuele era una idea. Una incongruencia, un poco como yo, una anomalía. O la expresión de una normalidad que aún no había llegado, el heraldo de un mundo donde gente como él tendría voz y voto y el único daño que haría sería abrazarse con demasiado entusiasmo. Y es bien sabido que una idea no se mata. Y, por tanto, no mataron a Emanuele.

Tal vez porque había aprendido a contentarse con unos pocos átomos de oxígeno cuando el cordón que debía darle vida lo había estrangulado al nacer, tal vez porque el aficionado a las trufas lo había encontrado inmediatamente después del crimen y lo había descolgado enseguida, Emanuele sobrevivió. Una semana después regresó del hospital de Génova sonriente. Parecía un poco más aturdido, pero era el mismo. Solo Vittorio informó de un cambio: ahora le costaba entenderlo.

Nadie se molestó en llamar a la policía. Esta vez, los hombres del pueblo se armaron, hicieron batidas por el bosque durante diez días y finalmente se encontraron al anochecer con una banda de cuatro individuos hambrientos —hambrientos y armados— que afirmaban estar cruzando la región. No, no habían oído hablar de la tragedia y se santiguaron, compasivos. Solo que uno de ellos lucía una magnífica medalla, la de la Orden de la Corona de Hierro, que a Emanuele le gustaba ponerse con su traje de húsar. El hombre aseguró que se la había encontrado en el suelo, en un sendero. Se oyeron disparos en la montaña. Los lugareños regresaron con la medalla y no dijeron una palabra. En el anverso estaba grabada la leyenda «Dios me la ha dado, ¡ay de quien la toque!». Emanuele lloró cuando se la devolvieron. Lo único que seguía mortificándolo era que no se hubiese encontrado nunca su saca de correo. Sus agresores la habían arrojado en alguna parte del bosque después de comprobar que no contenía nada valioso.

El domingo siguiente a la devolución de la medalla, don Anselmo subió al púlpito. Lanzó una soflama contra la violencia que gobernaba el mundo y había contagiado a Pietra d'Alba. Fustigó a la partida que se había tomado la justicia por su mano, lejos de la mirada de los hombres y lejos de la mirada de Dios. Se oyeron protestas de unos, otros protestaron contra las protestas y el sacerdote siguió con su homilía, desgañitándose sin lograr que su voz se oyese por encima del griterío. Entonces Viola se levantó y se hizo el silencio. La pequeña de los Orsini no creía en Dios más que antes, pero acompañaba a los marqueses para ayudar a su padre.

—Don Anselmo tiene razón —dijo con voz firme—. Si esos tipos eran inocentes, es un crimen.

—Aunque fueran inocentes de lo de Emanuele, ¡seguro que hicieron otras cosas! —gritó alguien, al son de algunos aplausos.

Desde su púlpito, don Anselmo intentó restablecer el orden. Viola me contó la escena más tarde, porque yo no estaba presente.

—Si eran culpables —replicó Viola—, tenemos instituciones para castigarlos. Hace dos mil años que no vivimos en el Antiguo Testamento. Y hace un año que no vivimos bajo una dictadura.

Varias cabezas se inclinaron en señal de contrición, pero los debates se reanudaron con más virulencia. Don Anselmo, con cara de pocos amigos, estaba sobrepasado y algo molesto por la comparación tácita entre el Antiguo Testamento y una dictadura. Entonces ocurrió algo inesperado. Primero un crujido, que resonó en toda la iglesia e impuso el silencio a los feligreses. Fue levantar los ojos, constatar que la cúpula de San Pietro delle Lacrime acababa de resquebrajarse y ya se había desprendido una piedra. Cayó justo en la intersección del transepto y se estrelló con estrépito contra la piedad que tanto había estudiado a mi llegada. Superado el estupor, todo el mundo salió gritando. Por suerte, la piedra no había herido a nadie.

Solo hizo falta un segundo para que don Anselmo recobrara su juventud. Salió del templo cubierto de polvo, los labios fruncidos y blandiendo el puño. Con ardores de Savonarola vituperando a Florencia por sus costumbres disolutas, anunció al pueblo paralizado que Dios acababa de enviarle una señal, una señal de su ira. El Señor, harto de las guerras y de los crímenes de los hombres, se lo había hecho saber golpeando su propia casa. La hora de la expiación había llegado. Esta vez nadie osó protestar.

Don Anselmo parpadeó como si despertara de un trance y miró con asombro a la multitud, que lo escuchaba por primera vez en cincuenta años de sacerdocio.

Nadie supo cómo se propagó la noticia, pero dos guerras mundiales habían matado, además de a algunos millones de hombres, lo que quedaba de lentitud. Al día siguiente, periodistas de Génova desembarcaban en Pietra con todos sus bártulos. Dos días después lo hacían los de Milán y, por último, los de Roma. Francesco llegó con la avalancha. El Vaticano valoró durante un breve instante si iniciar una investigación, por si se trataba de un milagro, pero luego desempolvó varias demandas enviadas por don Anselmo (y rechazadas) de créditos adicionales a fin de efectuar obras de refuerzo a raíz de varios hundimientos del terreno que bordeaba la iglesia. El milagro era solo geológico, lo que no excluía la posibilidad de que fuese una señal. Una señal de que una operación de comunicación, al salir de la guerra, no era mala idea. Se hicieron algunas llamadas telefónicas y se abrió una línea de crédito a nombre de San Pietro delle Lacrime en el Instituto para las Obras de Religión, es decir, el Banco del Vaticano.

Tres días después del incidente, el cardenal Francesco Orsini reunió a los periodistas bajo la cúpula surcada por una grieta de casi un centímetro de ancho. La pobre piedad estaba hecha fosfatina.

—Queridos amigos, estoy aquí como hombre, como sacerdote y como hijo de Pietra d'Alba. El Señor nos ha dado una señal. Pero el Señor no amenaza. El Señor no está enojado. Lo que nos envía es una demanda de reconciliación. Por eso os anuncio que, a petición de su santidad Pío XII, el Vaticano se hará cargo de las reparaciones de la cúpula y de todos los trabajos de consolidación necesarios. Os anuncio también que le hemos pedido al escultor que tanto ha hecho por nuestra familia y por nuestro país oponiéndose a la tiranía fascista, hasta el punto de sacrificar su propia libertad, sí, le hemos pedido a Michelangelo Vitaliani que tenga a bien tallar una nueva piedad para nuestra iglesia.

Yo estaba allí, entre la multitud, y no daba crédito a lo que oía. Viola me dio un pisotón y me hizo un signo de que cerrara la boca. La gente se agolpó en torno a mí, felicitándome.

Huelga decir que Francesco no me había pedido nada y yo no había aceptado nada, pero esas menudencias importaban poco a los parroquianos ávidos de reconciliación. Logré esquivar a los periodistas, que dedujeron de ello, y no tuvieron empacho en publicarlo, que yo estaba en pleno proceso creativo y no quería ser molestado. Una hora más tarde irrumpí en la sacristía donde me esperaban Viola, los hermanos Orsini y don Anselmo. En la plaza resonaban gritos de alegría, acompañados de escopetazos al aire. «¡Reconciliación!». Los lugareños solo tenían esta palabra en los labios: «¡Reconciliación!», al mismo tiempo que se abrazaban unos a otros con entusiasmo. Después de los años que acababan de vivir, era difícil culparlos. Lo que no me impidió desquitarme con Francesco.

—Podrías haber pedido mi opinión, ¿no crees?

—Te pido perdón humildemente. Supuse que estarías encantado de contribuir al renacimiento de la iglesia.

—¿La iglesia que habéis ignorado durante años porque no servía para tus ambiciones?

—Vamos, Mimo, te ciega la ira y te desvía de lo principal. O la fatiga, porque no veo por qué tendrías que estar furioso.

—Estoy furioso porque no soy un mono de feria. No esculpo por encargo.

—Pues, hablando de ambición, me parece que en los últimos años no has dejado de esculpir por encargo.

Don Anselmo levantó las manos y las puso sobre nuestros hombros. Y ambos bajamos los ojos, Francesco el cardenal y Mimo el artista, como dos niños pillados en falta.

—Vamos, hijos míos, pelillos a la mar. Todos perseguimos el mismo fin. La reconciliación significa olvidar el pasado para mirar hacia el futuro. A ver, Mimo, ¿no te acuerdas de lo mucho que criticabas esta piedad cuando eras pequeño? Decías que tenía los brazos demasiado largos o algo por estilo, ¿no? ¿Quién mejor que tú, un hijo del pueblo, un artista de inmenso talento, para ofrecernos otra?

—Te pagarán mucho dinero —añadió Stefano enarcando una ceja—. Los del Instituto están forrados.

—Estoy seguro de que Mimo no lo hará por dinero —continuó Francesco—. Aunque es cierto que la remuneración estará a la altura de tu talento.

—Creo que ya he ayudado bastante a los Orsini. Estamos en paz. Solo quiero que me dejéis tranquilo.

Me dirigí hacia la salida.

—Mimo.

Viola había dado un paso hacia delante. Se volvió hacia el párroco.

—Don Anselmo, ¿podría concedernos un momento?

—Por supuesto.

El párroco salió de la sacristía, de su sacristía, abandonándome a la fratría. Viola miró a sus hermanos.

—No os hagáis los inocentes ni los mecenas. A mí no me la dais. Lo único que os importa es la gloria de la familia. Y a ti particularmente, Francesco, tal vez la gloria de tu jefe, Pío XII. Sí, Mimo, tienes razón, mis hermanos solo piensan en ellos. Pero yo también voy a pedirte que aceptes este encargo. Si quiero cambiar las cosas, tengo que ser elegida. La gente sabe de nuestra cercanía. Si aceptas, redundará en mi beneficio. Por primera vez en toda mi vida, lo que beneficia a los Orsini me beneficiará también a mí.

Ninguno de los hermanos se ofendió por el retrato que Viola había pintado de ellos. Stefano estaba demasiado sorprendido por su razonamiento como para pensar en otra cosa. Francesco, que sabía de sobra que su hermana razonaba tan bien como él, estaba más que satisfecho porque la partida estaba ganada de antemano, a sabiendas de que yo no podía negarle nada a Viola.

—Muy bien —respondí—. Haré vuestra piedad.

—Necesitarás una piedra —murmuró Francesco—, y una piedra digna de ese nombre. Podemos ir a…

—Ya tengo la piedra.

Se fueron entusiasmados. Stefano regresó a casa; Francesco, a Roma; Viola se mezcló con la multitud que aún permanecía en la plaza. Don Anselmo apareció unos minutos más tarde y me encontró sentado en un arcón de madera, con la cabeza entre las manos.

—Monseñor Orsini acaba de darme la noticia. Gracias, Mimo.

A continuación, frunció el ceño.

—No pareces el de siempre. ¿Te ocurre algo?

—Va todo bien, don Anselmo, va todo bien.

No podía confesarle que me había quedado ciego.

Llegué a Florencia dos días más tarde, en el tren de las 17.56, casi a la misma hora a la que Zio Alberto me había vendido muchos años antes. En esta ocasión, no era invierno, sino primavera, y la impresión al bajar del tren fue completamente distinta. La ciudad era seductora, falsamente tímida. Fingía no querer entregarse, al mismo tiempo que invitaba, con pistas sutiles, a una puesta de sol, a una puerta entreabierta, a escabullirse por sus calles. Roma era una amiga. De Florencia estaba enamorado.

Metti había venido a esperarme a la estación. Hicimos el mismo recorrido que antaño, igualmente a pie, casi en silencio. Una vez en el taller, se dirigió a un rincón, tiró de una lona y liberó el bloque de Carrara que le había confiado, el que había adquirido para *El hombre nuevo*. Se había comprometido a ocultarlo justo antes de mi discurso en la Academia.

Posé la mano en su costado. La piedra me habló. Era de una belleza, de una densidad única. Mi instinto me decía que era perfecta, que ninguna fisura oculta arruinaría el trabajo del escultor. De un escultor que no sería yo. Porque, por más que la miraba, no veía nada. O, mejor dicho, solo veía el pasado, las docenas de estatuas que había esculpido.

—Estás ciego, ¿no? —dijo la suave voz de Metti a mi espalda.

No separé la mano del bloque; tampoco me giré.

—Sí.

—A mí me pasó lo mismo cuando volví de la guerra. Podría habérmelas arreglado con un brazo, encontrar la forma, otra manera de hacer las cosas. Pero no veía nada. Solo bloques de piedra sin nada dentro.

—Hace diez años que no veo más que bloques de piedra sin nada dentro. Y ya ve, maestro, eso no me ha impedido esculpir.

—Pero no harás este trabajo.

—No. Ya he mentido bastante.

—No volverás a esculpir, ¿verdad?

Finalmente me di la vuelta. Y pronuncié la palabra, que me asustó menos de lo que había pensado.

—No.

—¿Y qué harás con esa piedad? En la prensa ya la llaman la *Pietà Orsini*.

—Le pediré a Jacopo que se encargue de ello, discretamente.

—¿Jacopo?

—Mi exayudante. Ahora trabaja en Turín, pero aceptará. Cuando termine, más o menos dentro de un año, a nadie le importará quién la haya hecho. ¿Puede trabajar en su taller?

—No hay problema.

Le estreché la mano izquierda con la mía.

—Gracias. Adiós, maestro.

—Adiós, Mimo.

Pasé una semana en Florencia, desde donde llamé a Francesco para decirle que había empezado el desbastado del bloque. Si enviaba a alguien a comprobarlo, y era muy capaz, el informe confirmaría mis palabras. En realidad, el bloque lo habían desbastado mis aprendices en Roma, en el momento en que lo había adquirido. Los ángulos habían sido truncados; la forma general, triangular, bosquejada. Sería perfecto para la piedad.

Antes de tomar el tren de regreso al pueblo, me desvié hacia el campo de la feria. Ya no había campo de la feria, sino un edificio de ocho pisos en construcción, un paralelepípedo de hormigón atravesado por ventanas diminutas, como otros tantos ojos malvados.

Faltaba solo un mes para las elecciones. La expeditiva justicia de los aldeanos tuvo al menos una consecuencia positiva: las incursiones de los bandidos cesaron y las carreteras volvieron a ser seguras. Sin duda, habían eliminado a los verdaderos culpables. O tal vez la violencia del gesto, tan inesperado en aquellos plácidos lugares, inesperado incluso para quienes lo habían realizado, había disuadido a los demás.

Viola aprovechó para recorrer los caminos, llegando a los rincones más alejados de su circunscripción. A medida que se acercaba el verano, los días se hacían más largos e invitaban a la languidez. Una explosión de niños nacería de aquellas noches de crepúsculos y azahar.

Nada dije a Viola de mi ceguera. Solo comenté de pasada que empezaría a esculpir después de las elecciones. Se lo explicaría más tarde y sabía que ella lo entendería. El camino nos llamaba, interminable y dichoso. A menudo dormíamos en la parte trasera del coche, apoyados el uno en el otro, confiando en la vigilancia de Zozo. Salíamos por la mañana temprano y regresábamos con noche cerrada. En consecuencia, una semana de mayo, no vimos las naranjas y los limones cubrirse del polvo de la llanura. Un polvo que no levantaba el viento, tramontana, siroco, lebeche, poniente o mistral, sino un Fiat 2800 yendo y viniendo de la villa Orsini.

Desde que la cúpula de San Pietro delle Lacrime se había resquebrajado, el marqués ya no era el mismo. Cada vez que lo llevaban a misa el domingo, se movía nervioso en su silla, lanzando largos gritos, extendiendo el único brazo que movía hacia el fresco dañado, justo entre el infierno y el paraíso. ¿Qué veía allí? ¿El viaje que le esperaba? ¿Sus años de juventud, con la cúpula y el fresco intactos hacia los que tantas veces había mirado? ¿La cúpula y el fresco intactos bajo los cuales había dormitado durante interminables oficios religiosos, se había casado con su marquesa, había bautizado a sus hijos y enterrado a su primogénito? ¿La cúpula y el fresco afeados por una desrayadura negra?

Los trabajos de reparación habían comenzado. Los expertos estaban seguros: la restauración sería casi invisible. Un andamio ocupaba el cruce del transepto, por lo que las misas se decían provisionalmente en una capilla lateral en la que no cabía un alma. Después de dos celebraciones interrumpidas por los eructos del marqués, se decidió no volver a llevarlo. Don Anselmo acudía todas las semanas a darle la comunión a la villa Orsini.

Quince días antes de las elecciones, el humor de Viola cambió de repente. Yo había sido testigo de muchas de sus inmersiones en aguas turbulentas como para preocuparme. Ella fingía que todo iba bien, pero su mirada vagaba por el paisaje cuando viajábamos. No hablaba. Con los que llamaba sus «futuros administrados», en cambio, volvía a ser ella misma, alegre y atenta. Cada vez que estrechaba una mano, ganaba un voto. Luego, en el camino de regreso, volvía a caer en la melancolía. Una mañana, cuando fui a buscarla, vi que se apoyaba en su bastón. Fingí haber olvidado algo en la casa para buscar a Stefano y comentarle mis preocupaciones. Se encogió de hombros:

—Probablemente sean esos días del mes, ya me entiendes.

Cuanto más se acercaban las elecciones, menos raro era que, después de recorrer un pueblo llamando a las puertas, nos encontrásemos huevos arrojados al parabrisas o, lo que era un auténtico fastidio, una rueda pinchada. Zozo era oro puro, una bendición, y siempre volvía a ponernos en camino. Una atmósfera de expectación paralizó Pietra d'Alba, que contenía la respiración. En las cunetas, en los campos, el ajetreo disminuía. Los jornaleros se apoyaban en sus horcas para vernos pasar, pensativos. Quizá se preguntaban si preferían a su rey —Umberto había sucedido a su padre Vittorio Emanuele— antes que una república, ya que tendrían que votarlo el mismo día de las elecciones.

De vuelta en el taller, Vittorio me dijo que iba a pasar dos semanas en Génova y que solo regresaría para votar antes de irse de nuevo. Anna y él, a fuerza de verse para intercambiar a los niños, que ya no lo eran, se habían acostumbrado a dar largos paseos juntos. Cuando llegaba el momento de separarse, siempre había un instante de apocamiento, un «y si» nunca formulado. Vittorio tenía intención de aprovechar aquella estancia para sacar un rato de Pietra d'Alba a mi madre y a la suya, que se habían hecho muy amigas. Su propósito confesado a medias era reconquistar a Anna. Emanuele se había apuntado a aquella epopeya turística y sentimental. Tenía miedo de quedarse solo, porque casi todas las noches soñaba que una banda de hombres sin rostro intentaba colgarlo. Durante su ausencia, un joven del pueblo se encargaría de repartir el correo.

Mi madre se fue a regañadientes, derramando de nuevo unas cuantas lágrimas amatista, como cuando me había subido a un tren en 1916. Tuve que recordarle que se iba quince días y tan solo a una hora de viaje, pero en Italia cada viaje es potencialmente legendario. De camino, Vittorio me dejó frente a la iglesia, porque le había prometido a don Anselmo una pequeña reparación en una escultura del pórtico, que no era necesario desmontar. De todas formas, Viola había dejado de viajar. Faltaba solo una semana para las elecciones. La suerte estaba echada.

Volví a pie al taller. Era una de esas maravillosas tardes de primavera en las que el aire huele a una mezcla de glicina y jazmín, incluso cuando no hay ni glicinas ni jazmines en los alrededores. Acababa de salir del pueblo y bajaba hacia la llanura cuando un coche se detuvo a mi lado. La puerta del asiento trasero se abrió dejando ver a Francesco.

—Sube.

—Te hacía en Roma.

—Sube, Mimo.

Obedecí, convencido de que me había calado y tenía la mosca tras la oreja. Seguro que sabía que yo no iba a esculpir su piedad, que había decidido darle gato por liebre. Pero no dijo nada durante todo el camino, limitándose a mirar por la ventanilla. Su chófer giró a la derecha en la intersección y nos dejó frente a la entrada de la villa Orsini. Allí había otro coche aparcado, un Fiat 2800, bañado por las aguas púrpuras del crepúsculo. Francesco se puso el solideo y me precedió hasta el comedor.

El estupor me detuvo en el umbral. Varias personas esperaban en la mesa, que no estaba puesta para la cena. De un lado, el marqués, la marquesa y Stefano. Frente a ellos, el viejo Gambale, sentado entre sus dos hijos. Francesco se sentó junto a su hermano y me indicó una silla en el extremo de la mesa.

—¿Cómo va nuestra piedad? —preguntó cortésmente.

—Avanzando.

Tomé asiento, cauteloso, y los miré en silencio. La estancia olía a cera de abeja. A ese olor se mezclaba el del sudor, procedente de los Gambale, que habían pasado el día en sus campos de flores. La marquesa hundía de vez en cuando la nariz en un pañuelo. Pero había otro olor, más acre todavía, un perfume de acto final.

—Te hemos hecho venir —tomó la palabra Francesco— para compartir contigo una información de calado. Las familias Orsini y Gambale por fin se han reconciliado. Un símbolo fuerte en los albores de una nueva era.

Los Gambale asintieron, con la economía de gestos y de sentimientos propios de los montañeses.

—Enhorabuena. Me alegro por las dos familias, aunque nunca entendí por qué discutíais.

Se produjo un largo silencio, un tanto incómodo, y luego el patriarca de los Gambale declaró con voz ronca:

—En cualquier caso, era por buenas razones.

—La familia Gambale nos cede amablemente la tierra que separa nuestros campos del lago que nos pertenece. Por lo tanto, no solo podremos reconstruir el acueducto y regar a placer, sino que podremos utilizar la mitad de las tierras para cultivar limoneros cuatro estaciones y naranjos de la variedad Valencia Late, lo que nos permitirá aumentar nuestra producción en un sesenta por ciento. En la otra mitad plantaremos bergamotos, que nos abrirán el lucrativo mercado de los perfumes.

—¿Y a cambio? —pregunté.

—A cambio —intervino Stefano, inclinándose hacia adelante—, Viola debe retirarse de las elecciones.

Me levanté como empujado por un resorte. Francesco fulminó con la mirada a su hermano e hizo un gesto de calma. Regresé a mi asiento, respirando pesadamente.

—Hay un problema, Mimo. Orazio, aquí presente —señaló al primogénito de los Gambale—, es candidato a las elecciones constituyentes. Lo hace porque un consorcio… de inversores cuenta con su apoyo para llevar a cabo un proyecto de autopista en el valle vecino.

—Y Viola se opone —susurré—. Y Viola va a ganar.

Orazio se rascó la barba cerrada de la mejilla con un gruñido. Tenía cara de bruto, y lo era, pero sus ojos de comadreja brillaban con inteligencia.

—Viola no ganará porque se retirará en favor de Orazio —corrigió Francesco—. Nuestras dos familias saldrán fortalecidas con este acuerdo.

—¿Qué piensa la interesada?

Stefano se rio entre dientes y su hermano suspiró.

—Ya sabes cómo es. Tuvimos la misma conversación con ella hace una semana. Se muestra inflexible. Eres nuestra única oportunidad de hacerla cambiar de opinión.

—¿Yo? ¿Y por qué iba a hacerla cambiar de opinión?

Se cruzaron nuevas miradas, dubitativas. Stefano abrió la boca, Francesco se le adelantó. Y yo sospechaba ya lo que iba a decir.

—Porque los inversores de marras son gente a la que no se puede contrariar. Vivimos tiempos convulsos, pero emocionantes. El mundo cambia. Nadie puede oponerse a ello. Debemos apoyar este cambio.

—Espera, ¿he entendido bien lo que intentas decirme?

—Ha habido amenazas —admitió Francesco.

Orazio habló por primera vez.

—No solo amenazas. Si su hermana es elegida...

Pasó un dedo a lo largo del cuello. Sobrevino un extraño silencio. El propio Orazio pareció avergonzado.

—Le aseguro que nosotros no tenemos nada que ver con eso —añadió el patriarca de los Gambale—. Solo acordamos que Orazio se presentaría a cambio de una generosa contribución a nuestros negocios. No es culpa nuestra que en Roma de repente decidieran que las mujeres podían dedicarse a la política y que su hermana se presentase. No le deseamos ningún mal y nunca la tocaríamos. Hay reglas. Pero esos tipos...

Sacudió la cabeza. Yo no era ningún ingenuo y sabía que la unificación a marchas forzadas de un país de apenas setenta años no dejaría de generar numerosas frustraciones. Que nacían redes para explotarlas. Que una guerra y sus consecuencias ofrecían a esas redes numerosas posibilidades de enriquecerse.

—En el fondo, Campana tenía razón. Realmente sois un hatajo de cabrones.

—Ese es un juicio injusto. Queremos a nuestra hermana y la protegeremos. Pero la situación es compleja y tiene una solución sencilla.

Me eché a reír.

—Estoy seguro de que has estado planeando este movimiento, de una forma u otra, desde que tenías ocho años. Dime una cosa, Francesco, ¿por lo menos crees en Dios?

La mirada de Francesco se perdió detrás de las gafitas redondas. No por cobardía, sino porque ya miraba mucho más allá que cualquiera de nosotros.

—Creo en la Iglesia, lo que viene a ser lo mismo. Contrariamente a los regímenes y a los tiranos, la Iglesia permanece.

—Porque nadie ha vuelto jamás para decir si sus promesas se cumplían o no. ¿Sabéis qué? Ya he tenido bastante de vuestra familia de lunáticos.

Luego, como en treinta años de frecuentar a los Orsini había aprendido a sacar provecho de una situación, continué:

—No esculpiré vuestra piedad. Buscaos a otro.

Y como Francesco, en treinta años de frecuentar a Mimo Vitaliani, había aprendido a conocerme, respondió:

—Encontrarás a Viola en su habitación.

La puerta estaba abierta. Encontré a Viola sentada en su escritorio, enfrascada en un libro que cerró cuando me vio llegar. Llevaba gafas ovaladas de cuerno, que nunca le había visto.

—No sabía que necesitabas gafas para leer —observé mientras las cogía.

Viola no respondió, limitándose a mirarme con curiosidad. Volví a colocar las gafas sobre el libro, un tomo de cuero con el título grabado en letras de oro, procedente de la biblioteca familiar. *An essay concerning human understanding,* de John Locke. La única iluminación de la estancia era la de la lámpara a la luz de la cual leía. La noche se deslizaba lentamente a lo largo de las paredes, alimentándose de verde, de flores de papel, de flecos y borlas, todo un mundo de adornos de mal gusto que no se parecía en nada a Viola y que no había cambiado desde mi primera y estrepitosa entrada en aquella habitación.

—Me preguntaba cuándo te iban a enviar —susurró finalmente.

—Viola, ya sé lo que me vas a responder...

—Pues, si lo sabes, no perdamos el tiempo. Baja y diles que has fracasado.

Y volvió a abrir su libro.

—No lo entiendes. Te matarán. O te harán tanto daño que no te quedará más remedio que renunciar. Hay mucho dinero detrás de todo esto. Oye, tal vez haya otra solución. Por ejemplo, mantienes tu candidatura, pero les dejas hacer su maldita autopista.

Viola me miró enarcando una ceja. Me puse furioso.

—No me quedaré para verlo. No lo soportaré. Son capaces de todo.

Ella siguió mirándome, sin decir nada. Lleno de rabia, le di una patada a un puf, que rodó hasta la cama.

—¡Por Dios!, ¿es que no puedes ser normal? ¡Simplemente normal, por una vez en la vida!

Una oleada de ira le descompuso el rostro, tan fugaz que fue inmediatamente reemplazada por arrugas de tristeza.

—Perdona. No quería decir eso.

—No, Mimo, es verdad. Toda mi vida te he necesitado para ser normal. Eres mi centro de gravedad, razón por la cual no siempre eres simpático. Pero hay en mí una anormalidad que ni siquiera tú podrás curar jamás: soy una mujer y no puedo hacer nada para remediarlo.

Me daba cuenta de que se me escapaba, siempre se me había escapado. Le cogí la mano para retenerla.

—Vámonos, Viola. Estoy harto de toda esta violencia.

—Irse no cambiará nada. La peor violencia es la costumbre. La costumbre que hace que una chica como yo, inteligente, porque creo que lo soy, no pueda disponer de sí misma. A fuerza de oírmelo decir, creí que ellos sabían algo que yo ignoraba, que tenían un secreto. El único secreto es que no saben nada. Eso es, ni más ni menos, lo que mis hermanos, lo que los Gambale, y todos los demás, intentan proteger.

Jadeaba levemente, con las mejillas sonrojadas, como si hubiera preparado sus argumentos, cosa que seguramente había hecho.

—Y, si te matan, ¿de qué servirá?

—Nadie puede hacer nada contra mí. Lo he sufrido todo. ¿Y sabes quién me ha hecho más daño? Yo misma. Intentando jugar su juego. Convenciéndome de que tenían razón. Cuando salté de ese tejado, Mimo, mi caída no duró unos cuantos segundos. Duró veintiséis años. Ahora se acabó.

Se incorporó y añadió sonriendo:

—Soy una mujer de pie, como diría una chica que conocí muy bien.

No le reí la broma porque no me hizo ninguna gracia. Y tampoco la admiraba. En ese momento, solo quedaba el miedo.

—Viola, escúchame bien. No bromeo cuando digo que no soportaré que te hagan daño. Me dejaría matar por ti, si se diera el caso, sin dudarlo, pero sería inútil. La siguiente serías tú. Te pido… No, te suplico, por última vez, que renuncies. Sé razonable. Encontraremos una solución más adelante. Siempre lo hemos hecho.

—¿Qué pasa si me niego?

—Que me voy. Esta noche. Lo digo en serio. No volverás a verme.

Ella asintió lentamente. Luego sacó de su libro lo que en principio tomé por su marcapáginas y me lo entregó. Era un sobre cerrado.

—Si me pasa algo, quiero que leas esto. No antes. Júralo.

—Viola…

—¿No hablabas en serio? ¿Te vas o no te vas a ir?

—Si no cambias de opinión, sí.

—Entonces, júralo.

Cogí la carta, destrozado.

—Lo juro.

Reanudó su lectura sin prestarme más atención. Durante mis años romanos, frecuenté algunas mesas de juego, perdí mucho, pero también gané mucho. Ganaba cuando era suicida, cuando no tenía miedo de nada. Al colocar una apuesta en el centro de la mesa, había que hacerlo con indiferencia, como si ya se estuviera pensando en otra cosa, como si no importara nada ganar. Muchos jugadores experimentados habían perdido los nervios ante mis faroles.

—Adiós, Viola.

Giré sobre mis talones. Su voz me detuvo en el umbral.

—¿Mimo?

Se llevó dos dedos a la sien a modo de saludo.

—*So long,* Franchute.

Stefano y Francesco me esperaban en la planta baja, en el vestíbulo de mármol verde. Pasé a su lado sin detenerme.

—Idos todos a la mierda.

Francesco se dirigió irritado hacia el coche que lo esperaba fuera. Un minuto después, mientras yo caminaba hacia la carretera principal, el vehículo me adelantó levantando una enorme polvareda y tomó la dirección de Roma.

Al llegar al taller no lo dudé ni un segundo.

—Nos vamos —le anuncié a Zozo.

—Nos vamos, ¿adónde?

—No lo sé. A cualquier parte.

—Nunca he estado en Milán...

Caía la noche cuando arrojé mi maleta al asiento trasero. Por encima de nuestras cabezas, el cielo se emborronaba con nubes de panza oscura, iluminadas por destellos de luz intermitentes. Tomamos la dirección del norte. No tardó mucho en estallar la tormenta, una de las últimas antes del verano, un burbujeo efervescente con olor a muerte y lavanda. Yo no me había cambiado de ropa. El sobre de Viola todavía sobresalía del bolsillo interior de mi chaqueta, abandonada junto al equipaje. Lo cogí, lo sopesé, intenté leerlo a través del papel, algo imposible por la oscuridad. Después de una larga lucha conmigo mismo, volví a guardarlo en el bolsillo. Volví a cogerlo y lo abrí. Una hoja doblada en tres estaba cubierta con unas líneas escritas con tinta verde.

Queridísimo Mimo, sabía que no aguantarías mucho y que abrirías esta carta a pesar de tu promesa. Solo quería decirte que lo sé. Sé que cada vez que me has traicionado, primero en Florencia, y ahora esta noche pidiéndome que renunciara y luego abriendo esta carta, lo has hecho siempre por amor. Nunca te he culpado, de verdad. Tu querida amiga, Viola.

Me eché a reír, una risa nerviosa que me valió la mirada preocupada de Zozo por el espejo retrovisor. Acabábamos de llegar a Pontinvrea. Las luces de un mesón brillaban, amarillentas y acogedoras, en medio de la tormenta.

—Párate ahí.

—¿Aquí? Pero ¿por qué?

—Para beber.

Zozo aparcó bajo un plátano de la plaza que había frente al establecimiento. Apenas teníamos que recorrer veinte metros, pero llegamos empapados. Pedí dos cervezas y me sumergí en la mía. Apenas una hora antes, mi cólera era un bloque de granito. Negro y brillante, anguloso. Pero era una ilusión, otro de los hechizos de Viola. Cuanto más nos alejábamos de Pietra, más se debilitaba el hechizo, y mi bloque de granito se revelaba como lo que realmente era: un simple montón de arena. Hice lo que pude para retenerla, pero la cólera se me escapaba entre los dedos. Después de la segunda jarra de cerveza, no quedó nada.

—No nos vamos a Milán, ¿verdad?

Sonreí a Zozo y su expresión decepcionada.

—No.

—¿Quieres que te lleve de vuelta ahora?

—No. Es preferible dormir aquí. Tengo frío y estoy cansado. Volveremos mañana por la mañana. Así que tómate otra jarra.

Subimos a acostarnos poco después de la medianoche del 1 de junio de 1946, un poco bebidos. La casa, un antiguo molino de piedra gris, daba al río. Zozo ocupó una cama y yo la otra. No recuerdo bien mi sueño, un sueño pesado y grasiento en el que intentaba escapar de un peligro confuso. Se produjo un disparo. O una explosión.

Cuando abrí los ojos, la oscuridad era absoluta. Ya no me encontraba en mi cama, sino en medio de la habitación, con la cara pegada al suelo y la boca llena de polvo. Me sangraban las manos. Zozo tosía, a cuatro patas a mi lado. Quiso decir algo, sacudió la cabeza y empezó a toser de nuevo. El aire era espeso como el yeso. Había que ventilar el cuarto. Salir. La sangre me resbaló hasta los ojos. Me giré hacia la ventana.

No había ventana, ni pared, solo un inmenso lienzo de noche.

Escala de Mercalli

I. Imperceptible: microsismo detectado solo por instrumentos de medición.

II. Muy leve: sentido por algunas personas, generalmente en reposo.

III. Leve: temblor sentido por pocas personas, los objetos se mueven y vibran como al paso de una camioneta, puede no percibirse que se trata de un terremoto.

IV. Moderado: sacudida sentida por muchas personas, temblores de lámparas, leves oscilaciones de los objetos colgantes, como al paso de un camión de varias toneladas.

V. Bastante fuerte: despierta a los que duermen, caída de objetos, los líquidos se derraman, las puertas se abren y se cierran.

VI. Fuerte: daños leves en edificios y cristales rotos, los árboles y los arbustos se mueven, se oye tañer las campanas pequeñas.

VII. Muy fuerte: dificultad para mantener el equilibrio, caída de chimeneas, daños en los edificios, el agua de los charcos se vuelve turbia, tañen las campanas grandes.

VIII. Violento: destrucción parcial de algunos edificios, las estatuas caen de las peanas, algunas víctimas aisladas.

IX. Destructivo: destrucción total de algunos edificios, daños graves en muchos otros, rotura de tuberías subterráneas, víctimas dispersas pero numerosas.

X. Devastador: destrucción total de muchos edificios, numerosas víctimas, el suelo se agrieta, puentes derruidos, daños en las presas y raíles deformados.

XI. Catastrófico: destrucción de aglomeraciones urbanas, elevado número de víctimas, deslizamientos de tierra, aparición de simas, maremotos, rotura de diques, corte de las comunicaciones.

XII. Cataclísmico: destrucción de toda construcción, el paisaje se modifica, el suelo se ondula y la corteza terrestre se mueve, pocos supervivientes.

El 1 de junio de 1946, a las 3.42, un terremoto de grado XI en la escala de Mercalli golpeó Pietra d'Alba y su región. No hubo víctimas en el mesón en el que nos detuvimos, porque éramos los únicos huéspedes. La fachada este, que daba al río, se había derrumbado; el aspecto era el de una casa de muñecas. La patrona gritaba histérica en la calle. Nos costó Dios y ayuda calmarla y luego Zozo arrancó. A las cinco nos dirigimos hacia Pietra d'Alba. Había escampado.

La carretera estaba cortada en varios lugares por pequeñas grietas o desprendimientos de tierra, que pudimos cruzar no sin dificultades. Diez kilómetros antes de Pietra, alrededor de veinte metros de calzada habían desaparecido. Tuvimos que abandonar el coche, bajar al lecho de un río y escalar al otro lado. Caminamos en silencio. Pasamos por un caserío que habíamos visto por la noche. Arrasado. Ni un ruido, solo una gallina que corría entre las ruinas. A media tarde, una réplica nos arrojó al suelo. En la montaña, al otro lado de la carretera, un deslizamiento de lodo marrón trazó un reguero a través del bosque. Los pinos se partieron como fósforos.

Llegamos a Pietra d'Alba poco antes del crepúsculo. Sucios, exhaustos, cubiertos de barro y sangre seca. Cuando desembocamos en la meseta, Zozo rompió a llorar. El aire olía a piedra cocida. Ya no había pueblo. Nada, excepto un trozo de iglesia. La morfología de la meseta había cambiado. Ahora era irregular, estaba llena de baches y parecía inclinada. Corrí hasta perder el aliento por la carretera fracturada, y luego campo a través, me torcí el tobillo, me caí, me levanté de nuevo sin sentir el dolor. Pasamos el taller. El granero era un montón de tablas, la mitad de la casa se había caído y, en el medio, donde antes estaba el abrevadero, la fuente milagrosa brotaba como un géiser. No me detuve —Vittorio y mi madre estaban en Génova— y seguí hasta la villa Orsini, a lo largo de campos arados por la mano de un dios enloquecido. Me saludó el oso que había esculpido para Viola cuando tenía dieciséis años. Había salido catapultado al pie de la villa, cerca del portal, y se había partido en dos.

La villa Orsini y sus hermosas cortinas verdes, la villa Orsini y sus frufrús y sus parqués de madera que una vez había osado manchar con mi sangre ya no existían. La mitad de sus ruinas estaban cubiertas por una mezcolanza de lodo y árboles. El bosque, detrás de la mansión, se había deslizado, dejando una herida a cielo abierto, un paisaje que recordaba el de una cantera. Solo quedaban en pie un centenar de naranjos.

Me lancé a las ruinas, levanté las piedras que podía levantar, la emprendí con una viga que no se movió, hasta que sentí la mano de Zozo en mi hombro. Lo aparté, seguí empeñado en mover la viga, y luego el agotamiento pudo conmigo. Rodé entre los escombros, medio inconsciente, y me abrí un tajo en la frente. Zozo me colocó su chaqueta sobre los hombros.

—Mimo... No sirve de nada. Hay que esperar a los equipos de rescate.

No sé cuánto tardaron en llegar ni cómo lo hicieron. No había ningún lugar adonde ir, y Zozo y yo pasamos la noche en una cabaña improvisada, hecha de unas cuantas tablas calzadas con piedras, abrazados el uno al otro. Por primera vez desde mi llegada a aquella meseta, el silencio era absoluto. Ni un pájaro, ni un insecto. La desolación no hace ruido. Durante la noche cayó un aguacero. Y, de repente, aparecieron. Un enjambre de hombres uniformados dando órdenes, lanzando gritos de alegría al vernos, nos pusieron gruesos cobertores de lana sobre los hombros con las primeras luces del alba. La meseta nunca fue más rosa que aquella mañana, como si la piedra rota y triturada exhalase, a modo de último aliento, el color que había retenido durante tanto tiempo.

Viola fue encontrada en primer lugar, poco antes del mediodía. Su habitación estaba en el último piso, en la parte de la casa que no había sido cubierta por el corrimiento de tierra. Corrí al oír los gritos, a pesar de las manos que intentaban retenerme. Un zapador se la pasaba a otro, al pie de un montón de escombros. El segundo hombre acababa de recibirla en sus brazos y de agacharse para acostarla. Viola estaba desnuda, cubierta de polvo. Me arrodillé junto a ella para tocarle la cara, antes de echar sobre su cuerpo una cortina rota que había allí. Los Orsini tenían un extraño pacto con la muerte: se los llevaba sin dañarlos. Al igual que su hermano Virgilio, encontrado junto a su tren aplastado, Viola estaba intacta. Intacta salvo por algunos rasguños y las infaustas cicatrices que marcaban las piernas, los brazos, el torso, treinta años después de su vuelo, y que yo nunca había visto. Fue en ese momento cuando pude medir, por la amplitud de las costuras, lo que tuvo que sufrir después de su caída. La pierna derecha, a la altura de la rodilla, estaba un poco torcida. Pero fue su rostro lo que me sorprendió. Siempre había pensado que sus labios eran demasiado finos; estaba equivocado. Eran carnosos, separados en una sonrisa redonda ahora que ya no tenía que apretar los dientes. Un mechón de pelo caía sobre su rostro de durmiente; lo aparté con un dedo. Mi Viola rota. Zozo lloró por mí.

Los cuerpos de Stefano y su madre fueron rescatados de entre los escombros al final del día, junto con los de Silvio y el resto de los criados de la villa. Incomprensiblemente, el cuerpo del marqués nunca fue encontrado. A Zozo y a mí nos llevaron a Génova, donde fuimos acogidos por Vittorio, Anna y nuestras madres, muertas de angustia. Me vi obligado a pasar la noche en observación en el hospital, debido a la herida en la cabeza. Al día siguiente me vestí sin demora, pasé por delante de admisión y caminé hasta la estación.

Si Filippo Metti se sorprendió al verme cruzar el taller aquella tarde con la venda en la frente, no lo demostró. Fui directo a mi bloque de mármol, tiré de la lona que lo cubría, agarré el primer buril y el martillo que encontré y ataqué la pieza con todas mis fuerzas. Esa noche lloré por fin, destellos de piedra. Hacia medianoche apareció un plato de sopa que tragué distraídamente. Luego me puse a esculpir de nuevo. Una hora más tarde, me desplomé contra el bloque, apenas empezado.

Unas manos me levantaron entre voces que susurraban. El ascenso de una escalera y el chirrido de una puerta. Luego me depositaron en una cama. Una mano seca pero reconfortante se posó en mi frente, antes de que los pasos se alejaran. Apenas había dormido en tres días y por fin me hundí, en el primer olvido que se me ofrecía, en el cuarto que ocuparía durante más de un año en casa de mi viejo maestro, ahora que había recobrado la vista y contemplado mi *Pietà*.

El terremoto causó cuatrocientas setenta y dos víctimas. Casi toda la población de Pietra d'Alba, pero una gota en el océano en comparación con las cien mil víctimas estimadas del terremoto de Mesina en 1908 o las más de treinta mil que se cobró el de la región de Marsica en los Abruzos en 1915, también de grado XI en la escala de Mercalli. Los gemelos, su madre y la mía le deben la vida a su viaje a Génova. La familia Orsini fue diezmada, a excepción de Francesco, que había partido a Roma por la tarde. Don Anselmo y todos sus parroquianos rindieron sus vidas en la meseta dislocada que los había visto nacer. Los expertos explicaron que la grieta en la cúpula de San Pietro delle Lacrime había sido una señal de advertencia de la catástrofe, de la cual se tendría que haber desconfiado. Solo el marqués lo había entendido, pero nadie lo había entendido a él. Unos meses más tarde me sentí consternado al enterarme por la prensa de que un científico, después de leer un artículo sobre el agrietamiento de nuestra iglesia, había escrito al alcalde del pueblo para ponernos en guardia. Nunca recibió respuesta. Una parte de mí, la más poética y la más tortuosa, todavía hoy se pregunta si, por casualidad, aquella carta no se encontraría en la saca del correo que le habían robado a Emanuele antes de colgarlo. Quizá alguien la descubra algún día en un matorral, marchita bajo el cuero cuarteado, con su ya inútil advertencia.

El terremoto dejó al descubierto los restos de otro pueblo, justo bajo el nuestro, probablemente arrasado por un hecho similar allá por el siglo XIII y cuyo recuerdo se había perdido. No era un palacio de oro puro ni un pueblo de albinos, como Viola había creído, sino una red de subterráneos admirablemente conservada en la que se perdería el joven Tommaso Baldi con su caramillo quinientos años después. Ironías del destino, el cementerio de Pietra fue el único lugar que se salvó del terremoto. Hay fuerzas más poderosas que el magma.

A falta de otro candidato, Orazio Gambale fue elegido por los pueblos que se habían salvado. Sin embargo, el proyecto de la autopista fue abandonado después del suceso de Pietra —habría sido una estupidez construir en valles tan peligrosos—. La A6 pasaría, en 1960, mucho más al oeste.

El 2 de junio de 1946 mis compatriotas votaron a favor de la república. Umberto II partió al exilio y, por primera vez en Italia, veintiuna mujeres fueron elegidas miembros del Parlamento.

No me moví de Florencia durante más de un año. Esculpía durante el día, a veces también por la noche, y no aceptaba ayuda de nadie excepto de Metti. Una mañana, se dejó caer por allí y me ayudó con todo el trabajo que se podía hacer con una mano. Nos limitamos a intercambiar un gesto de asentimiento. María emergió de la piedra tal como la había visto, y luego su hijo. Su presencia difusa se precisó, se afinó, se pulió. Un día de invierno de 1947, di un paso atrás para contemplar mi obra. Fuera helaba, pero yo estaba en mangas de camisa, empapado en sudor, a pesar de que la estufa no estaba encendida. Metti entró en el taller con un niño de unos doce años, que llevaba una maleta y parecía perdido —un nuevo aprendiz—. Con la mano en el hombro del niño, se acercó en silencio.

La cuña que había estado usando para lijar durante meses se me cayó de los dedos rígidos. Metti dio una vuelta alrededor de la obra. Tocó el rostro de María, esa dulzura infinita que yo había conocido, luego el de su hijo, y asintió lentamente, varias veces. La mano izquierda de mi maestro hizo un movimiento fallido hacia el inexistente brazo derecho.

—Hay ausencias de las que nunca nos recuperamos.

De todos los que vieron mi *Pietà,* creo que él fue el único que la entendió. El chiquillo miraba la obra con la cabeza levantada y la boca abierta.

—¿Lo ha hecho usted, señor? —preguntó con voz asustada.

Me recordó a mí mismo hace mucho tiempo; de hecho, teníamos la misma altura.

—Tú harás lo mismo algún día —le prometí.

—Oh, no, señor, no creo que pueda hacerlo.

Intercambié una mirada con Metti. Luego puse mi cincel en la mano del niño.

—Escúchame bien. Esculpir es muy sencillo. Es simplemente quitar capas de historias, de anécdotas, las que son inútiles, hasta llegar a la historia que nos concierne a todos, a ti y a mí y a esta ciudad y a todo el país, la historia que no se puede reducir más sin dañarla. Y en ese momento es cuando hay que dejar de golpear. ¿Entiendes?

—No, señor.

—No se dice señor —corrigió Metti—. Tienes que llamarlo «maestro».

Mi *Pietà* se expuso por primera vez en Florencia, en el mismísimo Duomo. Francesco acudió a pronunciar un discurso.

Parecía más grave. El terremoto le había hurtado una levedad que yo nunca había notado. Al principio no pasó nada. Evité a la prensa, la última foto mía apareció en un periódico local. Luego se produjeron las primeras reacciones, que fueron *in crescendo*. Mi *Pietà* fue trasladada al Vaticano, y esa fue su condena. El resto es de dominio público. Una forma de decirlo, desde luego, porque solo unos pocos iniciados lo saben. El Vaticano se encargó de silenciarlo.

Se me concedió el favor de vivir cerca de ella, en la Sacra, donde la escondieron. Yo había vivido mil vidas, no quería una más. He pasado aquí los últimos cuarenta años de mi vida. No estrictamente como un monje, lo admito. De vez en cuando salía para ver a mi madre, a mis amigos y hasta a mi princesa serbia en alguna ocasión. En brazos uno del otro, intentamos olvidar, con distintos grados de éxito, nuestros cuerpos envejecidos.

Mi pobre madre, una madre intermitente, murió en 1971 a la edad de noventa y ocho años, a causa de una sinfonía en el pecho. Sus ojos habían palidecido. Ya no eran del malva inmenso del crepúsculo, sino del nomeolvides. Llegué al hospital a tiempo. Me puso la mano en la mejilla y musitó: «Mi hombretón».

Vittorio y Anna, dos viejecitos, siguen viviendo en la región de Génova con Emanuele. La tierra tuvo que retorcerse para acercarlos por fin, para hacerlos rodar el uno hacia el otro. Zozo tiene sesenta y tres años, su hermana Maria, dos menos. Se entristecerán al recibir la llamada telefónica del padre Vincenzo. «Se trata de vuestro amigo Mimo...».

El escándalo provocado por mi *Pietà*, irremediablemente ligada al apellido Orsini, le hizo un flaco favor a Francesco. Cuando Pío XII murió en 1958, el cónclave se decantó por monseñor Roncalli, y tampoco tuvo mejor suerte en elecciones siguientes. Ahora es una sombra roja encorvada en los concilios y los cónclaves. Pero creo que en el fondo se las arregla bien.

A excepción de Metti, nadie la entendió. Leí los informes, las opiniones de los expertos, los delirios científico-místicos, todos ridículos. El profesor que escribió sobre mi *Pietà,* a su manera, se acercó a la verdad al afirmar que yo había conocido a María, cosa que es verdad. Pero, como los demás, fue víctima del mejor truco que me había enseñado Viola cuando se transformó en osa.

«Obligarlos a mirar hacia donde el mago quiere que miren». María no es Viola. El de María es el rostro de Anna, la expresión de la más pura dulzura de un pueblo llamado Pietra d'Alba.

Hay que mirar el Cristo. Mirar a Viola. La esculpí tal como la vi aquel día en los escombros, el cuerpo roto y sublime, con las piernas ligeramente torcidas, el pecho inexistente, aún más borrado por la posición recostada, el mechón de pelo en el rostro. Así pues, el cuerpo yaciente es el de una mujer, por muy andrógina que sea, con clavículas de mujer, pecho de mujer, caderas de mujer. El ojo espera a un hombre, ve a un hombre, pero todos los sentidos registran una feminidad tanto más explosiva cuanto que es casi invisible, un hálito de vida roto por los fanáticos que lo han crucificado. Algunos espectadores lo aceptan y se encogen de hombros. Otros, en cambio, los más sensibles, experimentan una reacción violenta, que a veces se acerca al deseo, inexplicable, incongruente para quien no ha entendido, es decir, para todos. Buscaron al diablo, buscaron la ciencia y qué sé yo cuantas cosas, cuando solo estaba Viola. Viola, a quien yo mismo, sin querer, había traicionado y negado con tanta fuerza como para hacer llorar a san Pedro.

Sí, hermanos míos. Ese día, entre los escombros, comprendí y vi. Me habíais encargado una piedad para reconciliaros. La Virgen que llora el cuerpo maltrecho de Cristo. Pues aquí está: si el Cristo es sufrimiento, mal que os pese, el Cristo es una mujer.

Me gustaría saber cómo será. La travesía, el último suspiro. ¿Me iré en medio de una frase? ¿Mis palabras quedarán suspendidas en el aire y luego nada? ¿Un hermoso silencio? ¿Un suspiro de alivio? ¿O tendré que permanecer en mi lecho mientras mi alma es arrancada de mi cuerpo?

Tramontana, siroco, lebeche, poniente y mistral, te llamo con el nombre de todos los vientos.

He amado mi vida, mi vida de cobarde y de traidor y de artista, y, como me enseñó Viola, no se deja lo que se ama sin mirar atrás. Siento que alguien me sostiene la mano. Un hermano, tal vez el bueno de Vincenzo en persona.

Tramontana, siroco, lebeche, poniente y mistral, te llamo por el nombre de todos los vientos.

¡Ah, Cornuto, Cornuto! Háblanos de partidas. ¡Canta otra vez la *Riturnella*!

Solo hay que ver los frescos de Fra Angelico a la luz de los relámpagos…

Vincenzo levanta la cabeza, tiritando en el frío de una mañana del Piamonte. Primero piensa que el alba lo ha despertado, pero el amanecer apenas despunta, imprimiendo un poco de rosa en las ventanas. Entonces lo entiende. La mano del hombre al que vela aprieta febrilmente la suya. La respiración entrecortada, los ojos abiertos que ya no ven.

Vincenzo acaricia maquinalmente la llave que lleva colgada del cuello. Más tarde volverá a ver la *Pietà*. Y luego otra vez, y otra, hasta entenderlo. Tal vez sea eso lo que el escultor intenta decirle antes de partir. «Vuelve a mirarla». Tal vez se le pasó por alto un detalle, una de esas pequeñas cosas que provocan revoluciones.

La presión en su mano se afloja dulcemente. Un último movimiento de péndulo, un tictac final, el reloj va a detenerse. A lo lejos, los Alpes se separan apenas del horizonte. En el cielo todavía negro, un punto de luz describe una órbita perezosa.

Mimo Vitaliani, nacido en un mundo de pájaros, se extingue bajo la mirada de un satélite.

Agradecimientos

Gracias a Alexia Lazat-Lepage por ayudarme a subir al tejado; a Delphine Burton por la explosión de mimosa y cuarenta y cinco años de amistad; a Samantha Bordais por su luz.

Gracias a Roland Baroni y a Jean Gouny por las clases de latín, las primeras escenas y Roma bajo la nieve.

Jean-Baptiste Andrea (Saint-Germain-en-Laye, 1971) es director, guionista y escritor francés. Creció en Cannes, donde empezó a trabajar como actor, escritor y director. Escribió sus primeras películas en inglés, como *Dead End (Atajo al infierno),* en 2003; *La gran nada,* en 2006, con David Schwimmer, y *Hellphone,* en 2007. Su primera novela, publicada en 2017 y titulada *Ma Reine,* recibió diversos galardones. En 2019 publicó su segundo libro, *Cent millions d'années et un jour,* y en 2021, el tercero, *Des diables et des saints.* En 2023, Jean-Baptiste Andrea publicó su cuarta novela, *Cuidar de ella,* galardonada con el premio de novela FNAC 2023 y el Premio Goncourt 2023.